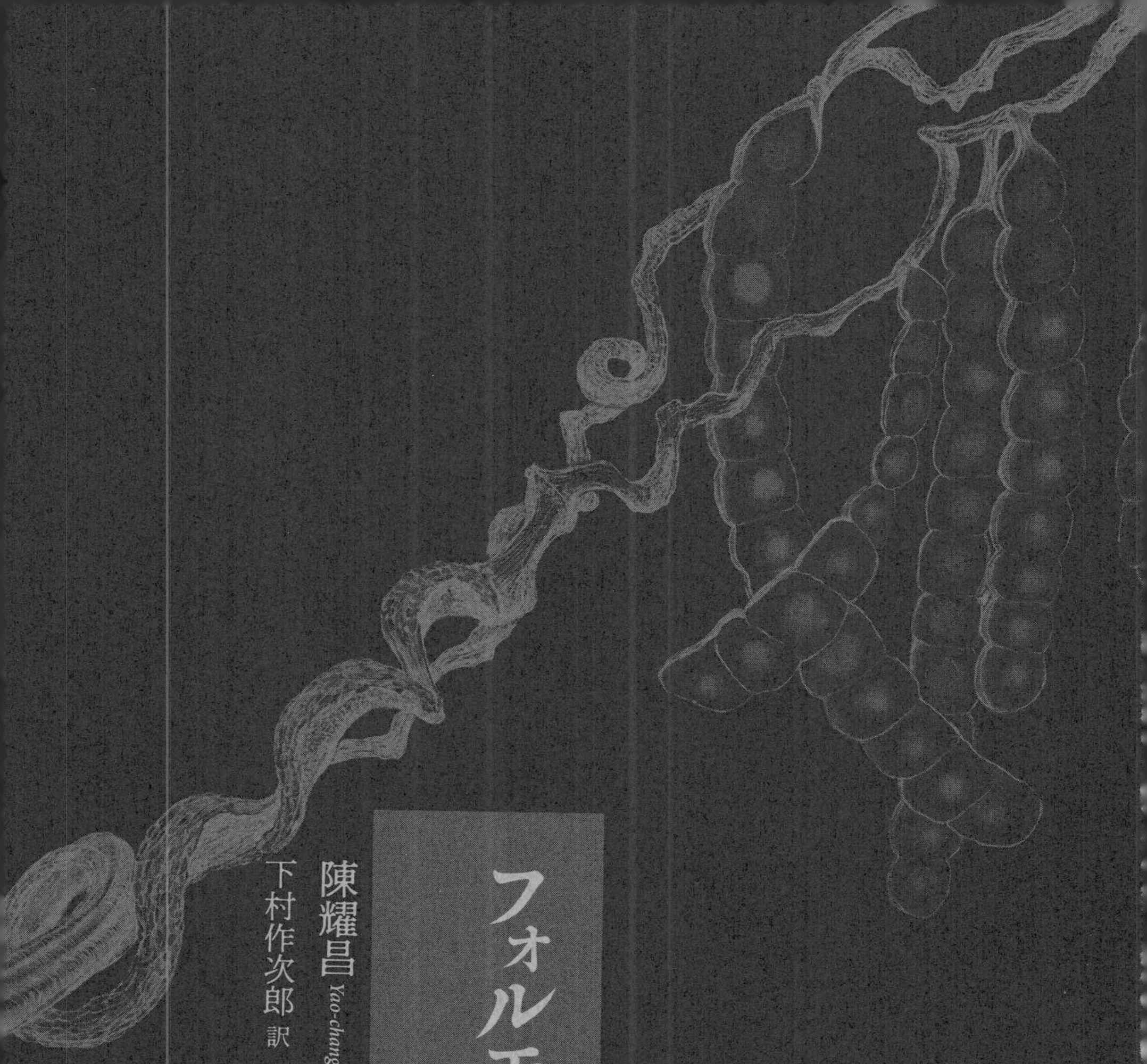

フォルモサの涙

獅頭社戦役

陳耀昌 Yao-chang Chen
下村作次郎 訳

東方書店

日本の読者の皆さまへ、『フォルモサの涙　獅頭社戦役』作者のことば

――「開山撫番」から「和解共生」へ――

陳　耀昌

邦訳書の『フォルモサに咲く花』（東方書店、二〇一九年）を読んでくださった皆さまなら、きっとご存知だと思います。一八六七年（ローバー号事件発生）まで、フォルモサ（台湾）の原住民族は、清国の統治を受けていませんでした。清国政府はこれを「治理及ばず、化外《けがい》の地」と言っています。言い換えれば、清国が一六八三年に、鄭成功一族の東寧王国を打ち破って台湾を版図に入れて以来、事実上、二つの台湾が存在してきたのです。「移民（漢人）」が住む西部平原の台湾は、清国によって統治され、「番民（原住民族）」が住む東部山地の台湾は、それぞれの原住民族の部落が自ら治めてきたのです。一八七四年十二月になってこの「二つの台湾」は、ようやく現在の「一つの台湾」になりました。

日本の読者がいっそう興味を持たれるだろうと思うのは、「二つの台湾」が「一つの台湾」に変わる歴史的プロセスです。日本は重要な役割を演じました。と言うのは、それは一八七四年五月の日本軍の「台湾出兵」の結果によるものだからです。清国はこれを「牡丹社事件」と呼んでいます。

「台湾出兵」あるいは「牡丹社事件」を収束させるために、一八七四年十月三十一日に、日本の大久保利通と清国の恭親王奕訢《えききん》は北京で「清日台湾北京専約（日清両国互換条款）」に調印しました。この条約は東アジアの情勢に次の二点で大きな影響を与えました。（一）一八七四年当時、清国の統治に属していなかった原住民の台湾は、それ以降、国際法上清国の領土となる。（二）「琉球」は、その後一八七九年に日本の「沖縄県」となる。

「牡丹社事件」以降、清国は「原住民の台湾」の領有権を得て、「開山撫番《ぶばん》」政策を制定しました。但し、「開山撫番」は、その後すぐに開山「剿番《そうばん》」に変わりました。「開山撫番」は、「国家」対「部落」のきわめて不公平な武力侵犯でありました。この本は、一八七五年の「開山撫番」の最初の戦いであり、瑯嶠《らんきょう》（現、恒春半島）の「大亀文酋邦」の原住民が、清国の軍隊「淮軍《わいぐん》（朝廷の命令を受け李鴻章が郷里の安徽省合肥で創始した軍隊）」と戦った戦争を描いています。

これ以降、台湾原住民は百年余りにわたって抑圧された歴史を歩みます。二十年後の一八九五年には、台湾の統治者は清国から日本国に換わりましたが、清国の開山撫番政策は、「撫番」を「理蕃」と名を変えただけで、日本の台湾総督府に継承されました。日本統治時代には、一九一四年に「タロコ戦争」、一九三〇年に「霧社事件」が起こっています。

一九四五年以降は、台湾は蔣介石の国民党政府に統治されましたが、原住民の人権はやはり尊重されることはなく、「山胞」あるいは「山地同胞」と呼ばれました。一九九四年、李登輝総統の時代になって、ようやく「山地同胞」は正式に「原住民族」と改められ、原住民族の言語、文化、姓名（族名）はその権利が法律で保障されるようになりました。一九九六年にはまた、国民直接投票による台湾総統選挙が実施され、台湾は民主的な法治国家となり、次第に「多元族群、和解共生」という国家の共通認識を持つようになりました。

私は、帝国に悲壮にも立ち向かって、部落の尊厳を守った大亀文（現、屏東県獅子郷）の原住民の人びとに同情を寄せるものですが、それだけでなく対戦相手となった「淮軍」に対しても、同情と憐憫を感じています。彼らは、ふるさとを離れ、淮河沿岸の安徽省の故郷から海を渡って台湾にやって来ました。はじめは日本の軍隊と戦争すると思っていたものが、台湾原住民との戦いに変わりました。その結果、淮軍の三分の一が山野で戦死し、異郷に骨を埋めることになったのです。日清戦争の結果、一八九五年に台湾が日本に割譲されると、彼らは家族と二つの地に引き裂かれてしまいました。さらに一九〇八年以降は、台湾縦貫鉄道と製糖会社の鉄道を敷設するために、淮軍を記念する昭忠祠も移動させられ、納められていた遺骨は荒れ地に放置されました。日本の皆さまが、台湾に遊びに来られたら、屏東から墾丁までの道路の両側に今も多くの淮軍の遺跡が残っているのを見ることができます。この道路沿いには美しい風景と歴史的な名所がたくさんあるのです。

歴史の配剤にはさらに絶妙なものがあります。一八七五年に淮軍と大亀文の戦争が終わると、双方の友好関係を発展させるために、大亀文の頭目の妹が楓港に駐留する淮軍のある軍人に嫁ぎました。彼らの三代目にあたる一九五六年生まれの女性こそが、いま台湾を牽引し、中国の脅威に対抗している蔡英文総統なのです。

『フォルモサに咲く花』と『フォルモサの涙　獅頭社戦役』によって、日本の皆さまは、台湾原住民史は台湾史の一部であるだけでなく、東アジア史と世界史の一部でもあることをより深く理解されることと思います。この二冊の本を翻訳し、出版してくださった下村作次郎教授と東方書店に心よりお礼申しあげます。

二〇二三年五月十五日

フォルモサの涙　獅頭社戦役 ❖ 目次

【本書を読むために】

〔凡例〕

○台湾に住む先住民族は、原住民族と呼ばれる。この呼称は、彼らが自己の呼称として勝ち取ったものであり、一九九四年に正式に原住民と改称されて憲法に記載された。さらに一九九七年に原住民族と改称された。本書ではこの呼称を使用する。ただし、本書が描いた清朝時代は、原住民族は「生番」、「熟番」あるいは「平埔族」、「土番」、「番人」などと呼ばれていた。原書は歴史的呼称としてこれらの用語を使っており、本書でもそれに従って訳出している。また原住民族は、それぞれ集落を形成して生活を共にするが、その共同体を清朝時代（日本統治時代も含む）は「社」と呼んでいた。今日では「部落」を正式呼称とする。

○原注は、本書の理解に必要なものに限って訳出し、本文の後ろに掲げた。ただし、短いものは本文中で扱い、（　）内に入れて示した。訳注は本文中では〔　〕内に記したが、長いものは原注のあとに掲げた。

○原書の「楔子」の前に収められた「前言　淮軍と大亀文からの呼びかけと探究――私が『獅頭花』を書いた心の歴程」は、内容が日本の読者にはいささかとっつきにくいため、「附録」のなかに「前言」の語をはずして掲げた。

○原書の巻頭には、地図以外に多数の関連写真が収録されているが、本書では一部の写真を解説に取り入れた以外、すべて割愛したことをお断りする。

○原書の巻頭には、「作者のことば」が収録されているが、以下に要点のみ掲げる。

・本書では漢人を「白浪」と表記した〔本訳書でもそのまま「白浪」とした〕。この呼称は福佬語で「歹人《ダイレン》（悪人）」と発音される。但し、プユマ族の作家パタイ氏によると、「白浪」は「平地人」の意味で、蔑称の意味はないという。

・本文に見る日付の表記は、便宜上、漢数字は陰暦（旧暦）を表わし、アラビア数字は陽暦（新暦）を表わしている〔訳注はこの限りではない〕。

・大亀文の総頭目の名前について

１９３２年7月、日本の学者宮本延人は大亀文でフィールドワークを行い、総頭目の名前をJigol（注：Lobaniyau 頭目家の養子とある）と表記した。その五代目の孫で、いま台東の安朔に住む葉神保氏の説明によれば、正確には Ljakai と発音する。中国語の文献では、光緒元（１８７５）年五月二十三日の沈葆楨の『番社就撫布置情形摺』が唯一その名前を取り上げている文献で、「野艾」（福佬語の発音であろう）と表記されている。日本人が執筆した『風港営所雑記』（国史館台湾文献館、二〇〇三年九月初版、二〇〇四年七月再版、四七五頁）では、「遮碍」と書き、さらに「シヤガヤー」とルビが付されている。本書では、「野崖」〔本訳書では「シャガイ」〕と表記した。

○『台湾高砂族系統所属の研究』（台北帝国大学土俗人種学研究室、一九三五年。凱風社復刻一九八八年）の第二冊資料篇（九八頁）には、シャガイの家系図が載っている。宮本延人が一九三二年七月に訪問した霧里乙社《ムリイツ》 Patagotai の家族の Sakabai の口述歴史によれば、家系図に見る長男の Madan が当時の正真正銘の霧里乙社の頭目であった。二番目は女性の Ebi で、三番目 Jigol（シャガイ）は内文社の Lobaniyau 頭目家に入り婿した。四番目の Arapai は本書に登場するアラパイである〔（支那人に殺さる）と注記がある〕。Eidyn は七番目の末っ子である〔（楓港附近の漢族と婚す）と注記がある〕。本書に登場するのは、七人兄弟のうちのシャガイとアラパイとアイディンの三人である。

○地名の読み方については、安倍明義編『台湾地名研究』（蕃語研究会、一九三八年一月）を参考にした。部落名は一部、水野遵「台湾征蕃記」（『大路水野遵先生』大路会事務所、一九三〇年五月所収）に見るカタカナ読みを使用した。

〔主要登場人物〕

シャガイ……　内獅頭社のパタゴタイ家族。内獅頭社頭目であったが、チュウクと結婚して、内文社ロバニヤウ家に入婿。大亀文大股頭ブラリヤンの実質的な後継者となる。

アラパイ……　シャガイの弟。のち内獅頭社頭目を継ぐ。

アイディン…　シャガイ、アラパイの妹。

王媽守《おうましゅ》………　風港の頭人。

阮有来《げんゆうき》………莿桐脚《しどうきゃく》の頭人。

陳亀鰍《ちんきしゅう》………崩山の頭人。

王開俊………羅大春の部下で後に親戚となる。湘軍の一員として泉州より台湾へ派兵される。日本軍が引き上げた後の風港の軍営を接収。

郭　均………漢方医。呉光亮の軍隊、飛虎軍に加わって台湾に渡る。当時、二十五歳。

横田棄《すてる》………西郷従道都督が率いる日本軍大尉。

〔その他の登場人物―民族別―〕

（パイワン族系）

ブラリヤン…内文社のロバニヤウ家族。大亀文大股頭（総頭目、老頭目）。後、チュウクが継承する。

ツウルイ………ブラリヤンの弟。

チュウク………ブラリヤンの長女で、大亀文大股頭後継者。シャガイと結婚。

ウーミ………大亀文のロバニヤウ家族に次ぐ酋龍家族の人。アラパイと婚約。

温朱雷《おんしゅらい》………加芝来《カチライ》社の頭目。ブラリヤンのもうひとりの弟。

籠仔人《ろうしじん》………ブラリヤンの末っ子。

姑　柳………牡丹社の新しい頭目。

（漢人）

黄文良………王媽守の隣人で、日本軍が女乃《ニィナイ》社方面から牡丹社を攻撃する際（一八七四）、道案内した。

周有基………清国駐枋寮巡検兼候補県令（県知事）。後に改名後の恒春に初代恒春県令として赴任した。

郭占鰲《かくせんごう》………清国駐枋寮千総。広東省番禺の客家人。祖父のときに来台し、郭自身は台湾の六堆〔屛東県〕に生まれた。

李鴻章……淮軍《わいぐん》の創設者。北洋大臣。日清講和条約締結時（一八九五）の欽差大臣（臨時の全権大使）。

沈葆楨《しんほてい》……字、沈幼青。大清欽差大臣。一八七五年に「開山撫番」政策および「廃除渡台禁令」を奏上し、一六八三年以来の海禁令を解いた。また唐定奎に命じて、安平に二鯤鯓《にこんしん》砲台（億載《おくたい》金城）、旗後に旗後砲台を配備させた。

唐定奎《けい》……安徽省合肥の人。劉銘伝（台湾省初代巡撫）の部下として太平天国と戦った。徐州より淮軍洋銃隊十三営六千五百人を率いて台湾に渡り、淮軍の総師として沈葆楨の指揮に従う。

張其光《き》……台湾鎮総兵。開山撫番政策の屏東射寮から台東卑南までの南路を開く責任者。客家人。

羅大春……福建陸路提督。開山撫番政策の噶瑪蘭《ガマラン》から花蓮までの北路を開く責任者。

呉光亮……広東省英徳県出身。故郷で広東軍を募り「飛虎軍」と称した。南澳総兵。開山撫番政策の彰化林圯埔《りんしほ》から花蓮璞石閣《はくせきかく》までの中路（八通関古道）を開く責任者。

田勤生……唐定奎の部下として信頼が厚く、大亀文との戦役では王開俊の戦死後、中心となって前線に立つ。

胡　伝……字は鉄花、安徽省績溪の人。一八九二年に全台営務処総巡の官名で、全台湾の営務処巡視のために訪台する。一八九五年八月二十二日、廈門で病死。中国新文学運動で「文学改良芻議」を発表した胡適の父。

（日本人）

西郷従道《じゅうどう》……西郷隆盛の弟。「つぐみち」とも読む。一八七四年の台湾出兵時、台湾蕃地事務都督を拝命し、遠征軍総司令官として全軍を指揮する。当時、位階は中将。

樺山資紀《すけのり》……牡丹社攻撃時は、陸軍少佐の身分で戦役に従事する。後の初代台湾総督。

水野遵《じゅん》……牡丹社攻撃時は、通訳や現地の案内人などの雇用の任を負う。後の初代民政長官。

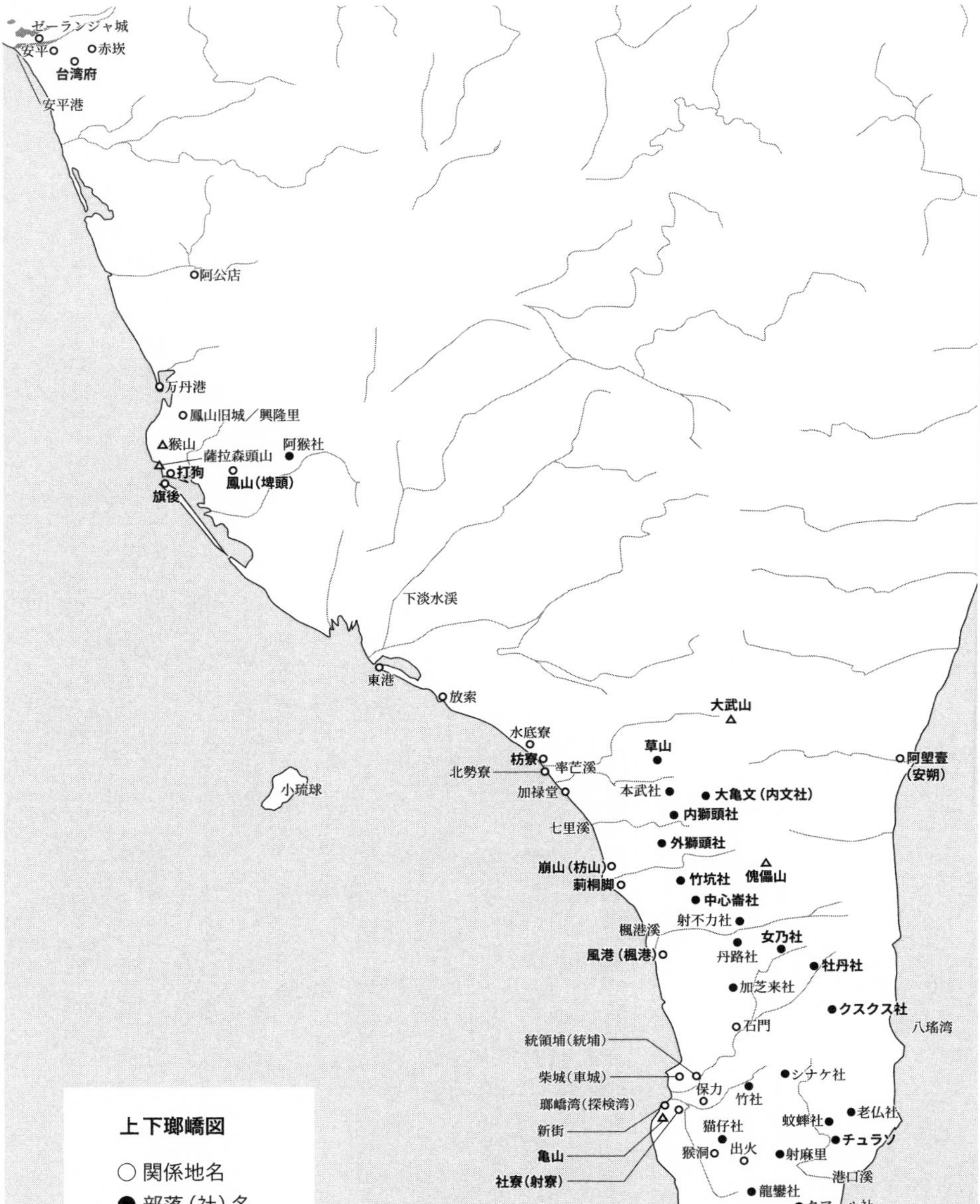
上下瑯嶠図
○ 関係地名
● 部落（社）名
△ 山岳名
ゼーランジャ城
安平
赤崁
台湾府
安平港
阿公店
万丹港
鳳山旧城／興隆里
猴山
薩拉森頭山
阿猴社
打狗
鳳山（埤頭）
旗後
下淡水渓
東港
放索
水底寮
大武山
草山
枋寮
北勢寮
率芒渓
阿塱壹
（安朔）
加禄堂
本武社
大亀文（内文社）
小琉球
内獅頭社
七里渓
外獅頭社
崩山（枋山）
莿桐脚
傀儡山
竹坑社
中心崙社
射不力社
楓港渓
女乃社
風港（楓港）
丹路社
牡丹社
加芝来社
クスクス社
石門
八瑤湾
統領埔（統埔）
柴城（車城）
保力
シナケ社
瑯嶠湾（探検湾）
竹社
老仏社
新街
猫仔社
蚊蟀社
チュラソ
亀山
猴洞
出火
射麻里
社寮（射寮）
港口渓
龍鑾社
クアール社
大繡房
大尖石山
船帆石
南湾
南岬

フォルモサの涙　獅頭社戦役

楔子《せっし》

楓港の徳隆宮の外では、銅鑼《どら》の音がかまびすしく鳴り響き、大勢の民衆、それにテレビ局の衛星放送車が取り巻いて、狭い廟の前はひしめき合っていた。

寺廟の中では、浅葱色《あさぎいろ》のジャケットを着た女性の総統候補者が、大束の花を持ち、神前に恭しく拝礼している。取り巻きと随行がまわりを囲む中で、彼女はゆっくりと廟から出て、廟の前に用意された台の上に上り、自信たっぷりの表情で民衆の歓呼の声に応じた。赤い布を肩にかけた寺廟の主任委員が彼女のそばに立ち、高く手をあげて、興奮して叫んだ。

「五府千歳様〔台湾の民間信仰の神様で李、池、呉、朱、范の五人の英雄〕のお許しが下りました。今度は、我々は必ず当選します！」

民衆はすぐさま興奮して叫んだ。

「凍蒜《トンスワン》〔当選〕！　凍蒜！」

耳をつんざく爆竹の音と響きわたる歓呼の声の中で、女性の総統候補者は満面の笑みを浮かべてマイクを受け取ると、民衆に向かって手を振りながら挨拶をした。語気は意外と冷静だった。

「私たちは台湾に明かりを灯すことを誓います。総統選の最後のロードを、いま、楓港、私の最愛の故郷から、出ー発ーしまーす！」

楓港から数十キロ離れた台東県安朔《あんさく》〔達仁郷〕では、頭は白髪で真っ白、しかしまだ背筋がぴんと伸びている男性が、満足げにこのテレビの実況中継を見ながら眼に涙をためていた。彼は朝早くからテレビの前に陣取って、ずっといままで待っていたのだ。去年の年末、この女性の総統候補者は屏東県の獅子郷にやって来ると、民衆そしてマスコミに向かって、自分には獅子郷のパイワン族の血が四分の一混じっていると表明し、そのうえ申請書の民族欄に直筆で「パイワン」と書いたのである。この瞬間から、彼は彼女の絶対的な支持者になった。彼は、生きているあいだに、このような場面を見る幸せに恵まれるなんて思いもよらなかった。パイワン族が頭角を現わし、大亀文が頭角を現わしたのだ。この来年総統になる可能性が高い若い女性が、パイワン族の血統を持つことを誇りにしていると公にしたのだ。彼は感動した。四分の一であろうと、あるいは一部の連中が言うように八分の一であろうと、彼はかまわなかった。

「大亀文」あるいは「大亀紋」〔大亀文のパイワン語はTjaquvuquvuj〔チャクヴクヴニャ〕〕という名前は、オランダ時代の文献に記載がある。大亀文の祖先は、ゆっくりとした移動と定住を繰り返しながら、数百年かけて率芒《そつぼう》溪以南、楓港溪以北のあいだの枋山《ほうざん》溪〔大亀文溪〕の山林と溪谷、および東部太平洋岸の阿塱衛《あろうえい》溪流域に、「大亀文十八社」あるいは「上瑯嶠《らんきょう》十八社」と呼ばれる部落連合体をつくってきた。実際は、十八部落にとどまらず、酋邦《しゅうほう》〔首長国〕の形態を備え、さらには小さな王国の原型を形成していた。

歴史を振りかえると心が痛んだ。大亀文の名は、この百年、すでに政府の文献には見えず、また民間でも消えていたからである。数十年来、彼はずっと「大亀文王国国王」を自称してきた。実際のところは、彼の真意は国王あるいは王国にはなく、「大亀文」というこの祖霊が残した大切な称号を守ることにあった。

オランダ時代、大亀文とゼーランディア城総督の関係は、良かったり悪かったりだった。大亀文は、ときにはオランダ長官が召集した地方集会[1]に参加したが、大半は応じなかった。1661年、激怒したオランダ人は大亀文に進攻したが[1]、その結果は、勝利できなかっただけでなく、外来の鄭成功に漁夫の利を得させ、勢いに乗じてゼーランディア城に攻め入らせてしまった。鄭氏東寧時代〔一六六一～一六八三〕になると、少数の閩南《びんなん》人〔福佬人〕と客家《はっか》人の移民が瑯嶠に移動しはじめ、東寧部隊も獅頭山の麓の沿岸一帯に進出したが、双方は特に衝突なく過ぎた。

清国は康熙〔一六六二～一七二二〕から同治〔一八六二～一八七四〕年間にいたるまで、台湾統治の範囲を枋寮、加禄堂以北に限定し、そのため大亀文は「政令がおよばず、化外《けがい》の地[2]」に属した。1874年の牡丹社事件[3]後、清国は政策を改め「開山《かいざん》撫番《ぶばん》（山を開きて、番を撫す）」を新しい政策とし、かくて1875年に台湾で最初の清国に対抗する原住民の戦争が勃発したのである。これが大亀文の運命の分かれ道であり、台湾高山原住民族の運命の分かれ道となった。

日本の台湾統治時代になり、1914年に起こった「南蕃事件(4)」は、大亀文の各部落の大移動を引きおこした。さらに耐えがたいのは、「大亀文」が「内文」に縮小されてしまったことだ。1945年に、国民政府がやって来ると、大亀文溪は、枋山溪と称され、その流域は「屏東県獅子郷」と区画された。そして阿塱衛溪流域は「台東県達仁郷」となったのである。大亀文は名前がなくなっただけではなく、地域もふたつの県に分割された。これは大亀文の指導者の家族の子孫である彼にとっては、「大亀文」が歴史と化してしまうことへの憂慮となった。寝ても覚めても、「大亀文」の栄光が台湾に再現されることを望んだ。そして、大亀文が忘れられることに甘んじられず、自ら「大亀文国王」を名乗りはじめた。

加禄から楓港の海辺までは、海と山が交わり、壮大な景観である。遠望すると、まるで巨大な獅子の群れが海辺に悠然と座っているようで、獅子の頭は遠く海を望み、獅子の体と尾は雲深い大亀文一帯を形づくっている。海辺の漢人開拓民は、獅頭山のこの一帯の部落を「獅頭社群」と呼んでいた。後の獅子郷もここから来ている。獅頭社の各部落は、海辺の漢人開拓民の村落と非常に接近しており、双方は互いにいつも往来していた。この女性の総統候補者は、いまの枋野、昔の獅頭社あたりのパイワン族の血が流れていると言われていた。これはただの噂話にすぎず、総統候補者自身は、これまでずっと表立って明らかにしたことはなかった。

「獅頭社……」老人は思わず歯をむきだして笑い出した。これは面白い。合わせて獅頭社と呼ばれた外獅社（Uwaljudj）と内獅社（Acedas）は、まさしくあの年、清国と最も勇敢に戦った部落だった。

この女性の総統候補者を支持するようになるまでは、海辺の平地人、つまり過去二百年、大亀文を侮辱し続けてきた「白浪《パイラン》(2)」に、彼はかなり不満があり、恨みさえ抱いていた。彼ら大亀文は、否、全島の原住民は、白浪の移民がどっと押し寄せてきたために、祖霊が残してくれた大部分の土地を失い、長い伝統を失った。名前や家系、服装、制度、習俗……さらにことばにいたるまで、すべてが白浪化した。彼はこれまでずっと心を痛め、心底、反感の気持ちを抱いてきた。皮肉なのは、体制に反対するために、彼は白浪の大学と大学院に行って学び、白浪の学位を取り、かつての先人たちが「番学塾」に行くよりさらに努力しなければならなかったことだ。すべては虚しくでたらめだった。

　しかし、どんなに努力しても、結局はひとりではなにもできなかった。「大亀文」というこの名前を知っている白浪は何人もおらず、学界でもずっと重視されてこなかった。近年になって、ようやく皆がこの島の主体性を強調するようになり、そして、白浪の次の世代がまじめにこの島の歴史を振りかえるようになってはじめて、この島のもともとの主人公を次第に尊重するようになり、自分が持っている「番人」〔原住民族に対する過去の呼称〕のＤＮＡを誇らしく思うようになった。この女性候補は、もし当選したら、総統の身分で公に原住民族にお詫びをすると表明したのだ。[5]このことばは彼を涙が出るほど感動させた。

　ついに、「大亀文王国」が、徐々に陽の目を見るようになった。島の人びとは次第に共通認識を形成し、島の多元的原住民族と、異なった時代に異なった場所からやって来た多元的移民が、虹のような多元文化を組み立てる未来に向かっている。彼はとても嬉しかった。理想とはまだかなり遠く離れているが、原漢〔原住民族と漢民族〕の激しい対立から、協力し合って共栄する道を歩いているのが見えた。だが、残念なのは、原住民社会が失った多くの伝統はもうもどってこないことだった。

　テレビにまたこの女性の総統候補が映った。

　彼女の生い立ちに、彼は大変興味を抱いた。地縁から見ると、彼女の祖先はパイワン族であるうえに、間違いなく大亀文から出ている。

　彼自身の家の歴史では、祖先は１８７５年のあの歴史的な戦役で、大亀文の族人を率いて、勇敢に何か月も「官兵」と戦った大頭目であった。その後、さらに清の朝廷に冊封されて大亀文の「総目」となったが、正式に清の朝廷の勅令をもって封ぜられた大亀文の指導者に等しい。ぼんやりと国家あるいは酋邦の形ができており、それで「総目」と称することができた。この女性の総統候補は、あのかつて大亀文国王に任じていた彼の祖先と、おそらく血が通じている。

あの1875年の戦争は、ずっと彼ら大亀文の悲惨な記憶であった。あれは小さな酋邦対大帝国の対等でない戦争であった。白浪の官兵は、大亀文の五つの部落を破壊し、大亀文に多数の勇士の犠牲者が出た。それに対して、大亀文もまた官兵に予期せぬ悲惨な代価を支払わせた。ただ憤りを覚えるのは、後の白浪の文献では戦争の真相が歪曲されていることだ。文献の中の大亀文の「帰順」や「投降」は、すべて漢人の厚顔無恥な一面的なことばである。百四十年来、大亀文の人びとは徹底的な屈辱を受けてきたのだ。

時代の大きな歯車はまわり続け、いま大亀文はようやく転換期を迎え、新しい局面を迎えた。

新しい局面において、この女性の総統候補者は自身の大亀文の血統を認めている。もし彼女がこの島の最初の女性総統となれば、天上の祖霊はきっと無上の悦びを覚えることだろう。百年前、ひとりの女性が勇敢に白浪の社会に嫁いでいったが、長いときを経て、思いもよらない形で、改めて昔の栄光と新しい希望を大亀文にもたらすのだ。彼は、この未来の女性総統が原住民に謝罪することだけでなく、大亀文のDNAを持ったこの総統候補が、原住民の祖先に思いを馳せ、いっそう原住民文化の再建に協力するようになることを願った。

彼は感動で胸がいっぱいになり、熱い涙が溢れた。これは火の鳥が炎の中から復活するように救済されたのではないだろうか。

彼は顔をあげ天を仰いだ。心の中で、昔、白浪に嫁いだ大亀文の女性の祖霊に問いかけた。われらをお導きくださるでしょうか。昔、敵対した白浪と和解し、手をつないではじめて、大亀文の名を永く世に伝えることができます。大亀文の栄光は、もはや瑯嶠の片隅に限らず、その名を台湾に広めねばなりません。時代はすでに変わり、百年来、威張り散らしてきた白浪の次の世代は、ようやく目覚め、反省するようになり、さらに原住民と助け合うようになりました。もし次期の総統が、元首の立場で、国家の名前で、原住民に謝罪するなら、それは新しい里程標のはじまりです。これは一気に達成することは不可能ですが、ただ華麗な祭儀に終わらすことはできません。

彼はハッと気がついた。この島は早くから単一の族群〔民族〕によって支配されているのではなく、各族群が和解と理解を通じて、反省し許し合い、お互いに尊重し合うようになっている。「多元族群、多元文化、多元史観、族群共栄」は、この島の住民の未来の方向であり、宿命なのだと。

第一部

日本軍　刀を牡丹に揮い、風港を望む

第一章

「媽祖《まそ》〔航海の守護神、道教の女神〕誕生祭」前日の三月二十二日〔新暦5月7日〕から、王媽守《おうましゅ》(3)は、風港〔現、楓港〕の海辺の住民と四六時中海を見つめ、紅白の日章旗を掲げた巨大な艦船が通り過ぎるのを見ていた。

彼が日付をはっきりと覚えていたのは媽祖が彼の守護神だったからだ。彼の名前の「媽守」は、「媽祖の守護」をお祈りするという意味だった。

皆はこのような煙を吐き、汽笛を鳴らす鉄殻船〔艦船〕を見たことがなかったわけではなかった。ここ一、二年は、艦船が次第に増え、従来の三本マストの帆船に取って変わっていた。ただ、このように頻繁に現われ、そのうえほとんど海岸沿いを運行し、岸からは船員の小ざっぱりした制服が見える、このようなことはこれまでなかったことだ。これらの艦船は白い煙を吐き、長い汽笛を鳴らし、船舷には大砲がみえた。さらに軍隊を載せており、皆は好奇心を覚えながらも恐れていた。

徳隆宮の廟の前で、王媽守は頭《かしら》の口調で風港の開拓民に告げた。

「きっと大変なことが起こるぞ」

案の定、すぐに何百人という日本軍が三十里〔一里六百メートル〕向こうの社寮〔現、射寮〕に上陸したという話が伝わってきた。彼らは新式の連発銃を装備し、噂ではほかに大砲を有し、駐屯をはじめているということだった。明らかに、しばらくのあいだ駐留するのだ。日本人が大枚をはたいて大勢の日雇いを募集すると、柴城《さい》〔現、車城〕や保力、後湾の住民たちが殺到し、多くの人が稼ぎに精を出した。

続いて、ふたりの役人が枋寮から風港にやって来た。ひとりは巡検〔地方官〕の周有基(4)で、ひとりは千総〔武官〕の郭占鰲《ごう》だった。彼らは日本人の動向や、社寮や亀山、後湾一帯のようすを村民に尋ねた。これらの役人たちは、ふだんは枋寮や加禄の官府にいて、瑯嶠にはめったに来なかった。風港にはもう七年も軍人が顔を見せていなかった。前回、台湾府〔当時の台湾は、台湾府、台湾県、諸羅県、鳳山県の一府三県だった〕の総兵の劉明燈大人《ターレン》が、九百人の兵士を連れて意気揚々とやって来て、意気揚々と離れていき、この一帯の人びとに大騒動を引き起こしたが、そのことがまだ皆の記憶に新しかった。一度、蛇に咬まれると、わら縄を見るのも怖いものだ。皆は清国の役人にはいつも警戒心を抱いていた。

王媽守は言った。社寮や後湾一帯に次々と上陸した日本軍は、千人をはるかに超えている。なんでも牡丹社を攻撃する準備をしているそうだ。理由は牡丹社の生番が何十人という琉球の漂流者を殺害したからだ。

王媽守は頭を振りながら独り言を言った。

「おかしなことだ。あれはもう三、四年も前のことではないか？　日本人がもし来るとしたら、どうしていま頃になって来るのか？　一体どういうわけだ」

誰かが尋ねた。

「お役人様はなにを調べに来なさるのか？」

王媽守は答えた。

「あの周巡検殿がおっしゃるには、日本人に関するどんな話でもいいというのだ。特に、もし日本人が風港に現われたなら、必ずあの人たちに伝えなきゃならん。あの郭千総殿は、特に情報が大切で、必ず恩賞があると強調しておられた」

また誰か言った。

「船で枋寮に行ってあの人たちに報告だって？　なんて面倒なことだ。行くときは西南風でまだいいとして、帰ってくるのは、本当にそんなに順調にいかないよ」

数日後、また話が伝わってきた。七年前に、台湾府の劉総兵が率いた大軍と一緒にこの地を通ったあの独眼の白人は、いま日本に行って、日本を助けて今度の出兵を画策したということだ。風港人は皆、七年前のあの事件(5)をはっきりと覚えていた。劉総兵は千人を超える軍隊を連れて、最南端の亀鼻山〔現、大尖石山〕に生番討伐にやって来た。生番を殺すと聞いて、風港や崩山〔現、枋山〕や莿桐脚《しどうきゃく》の開拓民は大騒ぎとなった。村民たちは、積極的に清国軍を助けて道を切り開き、橋をかけ、水や食料を提供して、官兵が生番を討伐してくれることを願った。皆、生番に虐められ恐れていたのだ。生番は山中に出没し、風港や崩山のこの一帯の福佬人の開拓民は、毎年、誰かが生番の襲撃に遭っていた。運が悪い者は、頭部を保つことができず、切られて持ち去られ、その死に様は残酷そのものだった。

ところが、劉総兵は生番と和議を交わし、戦争がはじまらないうちに官兵は撤退してしまった。住民は期待はずれに終わっただけでなく、官兵の手助けをして、かえって生番から恨まれることになった。そして、村民は生番の怒りを沈めるために、ブタをつぶして食料として捧げた。この一件は、皆の心に忘れられず残っていた。

周有基は風港にやって来ると、王媽守らに向かって言った。日本軍がここに来たのは、東部の後山〔原住民族居住地の深山の呼称〕に上陸した琉球の漂流民を惨殺した牡丹社の生番を懲らしめるためだ。

この発言は、王媽守や風港の人びとの心に特別の感情をもたらした。と言うのも、ちょうど去年のことだ。莿桐脚に嫁いだ王媽守の姪の夫が畑仕事をしているときに、なんの理由もなく、山から下りてきた大亀文の番人の出草《しゅっそう》〔首狩り〕に遭って殺された。風港、崩山、莿桐脚といったこれらの大亀文から比較的近い新しい開拓地では、毎年、生番の首狩りに遭う不幸な村人がいた。枋寮の官府では、彼らの生死にはこれまで関知したことがなく、なにかと理由をつけては、枋寮以南は責任を持つ範囲にはないと言い張った。住民は官府に税金を納めていない以上、官府になにも支援を求めることはできなかった。官府の言い方は、かえって王媽守らに計算を働かせ、日本人は官府よりわれわれを守ってくれるかもしれないという期待を抱かせた。

王媽守の王姓の一族は、二十年あまりまえに、集団で柴城から移ってきた。王姓は風港では大家族のほうだった。王媽守の姪は五年前に莿桐脚に嫁ぎ、夫婦ふたりで手足にたこができるほど田畑の開墾に努め、毎年、規則どおり大亀文に納税した。ただ不幸にも、数か月前に、夫が崩山渓谷で死んだ。死体が水中に浮き、頭部は切られて、ひとり寡婦として残された。王媽守は時間をかけてようやく彼女を落ち着かせたところだった。

第二章

風港の人びとが社寮でなにか起こっていないかと気をもみ、さらに台湾府は今度また兵を派遣して南下してくるのだろうかと噂をしているところに、先に日本軍が二、三十人、風港にやって来た。

それは日本人が社寮に上陸してから九日目か十日目のことで、周有基らが風港を離れてから四日目に、日本軍の一部が風港にやって来たのだ。王媽守を非常に驚かせたのは、日本兵はことばは通じないが、漢字が少し理解できて、筆談ができることだった。しかも、日本兵は柴城の福佬人の通訳をひとり連れてきていた。それで風港の開拓民は皆で、日本の軍人と話し合うのに王媽守を推した。

日本軍の頭目は横田棄《すてる》という大尉だった。王媽守は思いがけず日本軍と知り合うチャンスをつかみ、しかもそれが中クラスの頭目だったので大いに喜んだ。横田棄を見ながら、王媽守のふたつの小さな眼はグルグルとまわっていた。横田棄はいくぶん小柄だったが、体にぴったりの軍服を着、腰には佩刀して、見たところ威風堂々としていた。王は内心、横田棄と数日前に来ていた周有基を比べていた。ふたりは身なりが違うばかりか、周有基は王たちには居丈高だったが、横田棄のほうはずいぶん鄭重だった。

あの日、周有基が来たとき、王媽守は妹の婿が大亀文番に殺され首も取られたので、民衆のために、少なくとも軍人を何人か山に派遣して、大亀文人に二度と民衆を殺してはならないと警告してほしいと訴えた。周有基は同情の素振りもみせないばかりか、そんなことは考えられないとばかりにうるさそうに言った。

「そんなことは、お前たちが自分自身で解決するものだ。官府は、一貫して生番のことには介入しない。それにいまはまた日本人が来て問題を起こしてるんだ。日本人に対処しなければ、すべてが後の祭りになってしまう」

王媽守が横田棄の腰の佩刀をしげしげと見ていると、横田棄が柴城の福佬人を通じて最初の質問をしてきた。

「風港にはどれほどの世帯があるのか?」

「多くはございません、百軒あまりです」

「ここから牡丹社まで、何里あるのだ?」

「ここから牡丹番社までおおよそ三十里あまりで、山は高く険しいです」

「通れる道はあるのだろうか?」

「山の中を突っ切って行き、道はございません」

そう言うと、王媽守は突然、興奮して滔々と日本人に訴えはじめた。

「山中は、生番がなにはばかることなく横行して、非常に危険です。林の中に隠れて、弓矢で人を狙っており、私どもは山道の行き来はひとりではとてもできません。相変わらずたくさんの村人が危害に遭っております。数年前に大清国の劉総兵がやって来て、番人を討伐すると言って物資を徴用し、私共も道を開くのに駆り出されましたが、うやむやのうちに終わり、かえって番人の怒りを買いました。今度は日本人が生番を処罰に来られたと聞いて、風港の村民はとても喜んでおります。日本人がもし生番をやっつけてくださるなら、風港人は感謝にたえません。(6)」

横田棄は大いに喜び、勢いづいて言った。

「われらが天皇が生番に兵を出すゆえんは、ひとり番人にわが国の民を殺害した罪を質《ただ》すのみならず、また貴殿の全島の民よりこの害を除くためでもある。貴殿らがわれらと心を合わせて生番の討伐に協力願えればこれに越したことはない」

王媽守は言った。

「私どもの村は小さいですが、小さな兵舎を建てるぐらいは可能でございます」

日本人が質問をしながら逐一文字を記録しているとき、王媽守は気がついた。日本人の暦は風港人が使っているものと違う。この日は、風港人の暦では同治十三〔1874〕年四月初一だが、日本人は明治七年五月十六日と書いている。

横田棄は、もともとはようすを探りに来ただけであったが、王媽守の話を聞いて、大いに喜び、急いで社寮の大本営にもどって上部に報告した。社寮の日本軍の司令官の西《さい》郷従道《ごうじゅうどう》は、牡丹社を三方面から攻撃することに決め、北路は風港から出撃する作戦を立てた。

横田棄が引き上げると、村人は王媽守に、誰を枋寮に派遣して官府に報告するのか尋ねた。王媽守はヒヒヒと奇妙な笑い声を発しながら言った。

「枋寮の官府は、いつわしらの生死を気にかけてくれたか？　どうしてわしらがはるばる遠方まで奴らに報告に行かねばならんのか。それに報告して、奴らが官兵を派遣してきたら、わしらは奴らの世話をしなければならんぞ。そればかりか、奴らがまたなにもしないで尻をはたいて帰っていったら、わしらにどんなよいことがあるというのだ？」

さらに数日後、また知らせが伝わってきた。日本軍が石門で牡丹社番と交戦し、牡丹社の頭目父子が日本人に殺されてしまったというのだ。王媽守は興奮して言った。

「わしらは賭けに勝った。日本人がわしらの風港にもやって来て、大亀文番を大いに殺して、わしらのうっぷんを晴らしてほしいものだ」

第三章

アイディンは部落の外から帰ってくると、玄関先で足を止めた。母親がちょうど何人かの女たちと楽しそうに大声で雑談しているのが聞こえてきた。彼女は足を忍ばせて、自分の部屋に隠れようとしたとき、思いがけず背後から母親の大きな声が聞こえてきた。

「アイディン、おいで！　お前に自分できれいな服を織らせようとしているのに、お前はまたどこで遊び呆けていたんだね。お兄ちゃんが内文社のロバニヤウ家族に婿入りする(7)のももうすぐだよ、お前は結局、なにを準備すんだい？」

アイディンはしかたなく振り返って、左手を体の後ろに引っ込め、母親のそばに近づいた。母親は手の中の麻糸をアイディンに渡すと立ちあがり、アイディンを座らせ、続きを織るように目配せした。アイディンはもう逃げようがないと観念し、無理に両手を伸ばし、麻糸を選り、糸車に巻きつけた。すると、隠し切れなくなった。母親やおばたちが、彼女の左手にはめた白い腕輪を目ざとく見つけると、ワッと驚きの声が起こった。

　おばたちが叫んだ。

「なんてきれいな腕輪なの！」

　母親だけが違うことを言った。

「どこから持ってきた腕輪だい？」

　アイディンはわざと冷静を装って言った。

「天牛の玉の腕輪で、牛車《ぎっしゃ》の順仔《スンア》と取っかえっこしたのよ。牛車の順仔が言っていたわ、これは和闐《ホータン》羊脂白玉〔和《ホー》田《タン》白玉〕と言うんだって」

「なんだって！」

　今度は、皆が声をあげた。

　母親は信じられないといった表情で、大声で叫んだ。

「お前は天牛の玉を持っていって、その白浪のやつと交換したのかい。お前は祖霊になんて言い訳するの？」と言いながら、眼のまわりは潤んで真っ赤になった。

　まわりいるおばたちも、しきりにアイディンのやり方は間違っているとなじりはじめた。ただ、中には、この腕輪は純白で、透き通って輝き、これまで見たこともなく、天牛の玉と交換する価値があると言う人もいた。牛車の順仔は、アイディンを騙したのではなかった。ただ、天牛の玉は祖霊が残した大切な物だから、ほかになにかいいものを探して牛車の順仔から「天牛の玉」を取りもどすに越したことはない。白浪は悪い人ばかりではない。

　牛車の順仔は、山麓の崩山庄に住むひとりの年老いた白浪で、十日か半月ごとに、牛車を引いて、山の上の部落のそばまでやって来て、大亀文の人びとと物々交換で商売をしていた。

　アイディンはもともと布を織るつもりはなかったので、とっくに立ちあがっていた。彼女ははじめはなにも言わなかったが、彼女が交換してきたばかりの玉の腕輪をいつまでもいじくりまわしているのを見て冷たく言った。

「お義姉さんはきっとこの玉の腕輪を気に入ると思うけど。私たちは、天牛の玉のほかに、まだたくさんのガラス玉の首飾りや腕輪を持ってるわ。違った素材の腕輪が増えて、それにこんなにきれいで、とってもいいことでなくって？　牛車の順仔は、もともと交換したくなかったのよ。ガラス玉の腕輪ふたつなら、この玉の腕輪と換えられると言っていたのよ。私は小さな雲豹〔台湾では一九八〇年代に絶滅したと言われる〕の毛皮を一枚つけ加えて、順仔にあげた。牛車の順仔の話では、この羊脂白玉の腕輪は、白浪のあいだでも家宝ものだって」

　ひとりの少し年かさのおばが、とがめるような口調で言った。

「アイディン、天牛の玉に特別の意味があることをわかってる？　天牛の玉は謀略と知恵を象徴して、わたしたちを天牛のようになれと励ましてくれるんだよ。小が大に組みついて、大きな木の幹に入り込んだら、刀や斧を使わず、大樹を枯らして倒すことができるんだよ……」

　アイディンは口をはさんだ。

「もちろん知ってるわ、でも、私たちにはまだほかに勇士の玉などもあって、聡明や知恵を象徴してるわ」

　母親はしょうがないといった表情で頭を横に振った。

「お前って娘は、意固地で言うことを聞かない。いまこんな大きな問題を引き起こし、私には責任を負えないから、頭目のお兄ちゃんに話すことにするよ。それにね、今度の結婚式では、先にガラス玉を三種類選んで、ロバニヤウ家族に渡さなきゃならないんだよ。もともと私は『天牛の玉』をお兄ちゃんのシャガイに渡し、知恵を表わすつもりだった。『孔雀の玉』は花嫁さんにあげて、結婚の希望に満ちた幸せを表わすの。『結盟の玉』はロバニヤウ家族にお渡しして、両家の家族のつながりと、友誼と、縁を表わすの。それがいま天牛の玉がなくなってしまい、お前のこの白浪の腕輪は女性に渡すもので、男性に渡すもんじゃない。本当に、シャガイになんて言い訳したらいいんだろうね」

　母親はそう言うと、姉妹のほうを振り向いていたずらっぽく言った。

「皆、私と一緒にシャガイ頭目に指示を伺いに行ってくださいな」

　アイディンは言った。

「シャガイは、自分の家で長老たちと会議をしてるわ。

私はさっき部落にもどったとき、腕輪をシャガイとアラパイのふたりのお兄ちゃんに見せるつもりだったの。シャガイとアラパイも、私の考えと一緒よ」

そう言うと、イーッという表情をした。

アラパイはシャガイの弟で、アイディンの兄であり、アイディンとはとても仲がよかった。それにシャガイにも信頼されて頼りにされていた。

ひとりの老婦人が言った。

「今日は大事なことがあるようじゃね。頭目たちも朝から会議を開いて、まだ終わってないようだね」

もうひとりの老婦人が羨ましそうに言った。

「シャガイは運がいいね。パタゴタイ家族の長男で、もともと内獅部落の頭目(8)じゃろ。今度、チュウクと結婚して、ロバニヤウ家族に婿入りすりゃ、チュウクは将来、たぶんなにもしない肩書きだけの大股頭(9)になろう、そうすると、シャガイは実質的に、大亀文中の大股頭ってことになるね」

第四章

頭目の家は、部落の最も高い台地にあった。シャガイは中央に座り、ほかの者たちは左右に二列に分かれていた。今日は遠路、丹路社から、重要な知らせが伝えられ、それでシャガイは、長老たちを集めて会議を開いて話し合っていた。

丹路社は射不力部落群の中の大きな部落で、風港溪の北岸にあった。射不力群は、大亀文部落群と牡丹部落群のあいだに位置する部落群のひとつだった。大亀文人と牡丹人は、ふだん互いに敵視し合っているわけではなかったが、仲がよいわけでもなかった。射不力群は温和で機敏、ちょうど両者の仲介人のような立場にあった。丹路社の名前は、「牡丹に行く路」から来ていた。

丹路人が言うには、近頃、異常な事態が起こって、多くの牡丹人が射不力群に逃げてきている。牡丹人たちは、祖霊の記憶ではかってない事件が部落で起こったと非常に驚いている。どこから来たのかわからない軍隊で、噂では「日本」というそうだが、想像を絶する大きな船に乗って、土《トゥ》生仔《サンア》[10]が住む社寮から上陸し、それから土生仔の導きで、瑯嶠渓谷に沿って牡丹社に攻め入った。牡丹社の大頭目アルク（阿禄）は、三十人の勇士を率いて、石門で日本人を迎え撃った。ただ、日本人の銃は非常に性能がよく、連射でき、射程距離も長かった。牡丹社は大敗を喫した。大頭目とその息子の頭目は、その場で殺され、しかも首を切り取って持っていかれた[11]。牡丹社中が大騒ぎとなり、皆は次々と部落から逃げ出した。南部のスカロ人[6]は日本人に好意を示すことにしていたため逃げなかったが、牡丹人は東へあるいは北に逃げた。いま牡丹人は四方八方に流浪し、ほかの部落にかくまわれている。

　シャガイは丹路人に尋ねた。どうして日本人ははるばる遠いところから、海を渡って牡丹社を攻めてこられるのか。あんなに多くの人が、またどのようにして大海を渡ってきたのか。

　丹路人が言うには、日本人はとてつもなく大きな鉄の船に乗ってここにやって来た。日本人は土生仔にたくさんの金を渡し、土生仔は彼らが軍営を建てるのを助け、案内役を買って出た。日本人が来た理由は、三、四年前に、日本人が理由なくクスクス（高士仏）人に殺され[12]、それでけりをつけに来たらしい。

　誰かが尋ねた。

「クスクス人はもうひとつ別の大きな海[13]のほうに近いんじゃないのか？　日本人はどうしてこちらの海に牡丹人を探しにやって来たんだ？」

　丹路人が言った。

「彼らの死者の頭骨は、牡丹人が持ってるらしいんだ」

　誰かがストレートに尋ねた。

「わしらとどんな関係があるんだ？　これは日本人と牡丹人のことだ」

　丹路人が言った。

「噂では、日本の船は兵士を乗せてここにやって来て、どんどん人数が増え、もう二千人を超えたらしいぞ。わしらは心配でならん。日本人は牡丹人の土地を占領して、これからも離れず、そのまま居続けるんじゃないのか」

皆は一瞬シーンとなった。

とうとう頭目のシャガイが口を開いた。シャガイは特に背が高いわけではなかったが、大変精悍で、伝統的な大亀文の黒くて広い顔を持ち、あごは少ししゃくれて四角く、髪は肩までかかり、眼には覇気があった。今日は、特別厳粛な表情をしていた。彼は一字一字ゆっくりと話した。

「これは確かにこれまでなかったことだ。大亀文はしっかりと対処しなければならん。牡丹人はわれらの友だちとは言えないが、しかしなんと言ってもわれらの隣人だ。もし日本人が、これから牡丹社を占拠するようなことになれば、われらも必ず脅威を受けよう。牡丹人がもしわれらの助けが必要になれば、大義に従って彼らを助けねばならない。われらは、先に人を出して牡丹人のために戦争をするようなことはしないが、しかし、われらは備えなければならない。もし日本人が河を渡って射不力人を攻めてきたなら、われらは射不力人を助けて一緒に日本人と戦わなければならん。人、われを犯さずんば、われ、人を犯さずだ。もし日本人が射不力人を攻撃してきたならば、それは日本人はまた必ずわれらの土地を攻めてくることを意味する。俺も人を遣って内文社(14)の大股頭に連絡する」

皆はシャガイの言うことはもっともだと考え、しきりに頷いた。

シャガイは決意を述べた。皆は大いに賛同しながら、シャガイが頭目であって本当に好運だと思った。ある人が大喜びで言った。

「シャガイは、本当に優れていて、知恵がある、道理で大股頭のブラリヤン(15)が見初めるはずじゃ」

皆は楽しそうに騒ぎはじめた。

「シャガイ、結婚式まであと十日あまりだね、部落中で大いに賑やかにやろう」

誰かが言った。

「内獅頭社も外獅頭社もその数日間は、きっと誰もいなくなるね、皆お祭り騒ぎで内文社に駆けつけるよ！」

射不力社の使者はとりわけ喜んだ。これがまさに彼が来た目的だったからだ。彼ははっきり言わなかったが、もし日本人がアルクを殺すために行ったのなら、射不力群に攻めてこないとも限らない。また強大な大亀文社に助けてほしいとはっきり言うこともできないから、内文社に行かず、内獅頭社に来たのだ。内獅頭社は、一方では大亀文社の強大な部落であり、そのうえシャガイが内文社のロバニヤウ家に入婿すれば、明らかに大亀文社の実際の指導者になるのだ！

第五章

王媽守の希望はかなった。果たして、半月後、日本の軍人がまた風港に現われたのだ。横田棄は、一緒に来た人物を王媽守に紹介した。そのうちのひとり水野遵《じゅん》(16)は、なんとかなり流暢な福佬語を喋る。もうひとりは、指導者らしき軍人で、威風堂々としていた。樺山《かばやま》少佐(17)だった。ほかは田中大尉と池田大尉である。王媽守は、彼らの腰につけた刀が大変長いことに気がついた。樺山が一度刀を抜いてみせたが、見事にキラリと鋭く光り、王媽守をゾッとさせた。

その後、王媽守はこの樺山少佐は台湾に来ている日本軍の中で三番目の地位にあることを知った。しかし、二十一年後に、樺山と水野が台湾島の統治者になることなど知るよしもなかった。

水野遵は手に一枚の地図を持ちながら、福佬語で王媽守に、明日また二百名あまりの日本軍がやって来る、ついては宿舎の提供、それから女乃社《ニィナイ》までの部隊の案内人を用意してほしいと言った。

王媽守は一喜一憂した。嬉しいのは、本当に日本軍が大挙して風港にやって来ることだ。悩ましいのは、風港は二百戸にも及ばず、どのようにしてこんなに多くの人を世話するかだ。彼はどんよりした空を見あげながら、思わず眉を寄せた。

翌日雨がいっそう激しくなった。王媽守は、水野遵たちと夕方までずっと待ち続けて、ようやく日本軍が到着した。日本軍は早朝、柴城（現、車城）を出発し、大雨をついて一日余計に時間をかけて到着したのだった。彼らは全身ビッショリ濡れ、表情には疲れが出ているが、隊伍は依然として整然としており、王媽守は大いに関心させられた。

風港の住民は多大な労力を費やして、日本軍を無事に迎え入れた。いい具合に風港の徳隆宮は、祝日に祈りの祭壇を設けたり、王船〔疫病を鎮める王爺祭りに使う船〕を祭ったりする大きな廟で、比較的ゆったりとしていた。最も村民を喜ばせたのは、日本軍が十分な報酬を出して、皆の気持ちにゆとりを持たせたことで、日本軍への好感度も大いに増した。

村民は山の上の生番を殺しに行くのだと聞いた。道は歩くのも大変で、しかも危険に満ち、それに皆がふだんから憎んでいる大亀文番ではなかったが、それでも小躍りして応募した。日本人が出す報酬もまた確かに人を引きつけた。

＊

数日後、日本軍の攻撃について行った四人の道案内人が風港に帰ってきた。そのうちのひとり黄文良は王媽守の隣人だったが、女乃社で番人の後ろからの突撃に遭い、軽傷ながら槍で負傷していた。彼は顔いっぱいに英雄気取りの表情を浮かべ、口角泡を飛ばして、日本軍が牡丹社に深く侵攻した三日間のようすを語った。

「わしは先鋒を担ってな、皆を連れて風港渓に沿ってさかのぼり、前後して七回渓流を渡ったよ。渓流は流れがきつく、木が道をさえぎっておるから、わしらは山をグルッとまわって山越えしたんじゃ。樺山少佐や田中大尉は、わしの功績は大きいと大いにほめてくれたよ。何度か、渓流を隔てて、山の上で番人がようすをうかがっているのを見たぞ。大軍は女乃山を通り抜け、ついに牡丹社の大部落、女乃社まで到達したんだ[18]」

「番人のやつらは、日頃は威勢よくすぐ人に殴りかかるくせに、なんと軍隊が到着しないうちに、さっさと逃げ出してしまいおった、ごくわずかの番人が、林の中に隠れて背後から不意打ちを狙うだけだった。なんとか天のご加護で、軽傷ですんだがね」

「牡丹社の大頭目の父子が、数日前、石門山で死んだんだよ。女乃社もびっくりして逃げ出し、空っぽだ。そうそう、思いもかけなかったなあ、番人があんなにきれいにして住んでるなんてね。山の中腹に石板《スレート》家屋がいっぱい建っていて、石の階段もあり、四方八方に通じてるんだよ」

「樺山大人は兵隊を派遣して付近の林や渓流一帯を捜索したが、ただ老婆をひとりと、足の悪い娘[7]をひとり捕まえただけだね」

道案内人たちはすっかり興奮して喋った。

「ずっと侮辱されてきたから、日本軍が番人の住居を焼き払うのを見ていると、本当に痛快だったよ！」

熱狂ぶりに水を差す者もいた。

「あの牡丹番は、わしらとは、なんの恨みも憎しみもないよ、大亀文番を探してやっつけてくれればいい」

こうしてワイワイ話しているうちに、風港の人びとは日本軍にいっそう好感を持つようになっていた。日本軍が去っていくとき、多くの人びとが再来を歓迎する気持ちを表わした。

第二部

大亀文　世と争いなく、かえって擾に見《まみ》える

第六章

王媽守は、日本人がこんなにせっかちだとは思いも寄らなかった。日本軍が女乃社への遠征から帰って五日目、横田棄がまたやって来た。しかも二百名もの兵士を連れ、威風堂々として、風港人の度肝を抜いた。

今回は、横田棄は営舎を建てる土地を探しており、明らかに長期駐留の考えがあるようだった。風港人は喜びの表情を浮かべ、これで大亀文番も無茶はできないだろうと思った。王媽守は、いままでは日本人から風港の頭人とみなされ、意気揚々としていた。

王媽守を驚かせたのは、横田棄は風港に来て三日目に、王媽守に依頼して竹筏乗りを雇い、王には船で莿桐脚まで案内させ、莿桐脚の頭人阮有来《げんゆうき》を訪ねたことだ。午後にはまた崩山に行って、崩山の頭人陳亀鰍《ちんきしゅう》を訪ねた。

横田棄は、ふたりの頭人に威厳たっぷりにこう述べた。

牡丹社は良民に害を加えた。それゆえ日本人は大軍を派遣してこの一帯の人民を保護するために瑯嶠にやって来た。横田棄は中国の古典を学んでいるらしく、「民を吊《とむら》い、罪を伐《う》つ（苦しめられている人民を慰めて、罪ある支配者を討伐する。孟子）」ということばを使った。

三人の頭人は、自分が学んだ古典は日本人にも及ばないのかと、いささか恥ずかしくなった。横田棄は続けて尋ねた。

「ここの大亀文十八社は、牡丹社のように凶暴なのか、それとも平和的なのか？」

三人の頭人は、異口同音に言った。生番はどの族群も皆、どうなるかわからない。カッと腹を立てると、血相を変えて人殺しをする。しかし、頭人たちはまた次の点も認めた。収穫した米やサツマイモは、小作料として大亀文に納めなければならないが、ただ「大亀文人は大雑把で、細かく言い争うこともなく、大体納めればそれでよかった」。

横田棄は、下瑯嶠のスカロ族の、例えば射麻里《シャマリ》やチュラソや蚊蟀《マンス》などは、日本軍の攻撃を受けていないにもかかわらず、頭目らは次々と社寮に行き、日本軍の司令官西郷従道に拝謁して、帰順を申し出ていると述べた。そして、大亀文の頭目たちもスカロの頭目に見習って、風港に来て西郷大将に拝謁するよう望むと述べた。

王媽守は土地柄、風港溪の射不力社をよく知っていると言った。崩山と莿桐脚の頭人は、いつも崩山溪を行き来するので、大亀文のほうをよく知っていると言った。そこで横田棄は、阮と陳のふたりに、すぐに大亀文の頭目に会いに行き、大亀文の各部落の頭目に風港の日本軍の軍営に出頭するよう伝えることを要求した。ふたりは難色を示し、いまは彼らの村は祭りの最中で時期がよくありません、日を置いてまた相談致しましょう、と言った。しかし、横田棄は強引で、ふたりは応じざるを得なかった。

横田棄はふたりに、五日間、時間を与えると言った。五日後の6月19日に、風港の日本軍の軍営で大亀文の頭目たちに会うことを望んだ。横田棄は、もし大亀文の頭目がじきじきに風港の日本の軍営に来るなら一番だが、崩山か莿桐脚までであれば、それでもよし、それに合わせて会うことに同意すると言った。

王媽守は、日本人のやることは本当に積極的だと思い、内心秘かに敬服した。

王は風港にもどると、皆に経過を報告した。最も年老いた、最も古書をよく読んでいる老官吏が、日本軍が北に向かって行動していると聞いて、ウンウンと声を出すと、白髪まじりの長髭をよじりながらブツブツ言った。

「これらの倭人の下心ははかり難い、下心ははかり難しだ。奴らのやり方を見るに、ただ番を懲らしめに来ただけにあらずだな、また牡丹社で満足しない。狼の野心、狼の野心だぞ」

また本を入れた袋を落とした。

「普天の下、王土に非《あら》ざるは莫《な》く、率土の浜、王臣に非《あら》ざるは莫《な》し（『詩経』小雅・北山之什）。ああ、この瑯嶠地区は大清の王土ではないのだろうか……？」

第七章

シャガイは胸をピンと張り、息を吸い、息を止めると、まず持った弓を天に向け、そしてゆっくりと下に移動しながら弓をピタリと止め、弦をいっぱいに引くと、二百歩向こうの皮の壺に照準を合わせて、軽く放った。矢は空を切って勢いよく飛ぶと、空中で美しい弧を描き、やがて大きな石の上に置かれた皮の壺が音を立てて倒れ、壺の水が流れ出し、矢の勢いのすごさを示した。

取り囲んで見ていた人たちのあいだから歓声があがり、皆は大声で叫んだ。

「シャガイ！　シャガイ！　シャガイ！」

皆の声が空に響き渡った。シャガイの四角くて黒い顔に笑顔が浮かび、両手を高く掲げて集まった人びとの歓呼の声に応えた。

歓呼の声の中、大亀文の総頭目であるロバニヤウ家族のブラリヤンが女巫に先導され、娘チュウクの手を引きながら入場してきた。チュウクは、今日は正装に着飾っていた。しかし、最も美しく輝いていたのは、きらびやかな色彩の衣装ではなく、彼女の湖水のように潤いのある眼と、太陽のようにキラキラきらめく笑顔であった。

総頭目が娘の手をシャガイに引き渡すと、女巫が祝福の聖水を注ぎ、ふたりが夫婦になったと表明した。するとまた、ワッと声があがった。

この瞬間から、内獅頭社のパタゴタイ家族のシャガイは、正式にロバニヤウ家族に入婿し、大亀文総頭目ブラリヤンの婿になった。老頭目は、最近は体調がすぐれず、歩くのもつらそうなようすであった。さらに昨年、妻を亡くしていた。彼は疲れを覚え、休みたい気持ちになっていた。シャガイが婿入りして、万事了解したら、ボツボツ大頭目の地位を長女のチュウクに譲り、さらにシャガイに補佐させようと考えていた。

アイディンも皆の輪の中にいた。彼女は新しい衣装に身を包み、頭上に艶やかな花冠を戴き、胸の前には新鮮な花をかけ、貝殻やヒメモダマ（鴨腱藤[19]）の種で飾り、腕には「天牛の玉」で白浪と交換した白玉の腕輪を着けていた。その日、頭目の兄は彼女に、「天牛の玉」のことはなにも気にしていない、ロバニヤウ家族が白浪の玉の腕輪を好むとも思わない、腕輪はアイディンにあげるとあっさりと言った。後に、アイディンはそれをまた二番目の兄のアラパイに贈り、彼の将来のお嫁さん、つまり彼女の義姉にあげるようにと言った。アラパイはそれを受け取った。「天牛の玉事件」は、こうしてうやむやのうちに片づいた。母親はずっと頭を横に振りながら、若い者は白浪に毒されていると心を痛めた。いま、アイディンとアラパイは一緒に並んで、長兄のシャガイの晴れ姿のために喝采を送っていた。

皆は若いふたりと老頭目を囲んで、大きな輪をつくり、楽しく歌ったり踊ったりしている。輪はまず内に向かって縮小すると、皆は腰を曲げて大きな声をあげ、両手を高くあげてまた外に広がった。それからまた丸くなり、内に向かって集まり、そしてまた外に広がり、こうして一度また一度と続いた。もう夕暮れどきであったが、大亀文の太陽の光は一年中灼熱だった。皆は焼けつくような日差しを恐れずに歌い踊り、いつまでも疲れを知らず、休むことも知らなかった。今日は大亀文中の人びとの喜びの日だった。

とうとう老頭目は疲れを覚えて、休むために家にもどった。シャガイとチュウクのふたりは、相変わらずその場で皆と歌いながら踊っている。

肉の香りが漂い出し、皆はもうすぐはじまる夜の宴会に期待しはじめた。中にはもう、仲間と酒の飲み比べをはじめている人もいた。

そのとき、老頭目のそばにいたひとりの護衛が、歌ったり踊ったりしている人びとのあいだを抜け、シャガイのほうに駆け寄り、踊っているシャガイに礼をした。シャガイは彼の突然の行動に驚かされ、踊りをやめた。するとその護衛は、シャガイの耳もとに口を近づけて、なにかささやいた。多くの人がなにが起こったのだろうと、踊りをやめた。歌声は騒々しく、シャガイは眉に皺を寄せ、護衛がなにを言っているのか聞こえないふうだった。シャガイはちょっと躊躇したが、チュウクを連れて踊りの輪を抜け出し、頭目の家のほうに向かって歩いていった。主役がその場を離れると、皆は一斉に踊りをやめた。シャガイはいくぶん不機嫌だったが、皆が踊りをやめたのを見ると、無理に作り笑いをして、振り向いて大声で叫んだ。

「踊りを続けるんだ！」

人の輪がまた丸くなりはじめたが、皆はもういくぶん興味を失い、歌声もまばらになり、何度か歌うと、頭目の家のほうを振り向いた。皆は何事が起こったのかと、いぶかりはじめていた。

シャガイはチュウクの手を引きながら、疑問でいっぱいになっていた。一体、どんな大変なことが、老頭目に婚礼の歌舞を中断させ、彼と相談しようとするまで急かせているのか。

どうしたのか、護衛は彼を家の中に案内するのではなく、頭目の石の家屋をグルッとまわって、さらに坂道を下った。そこは老頭目の弟のツウルイの家だった。このとき、アラパイとアイディンが後ろから追いかけてきたので、シャガイはふたりを同行させた。

一行が部屋に入ると、中にはもう五人座っていた。老頭目のブラリヤンとその弟のツウルイのほか、白浪のふたりと中心崙部落の長老だった。明らかに、この中心崙部落の長老が、白浪のふたりを連れてきたのだ。そのほか、ふだん老頭目の世話をしている中年の女性が部屋の角にぽつんと立っていた。

シャガイは、婚礼の歌舞の場を邪魔をしたのが、あろうことかふだんから嫌っている白浪だったので、いっそう腹立たしかった。しかし、自分の結婚の日でもあり、無理に気持ちを抑えて、冷たくふたりの白浪に挨拶をした。

アラパイとアイディンは、ここは自分たちの出番ではないとわかり、一緒に部屋を出た。中心崙部落の長老は、そのまま部屋の外に出て、その場にいようとしなかった。

ふたりの白浪とは、崩山の頭人陳亀鰍と莿桐脚の頭人阮有来だった。ブラリヤンのそばには、鉄鍋がふたつ置かれている。老頭目の妻の死後、つきっきりで老頭目の世話をしている中年の女性は部屋の隅に立ったまま、嬉しそうにキラキラ光る縫い針を持ち、手放せないようすであった。

明らかに白浪が持ってきた挨拶代わりの土産だった。チュウクは彼女のそばに行き、縫い針を見て嬉しそうな表情を浮かべた。

大頭目はふたりの白浪の頭人に言った。

「これは婿のシャガイだ。お前たちが来た目的はなにか、この婿に話されよ。わしはもう年だ。それにわしは今日お腹も調子がもうひとつだ」

ふたりの白浪は立ちあがり、シャガイに拱手の礼をした。シャガイはうるさそうに手を振り、ふたりに座るようにうながすと、すぐに本題に入った。

莿桐脚の頭人の阮有来が言った。

「じゃ、私から先にお話し致そう」

彼は見たところ、もうひとりの四十歳くらいの崩山の頭人より年上だった。頭人は「エヘン」と咳払いをして、のどを整えた。シャガイは、この年寄りが老けているうえに猫背なのを見て、莿桐脚の海辺からここまで歩いてくるのは、大変だったろうと思った。

莿桐脚の頭人は来訪のときが不適切で、婚礼のじゃまをしてしまったと、先に詫びを言った。もし早くから知っていれば、お祝いをたくさん準備してきたとも言った。

莿桐脚の頭人は、開口一番、なんと大亀文語で喋った。発音は特に上手というわけではなく、しかもとぎれとぎれだったが、意味はよくわかった。それ以来、シャガイからはかなり好感を持たれるようになった。

莿桐脚の頭人は、実は崩山と莿桐脚もちょうど祭典の時期で、このようなときに大亀文を訪れるようなことはしたくはなかったが、日本人がずっと催促してきたのだと言った。ここまで言うと、ちょっと休み、総頭目をちらりと見、またシャガイを見ると、口角を少しあげ、笑っているのかいないのか曖昧な表情で尋ねた。

「総頭目は日本人をご存知でしょうか？」

ブラリヤンは、ペッと音を立てて檳榔の液体を吐き出すと、気に食わないようすの口調で言った。

「わしは、牡丹社の大頭目のアルク父子が日本人に射ち殺されたと聞いたぞ。そいつら日本人は一体、どこから来よったのじゃ。なにをしに牡丹社に行ったんだ。あの漁民どもは、クスクス社の者が殺したのじゃよ、牡丹社のアルク父子となんの関係があるんじゃ」

老頭目はそう言い、莿桐脚の頭人がそれに応えようとすると、シャガイが突然、立ちあがって、憤慨の表情を浮かべて怒鳴り声で言った。

「つい最近のことだ、牡丹社の皆は散り散りになって逃げた。多くの者が射不力の部落にやって来た。話によると、日本人はお前たち白浪が手引きし、女乃社も焼き払った。そのため風港以北の射不力社群も皆、大慌てだ。俺らは出草して白浪を殺すが、お前たちは、村中の者を殺すのか？　お前らは日本人を案内して、牡丹社のいくつもの部落を焼きつくした、こんな馬鹿なことがあるか！」そう言うと、莿桐脚の頭人を指差しながら言った。

「日本人はお前たちを大亀文に寄こして、俺らを脅そうって言うのか」

莿桐脚の頭人は、自分から口火を切り、大亀文の老若ふたりの頭目が、こんなに不機嫌になるとは思いもよらなかった。これじゃ、大亀文の頭目たちを風港の日本軍の軍営まで出てこさせよという、横田棄の話をどう切り出したらいいのか。ふたりの頭目は互いに目くばせした。すると、もうひとりの崩山の頭人の陳亀鰍がゆっくりと立ちあがり、大亀文の頭目たちに両手を組んで深々とおじぎをした。

「総頭目、大頭目、どうかお怒りをお沈めいただき、私にゆっくりと説明させてください」

陳亀鰍は、追従笑いをしながら言った。

「日本人の考えはこうです。彼らは新しくここにやって来て、大亀文とは隣組になりましたので、どうしても新しい隣組に挨拶をというわけです。それで私どもに話を伝えさせ、大亀文の各部落の頭目を風港にお招きして、皆、お互いに面識を得ようというわけです。日本人は、皆さんをお招きして、お近づきの品をお贈りし、皆、よい隣組になることを望んでおります」

陳の大亀文語は意外なほど流暢だった。

シャガイはフンと一言もらした。

崩山の頭人の陳亀鰍はシャガイのほうをちらっと見て、続けて言った。

「頭目に報告致します。日本人が兵を出して討伐しようというのは牡丹社に対してだけでありまして、ほかの部落には和解を求めております。それゆえスカロの頭目たちも皆、社寮の日本軍の大本営を訪ねたのです。日本人はたくさんのお土産を彼らに持たせました。日本人はきっと大亀文のほうにもお土産を贈って、親善の気持ちを表すつもりです。頭目の皆さんにはどうぞご安心ください」

大亀文のふたりの頭目の怒りがいくぶん静まったので、莿桐脚の頭人は急いで続けた。

「そうです、聞くところによりますと、射麻里の頭目のイサは、何人かの日本人の頭目を射麻里に招いて、一緒に酒を飲み、歌を歌って大いに楽しんだそうです」

そう言うと、ちょっと話を止め、皆の反応が悪くないのを見ると、笑い話を語った。

「聞くところによりますと、面白いことが起こったそうですぞ。射麻里の者が、大きな木の桶で湯を沸かし、客人の接待のためにイノシシの肉を煮る用意をしておりました。ところがあの日本人たちは、なんと熱い湯を風呂用の湯だと思って、その場で服を脱いで飛び込んだんだそうですぞ！」

部屋中の大亀文人は皆大笑いをした。すると、崩山の頭人がこの機会をつかんで言った。

「横田大尉からの伝言です。もしあなたがたが来てくださるなら、あの人たちは大いに面子が立つとのことです。日本人は、大亀文の頭目の皆さんで行く人が増えれば、ますます面子が立つと言っております。あの人たちは、たくさんのお礼の品物のほか、皆さんを接待しようと、よいお酒を用意しているそうです。わたしたちもまだあの人たちのお酒を頂く光栄に浴しておりません！　皆さんの面子と幸運におすがりする次第です」

そう言い終わると、ハハとわざと作り笑いをした。

果たしてこの話は、大亀文の老頭目の気持ちをくすぐった。

大亀文人は皆、一緒に歌いながら酒を飲むのが好きだった。このときにはもう老頭目の顔から怒りの色が消え、微笑みが浮かんでいた。そして言った。

「わしらのアワ酒よりもっと濃くて美味いのか？　それならわしは自分で行って味わってみようか……」

シャガイのほうは、日本人はどうしてこんなに強く、牡丹社の頭目父子を一気に殺せたのかに興味があった。機会があれば行ってみて、日本人を知るのもいいと思った。すると、彼の顔も穏やかになってきた。

陳亀鰍は、ふたりの頭目が明らかに心を動かしているのを見て、秘かに喜んだ。そして、機会を逃すなとばかりに、さらに突っ込んだ質問をした。

「それではご婚礼がお済みになれば、おふたりの頭目殿は、明後日の朝、山を降りることはできますか？」

大亀文の老頭目は、檳榔を咬みながらうなずき承諾した。ふたりの福佬人の頭人は大いに喜んだ。

莿桐脚の頭人の阮有来にはもうひとつの気がかりがあった。それは、王媽守からの頼まれごとで、先だって大亀文番に殺された姪の夫の頭骨を返してもらい、遺体を完全な形に整えられるかというものだった。それができれば皆もなぜ殺されたか、もう問題にしないのだが。しかしそのとき、もしまた前の遺恨を持ち出して、その場の雰囲気を壊してしまったら、かえってまずいと阮有来は思った。大亀文人が日本軍に会いに行くということになれば、日本軍は頭目たちにその保証を形にするよう要求するだろう。将来、もしまた大亀文人が開拓民を殺害するようなことがあれば、開拓民に代わって日本軍自ら兵を挙げるだろう。いまは、やはり良好な雰囲気をつくることが肝要で、まずこれをやり遂げ、大亀文人に日本軍に挨拶に行くよう説得するのはその後だと考えた。

シャガイが突然尋ねた。

「もし日本人がそんなに客好きで、友好的だというのなら、どうして牡丹人をあんなにむちゃくちゃにして、琉球人の殺戮に無関係な女乃社も焼き払ったのだ。それに老女と小さな娘を連れていったというじゃないか。このふたりはいつ日本人に悪いことをしたというんだ？」

陳亀鰍はちょっとためらい、そして答えた。

「日本人は、あの殺された漂流民の頭骨が牡丹人の手中にあることを知っていて、責任を追及するために、牡丹社の部落全体を攻撃したんです。あなた方大亀文はこれまで日本人を殺したことはないし、日本人になにか借りがあるわけでもありません、なにを恐れることがありましょうか？」

シャガイはまた尋ねた。

「日本軍は牡丹社だけを占領して満足するのか？　チュラソのスカロ総股頭は、もう日本人に帰順したと聞くじゃないか。スカロも日本人を殺したことがないぞ、どうして日本人はスカロを帰順させるのか？」

莿桐脚の頭人が答えて言った。

「それは、牡丹人とスカロ人がかつて『下瑯嶠十八社』[8]の盟を結んでおったからです。大亀文は牡丹社とはなんの関係もございせん」

シャガイはさらに矢継ぎ早に尋ねた。

「それなら、日本人はまたどうして風港に来たのか？　どうしてわれらに会おうというのだ？　お前らはまたどのようにして、われら大亀文の頭目の安全を確保するのだ？」

すると、崩山の頭人がすぐに答えた。

「大亀文の頭目の皆さんが行かれるのであれば、私、陳亀鮲はここに留まって人質になりましょう。頭目の皆さんが全員帰られたら、私は崩山にもどることに致しましょう。後日、風港へは莿桐脚の頭人がご案内されるでしょう」

ブラリヤンはカラカラと笑い声をあげた。

「頭人の侠気に礼を言おうぞ。あの日本人らがたとえわしを捕まえたり、わしを殺したりしようとも、お前の命を見捨てることはできん。もしあの日本人らがわしを殺したり、わしを捕まえたりしないのなら、頭人をここに留めておく必要などないぞ」

ふたりの福佬人の頭人は、大亀文の大頭目がこのように言うのを聞いて、その豪気さに思わず敬意の気持ちが増し、「わしらは大亀文人を見くびっていた」と秘かに思った。

しかし、シャガイは依然として納得がいかなかった。彼はブラリヤンに言った。

「老頭目、もう少しよくお考えください。私らは日本人についてなにも知りません。用心に越したことはありません。私はツウルイに頭目の代表として行っていただければいいかと思います。もちろん、私も一緒に参ります」

ブラリヤンが弟のツウルイを見ると、ツウルイはうなずいた。大亀文の老頭目はふたりの客のほうを振り向いた。

「よかろう、おふたりの頭人、シャガイが言うようにしよう。わしは体があまりよくない、大亀文は弟のツウルイに頭として行ってもらうことにする。何人の部落の頭目が加われるかについては、わしからは言えん。お前たちは運がいい、ちょうど多くの頭目が、結婚式のためにここにいる。そうでなけりゃ、大亀文は範囲がとても広く、時間がこんなにせっぱ詰まっている。どう皆に知らせるか、内文社に集まってもらわねばならん。要するにだ、お前たちは安心して日本人に報告できるってことだ。お前たちはここでもう少し休んでいくといい。今日は娘と婿がちょうど結婚したばかりで、わしらの慣習に倣って明日もう一日にぎやかになる。お前たちには明日、先に帰ってもらうことにしよう。どちらにしろ、日本人が決めたのは6月19日だから、わしらは間に合うよ」

シャガイはまじめな顔で言った。

「お前らは日本人に、大亀文が奴らを訪ねるのは、射不力に招かれたように、友人としての付き合いだと説明するんだ。日本人が遠路やって来たので、われらは奴らに挨拶をして、礼を尽くすということだ。大亀文は奴らになにかを乞うつもりはなく、牡丹社やチュラソ、あるいは射麻里の連中のように奴らに投降したり、帰順したりする気はない。もしわれらに日本人に帰順したり、日本人の言いなりになれと言うのなら、先に戦いだ。それに、われらが敗れるようなことがあっても、投降することはないぞ」

シャガイは一言一言はっきりと言った。

「滅びる大亀文があっても、投降する大亀文はないのだ」

ふたりの頭人はそれを聞いて思わず心が動かされた。

「あなた方が日本人と友人となられることを望んでおります。もし皆が仲よくなれば、将来、私たちも友人になります。私ども崩山に祝いの席があれば、大亀文の頭目家の皆さんを賓客としてお迎えさせていただきます」

ブラリヤンはそのことばを聞き、檳榔をペッと吐くと、太ももをバシッと叩いて立ちあがった。

「よかろう！　わしら大亀文も、誰かがわれらに山光《きょん》を送ってくれたならば、水鹿を一頭返すのだ。ちょうど今日は、わしら大亀文でめでたい結婚式をやっているから、おふたりも残って存分に飲んでいってくれ。崩山にめでたいことがあって、大亀文の頭目たちを呼んでくれるなら、わしは保証するよ、これからは大亀文の者も、必ず風港に顔を出すってな」

ふたりの福佬人の頭目は大いに喜んだが、長居して、大亀文の頭目の気が変わるのを恐れ、すぐにこのよい知らせを持って帰り、日本人に告げたいと言った。そこで慌ただしくその場を引きあげた。

第八章

アラパイは家の外に出たが、アイディンはついてこなかった。

アラパイはひとりで歩いて、家から離れた小さな森にやって来ると、サラサラと流れる水の音が聞こえてきた。ギラギラと太陽が照りつける中、足の向くまま森の中に入っていくと、渓流で水を飲んでいる小鹿が見えた。そっと歩みをゆるめたが、小鹿はハッと気づき、逃げていった。彼は鹿を追う気はなかったが、走り出した小鹿に急に興味を覚え、あとを追った。みるみるうちに距離が近づいたが、小鹿が突然、川に飛び込み、向こう岸に泳いでいった。そのとき、前方からキャッと叫ぶ女の声が聞こえた。彼は夢中で小鹿を追いかけ、眼には鹿の姿しかなかったが、鹿の姿が見えなくなった瞬間、小鹿に変わったのが、そう遠くない川の中にいるひとりの女の姿だった。

ちょうど女が裸で川の中で体を洗っているところだった。その瞬間、慌ててアラパイに背を向けた。アラパイは不意に裸の背中が眼に入り大いに戸惑い、大声でひと言「ごめん」と言うと、すぐに林に飛び込み、振り向かなかった。一瞬の出来事だったが、女の顔はアラパイの眼に焼きつき、彼の心を震わせた。

「なんと美しい顔、なんとキラキラした眼なんだ」

もう林の中に隠れていたが、アラパイの心臓は依然として激しく脈打ちながら、あの若くて魅力的な背中と小鹿に驚いた美しい顔を思い出していた。

その夜、皆が集まった宴席の場で、メラメラと燃えあがる炎の向こうに、あの忘れられない顔をみつけた。相手の眼もちょうど彼をじっと見つめていた。ふたりの眼があった瞬間、彼女はまるで小鹿に驚いたときのように、ハッと下を向いた。

その夜、彼はもう彼女から眼を離すことができなかった。彼女の一挙一動はなんとも優雅で、落ち着いたようすでそばの女友達と談笑し、時々顔をあげて彼のほうを盗み見た。恥じらいから何度もうつむいていたが、とうとう大胆に彼に向かってニッコリと笑った。

アラパイはその笑顔を見た瞬間、全身がしびれてしまった。宴が終わりに近づき、皆が立ちあがって酒を酌み交わし、騒ぎはじめた頃、アラパイは鼻笛を吹きながら踊りはじめた。彼はもともと鼻笛の名手として知られており、皆喝采した。彼は飛び跳ねながら移動して、彼女の前まで来たところでとまって踊った。ところが、彼女の前で競って踊り、好意を見せる勇士は何人もいた。友達に誘われ、彼女も立ちあがってそれに応えた。彼女はしなやかに踊り、何人もの勇士のあいだをまわったが、アラパイと向き合って踊るときは、彼女の笑顔は特別輝いていた。そばで踊る男たちが「ウーミ！　ウーミ！」と叫ぶのをかすかに聞いて、これが彼女の名前だと思った。

ふたりが向かい合って足をあげて踊っているとき、彼女の足先がアラパイの足先に軽くあたった。それは好意を表す合図だった。ほかの男たちは嫉妬の眼で彼を見ていた。

その晩、アラパイは何度も寝返りを打って、なかなか寝つけなかった。眼の前には、彼女のさまざまな容姿が浮かんだ。川の中の彼女、微笑む彼女、愛くるしい彼女、踊る彼女……。

アラパイはサッと身を翻して起きあがると、ゆっくりと外に出た。明るい月を見ながら、昼間、彼女に出会った渓流のそばまでやって来た。そして歌い出した。

恋しいきみ、
ぼくは心からきみに恋い焦がれている、
ぼくはきみを知っている人たちに尋ねてまわった、
でも、きみがどこにいるか教えてくれる人はいなかった。

……

この歌は、その後長く伝わり、大亀文で最もよく歌われる恋歌となった。

その夜、宴席が終わるときのことだった。総頭目のブラリヤンが、大亀文人に対し、うやうやしく宣言した。明後日、ツウルイを頭、シャガイを副とした隊をつくる。部落ごとに原則ふたり同行させよ。大亀文人はブタを二頭を手土産として、風港に日本軍の頭目を訪ねることになった。さらに、時間通り到着するために、明日の午後に内文社を出て、まず外獅頭社に行くことに決まった。

大亀文人はしきりに尋ねた。日本軍はどこから現われたんだ、どうしてわざわざ風港まで奴らに会いに行くのか？ あそこは白浪の村落だぞ。

もともとアラパイは、翌日またあの女性に会えることを期待していた。――まだ彼女と言葉を交わしてもいないのだ。ところが思いがけず、日本人の軍営まで随行するようシャガイから命令を受け、しかもシャガイは彼に翌朝早く外獅頭社にもどり、内文社から来る三十人あまりの部落の頭目を迎える準備をするよう言いつけたのだった。そのため彼はもう一度彼女に会うこともできず、さよならのことばも言えず、さらにはウーミの家のことをなにも知らないままになってしまった。彼は悔しくて、内文社を離れがたかった。

第九章

王媽守は窓の外のけぶるような雨を眺めながらボーッとしていた。あの日、彼は横田棄を連れて崩山と莿桐脚に行き、両地の頭人を訪ねた。横田棄は思いのほかせっかちで、ふたりの頭人をすぐに大亀文に行かせようとした。そして、五日以内に大亀文十八社の頭目を全員風港に来させるように要求したのだった。

そのとき王媽守は思った。これはとんでもない任務だ！うまくいかなかったら、ふたりの頭人は安全に帰れるかどうかわからない。王媽守は、横田棄にあと数日のゆとりを頼んだ。しかし、横田棄は一歩も譲らず、王媽守はそれ以上なにも言えなかった。

6月16日の午後、日本人との約束の時間にはまだ三日もあるにもかかわらず、村民が駆けつけてきて、番人が十六人、日本軍の軍営にやって来たと告げた。王媽守は大変意外に感じた。どうしてこんなに早いのだろう。外に出ようとすると、また知らせが届いた。来たのは大亀文番ではなく、なんともっと遠くの東部の後山からやって来た、大鳥萬《シャウ》、研仔畢《カンナーヒッ》、大織羔《チッユー》といった生番で、どれも王媽守は聞いたことがなかった。おそらく日本軍がクスクス社まで遠征したので、多くの牡丹社人が後山に移り、後山の部落を驚かせたのだろう。

ぬか喜びをしたあと、王媽守はまた胸算用をはじめた。崩山、莿桐脚のふたりの頭人は6月14日に日本軍の文書を持って出発した。日本軍が決めた五日間の期限というのは、6月19日だ。王媽守は気持ちが落ち着かなくなってきた。万が一、大亀文の頭目が従わなければ、福佬人の頭人のせいにされるのだろうか。

日本人が来て、王媽守も仕方なく日本人の暦で日を数えるようになった。

17日の午後になって、ふたりの頭人がもどってきた。彼らはよい知らせを持って帰った。大亀文の総頭目は来ると応えたということだった。ただふたりの頭人の話では、大亀文は大変広く、部落が各地に散在しており、頭目たちが集まるには少し時間がかかるというのだ。逃げ道を残しておくために、ふたりの頭人はまた横田棄に、内文社は牡丹社からずっと遠くの北側の山中にあり、海沿いの連中とは往来があまりないと言った。ふたりの福佬人の頭人は内心不安で、大亀文人が日にちを引き伸ばすことが心配だった。

しかし、横田棄は折れず、19日の夕刻が期限だと言い張った。

18日の午後になって、王媽守は我慢できなくなり、莿桐脚に行って自分で状況を確かめることにした。彼は船を雇い、風港から莿桐脚の阮有来の家に行った。思いがけず陳亀鰍も来ていた。皆内心ビクビクして、大亀文が本当に来るかどうか心配だったのだ。

翌日の九時頃、莿桐脚の人びとは、一団となった番人らが獅頭山の山麓から降りてきて、大きな赤い旗を掲げているのを見た。その赤い旗は阮有来と大亀文の頭目が決めた目印だった。

王媽守、阮有来、そして陳亀鰍は、長い隊列が山麓から歩いて降りてくるのを眺めながら、嬉しくてお互いに拍手した。番人は二列で整然と並んでおり、最前列にはシャガイとアラパイの兄弟がいた。その後ろは四人の担ぎ手の籠に担がれたツウルイだった。王媽守が数えてみると、全部で三十五人いる。さらに二頭の大きな雄ブタを連れていた。

「おお、莿桐脚じゃこんな風景、見たことがない。なんと三十五人の大亀文の頭目が大小皆一緒に来たぞ」阮有来は興奮して叫んだ。

こんなことは初めてだった。阮有来ら福佬人の頭人は、大勢の隊列を率いた生番の頭目を見た。莿桐脚では、全庄からおとなから子どもまで皆見物に出てきた。

王媽守は十分理解していた。これらの大亀文の頭目たちはきっと早くから時間を計算し、前日に獅頭社まで出てきて、それから早朝に出発したのだ。番人は約束を守るばかりか、細かいところまでピッタリと正確で、考えられないことだと彼は思った。

大亀文の頭目たちは莿桐脚の庄内に入る必要はないと言った。彼らは獅頭山の山裾に沿って、大亀文人が大亀文渓と呼んでいる崩山渓を渡った。引き続き山裾に沿って歩き、さらに風港渓を越え、王媽守の引率のもと風港の日本軍の軍営にたどりついた。途中、ツウルイとシャガイは、再三にわたって、王媽守や陳亀鰍、そして阮有来の三人に、大亀文はいかなる文書も取り交わすものではなく、また日本軍の命令を聞くものではないことを強調した。彼らは訪問に礼儀を篤くし、礼儀を尽くすため、彼らの誠意を表したのだ。大きなブタを二頭持参した。大亀文は日本人を友人とみなし、双方は互いに攻撃しないという意思表示だった。

日本軍の軍営は一行が到着しないうちから、早くも賑わっていた。横田棄は、なんと自ら兵隊を率いて、四つ辻に出て迎えた。日本軍が来てまだ十日も経っておらず、大本営はできあがっていなかった。横田棄は大本営を建てるために、前回の6月2日に、日本軍を女乃社に案内した黄文良に土地を借りる相談をしていたが、条件が折り合っていなかった。この日、横田棄は風港人が信仰の中心としている徳隆宮の廟庭を借りて、話し合いの場とした。

横田は、三日前に後山の大鳥萬社が来たときに、厳しく問いただしたようなことはしなかった。反対に、徹頭徹尾、穏やかな姿勢で歓迎のことばを述べた。大亀文の頭目が二頭のブタを差し出すと、王媽守は横田にこれは大亀文番の「貢物」だと述べた。すると横田は大いに喜び、ブタを殺して酒を用意するように命令し、皆を午後の宴席に招いた。

内文社に住む大亀文の老頭目のブラリヤンは、「体が不調でお腹の調子が悪い」という理由で来ておらず、横田はいささかがっかりした。ただその弟と娘婿のふたりが来たので、横田棄は十分面子が立ったと感じた。彼は果たして崩山と莿桐脚の頭人が大亀文で話したように、一席設け、厚待遇で大亀文の貴賓をもてなした。ふたりの福佬人の頭人は、早くから横田棄に大亀文人は酒が好きで、特に日本酒を期待していると話していた。横田棄は、王媽守に福佬人が醸造した米酒を日本酒として準備させた。大亀文はやはり大変嬉しそうに飲んだ。

その席で、横田は用意していた「告諭」を取り出して読んだ。

諭に曰く、「いま、あなた方は山渓の険を越え、行路の遠きを厭わず、各社に先んじて速やかに帰順し、其の志や甚だしく祢える可し。抑《そもそも》我　大日本が大兵を出して来征せる所以なる者は、独り牡丹の無道を責めるにあらず、あなた方を保護し、あなた方をして善知良行の民と為すのみ、これすなわち我が大皇帝の聖意なり、而《しこう》してあなた方は克《よ》くこの意を了解し、速やかに帰順す。是《これ》独りあなた方の供福にあらずして、亦《また》全島の幸にあらざるや。疑い懼《おそ》れることなかれ[20]」

王媽守は通訳して大亀文の頭目に聞かせるとき、「帰順」の箇所を「日本人は、大亀文と友好と平和の関係を保持することを希望している」と訳した。

ツウルイは大亀文側を代表して、「日本と友好と平和の関係を保持することを強く願っている」と述べた。すると、王媽守は、「日本国に帰順せんことを願う」と通訳したのである。

こうして主客共に心ゆくまで歓をつくした。日本人は大亀文に大いに好意を示したが、それは王媽守のちょっとした嫉妬を買うほどであった。箸を置くと、横田棄はまた述べた。

「いま都督府は亀山にあり、風港営はすなわち支軍であります。私は皆さんが亀山大本営に行って西郷都督に会われ、降伏の意をお伝えになることを望んでおります。そのほかの南番十二社はすでに降伏し、恩賞を受けてから社にもどりました。いまあなた方は降伏された。都督は必ずやお喜びになられて、あなた方を厚く遇されると共に、恩賞が与えられるでありましょう」

王媽守は、当然また「降伏」のことばを変えて伝えた。大亀文人はやんわりと断り、西郷に会いに亀山に行くつもりはないと応えた。これはもちろんシャガイの独断だった。王媽守はまたジェスチャーをまじえ、日本人の記録をさらに美化するために、「いま一命の保持を賜り、これ以上なんの恩賞を望みましょうか」と通訳した。そして、大亀文人が今夜は部落に帰ると言い張るのを、福佬人は大げさに尾ひれをつけて「都督府に参上することにつきましては、いつか日を選んでまた参ります」と通訳した。亀山の日本の大本営に行くことはもともと話になかったことであり、シャガイは日本人が余計なことを言い出すのを不愉快に感じ、また崩山と莿桐脚のふたりの頭人がわざと隠して言わなかったのではないかと疑った。しまいには、横田棄も大亀文人が喜んでいないようすなのを見て、もう強要せず、宴席が済み次第、帰すことにした。

大亀文の頭目たちが立ち去る前に、横田棄はまた、今後は平和に共存することを強調した。双方は互いにうなずいた。

横田棄は大変満足した。彼は軍営日記にこのように書いている。

「再三《サイサン》之《コレ》ヲ諭《サトス》ト雖《イエドモ》、彼《カ》レ彌《イヨイヨ》恐懼《キョウク》、唯《タダ》速《スミヤカ》ニ帰《カエル》ヲ乞《コ》フ。若《モ》シ強《シヒ》テ之《コレ》ヲ要《ヨウ》セバ、独《ヒトリ》彼《カレ》ノ疑懼《ギク》再《フタタ》ヒ来《コ》サル耳《ノミ》ナラス、他生蕃《タノセイバン》ノ如《ゴト》キモ来降《ライコウ》ノ意《イ》ヲ絶《タ》ツヲ恐《オソル》。故《ユエ》ニ勉《ツトメ》テ之《コレ》ヲ強《シヒ》ス、後日《ゴジツ》ヲ約《ヤク》シテ、之《コレ》ヲ帰《カエ》ス。北番社来降《ホクバンシャライコウノ》始末《シマツ》如此《カクノゴトシ》[21]」

ツウルイとシャガイは内文社にもどり、老頭目のブラリヤンに風港での経過を報告し、日本軍の礼儀に厚い態度と、大亀文の頭目たちが亀山大本営の見学に招かれたことについて話した。老頭目は満足な表情を見せ、シャガイを大いに褒め称えた。老頭目が日本人の軍営の陣容を尋ねると、シャガイとツウルイは、たくさんの日本軍を見たが、日本軍は彼らに軍営を見学させなかったので、軍営は見ていないと応えた。ただふたりは日本軍が所持している銃が新しくてピカピカして軽いのを見て、大変羨ましかったこと、日本軍は銃を製造しており、その威力を見せつけられ、驚嘆したこと、日本軍がただ一時的に来ただけなのか、それとも長期にわたって駐屯するつもりなのかわからなかったことなどを伝えた。アラパイは、それ以上に彼が気に入ったのは日本人の刀で、それは長くて美しく、また鋭かったと言った。彼は何度も、自分も一振り持てればどんなにいいだろうと言った。

一方、横田棄のほうは、亀山大本営に北番は風港にやって来て日本軍との平和共存を表明したと報告した。西郷はその報告書を見て大いに喜んだ。なぜなら、北番がおとなしくしていてくれさえすれば、将来ひとたび、日本軍が清国軍と衝突したときに、北番の突撃という後顧の憂いがなくなるからであった。日本人は大亀文を北番と称し、牡丹社以南を南番と称した。かくて西郷は、日本軍の勢力を次第に北に移すことを決定した。そうしてその第一歩は、風港に比較的規模の大きな橋頭堡を築くことだった。数日後、横田は指令を受け、すぐに風港の住民から土地を借り、二百人以上収容できる軍営を建てる準備に取りかかった。ただ西郷が横田に与えた経費は、哀れなほど少なかった。

土地は海に面して、補給に便利でなければならない。横田棄が気に入った土地の所有者は、女乃社を攻撃したときに、日本軍を案内して負傷した黄文良だった。日本軍の意図を知り、この抜け目のない福佬人は、法外な値段を吹っかけたのだった。

風港人は、決して日本人を「官府」とはみなかった。反対に日本人を商売の対象とみなし、この機に乗じて思いもよらない儲けを得ようとした。ひとり黄文良ばかりか、王媽守も同じで日本人とかけ引きした。日本人は、これらのどこまでも貪欲な福佬人にはかなり不満だった。(22)

その頃、王媽守は日本人に会計として雇われたが、あれこれ策を弄し、うそで辻褄を合わせ、値段をつりあげて報告し、仲間や日本人の下っ端役人に罪をなすりつけた。そのため日本人の下っ端役人の怒りを買って殺されそうになった。(23)

実際、日本軍は台湾で決してのんびり過ごしていたわけではなかった。6月14日、日本兵が牡丹溪で水浴びをしているときに、林の中で潜伏していた牡丹社人に銃撃されて三人が死に、首級がひとつ奪われた。翌日の6月15日に、日本軍が再び牡丹社を襲撃したが、反対に一人銃殺された。6月17日にはまた、二人の日本兵が双溪口で牡丹社の勇士によって銃殺された。

西郷は、牡丹社はすでに戦術を変えており、いまは自軍が敵の前にさらけ出された状況にあると知った。さらに日本軍は補給が困難で、これ以上長引くと明らかに不利になるため、突破口を探さねばならない。すでに牡丹社、クスクス社、女乃社を破り、スカロ人も帰順させ、第一段階は順調に運んだ。さらに迅速に牡丹社を投降させれば、日本軍は清国への対応に専念することができる。これは日本軍が出発前に上層部との作戦会議で決めた第二段階だった。

かくて6月末、日本の陸軍卿山縣有朋は、三万の兵で清国を攻撃し、台湾を占領すべしと公開で建議した。

中階級の軍人であった横田でさえ、日本の本当の出兵対象は、清国軍であって、牡丹社でないことはわかっていた。7月、8月のあいだ、横田棄は常に密偵を派遣して、風港から加禄や北勢寮に至るまで調査していた。彼は亀山大本営に上書して、清国の援軍が大陸から台湾に海を渡ってこないうちに時機をとらえるべきで、いまは枋寮より北は防衛が手薄であり、枋寮より南は民心が日本に傾いていると伝えた。つまり、横田は好機をつかんで速やかに軍を出すべしと上層部に建議したのである。

7月28日に西郷に提出した「枋寮事情探索書」の内容はおおよそ次の通りである。

「今清人兵《イマシンジンヘイ》ヲ屯《トン》スルヲ見《ミ》ルニ、一倉以《イッソウモッ》テ食《ショク》ヲ積《ツ》ム有《ア》ルヲ見《ミ》ス、……一庫以《イッコモッ》テ弾薬《ダンヤク》ヲ備《ソナ》フルヲ見《ミ》ス……（兵士）只一衫一褌《タダイッサンイッコ》有《ア》ルノミ。其機器《ソノカイキ》（軍械）ヲ視《ミ》レハ、則《スナワ》チ一物備《イチブツソナワ》ラス、又何《マタナニ》ヲ以《モッ》テ軍《イクサ》ヲ行《オコナ》ハン？　此《コレ》ニ因《ヨ》リ之《コレ》ヲ観《ミ》レハ、清兵決《シンペイケッ》シテ戦《タタカイ》ヲ求《モト》ムルノ心《ココロ》アルニ非《アラザ》ルナリ。……清兵情実僕等察《シンペイジョウジツボクラサッ》スル所此《トコロカク》ノ如《ゴト》シ。北勢寮以南民《ホクセイリョウイナンミン》情《ジョウ》ノ如《ゴト》キハ、大概支那苛酷《タイガイシナノカコク》ニ苦《クルシ》ンテ、心《ココロ》ヲ我《ワレ》ニ帰《キ》ス者《モノ》多《オオ》シ。……右探索概略　如　斯　御座　候　也《ミギタンサクガイリャクカクノゴトクニゴザソウロウナリ》(9)。」

第十章

横田棄と鳳港の日本軍が、亀山大本営の上層部に速やかに兵を指揮して北上すべしと上申してからおおよそ二十日後、台湾府城の台湾鎮総兵署内で、打狗《タカウ》〔現、高雄〕の旗後〔現、高雄市旗津区旗後〕からの一報が、ふだん老成して泰然と構えている大清欽差大臣沈葆楨《しんほてい》に歓喜の声をあげさせるほど喜ばせた。

その知らせとはこうだった。七月十二日、淮軍を乗せた七艘の汽船が澎湖に到着し、淮軍が陸続と小型の汽船で旗後に運ばれ上陸。

淮軍はついに到着した。これで日本軍と対等に伍することができ、鳳山の防衛はもう手薄ではなくなる。沈葆楨は心の重しが取れたかのようにホッとした。

この六千五百名の淮軍は、沈葆楨が意を尽くして北洋大臣李鴻章に依頼して派遣してもらったものだった。

沈葆楨は五月の初めにようやく台湾に着くと、亀山の日本軍と談判する一方、緊急に朝廷に上奏し、洋銃隊を北洋大臣から三千、南洋大臣から二千、迅速に借りることを希望し、そのうえ「北洋〔河北省、山東省、遼寧省の沿岸地方〕の要地より洋銃隊を借り、倭兵が退却して後、すぐに帰国し防衛につく」と約束した。また幸いにして、北洋大臣李鴻章は英明であれこれ余計なことを聞くこともなく、徐州より唐定奎《けい》の洋銃隊十三営六千五百人を派遣した。一度にこんなに多数の兵隊を輸送するのは空前のことで、朝廷は特別に新しい輸送船を購入し、さらに新しい洋銃も買い、その軍容は実に盛大であった。

唐定奎は劉銘伝〔安徽省合肥出身。銘軍を組織。台湾省初代巡撫。一八三六〜一八九六〕の配下の大将であり、この十三営銘軍は、武毅親軍〔淮軍系統。李鴻章の弟李昭慶創設、後、郭松林の松軍と合併〕正営、副営、武毅左軍正営、左営、右営、武毅右軍正営、左営、右前後営、銘字中軍左営、副営、前営からなっている。淮軍の編成によれば、「営」は独立作戦の単位であり、五百四名の兵士と百八十名の長夫〔軍夫〕

からなり、一名の営官および四名の哨兵によって統率されている。唐定奎は親軍正営を自ら率い、そのほかの十二営官は、副統領に相当する、章高元、周志本、劉朝林の三人が担う。

唐定奎は行動がすばやく、八月中旬になると、すべての淮軍が鳳山から枋寮のあいだに配置され、十万とも称された。それだけでなく、沈葆楨は唐定奎に安平〔現、台南〕と旗後に砲台を増設させた〔安平に二鯤鯓砲台、俗称億戴金城、旗後に旗後砲台〕。全台湾の防衛体制は大いに増強された。

沈葆楨はこうしてようやく南側の強敵の日本軍に対して、攻守整ったと自信を持つことができた。沈はもうひとつの大事、すなわち「道路の開発」について考えはじめた。彼は康熙帝以来の禁地である後山を開拓しようとしていた。

沈葆楨は、すでに台湾鎮総兵張其光《き》に後山の卑南までの南路〔屏東射寮から台東卑南〕を開くことを命じ、さらに福建提督から移ってきた羅大春に噶瑪蘭《ガマラン》から奇萊にいたる北路〔瑪蘭庁蘇澳から花蓮〕の開通を受け持たせた。そして、南澳《なんおう》の総兵呉光亮の二千の広東「飛虎軍」の到着を待って、最後の中路〔彰化林圯埔《りんしほ》から花蓮璞石閣《はくせきかく》〕、すなわち台湾中部を貫通する山道の工事に取りかかる。沈葆楨が命令を下すと、一年以内にこの北部、中部、南部の三つの道がいずれも完成するのだ。

沈葆楨は満足していた。朝廷の信頼も厚く、彼のさまざまな提案は、ほとんど採用され、しかもすぐに実行に移された。彼は心の中で、さらに新しい対策を練っていた。沈葆楨は日本人を追い返し、そして数年のうちに台湾を新しく変えることができると考えていた。

第三部

清国兵　雄師〔精兵〕、海を渡り、倭軍を拒む

第十一章

　郭均は朝早く目が覚めたが、そのままボーッと寝床に横になっていた。九時過ぎになって大きなあくびをしながら、ゆっくりと寝床からおりて店の戸を開けた。妻も子も亡くし、すっかり意気消沈して、なにをするにも元気がなかった。郭家は歴代医者で、彼も幼い頃から漢方医の父について医術を学んでいた。まだ二十五歳であったが、岐黄《きおう》の術〔黄帝と岐白。漢方〕にはよく通じていて少し知られており、英徳県城〔広東省〕では「蓮塘坪七星橋頭の郭医師」として訪れる病人がいた。

　「七星橋」が有名であったのは、実は郭均によるのではなく、郭均と近所づき合いのあった呉家の関係からであった。呉家と郭家はもう何代にもわたってつき合いがあり、呉家の息子呉光忠[24]は郭均の幼馴染であった。呉家は代々商人だったが、彼らの世代になって武将を出すようになった。呉光忠の長兄の呉光亮は、幼い頃より非常に勇敢で、武術に優れ、十五、六歳で軍人になり、太平天国で活躍した。二十年来、呉光亮は勇ましく、戦功を積み重ね、千総、守備、都司、遊撃から参将、副将とひたすら出世してきた。同治九〔1870〕年、呉光亮はさらに正式に「閩粤〔福建・広東〕南澳鎮総兵」に任ぜられた。総兵は二品大員〔清朝の官職で文官、武官に分かれて九品まである。大員は高官の意味〕の位にあることから、朝廷は呉の父より上の三代を官に封じた。曾祖父、祖父、父親は皆、皇帝より将軍の肩書きが贈られ、曾祖母、祖母、母親は二品夫人に列せられた。これはもちろん英徳県での大盛事であった。呉家には祝福する客が満ち、呉光亮は故郷に錦を飾った。郭均はいまもなお当時のにぎやかなようすを覚えていた。

　二年あまり前に、呉光亮の父親が病気で亡くなり、呉光亮は制度に従って故郷に帰り、今年の同治十三〔1874〕年まで二十七か月喪に服した。この期間、郭均は呉総兵と親しく往来していた。呉光亮は、体が不調のときはすぐに、郭均を呉府に呼び脈を取らせ薬を煎じさせた。郭均の医術も呉光亮の激賞を得たのであった。

しかしながら、郭均の医術は呉光亮には名医ぶりを発揮したが、自分の家族には思い通りにいかなかった。郭均の父親が亡くなり、さらに妻が初産のときに難産で母子共に急逝した。郭均は第二夫人の子で、生母は早くに亡くなった。郭均はほかに兄弟姉妹もなく、本家の兄弟ともまったく縁がなく、早くから分家していた。いま老父が亡くなり、妻子が死んで独りとなり、失意のどん底に落ちていた。

英徳は客家人中心の町であり、客家人がずっと団結を唱えていた。数年前、呉光亮は故郷に帰ると兵を募り、広東の軍隊であることから「広勇」と号した。呉光亮は自ら「飛虎軍」と称した。この客家の飛虎軍は、度々戦功を立てて名声を博し、それゆえ朝廷は呉光亮に目をつけていた。喪が明けると、呉光亮は「広勇を募り、台湾に移動せよ」との命を受け取った。

この日、郭均が家でぼんやりと父と妻の遺像を見ていると、誰か家の戸を叩く者がいた。驚いたことに、来訪者は二品を拝したばかりの前南澳総兵の呉光亮であった。

四十歳の呉光亮は、弟の呉光忠と共に警備兵に囲まれて郭家にやって来たのだ。郭均は慌てふためいて将軍を迎えたが、呉光亮は豪快に笑って郭均に言った。

「かまわん、かまわん、座られよ、用があってな」

呉光亮は座ると、郭均に言った。

「単刀直入に申す。わしは台湾への移動命令を賜った。しかも、広勇二千人を募らねばならん。御主、わしと一緒に行かないか？　ひとつは、近頃、御主はあまり順調ではないように見受けるし、わしと台湾に行けば、新しい局面が開けるやもしれんぞ。もうひとつは、わしも身近によい医者を置いておくことが許されておる。台湾は瘴癘《しょうれい》〔マラリアなどの伝染病〕の地、御主の医術は十分に信を置くことができるものだ。御主が身近にいてくれれば、わしは安心じゃ。そうして御主もわしのもとにいれば、世話してくれる人がいなくても大丈夫であろう」

郭均は台湾についてはなんの予断もなかった。ただ呉光亮が高い地位にありながら身を低くしてわざわざ訪ねてこられ、しかも詳しい話を聞かせてくれた。郭均は戦地で戦う必要はなく、呉光亮のそばにいて総兵殿の健康のお世話をすればいいとのことであった。そこで、ほとんどなにも考えることもなくふたつ返事で引き受けた。

呉光亮は非常に喜んだ。兵隊の募集は非常に順調で、人数はとっくに予想を超えていると述べた。さらに、呉光亮は新しく募った兵士を「飛虎左営」と「飛虎右営」に分けて編成し、これらの新兵をしばらく訓練してから、一か月後に部隊を省都に移動する。それから、この二千人あまりの「飛虎軍」は、大きな汽船で台湾に行く、と話した。

台湾はまったくなにも知らない土地であり、郭均はやはりいささか不安であった。ただ、前向きな性格を発揮し、すぐに準備にとりかかった。用意が終わると、親戚や友人に別れの挨拶をした。呉光亮は、日本人が台湾を離れさえすれば、飛虎軍は広東に凱旋してもどってくることができると言っていた。そのとき、英徳にもどって医業を続けるのも、呉光亮について官所に留まるのも、郭均の自由だ。郭均は、一年半で帰ってこられるかもしれない、それなら今回は遊歴気分で見聞を広めに外の世界を見てくるのもいいだろうと考えた。どっちみち独り身、気にかける余計なことはなにもないのだ。

郭均と呉光亮は、今度の行動が台湾との切っても切れない縁を結ぶ運命的な出会いになろうとは思いもよらなかった。彼らは台湾に着くと、日本人と交戦することもなく、日本兵に一人も遭遇することもなかった。しかし、狂瀾怒濤の思いもよらない出来事が待っていた。呉光亮は、その後大きな変化に見舞われることになった。そして、郭均は、なんと永遠に台湾に留まることになったのである。

第十二章

「郭均、起きろ！　起きろ！　台湾に着いたぞ！　旗後に着いた、船を降りるぞ！」

道中ひどい船酔いで七転八倒して頭が朦朧とする郭均は、船艙の床にうずくまったまま、仲間に振り動かされていた。

郭均はなんとか上半身を起こしたものの、立ちあがれなかった。仲間のひとりが彼を支え、もうひとりは彼の代わりに荷物を背負っている。郭均は支えられながら、フラフラとデッキに出てきた。眼に差し込む太陽の光が正面から照りつけ、一瞬、眼の前に金色に輝く光が大きく広がった。仲間の手がゆるんで、彼はまた体がぐにゃっとなってうずくまった。

郭均は六月に軍に合流し、七月に飛虎軍に従って広東省の首府に着いた。その後しばらく訓練を受けたのち、八月十四日に船が出て、十七日の辰《たつ》の刻〔午前七時から九時〕にやっと旗後に着いた。郭均は海上で三日間過ごしたが、大きな嵐に遭遇し、生涯で最も苦しい中秋節となった。郭均が知らなかったのは幸運だった。今次の台風で、清国は台湾で二艘の大きな船を失っていたのだ。安瀾《アンラン》汽船が打狗で座礁し、大雅汽船が安平で転覆した。台湾に来て三か月〔旧暦五月四日来台〕の欽差大臣沈葆楨は、上奏書を提出して自らの処分を請わねばならなかった。

郭均は常に呉光亮に会っていたので、一般の軍人より軍の内情に通じていた。例えば、今回どうして大軍が台湾に出動したのか。呉大人は、咸豊十（1860）年に英仏連合軍が円明園を焼き討ちして以来の最も厳しい国際事件が台湾で発生したからだと述べた。これまでたいして注目していなかった倭軍が、今回、琉球人のために正義の御旗を立て、大きな軍艦を出動させて台湾に出兵したのだった。二千あまりの日本軍は台湾南端の社寮と亀山に軍営を設け、瑯嶠〔現、恒春〕の番社を攻撃した。朝廷は大いに驚き、同治帝は福州の馬尾で船舶の行政を担っていた沈葆楨を欽差大臣に任命して、急遽台湾に派遣し、対応に当たらせた。しかし、沈葆楨が台湾に到着したときには、日本軍はすでに牡丹社を打ち破っていた。さらに事態が深刻だったのは、日本軍が転じて北上してくるかどうかであり、人びとを憂慮させていた。

呉光亮は、沈葆楨の対応の明快なことを賞賛して言った。

「沈葆楨大人は、五月四日（6月17日）に台湾にご到着になられた。大人はまだ台湾にお着きになられないうちに、副手の潘霨《ハンイ》を船で柴城に送り、西郷と談判させ、日本軍がうかつな動きをしないように牽制された。台湾にお着きになられると、すぐに朝廷に上書され、清国の最精鋭軍である淮軍を台湾に援軍として派遣するよう要求なさったのだ。それで日本軍が北上して鳳山に侵入することを防いだのだ」

ここまで言うと、呉光亮は得意げにまたこう言った。

「台湾鎮総兵張其光軍門（武将の尊称）は、沈大人に、六千五百名の淮軍以外に、さらに二千名の広勇（広東軍）を派遣することを申し出られた。張軍門は特に私を台湾に推薦してくださった。これは我々『飛虎営』の名声発揚の絶好の機会である」

後に、郭均は張其光総兵も広東の客家人であり、新会（現、江門市新会区）の出身であることを知った。

八月初め、大軍は広東省の省都で訓練を実施し、呉光亮は首脳会議を開いて、渡海前の最新情勢について述べた。呉光亮は心配で気が晴れなかった。

「日本軍は番を懲罰すると称しているが、実際はそれは口実に過ぎない。牡丹社とクスクス社は、早く五月十八日（7月1日）に日本に投降しているのだ。しかるに日本軍は撤退しないばかりか、北側の風港に軍営を建て、軍人を三百人あまり駐留させた。七月三日（8月16日）、これらの風港の日本の駐留軍は、我が大清帝国の台湾最南端の検問所の加禄に来て、攻撃を開始し、数台の大砲を発砲した。数日後、また北勢寮まで我が軍勢を偵察に来た。北勢寮は我が大清帝国の台湾最南端の官府枋寮と咫尺《しせき》の間にある。さらに近頃、日本政府は、国民に向けて北京と天津における日本と朝廷の和議の交渉過程を公にし、万一和議が成立しなければ日本は一戦を惜しまないと宣言したのだ！」

呉光亮はここまで言うと、フンと一声放った。

「なにが一戦を惜しまずだ。隴《ろう》を得てさらに蜀を望む〔隴は甘粛省、蜀は四川省の古称で、貪欲で飽くことを知らない喩え〕もいいとこだ。その意図は争いをつくりだして、南台湾に侵入せんとするものだ。倭人司馬昭〔三国時代魏の臣下。陰謀家〕の心、どうして我が大清国を騙せようか！」

ひとりの将軍が呉光亮に尋ねた。

「わが飛虎営は台湾に着きましたら、倭軍に対する防衛の任務を第一線で担うことができましょうか？」

呉光亮は言った。

「わしはまだ朝廷の指令を受け取っていない。日本軍は台湾の最南端にいる。沈大人がいまのところ派遣された主力は、徐州の淮軍洋銃隊十三営で、六千五百人が唐定奎により指揮されておる。唐軍門は総統淮軍提督として命を受けている。わしらは第二線の支援となろう。沈大人は、ほかに福州の福建陸路提督羅大春通籌《ちゅう》防務を、日本軍を防ぐために向かわせておる。とりわけ日本軍の戦艦は、たびたび廈門《アモイ》の鼓浪嶼《ころうしょ》〔コロンス島〕租界に行って補給し、そうして後、再び亀山に向かう。朝廷は日本軍が隙を見て福建の沿海に突撃してくるのを深く恐れ、そのために早くから、閩浙提督李鶴年および陸路提督羅大春に海防を強化するよう命じておる」

「ほかに、羅大春の部下で親戚にあたる、もと泉州に駐屯していた遊撃の王開俊が、早く四月の末に福靖営《ふくせいえい》を率いて台湾に赴いておる。王開俊はもともと東港〔屏東県。清代に開港され、三大良好として栄える〕に派遣され、六月十三日（7月26日）になってさらに前線の枋寮に移動して、風港の日本軍と直接対峙するようになった。これは有史以来、朝廷が枋寮に駐屯させた軍としては最も多い」

呉光亮はまわりの将軍を見回すと、続けて言った。

「最近、羅大春も台湾に移動してきた。彼は早くから福建陸路提督に就いており、階級は総兵の上位にあって、地位は大変高い。しかるに、沈葆楨は彼を台湾北部の噶瑪蘭《ガマラン》の南澳に移動させて開路を担わせることにしたのだ。羅大春はこの命令を容易には受け入れ難く、遅々として任地に赴こうとしなかった。後に、処罰が下されそうになるに至って、しぶしぶ六月二十二日（8月4日）に台湾に来たのだ」

「最近の情報では、唐軍門はすでに十三営淮軍を率いて、江蘇瓜洲口より汽船で東に渡った。全軍を三つの部隊に分けて渡台させたわけだ。第一の部隊は七月中旬にすでに旗後に到着しておる」

「いま朝廷は台湾に大変積極的である。沈葆楨の防台三策『理諭、設防、開禁』(25)は全面的であり、また長期的な政策でもある。朝廷の台湾政策は、これまでとは大いに変わったのだ。例えば、羅大春は提督の尊称を賜りながら、北台湾の防務が必要となるや、すぐに蘇澳の開路に向かったのだ」

「我々飛虎軍は、おおよそ半月後に、つまり中秋前後に出発し、打狗の旗後港に上陸する。いまはまだ上層部がどんな任務を我々に与えるかわからないが、おそらく中部か南部に行くことになろう。朝廷が台湾に新しく送りだす兵は、淮軍六千五百人、我々飛虎軍二千人、羅大春一千人あまり、合わせて万を越えておる。さらにもともと台湾にいる常設軍二万人前後を加えると、全部で三万ほどになるのだ。飛虎軍はうまくやらねばならん。任務も困難を極めようが、我々の絶好の機会でもあるのだ」

こうして、郭均は呉光亮の二千人あまりの飛虎軍について鉄殻船に乗り、ようやく台湾に着いたのだった。それは同治十三年八月十七日、西暦1874年9月27日のことであった。

郭均は道中、船酔いがひどかった。まずめまいがして、それからひどい吐き気に襲われ、全身がぐったりとなった。呉光亮の部隊は旗後でまるまる三日休んでから、台湾府に移動する予定だった。しかし、郭均の熱は下がらなかった。おそらく海風と寒さにやられたのだろう、立ちあがることもできなかった。

呉光亮は頭を振りながら言った。

「よかろう、御主はこの打狗でしばらく休むがよかろう。飛虎営は台湾府に到着後、さらに続けて北上して林圯埔《りんしほ》（現、南投県竹山）まで行き、それから山を越えて璞石閣《はくせきかく》（現、花蓮県玉里。この道は呉光亮が開通した「八通関古道」である）まで道を切り開かねばならぬ。我々は御主の回復を待っておれないし、見たところ、儒医の身では、我々と苦難を共にすることに耐えられそうにない。御主の軍籍を台湾鎮総兵張其光の張軍門に移し管理を頼むことにしよう。御主は医術に長けている。この旗後には次々と軍隊が上陸してきており、船酔いで医者にかかる者はきっと多くいよう。御主はここで休養し、御主のようにひどい船酔いの兵士を診てやってもらいたい。長患いを経験すれば、よい医者になれるというではないか、御主には船酔いの経験があり、まさに適任だ。万が一わしが生きておれば、それから御主を呼んでも遅くはない。ここでひとまず別れようぞ」

こうして郭均は引きつづき打狗で休養することになった。

第十三章

王媽守は悩んでいた。

清国と日本のあいだで板ばさみになっていた。

彼は日本軍を風港に駐屯させ、風港、崩山、莿桐脚のこの一帯の村人の安全を取りつけた。そのうえ6月19日に、大亀文の頭目を横田に会いに風港まで来させた。これで風港一帯の長期的な安定を保ち、大亀文番に再び面倒を起こさせないようにすることができると考えた。

ところが、あちら立てればこちらが立たずで、清国の役人の怒りを買うことになった。清国駐枋寮巡検兼候補の周有基県令が、8月20日に牡丹社から枋寮にもどってきたのだ。船で柴城から風港を過ぎるときに、はるか遠くに日本の軍営を見て激怒し、上層部に「土着のならず者王馬首」は裏切り者で、私利私欲のために倭軍を風港に入港させ駐屯を許したと報告した[26]。枋寮の官府の文書では、王媽守はずっと「王馬首」とされているが、それは漳州語と泉州語では「媽守」と「馬首」の発音が同じだからだ。

周有基は日本軍が初めて亀山に来たとき、風港で日本軍のようすを探ったことがあった。王媽守は風港の頭人だったので、自然、周が重視する情報源となった。周有基に対する王媽守の印象は、頭が切れて有能だが、ただ役人風を吹かし過ぎてそれが鼻についた。後に横田棄が風港に来たとき、王媽守は横田と日本人のほうが彼の利害に合うと考え、それで枋寮の官府に届けなかった。周有基は、その頃枋寮を留守にしており、前線の柴城一帯で日本軍を偵察していた。その後、6月22日、農歴五月初めになって、沈葆楨の副手潘霨《はんい》が亀山に日本軍との談判に行った折に、随行員であった周有基は機を見て土番の部落に入り込んだ。そして周有基は下瑯嶠の部落のあいだを二か月走りまわって、日本軍と番社の関係を壊そうとしたが、思うような成果が得られないまま、最近枋寮に帰ってきた。

周有基は確かに大変な努力を払った。各部落に物を配ってまわり、番人の頭目を味方に取り込もうとした。周の目的は、すでに日本軍に帰順している土番が過度に日本に傾倒しないように牽制することだった。天は苦労人を欺かずで、彼は重大な情報を入手していた。周有基はなんと社寮の日本軍より早く、あの日本人が必死に探している遭難した琉球人の頭骨の行方を探しあてていたのだ。死者は五十四人であったが、いまはただ四十四個の頭骨だけが残り、十個が行方不明になっていた。

七年前、アメリカ人のルジャンドルは何人かのイギリス人と十三人の船員の遺体を捜索するために、下瑯嶠中をかけまわり、危うく戦争を引き起こすところだった。四十四個の琉球人の頭骨となるともちろんいっそう価値が高い。彼はこれは日本人との交渉では絶好の切り札となると大いに喜び、かくてまるまる一か月、部落間を走りまわっていたのだった。周有基は単独で行動を続け、努力を重ねてこの困難な任務を成功直前にまでこぎつけていた。

周有基は牡丹社とずっと良好な関係を保っている加芝来《カチライ》社にやって来て、あれこれ頭目の温朱雷の機嫌を取った。周は火薬七十包、布二疋、ブタ二頭、酒五百本、そのほか日用品を与えるという書面をつくって温朱雷に託し、牡丹社とクスクス社に、琉球人の頭骨を周有基に譲るように交渉させた。牡丹社の新しい頭目姑柳はこの取り引きに応じた。姑柳はお礼の品を受け取り、温朱雷は頭骨を受け取り、加芝来社に担いで帰って、周有基に届ける準備をした。

8月17日、周有基は担ぎ人夫を連れて浮き浮きと加芝来社の頭目、温朱雷の家までやって来て、首級を受け取ろうとした。しかし土壇場で、保力の客家人の頭人林阿九が、何人かの客家人を連れて駆けつけ、日本人の命を受けて首級の保護に来た、何人も命令に逆らうことはできないと叫んだ。周有基は、彼の邪魔をしたのが同じ漢人の瑯嶠の住民なのを見て、怒りを爆発させた。

「わしは大清欽差大臣の命を奉じてこれらの首級を求めておる。誰も皆、各々の主人のために、各々その是を行うのだ。わしが戴いておるのは、大清帝国の俸禄であって、日本の俸禄ではない。どこに日本人の命令に従う道理があろうぞ！」

もともと秘密は漏れて、話は保力と統領埔の客家人の頭人、林阿九と楊阿河に伝わっていたのだ。ふたりの頭人は、かつて一緒に琉球人の遺体を埋葬し、日本人に代わって墓地の管理をしていた。だからこの話を聞くとすぐに駆けつけ、温朱雷が首級を周有基に手渡すのを阻止すると同時に、亀山の日本の軍営に知らせた。日本人は知らせを受けると、即座に水野遵を派遣した。水野は当地の客家人の頼加礼、楊阿二、陳阿三を道案内に加芝来社に駆けつけ、周有基からこの四十四個の琉球人の頭骨を取り返そうとした。

周有基は日本人がまもなく到着すると知って、慌てて生番の地を離れた。周有基は、二か月の努力が一気に無に帰すと思い悩んだ。彼は急いで枋寮に帰り、枋寮の千総郭占鰲《かくせんごう》に支援を求めた。郭占鰲も客家人で、林阿九とは旧知の仲だった。郭占鰲はすぐに林阿九に手紙を届け、琉球の船員の頭骨を日本人に渡してはならない、欽差大臣沈葆楨、あるいは副手の潘霨が着任されるまで待たねばならない、そのときには五百元で買い上げると伝えた。

林阿九は書信を受け取って大いに驚き、清の役人に追及されて処罰されるのを恐れ、慌てて日本軍に報告して保護を求めた。

　これらの移民たちは郷里をあとにすると、「六死三留一回頭（十人出国を図れば、六人が死に、三人が留まり、一人が逃げて帰る）」ほどの生命の危険を冒して、黒水溝（台湾海峡。厳密にはいまの沖縄トラフを指す）を渡り、「化外《けがい》の地」の瑯嶠にやって来る。そして、家を建て家庭をつくるために、一に容易に生活できる土地を求め、二に官府の抑圧を逃れようとする。彼らは、大清官府に対してもともとなんの敬意も払っていなかった。そのうえ、スイカをふたつに割れば大きいほうを選ぶという台湾語の諺にあるように、形勢が有利なほうにつくのが常識だった。

　しかし周有基は、頭骨の争奪戦の勝敗の鍵を握っていたのが、意外にも客家人移民の妨害であったことが実に受け入れがたかった。後に彼はこの何人かの客家の土着民が、日本から巨額の賞金を受け取ったことを知り、いっそう怒りが収まらなかった。(27) 清国の台湾統治百年の歴史のなかで、反乱を起こしたのはすべて漳州人と泉州人で、客家人はいつも朝廷側に立ってきた。それゆえ、朝廷から見れば、客家人は義民であった。周有基は、瑯嶠の地位が曖昧であることに気づいていなかった。彼はここでは漳州人や泉州人の支援も、また外からの客家人の協力も得られなかった。絶望的な気持ちになり、「王馬首」、林阿九などの頭人の首でけりをつけようと考えた。この噂は風港に伝わり、王媽守は大いに恐れた。

　ほかにもうひとつ王媽守を悩ます出来事が8月にあった。大亀文番がまた、莿桐脚や崩山とのあいだで問題を起こしたのだ。日本人を介して6月19日にようやく築かれた平地住民と大亀文人との和やかな関係は、二か月も経たないうちに、8月24日に破棄されてしまった。しかも騒ぎはみるみる大きくなり、村人と番人の双方に不満が噴出したのである。

第四部

莿桐脚　争議の是非、総じて評し難し

第十四章[28]

七月初八、アイディンは同い年の遊び友だち十二人と連れ立って、外獅頭社に遊びに来た。今日はよく晴れて、外獅頭社の山の中腹から眺めると、海辺から山麓まで一望に見渡せ、さらに景色がいく重にも重なって絶景だった。

遠くに大海が広がっている。白浪の移民が開拓した稲田には、緑が広がり、稲穂が波打っている。左側は大亀文溪で、大亀文溪は冬と春は水が少なく、溪流の大小の石が露出し、夏と秋の季節には、河面が広がり、水量も豊富になる。

アイディンが遠くに眼をやると、莿桐脚の街道には、今日は人が溢れていた。距離はかなり離れていたが、銅鑼を打つ音がかすかに聞こえてきて、大変賑やかなようすがわかった。

アイディンは、山の下の風景や生活に好奇心でいっぱいだった。ここから眺めると、大海原は彼女をすっかり魅了した。大海原は彼女には手の届かないものだった。波打つ海の中に両足をひたしているようすをどんなに想像したろうか。しかし、長老たちは彼女に山の下の白浪は皆悪人だと言った。なぜ皆悪人なのか、彼女にはわからなかった。彼女は、牛車を引いて山に登ってきて、部落で物を交換している白浪にたまに会った。彼らは皆、穏やかで親切だった。白浪の商売人たちは、ときには山の子どもたちに色々なお菓子をくれた。しかし一度、部落のおとなが白浪の首を持って、山に帰ってきたのを見たことがあった。それは彼女には耐えられなかった。

彼女は白浪のものは皆、精巧できれいにできていて好きだった。皆が「牛車《ぎっしゃ》の順仔《スンア》」と呼んでいるひとりの白浪が、いつも大好きな白浪の飾り物を持って山に登ってきた。例えば、前回の白玉の腕輪は、牛車の順仔に交換してもらったものだった。実は、牛車の順仔は、年齢はそれほどいってなかったが、髪の毛や髭は白髪がまじり、背も少し曲がっていた。ときには、牛車を山上まで引いてくると、ゼーゼー言っていた。一度、牛車の順仔に、どうして大亀文語をそんなに上手に話せるのか聞いたことがあった。彼は笑いながら、商売に必要だからだよ、長くやっているとできるようになるよと言った。彼は白浪の生活用品を山まで運び、帰るときに、山の大亀文の産物を平地に運んだ。彼の大亀文語は大変流暢で、商売もごまかさなかった。だから大亀文の人たちは彼を大変信用していた。この頃は、いつも十六、七歳の息子を連れて山に来た。牛車の順仔は、自分の息子は純粋の白浪ではなく土生仔だ、連れ合いが山の下の熟番だからだよと言った。彼は二十数年前に、北部の東港で放索社〔現、屏東県林辺郷〕のマカタオ〔平埔族〕の娘をもらい、すぐに開墾のためにここに移ってきて、それからはアッという間だったと言った。

この白浪の商人はいつも外獅頭社に行き、たまに内獅頭社にやって来た。彼女は後に、牛車の順仔はほぼ決まった日に外獅頭社に来ており、それが白浪の初二と十六日、あるいはその前後の日にやって来ることを知った。彼女はいつもこの二日間は外獅頭社にやって来て待った。待っているあいだは、いつもボーッとしていた。多くの女の子たちは、白浪の商人に近づくことを禁じられていた。おとなたちは、白浪はよく人を騙す、山の娘を騙して山の下に奴婢として売りとばしてしまうと言った。アイディンの母親も禁じていたが、アイディンはなんとかしていつも初二と十六日に外獅頭社に駆けつけ、牛車の順仔に会った。あるときは獣皮や彫刻を持ってきて、牛車の順仔と交換した。彼女は十歳を過ぎた頃から、いつも牛車の順仔と話していた。彼女は子どもはことばをまねるのもうまく、数年も経つと、彼女は白浪の方言を大半聞いてわかるようになり、少し話せるようにもなっていた。

最近、大亀文と白浪の関係は少し改善されたようだった。日本人が海を渡ってきて牡丹社を攻撃したが、それは、数年前に牡丹社が日本人を殺した報復だったということを大亀文のすべての部落が知った。日本人は白浪の頭人を山に出向かせ、大亀文の頭目たちを皆、日本の軍営に招いたのだった。アイディンは、次兄のアラパイからこう聞かされた。白浪の頭人が、部落の中で長兄と大亀文の老頭目に、今後は双方共に仲よくやっていきたい、そして今後もし白浪の村でなにか祭りがあれば、大亀文人を賓客として招くと約束したと言うのだ。次兄のアラパイがこの話を教えてくれたとき、その表情はあまり信じていないふうだった。と言うのも、彼は白浪はただ口がうまいだけだと考えていたからだった。ただアイディンの心にはしっかりと刻まれた。彼女が牛車の順仔から受けた印象は、白浪にも言ったことを必ず実行するよい人がいるというものだった。

彼女はぼんやりと山の下の大海原と莿桐脚の町の風景を眺めながら、好奇心が胸いっぱいにふくらんでいた。この短い距離を横切れば、足をひたし海を味わうことができる。部落の長老の話では、もともとこの地域は、海辺までずっと祖霊のいる土地だったが、おおよそ父の祖父の時代に白浪に奪われてしまった。彼らは耕作して得た収穫を土地代としてあてるようになった。大亀文人が山地の生活になじみ、あまり海辺に近づかなくなったために、最初はあまり気にかけなかったが、その後白浪がますます食指を伸ばし、ついには山裾まで迫ってきた。そのため双方の関係は、長期にわたって緊張が続くようになった。

土地は取りもどせなくなったが、白浪の村に行って楽しいことを見ることができれば、少なくとも彼女の好奇心は満たされる。今日はちょうど白浪の祭りがある日だ。もし行ければどんなに楽しいことだろう。崩山の頭人の話が本当であってほしい、兄が自分の口で言ったことだ。彼女は心がちょっと動いた。今日はやってみる絶好の機会だわ！

彼女はまわりの皆を見まわした。自分を入れて全部で十三人、皆十五、六歳で、おとなでも子どもでもない年頃だった。彼女のほかに少女があとふたりいた。一番の年長者は、外獅頭社の頭目の長男で、まだ十六歳だったが、もうおとなのようだった。

彼女は思った。私たち若者はどう見ても「凶番」には見えないわ！　部落のおとなたちはひとりで山を下りれば白浪に捕まるって言ってたけど、いまは十三人もいるんだから、問題ないはずよ。だって崩山の頭人が歓迎してくれているんだから。そこで彼女は皆に、一緒に莿桐脚に行ってお祭りを見物しよう、行けたら海まで遊びに行こうと誘った。アイディンはまたこうも言った。莿桐脚は風港とは違うよ、莿桐脚には日本軍がいないし、問題が起こるはずがないわ。人数が多いほど、肝もすわるでしょう。外獅頭社の頭目の子は少し疑っていたが、少なくとも七、八人の子はアイディンの意見にうなずいていた。みんな好奇心いっぱいで、しかも内獅頭社の頭目の妹と外獅頭社の頭目の息子がいるから、部落に帰ってもきっと怒られないと思った。

外獅頭社の頭目の息子は、山を下りたくなかったが、三人の女子が行くと言ってるのに、男が行かないなんて格好が悪いと笑われた。少年はけしかけられて、とうとう大声で言い返した。

「誰が怖いか！　俺が連れてってやる！」

こうして十三人の大亀文の少年少女が連れ立って、白浪が開墾した稲田を越えて莿桐脚に向かった。

彼らは最初ひとりの農婦に出会った。農婦は遠くに見える彼らを奇妙に思った。少年たちは彼女に笑いかけながら手を振っていたのだ。農婦は驚いたが、すぐに笑って彼らに手を振った。

近づいてきたのは番人の少年少女たちだった。農婦は彼らをちょっと見まわして刀を指差した。大亀文の少年たちは必死に手を振り、笑みを浮かべて善意を示した。農婦は番人はふだんから帯刀しているのを知っていたので、それ以上こだわらなかった。農婦はしばらく彼らと身振り手振りで話した。アイディンは市街を指差したが、農婦は彼女の言っていることがわからなかった。そのときアイディンは急に、あの牛車を引いて山に来ていた「牛車の順仔」を思い出したが、農婦は暗い顔をして天を指した。アイディンは牛車の順仔が死んだことがわかり、一瞬つらい気持ちになった。アイディンはようやく頭人の「阮有来」の名前を思い出した。農婦はちょっと驚いたが、阮有来は大亀文のことばがわかることを思い出し、嬉しくなって何度もうなずき、わかったから私について来るようにと、子どもたちに手で合図した。

こうして彼らは農婦について莿桐脚の村に入っていった。莿桐脚の唯一の大通りの中央に、いくつもの長いテーブルが並べられていた。テーブルの上はすべて済度のお供え物だった。ブタ、鶏、鴨の丸焼き、ブタの内蔵、魚やエビ、鶏捲〔ブタ肉などをゆばで包んであげた揚げ物〕、焼肉、そして色々な果物などがあり、大亀文の少年たちの口からは涎が垂れんばかりだった。しかし、彼らもこれはお供え物だとわかっており、みだりに手を出したりしなかった。農婦は線香に火をつけ、少年や少女らに手渡した。彼らも平地人をまねて、何度か頭を下げて拝んだ。アイディンにはすべてが新鮮だった。この日は農暦の七月八日で、莿桐脚の村民はこの日から中元の済度を行い、さらに法会や様々な神仏を迎える行事を行って、何日間も賑わうのだった。

　莿桐脚の街頭の済度に、なんとたくさんの大亀文の少年少女が現われ、線香まで焚いてお参りしている。こんなことはこの村ではこれまで見たこともない風景で、皆、しきりにあれこれささやいている。そのとき、白浪の小さな子どもがふたり、楽しそうに手に飴人形を持ち、ワアーッと近寄ってきて、彼らと遊びたそうにした。また誰かが、この三人は上品な顔立ちをして番女らしくないなあと言った。

　アイディンは小さな子ども見ると、腰をかがめて彼らに声をかけた。突然、おとなが慌てて走ってきて、さっと子どもを抱きかかえて去っていき、アイディンをガッカリさせた。

　そのとき、農婦が頭人の阮有来を呼んできた。阮有来は彼女たちを見ると、困ったようすだったが、近づいてきて挨拶をすると、あちこち案内してまわってくれた。アイディンは海辺に行きたいと思っていたが、なんと阮有来が連れていってくれた。ただ今日は風と波がきつく、海を見ながら遊んでいると、海水が満ちはじめ、山の少年たちは次第に怖くなってきた。それでまた村にもどった。阮有来は客に接するような気持ちで相手にしていたが、アイディンらは一に遊び、二に好奇心で、まったく帰る気配もなく、阮有来は内心いらだちを覚えはじめていた。

　もう陽は西に傾いていた。莿桐脚の村民たちは布の帆を張り、村の鳳安宮の廟庭にたくさんの酒のテーブルを並べた。この布の帆は日よけにも雨よけにもなった。テントの外では、総鋪師《ゾンポサイ》〔料理長〕が長テーブルを並べ、火をおこした。何人かの料理人が済度用のテーブルの上のブタ、鴨、鶏、魚を迅速に料理して美味しそうに盛りつけた。大亀文の少年たちは好奇心いっぱいに、総鋪師のテーブル捌きや熟練した包丁捌き、刻まれた野菜がきれいに並べられていくようすを、ため息をつきながら見ていた。どの料理も見るからに美味しそうで、少年たちは誰もが涎を垂らさんばかりに、互いに顔を見合い、また阮有来のほうを見た。

　アイディンはニコニコと笑みを浮かべて阮有来に言った。

「阮頭人、前に頭人は私の兄に言ってたよね、これからは皆仲よくして、村でお祝いごとがあれば、賑やかに迎え、私らもお客に呼んでくれるって。だから私ら来たのよ、お祝いの場に出ようって思ったのよ。私らどこに座ればいいの？」

　阮有来は、ちょうどこの招かざる客を宴席の場から連れだそうかと考えているところだったが、はからずも先にアイディンから残ると言われてしまった。やむなく無理に笑いながら言った。

「こんなに遅くなって、皆さんがまだお帰りにならないので、部落の人たちは皆、心配しているでしょうね」

　アイディンはあっけらかんと答えた。

「そんなことないよ、私は少しくらい遅く帰っても大丈夫、夜でも道がわかるから、帰れるよ」

　そのとき、住民の老人も子どもたちも皆、次々と席に着いた。

　阮有来はやむなく彼女たちを後ろの食卓に座らせた。十三人が一卓では座りきれず、何人かがほかの客と相席しなければならなかった。多くのテーブルはほとんど満席だったが、一卓だけ空席の多いテーブルがあった。そのテーブルにはすでに三、四人座っていたが、何人もの大亀文の男女が近づいてくるのを見ると、ひと組の夫婦が黙って立ちあがり、ほかのテーブルに移っていった。すると、少し年かさの男が阮有来に向かって言った。

「誰がこの番仔《ファナ》〔原住民に対する蔑称〕らにテーブルに座ることを許したんだね？」

　もうひとりの中年の男が、鼻の下を伸ばして三人の大亀文の少女たちを見ながら言った。

「この番女たちは、中々美人だね、肌もつやつやしてるなあ！　おいで、おいで、おじさんに酌をしておくれ、もしおじさんが気に入ったら、これあげるよ」と言いながら、腰から仏銀〔お守りの一種〕を取り出して、バンと酒を入れたコップのそばに置いた。

大亀文の少年たちはなにを言っているのかわからなかったが、自分たちを軽蔑し、侮辱していることはわかった。外獅頭社の頭目の息子が眼をむいて睨みつけ、拳を握りしめた。彼のそばに立っていたアイディンは彼の手をギュッと握り、制止した。

阮有来は顔色を変え、大亀文の少年に言った。

「行こう、わしの家に行って食べよう」

思わず振りかえると、その中年の男がなんと立ちあがって、後ろからアイディンの服を引っ張った。

「さあ、おじさんの酒の相手をして」

それからブタのような顔が後ろからアイディンの頰にすり寄ってきた。

外獅頭社の頭目の息子は、部落の格闘技の名手だった。彼はすぐに振り返って、アイディンの手を引っ張っている中年の男の手を捕まえて引っ張り合い、続いて大きな足で相手の腹を蹴りあげた。その男は後ろに倒れると、腹を押さえて起きあがれなくなった。

しかし、外獅頭社の頭目の息子が手を出すや、ほかの村民がワッと押し寄せてきて、寄ってたかって彼を地面に押し倒した。さらに誰かが手を挙げて彼を一撃した。頭目の息子が地面に倒れると、ひとりの大亀文の少年がすばやく反応し、左手でテーブルをひっくり返すと、右手で刀を抜いた。コップや茶碗がガチャガチャガチャッと音を立てて割れた。村民の誰かが大きな声で叫んだ。

「番仔が暴れてるぞ！」

すぐに人びとが押し寄せ、ふたりとも地面に倒れた。

残りの大亀文の少年少女がすばやく仕事用の刀を抜いて構えた。大亀文人は皆、曲がった刀を身におびていたが、人を殺したり、獲物を獲ったりするためのものではなく、作業用のものである。男女関係なく、例えば、山道で木の枝を切ったり、好きなように道具をつくったり、あるいは自衛のための刀であった。

莿桐脚の人たちはその様を見て、総鋪帥の料理場に走っていって包丁を持ってきた。双方は対峙して、一触即発の状態になった。

　阮有来は大いに慌てた。

「皆、冷静に、皆、冷静に！」

　このとき、すでにふたりの外獅頭社の少年が皆に取り押さえられ、両手は後ろ手に縛られていた。ふたりとも口の角から血が流れていた。

　アイディンがほかの仲間に目配せすると、皆は刀の先を下に向け、敵意のないことを示した。アイディンが阮有来のそばに近づき、大亀文人を放してくれるように頼んだ。

　阮有来は皆に言った。

「皆、怒りを沈めてくれ、最初、わしは崩山の陳亀鰍と内文社に行き、大亀文人を招いて山を下りて日本の軍営に行ったが、そのとき、陳亀鰍は確かに言ったんだ。お互いの平和のために、崩山にめでたいことがあったときには、大亀文人も呼んで賑やかにやろうってね。わしの面子に免じて、このふたりの兄ちゃんを放してやってくれんか！」

　阮有来は頭人だけあって話にいくぶん説得力があった。それでもまだ大勢が大声で「放さんぞ！」と怒鳴っていたが、ふたりはようやく縄を解かれて立ちあがった。

　大亀文の子どもたちはすぐに仕事用の刀を腰に差すと、外獅頭社の頭目の息子と、もうひとりの少年のところに近寄ってきた。

　そのとき、突然、男たちが傍らから襲いかかってきた。そして、大亀文の子どもたちを後ろから抱え込んだり、あるいは押さえ込んだりした。大亀文の子どもたちは警戒する間もなく、皆縛られてしまった。ただひとりがすばやく逃げ出し、人混みをすり抜けてアッという間に村の外に走り出た。二、三人の男があとを追った。

　宴会場では、阮有来が顔色を変えて叫んだ。

「肖狗《シャウカウ》（福佬語「狂った犬」）、お前、なにやってんだ！」

「肖狗」は明らかにグループの頭《かしら》で、大男だった。彼は顔をゆがめて、阮有来を指差しながら言った。

「この老いぼれ、山に行ってこいつら番仔にペコペコしやがって、帰ってからも村民にはちゃんと説明しやがらない。お前はどうしてこんな約束をしたんだ！　これがきっかけとなって、これから莿桐脚のどんな結婚式にも、大亀文番は、来いと言えば来るんだ、こんなばかなことがあるか！」

ほかの人も一緒になって叫んだ。

「そうだ、わしらは今日、奴らを呼んでいないぞ。番仔は、どうして呼んでないのに来たんだ」

阮有来は顔色を変えて言った。

「これらの大亀文は皆十いくつの子どもだ。ただ子ども心に遊んでるだけだ。大目に見てやってはどうかな？　いざこざにならないようにしないと」

会場にいた人は百人あまりで、莿桐脚のおとな、子ども、さらに外部の賓客がいたが、ほとんどの人がなにも意見を言わず、騒ぎを見ていた。皆はお腹がすいてきて、何人かが騒ぎはじめた。

「腹が減った、飯だ、飯だ！　料理を出せよ、料理を出せ！」

大亀文の少年たちは、宴会場の外に追い出された。そこに料理が一皿一皿運ばれてきて、皆は大喜びで食べはじめた。まるで何事もなかったかのようだった。

阮有来はひとり突き放されたような気になり、イライラしながら言った。

「よかろう。お前たちはいま放してやらないで、いつになったら放してやるんだ。肖狗、お前って奴は、あの子たちにご飯を食べさせず、放してもやらない。一体どうするつもりだ」

ひとりの加禄から来た郷勇〔地方で募集された義勇兵〕が見ていられなくなり、前に出てきて、放してやるように肖狗に言った。肖狗は、その郷勇を見ながら、大きな声で言った。

「お前らよそ者に、なにか関係があるのか？」

そのとき、あの大亀文の少年の後を追っていった何人かの腕っぷしの強そうな男たちがもどってきた。見ると、男たちはびっしょり汗をかいているが、がっくりして、そのようすから追いつけなかったことがわかった。

アイディンが、そのときなんとか立ちあがった。彼女はこれまでこんな扱いを受けたことがなく、悔し涙を流しながら、大亀文のことばで大声で叫んだ。

「私らもお前らのご飯など食べたくないよ。私らを帰らせて、でなきゃ、私らの部落のおとなが、すぐにお前らを捕まえにくるよ！」

阮有来は、急いでアイディンのことばを皆に告げた。皆はハッと気がついたようだった。あの少年は逃げ帰ったら、当然、部落のおとなたちに話すはずだ。皆は次々と喋りはじめた。皆が言い争っているのは、放してやるかどうかではなく、大亀文番が彼女たちを取り返しに押しかけてくるかどうかだった。それならヤバイことになるぞ！

阮有来は大声で言った。

「獅頭山からここまで下り坂だ。番仔の速さなら、一時間もせずに着くぞ！」

すると誰かが言った。

「俺らさっさと飯食って、さっさとこの子らにも食わせて、すぐに送っていこう！」

誰かが口をはさんだ。

「この子ら、食べないよ」

今度は阮有来のほうが少し躊躇しはじめた。

「もう暗くなった、いま帰して、万が一探しにきた番仔とこの子らが行き違いになったら、村に来て子どもらを出せと言われても、口で説明するだけでは、弁解ができない。わしらはこの子らを引き止めて、おとなたちが来るのを待つしかない」

誰かが言った。

「番仔らにはきちんとした暗号があってな、お互いに見つけられるよ」

阮有来は言った。

「もう遅い、わしにはもうこんな危険は冒せない、自分の手で直接引き渡すほうがいい」

そのとき、突然雨が降りはじめた。

「雨だ。皆、さっさと食べて、家に帰って寝るんだ」

誰かが言った。

「こんなに遅くなったし、それに雨が降り出した、番仔が来るのは明日だろう」

誰かが応えた。

「大亀文番はいっぺんに十二人もいなくなったんだぞ。必ず今夜来る、それに番仔は何人来るかわからんぞ」

肖狗は、こんな大事になるとは思いもよらなかったので、しばらくじっと押し黙っていた。すると、阮有来が叫んだ。

「皆、さっさと食べて家に帰るんだ。わしは廟祝〔廟の管理人〕と鳳安宮に残って、まずはあの子ら十二人を廟で休ませるから、何人か手伝ってくれんか。今夜は、この廟で大亀文の連中が来るのを待つんだ」

それから縄で縛られたアイディンのところに行った。

「悪いね、皆に嫌な思いさせて。先にご飯を食べてしまおう、それからわしらはこの廟で、部落のおとなが来るのを待つことにしよう」

外から来ている客たちはそれを聞いて、次々と立ちあがり、家に帰る準備をはじめた。ひとりの北勢寮の郷勇がため息をついて言った。

「枋寮の官府に行って、枋寮の巡検に報告したほうがよさそうだな」

肖狗は、そのときはもう勢いもなくなり、なにも答えなかった。誰かがそばから水を差した。

「枋寮の官府が知ったからってどうなるって言うんだ。官兵を派遣してわしらを守ってくれるとでも言うのか？　どうせ耳障りのいいことを言って、適当にごまかすんじゃないのか」

もう一人誰かが言った。

「日本人に対処するために、いま官府はあれこれ計略を練って、牡丹社の番人を籠絡しようとしているって噂だ」

阮有来は十二人の大亀文の子どもたちを連れて廟の中に入っていったが、突然なにかを思い出したように、大急ぎで廟を駆け出し、皆に向かって大声で叫んだ。

「皆、もうひと言わしの言うことを聞いてくれ。番仔が来たら、絶対に先に手を出して奴らに怪我をさせるようなことがないようにしてほしい。今度のことは、わしらのほうには道理はないんだ」

＊

外獅頭社の頭目は、十三人の若者がいなくなったとの報告を受けた。頭目の長男を含む外獅頭社の七人と、それから内獅頭社から遊びに来ていた六人で、その中のひとりはシャガイとアラパイの妹だった。

頭目は、最初は別に気にもとめなかった。部落の人間は、獣を追ったり遊んだりして夜遅く帰ることが多く、ときには夜通し帰らないこともあった。しかも十数人の少年や少女が一緒で、誰も心配していなかった。遅くとも明日の朝には、何事もなく家に帰ってくるはずだ。

ところがもうすぐ日が沈むという時刻に、ひとりの内獅頭社の少年が山の中腹で見つかった。彼は全力で走りつづけ、ほとんど動けなくなり、鳥の鳴き声で合図を送った。部落の人たちは、それではじめて本当に問題が起こったことを知ったのだった。

部落中が大騒ぎになった。外獅頭社の勇士と猟人が五、六十人、総動員で頭目について急いで山を下り、同時に内獅頭社に人を走らせた。

ニュースは、瞬く間に内獅頭社と外獅頭社に伝わった。皆はすぐに刀を持ち、銃を持って、飛ぶように山を下りた。

空は真っ暗で、雨が降っていたが、山を下りる人はますます多くなり、自然に集まった隊列はいよいよ長くなり、百人を超えていた。

＊

莿桐脚の村人は、ざわめく声が遠くの山際から伝わってくるのを聞いた。まるで野獣の大群が莿桐脚に勢いよく向かってくるようで、ときに奇声が混じった。

どれだけの番人が襲ってくるのかわからず、すっかりおびえていた。どの家も皆、戸や窓を閉めたが、また好奇心も抑えきれず、窓から覗いていた。真っ暗闇の雨の中、ザーザーという雨音に混じって番人の走る足音や叫び声が村に迫ってきた。暗闇の中でメラメラと燃える松明の火が、長く後をひき、まるで鬼火のように皆の心をハラハラさせた。

どの家も戸や窓をしっかり閉め、そのうえさらに卓や椅子でしっかりと塞いだ。それから、火をすべて消し、さらには銃を持ち出してきた。

阮有来は、大亀文人が走る足音がますます近づいてくるのを聞き、廟祝とほかの十人あまりの男と一緒に、十二人の大亀文の子どもらを村の中心に連れてきた。阮有来は、先に子どもらに謝り、そして縄を解いた。雨足はすでに弱くなり、十二人の少年たちは、涙が雨に混じった顔で、彼らを迎えにきた族人のほうに駆け出していった。

少年たちは無事に帰り、阮有来たちはホッとした。もうなにも問題ないだろう、番人たちはきっと山にもどっただろうと、彼らは思った。

＊

莿桐脚人には予想外のことだった。勢いよく走ってきた連中は、しばらく止まると、また村に向かってきた。窓の隙間からのぞいてみると、少数の松明は山のほうに上っていったが、大半の大亀文人は依然として村に向かっている。番人の叫び声は、いく重にも重なる足音と雨の音に混じり、莿桐脚人の心臓は飛び出さんばかりだった。子どもたちは皆、布団をかぶって大きな声で泣いている。村民は家の中で、番人が退散してくれるように、しきりに神様に手を合わせている。

そのとき雨風の勢いが突然激しくなった。多くの番人たちは村に突入してくると、走りまわって叫び、空に銃を発射し、刀を振り回した。番人は決して人家に突入せず、騒ぎを見せつけるのが目的なのは明らかだった。莿桐脚人は刀や銃を手にしていたが、うかつに行動できなかった。皆は、一旦誰かが発砲すれば、双方が真っ向から対決することになり、この莿桐脚に川のように血が流れることになるとわかっていた。

天の情け——。そのとき突然、稲妻が光り、バリバリと雷が鳴り響いた。すると、番人の大声も一瞬静かになった。続いてまた稲妻が光り、雷が鳴りつづいた。

激しい雷雨が大亀文人の怒りの火を消したのだ。彼らは撤退しはじめた。人の声がだんだんと遠く去り、狂奔する足音はもう聞こえなくなった。偶然にも一、二度閃光が走り、村民は散り散りになって山に帰っていく番人の姿を見た。

莿桐脚人はようやく気持ちが落ちつき、胸を撫でおろしたて喜んだ。ある人は鳳安宮の広沢尊王〔保安の神様〕が皆を救ったと言い、ある人は昨日の済度がよい兄弟と祖先の霊を感動させたんだと言い、またある人はそれぞれの家がお祈りした神様や仏様のご加護だと言った。それでちょうどよく大雨が降り出し、稲妻が走ったのだ。

第十五章

アイディンら十二人は、兄のアラパイが引き連れた内獅頭社の族人に出くわした。皆で一緒に内獅頭社に帰るのかと思いきや、アラパイが、外獅頭社の頭目はまだ山の下だ、内獅頭社の者が外獅頭社の仲間を見捨てることはできないと言い、一部の内獅頭社の勇士らが再び山を駆け下りていった。

アイディンは部落に帰ると、全身ずぶ濡れで腹ペコだったが、疲れきって倒れこみ寝てしまった。目を覚ますと、もう翌日の昼前だった。彼女は兄に、自分があまりに幼稚で軽率だったと謝った。

兄のアラパイは、彼女の間違いではなく、白浪の言うことは信用できないと言った。彼はまたこう言った。

「白浪はなんとお前たち十三人を捕まえた、本当にいい肝っ玉してるな」

アラパイは続けた。

「白浪のいまの土地は全部、祖霊が俺らに残してくれたものだ。俺らは好意で奴らに開墾させてやってるんだ……」

アラパイは檳榔をペッと吐くと、口元をちょっとぬぐった。

「白浪は土地を自分のものにして知らん顔だ、しかも、ずっと俺らをバカにしやがって、本当にずる賢い連中だ、ちょっと懲らしめてやらないとな」

アラパイは言った。

「お前が寝ているあいだに、俺は外獅頭社の頭目と話し合って決めたんだ。二、三日のうちに、内獅と外獅は一緒に出草して、白浪の首を取ってくるってな」

恐怖の夜を過ごした莿桐脚も、当然また防禦に努めた。しかし数日後に、村民がふたり殺され、死体は山の下の田んぼからあまり離れていない林の中に棄てられていた。ふたりの頭は切り取られていた。

阮有来と陳亀鰍は村民から責めたてられた。そこでふたりは提案した。皆で風港に行って、日本の軍人に大亀文の襲撃のことを訴え、正式に日本人に保護を求めよう、できれば軍隊を出して大亀文を威嚇してほしいと。皆は賛成した。

阮有来は、莿桐脚の詩文をよくする読書人に頼んで、感情のこもった陳情書を書いてもらい、日本人に届けた。[29]

莿桐脚の老先生の訴状は文章が明快で、清国政府に対する苦情も多く書き込まれていた。莿桐脚の人たちは、これまでの清国の役人の民心を慰めることばは華美だが不誠実、それに最近は土番を懐柔し、彼らの士気を助長していると感じている。だから土番は突然、狂暴化して、度々村を囲んで村人を殺害するようになり、我らは日本軍に助けを求めたのだ。

ただ、この訴状は村民が殺されたことと、大亀文人が大挙して山を下りて威嚇に来たことだけを書いていて、事件の発端となった莿桐脚人が理由もなく大亀文人を拘束したことには触れず、責任を大亀文人に押しつけていた。そして、近頃、彼らが騒いでおとなしくしないのは、官府が日本人と対抗するために、あちらこちらで生番に取り入っているからだと、責任を転嫁していた。

数日後、崩山の頭人も日本軍に保護を求める文書を送った。

そこで日本軍は、まず大砲を獅頭社に近い山際に近づけて見かけをつくろった。さらに横田棄は、崩山一帯に人を派遣して地形を調べ、駐留兵舎を建てる準備を進め、それで崩山と莿桐脚の住民を守り、大亀文に対抗する布陣を敷いた。最後に、横田棄は崩山の老人を再び大亀文に走らせ、大亀文の頭目にもう一度風港の軍営へ出てこさせようとした。崩山の頭人は、王媽守に一緒に行ってくれるように頼んだ。王媽守は少し躊躇し、体調不良を理由に婉曲に断った。

莿桐脚と崩山が風港の日本軍に保護を求めたことが、枋寮の清国政府に伝わった。枋寮の清の役人は、この事件を莿桐脚の村民と大亀文のあいだの怨恨、そして風港の王媽守の手引きによるものと見ていた。

委員鄭《へい》秉機報告

（七月）二十三日巳《み》の刻〔午前九時～十一時〕、枋山の庄民並びに大小亀紋社〔亀文社〕衆等の報告に拠る。莿桐脚の庄民張天扶等は大亀紋諸社との私恨により、日本に莿桐脚への駐屯を誘い、増兵と保護を要請する。[30]

営官王開俊報告

（七月）十九日戌《いぬ》の刻〔十九時～二十一時〕、瑯嶠哨弁〔歩哨所の武官〕張鴻謨《こうも》の面会報告に拠る。日本軍の現有一百余名は莿桐脚に前進して駐留し、聞けば該処の要求により生番を打たんとする。[31]

枋寮ではさらに、将来、王媽守は日本軍について日本に行くだろうと噂されていた。

王媽守宛の返信の写しが残っており、そこには次のように書かれている。

委員鄭秉機探報　初十日、莿桐脚の倭人数名、枋山庄外の土名檳榔子埔の地に至り、軍営地を定める。聞けばまさにこの月半ばに工事をはじめ設営する。後湾の倭営〔日本の軍営〕では、日を追って死亡が相継ぐ。

またその営内の伝聞によれば、風港の庄民王馬首〔王媽守〕は日ならずまさに倭営に投じ、随行して帰国せんとする。(32)

王媽守はこれを読むと、心中穏やかでなくなった。そうだ、日本軍が長く駐留する機会なんてめったにない、それに日本軍が撤退したら、清国は必ず彼を探して厳しく罪を問うだろう、へたをすると、大亀文番も日本人の大亀文への抑圧に対するけりを彼の首でつけようとするかもしれない。

悪い情報は後を絶たなかった。王媽守は気が気でなくなっていた。彼は将来が心配になった。亀山大本営一帯で疫病が猛威を振るっているということは聞いていた。数日前、水野遵は船で風港から亀山にもどる途中、もうすぐ後湾に着くというときに、山上に木の墓標が林立しているのを見て、奇妙に思い船員に尋ねた。船員はあれは日本兵の墓だと言った。水野遵は驚きのあまりことばがなかったという。王媽守が聞いたところでは、疫病が猛威を振るい、そのため日本軍の戦意は崩れていったらしい。日本人はいままさに選択のときだった。撤退して帰国するか、軍を北に向けて、清国軍と一戦交えるか。

王媽守には、気がかりなことがひとつあった。彰化で官府から叛徒と見られている廖生富の残党が、わざわざ風港まで加勢に来て、日本軍に渡りをつけうしろ盾になろうと考えていることだった。(33) これは王にとっては嬉しいことであると同時に心配なことでもあった。嬉しいのは、自分が「頂港で名声あり、下港で出名あり〔台湾語の諺。頂港は淡水港と基隆港、下港は安平港と高雄港を指し、全台湾で名が知られているという意味〕」となったことだ。心配なのは、官府の罪人簿では、おそらく彼の罪状がもう一条増えることだった。

第十六章

内文社では、老頭目のブラリヤンが各部落の頭目を召集して相談していた。

崩山の頭人陳亀鰍がまた山に上ってきて、日本人が頭目の皆がもう一度、風港に行くことを望んでいて、理由をこう説明したと言った。近頃、外獅頭社が莿桐脚に行って騒ぎを起こし、人を殺した。それで日本人は不愉快に思っている。風港の日本人は、大亀文は前の約束を守っていないと思っており、大股頭が直接行って説明することを求めている。しかも、前回は大股頭自身が行っていないので、日本人は特に気にかけていると。

外獅頭社の頭目は、大股頭ブラリヤンの前口上が終わると、すぐに手を挙げて発言を求めた。彼は非常に感情的になっていた。

「これこそが白浪の憎むべきところだ、明らかに莿桐脚の奴らが悪いんだ！　奴らはブタや雲豹の肝を食って、なんとわしらのところの者を十三人も閉じ込めたんだぞ。わしら内獅頭社と外獅頭社は、莿桐脚の村にあの子らを探しに下りて行って、ちょっと脅かした。すると、白浪どもはわしらに謝るどころか、あの悪党ども、先に日本人にわしらが悪いと告げ口しよったんだ！」

ブラリヤンは大変落ち着いていた。彼は外獅頭社の頭目に言った。

「お前の倅が白浪に拘束されたのは、白浪のほうが悪い。じゃが、アイディンは、莿桐脚の頭人の阮有来は、子どもらをかなり擁護してくれたとも言っておる。それにじゃ、今日、崩山の頭人が言ったように、莿桐脚が先にしでかしたのは間違いない。じゃが、奴らはそのあとお前の息子やアイディンらを解放したんだから、お前らは莿桐脚に行って銃をぶっ放して威嚇するようなことをしちゃならんかった。中には怯えてしまって、あれから暗くなると寝れなくなった白浪の子どももいるってことだ、これは本当らしいぞ。ほかにも、これは莿桐脚での話だが、その後、崩山の住民も追いかけられ殺されそうになったそうじゃないか。まだ奴らは逃げるのが速かったから、死なずに済んだ。じゃが、莿桐脚でも崩山でも、殺されたり、死んだり、怪我したりしておるのじゃ」

続いて発言した各部落の頭目たちは、次々とやられたことをぶちまけ、白浪のふだんの様々な悪行を訴えた。

「奴らの田畑はわしらに借りているんだぞ、奴らは毎年わしらに小作料を払っているんだ。二年前、わしは大頭目についてまわった。大頭目は八人で担ぐ駕籠に乗っておられて、あの白浪らは大頭目に会うと、地面に伏してこちらを敬う態度を見せたのだ。つまりだ、奴らはわしら大亀文が牛耳っていて、わしら大亀文の言うことを聞くのが当たり前なんだ。どうして日本人に言いつけてわしらを抑えつけ、わしらを日本人に従わせようとするんだ？」と、麻里巴社の頭目も不満を表わした。

率芒渓に近いいくつかの部落は、白浪はいつも人を騙し、部落の女たちをからかうと非難した。

「要するにだ、あの白浪どもは人を騙すか、女に手を出すかで、ちょっと懲らしめてやったほうがいい」と、ひとりの頭目が憤って訴えた。

「皆さん、ご注意願いたい。我らが相手しなければならないのは白浪ではなく、日本の軍隊だってことを」と、シャガイが立ちあがって発言した。

「白浪の憎むべきところは、奴らはあろうことか、我らの若者を閉じ込めたことを日本人に隠したことだ。だから……」そこで口調を改めてこう言った。

「もう一度繰り返しますが、今回の会議の重点は、日本人は我らにもう一度風港に来るように言っており、それでどうすべきかということなんです。応じるか、応じないか。皆さんは、聞かれましたか？　牡丹、射麻里、チュラソなど多くの部落は、すでに日本人に帰順しているんですよ」[10]

そのとき、一部の頭目から下瑯嶠十八社の潘文杰〔チュラソの総頭目。トキトクの後継者〕とイサの弱腰をそしり、牡丹社を裏切って日本人に媚びるべきではないと声があがった。いわんや彼らは「下瑯嶠十八社」の一員だと称しているのだ。ばらばらっと賛同の声が起こったが、共感を引き起こすほどではなかった。皆は、実際のところ、潘文杰の決断はやむを得ないとわかっていたのだ。

シャガイは続けて言った。

「我らは、内獅頭社でも外獅頭社でも竹坑社でも、どこからでも見た、日本軍はすでに大砲を山の中腹まで運びあげている。俺は、我らの大亀文が牡丹社と女乃社の二の舞になるのを見たくない。皆さん、知ってのとおり、俺はずっと守りを固めてきた、譲歩は軽々しく口にしない。このあいだ風港へ行き、日本軍の頭人の横田に会った。日本人の兵力はもちろん大変強い、しかし俺の感じでは、日本人は白浪より信用が置ける」

シャガイは威厳を保って言った。

「俺の見立てでは、日本人は我らにはなにも要求しないし、我らの土地を求めてもこない。我らも日本人を殺していない。奴らに会いにいっても、どうってことない」

そう言い終わると、皆はうなずき、もう誰も発言しなかった。老頭目のブラリヤンが言った。

「よかろう、今度は、わしの出番だ、風港に一度行ってみよう。日本人の軍営は、すでにできあがったということじゃが、わしも奴らの軍営を見て、奴らの銃と刀を見てこよう。じゃが、今度はもうブタも持たずに、会ってくるぞ」

すると思いがけず、シャガイが身を乗り出して反対した。

「大頭目、慎重になされたほうが宜しいかと思います。今度は、日本人が大々的に懲罰を加えようとしており、そのうえ、白浪があいだでなにやら悪巧みをしております。注意するに越したことはありません。前回は、老頭目の弟のツウルイが行きましたが、今回はさらに老頭目のもうひとりの弟の温朱雷も行くのです。老頭目はここ数日、かかとを挫かれておられるのではありませんか。これはいい理由になります。我ら二番手が先陣を切り、もし日本人が本当に我らを尊重するなら、老頭目は次回に行っても遅くはありません」

皆は大いに賛成し、そのようにすれば卑屈でも尊大でもないと考えた。

8月31日、崩山の陳亀鰍はもどって横田に、次のように報告した。

「一昨日、日本の大人《ターレン》の命を戴き、大亀文の頭目に伝えに行って参りました。頭目は命令に従うと表明しましたが、ただ体が依然としてすぐれず、自ら出向くことはかないません。約束の期日を五日後に延ばしていただき、先に弟のツウルイと温朱雷の両人を、日本の大人に投降に行かせます。大頭目はこのように言いましたが、大人はいかが裁かれましょうか？」

横田は尋ねた。

「貴殿の見るところ、大頭目のようすは本当に病気なのか？　それとも病気を口実にしておるのか？」

崩山の陳老人は言った。

「私の見ますところ、確かに足は悪いようであります」

横田は言った。

「それでは五日延ばして、ツウルイがここに来てから相談することにいたそう」

9月4日に、シャガイと温朱雷、そしてツウルイが約束どおりやって来た。福佬人の開拓民たちは、二枚舌を使って、横田にこれらの大亀文の頭目は間違いを認めて投降したように思わせた。そこで、日本人はことばに威厳を持たせ、大義を諭すように語った。

「いわゆる熊や狼や虎や豹の類は、姿を現わせば人を襲い、逃げれば隠れる。異類ならば傷つけ合い、同類ならば殺し合う。しかるに人が禽獣と異なるのは、次の点に有るのだ。応接に礼あり、交際に義あり、老者はこれを養い、幼者はこれを憐れむ、そのうえ人を傷つけたり、殺したりすることがないということだ」

それからまた、大亀文人が福佬人をむやみに殺害することをとがめた。

「このような輩《やから》は、天地の容れざるところ、王法の許さざるところだ、どうしてこれを放置しておけよう。思うに、お前たちは久しくこの深い山奥にいて、王政を見たことも、王法を聞いたこともなく、それでこのような残虐なことが起こるのだ」

初めは厳しく叱責し、最後は静かに話を終えたのは、これがもし大亀文人の風俗や習慣によるものであれば、過去のことは不問にするということである。ただ今後は、牡丹社、女乃社、クスクス社は、部落の人びとが警戒しなければならない。

シャガイ、温朱雷、ツウルイの三人の頭目は、莿桐脚の事件は白浪が先に大亀文人を監禁したのだと日本人に訴えた。彼らは、日本人が理解してくれたと思い、今後は二度と白浪を殺害しないと答えた。最後には旗と印章を受け取り、同時に、老頭目のブラリヤンが、後日、山を下りて日本人に会いに来ることを約束した。[34]

＊

半月後の9月20日、今度は、シャガイはブラリヤンの末っ子の籠仔人と八人の大小の頭目を連れてきた。日本人は、大頭目が今度も来ず、しかも十八名の頭目中来たのはわずか八名だったことには不満だったが、訓示を述べてさっさとことを済ませた。それから、八社の頭目に日本の旗と都督府の印章を与えた。日本人の眼には、シャガイは外亀文の頭目、籠仔人は内亀文の頭目の代表として映っており、それぞれにひと振りの日本の武士の刀を授けた。そのほかの大小の頭目には、均しく赤い絹織物と赤い布、白い布がそれぞれ一反ずつ用意された。最後の宴席の場では、頭目たちにもう一度砲撃の威力を見せるために、兵士たちに射撃練習をさせた。

日本人にとっては、これは帰順式であり、さらに武力の誇示だった。横田棄は、大亀文が日本の旗と西郷の印章を受け取ったのは、臣として服することの意思表示だと考えていた。この方法は、日本人は下瑯嶠でも射麻里のイサやチュラソの潘文杰たちにも試していた。横田は別れる際に、今後はもう清国の言うことを聞いてはならず、日本人の命令に従わねばならないと言った。

しかし、大亀文の頭目たちの考えは違っていた。半ば無理やり風港に行かされた。純真な頭目たちの考え方では、遠路はるばる日本人に会いに行ったが、本来は相手が示すべき礼儀であり、謝意であり、余興であった。しかも、この土地は祖先が残したもので、万古以来誰の言うことも聞く必要がないのだ。しかも彼らは甚だしく清国の官吏を軽蔑していた。これまで清国人の言うことを聞いたことがなかったのだから、当然、いまもあるいは将来も日本人の指図を受ける必要はない。

大亀文人は、日本人が真面目に彼らにこれ以上殺人をするなと言っているのはわかったが、日本人は彼らにそう「要求」しているのであって、「命令」しているのではないと考えた。こうして出向くのは、日本人に会い意志の疎通をはかるためであって、当然、投降するのではない。それにシャガイには考えるところがあった。牡丹社あたりから伝わってきた話では、日本人は亀山で毎日病死者を出している。軍営の裏には死体が折り重なるように積まれている。時々、船いっぱいに死体を乗せて日本に運んでいる。一部は死臭のために亀山に埋められている。だから、シャガイには、長く駐屯するはずもない軍隊に、大亀文が投降しなければならない理由を想像できなかった。

横田自身が、風港の日本軍の軍営にも同じように瘟疫《おんえき》〔伝染病〕が発生することを恐れていた。そのため、彼も郷に入っては郷に従えで、風港の徳隆宮に行って、五府千歳にお祈りし、神のご加護を願った。五府千歳は、もともと「瘟疫を追い払う」神様である。普通は移民は海を渡って台湾にやって来るため、まずは航海の安全を願って媽祖を祭り媽祖廟を建てる。上陸すると、健康と長寿を願い、恐ろしい瘟疫に罹らないように祈るようになる。このような背景のもとに、五府千歳は「天帝に代わって世の中を巡察し、瘟疫を駆除する」特殊な南台湾の神様になった。ずいぶん前に風港の最初の移民は「徳隆宮」を建立した。最初は小さな木製の廟であったが、のち木造からレンガ造りとなり、金碧に光り輝くとまではいかないが、風港で最も立派な建物となった。ここは風港の人びとの信仰の中心であり、毎年ここで「焼王船」の祭儀が行われたが、それは瘟疫を海の外に送り出し、内陸の平安を保つ意味を表わしていた。

この日、横田棄は大亀文の頭目たちを見送ったあと、徳隆宮にやって来た。彼は郷に入っては郷に従えで、移民にならって、呉、范、池、温、李の五府元帥に焼香し、瘟疫が風港に流行しないよう、そしてまた亀山の日本の軍営の瘟疫がさっさと過ぎ去っていくようにとお祈りした。彼が徳隆宮を離れるとき、ちょうど入ってきた王媽守にバッタリ出くわし、互いに驚いた。王媽守はすぐさま横田棄に深々と礼をした。ただ心の中では、今日は初一でも初十五でもないのに、日本人の横田棄が、どうして福佬人の神様にお参りにきているのかと大変いぶかしく思った。王媽守自身が王爺に祈願に来たのは、王爺に平安と吉祥をお願いするためだった。王は日本人の駐留が長続きせず、日本人が去ったあと、清朝の官府が、報復のために彼を探しにくるのを恐れていた。

王媽守はこの半年、日本人との関係から、風港では肩で風を切って歩いていた。しかし二か月前の七月二十六日から、清国の駐留軍がすでに東港から枋寮に移っていることを知っていた。噂では、この有史以来台湾の最南端に駐屯している清国の将校の王開俊将軍は猛将だった。風港では多くの人が、日本軍は結局のところ清国と一戦をまみえるのか、それとも撤退するのかの賭けをしていた。王媽守は心中、日本軍が清国兵を打ち破ってくれることを期待していた。なぜなら、清国兵は自分たちを守ってくれそうもないし、見たところ、日本の軍隊は大亀文番に打つ手を持っていそうだったからだ。何より、王は日本人との関係が清国の官吏との関係よりずっとよかった。噂では、あの枋寮巡検の周有基は、王媽守の名前を口にするときには、いつも歯軋りしているということだった。

第十七章

内獅頭社では、アラパイが興奮したようすで部落に帰ってきた。彼が仕掛けたわなに小さな雲豹が一頭かかっていたのだ。雲豹の足はわなに挟まれて怪我をしており、かなりひどい状態だった。アラパイは雲豹をアイディンに世話してもらおうと手渡した。雲豹はいまではほとんど見かけなくなっており、アイディンは大変喜んだ。

雲豹の怪我を治そうにも、アイディンには経験がなく、そこで母親に尋ねることにした。母親はちょうど織物を織っていた。アイディンは尋ねた。

「ママ、孫の服を織ってるの？」

母親は顔をあげてちょっと笑った。シャガイの新妻がもうお腹を大きくしているのだ。

アラパイは、いまは内獅頭社の頭目になっていた。兄のシャガイは、内文社のロバニヤウ家族に入り婿してからは、老頭目を助けて大亀文全体のことに対処するのに忙しく、めったに内獅頭社には帰ってこなかった。今回は、ほかの頭目を連れて風港の日本人の軍営に行ったついでに、帰路、数日だけ内獅頭社に帰ってきた。ただシャガイは実家に帰ってはきたが、悶々として機嫌が悪かった。以前は豪快で、野外で猟をするか、皆で格闘技をするか、酒を飲むかしていた。今回はこれまでと打って変わって、一昨日帰ったその晩、皆と一緒にいたほかは、昨日も食事のときにちょっと顔を出しただけだった。いつも一緒に酒を飲んでいた友人たちが誘っても、笑って断った。今朝は、もうすぐ昼になるというのに、まだ姿を現わさなかった。

シャガイの妻チュウクも内獅頭社にきていた。アラパイは義姉に会うと、大変喜んだ。この三か月ほとんど毎日、あの日の小鹿と少女を思い出していたが、少女がウーミというのかどうか、まだ不確かだった。しかしずっと内文社に行くチャンスがなく、彼女にもう一度会いたくて仕方がなかった。今度、義姉が来たので、義姉に内文社の少女を好きになったことを話した。義姉は彼の詳しい話を聞いて、笑いながら言った。

「目が高いわね。ウーミはきれいだし、性格もいいし、よくできた子で、内文社の貴族の勇士たちは皆、追いかけているわよ」

義姉はまた言った。

「ウーミは大亀文の二股頭の酋龍家族[35]の人よ。酋龍家族は、大股頭ロバニヤウ家族に次ぐ大亀文家族の人で、ウーミのお父さんは二股頭の弟さんよ、若い子たちは皆、お眼鏡にかなわなかった」

義姉は笑いながら言った。

「私があなたのために、彼女のお父さんに縁談を持ち込んであげるわ。でも、その前に、何度か内文社に足を運ぶほうがいいわね。ウーミにもっとよくあなたのことを知ってもらって、もっと好きになってもらうことね」

アラパイは大喜びで、義姉に急いでお礼を言った。それから、兄のシャガイのことを尋ねた。

「義姉さん、兄はまだ起きてこないの？」

チュウクは苦笑して言った。

「ええ、今回、風港から帰って、ずっと気分がよくないみたい。ひとりで自分の部屋に閉じこもってお酒を飲んで、自分にかまうなって言われたわ。一、二度、アワ酒とシシ肉を持ってこいって呼ばれただけよ」

アラパイが言った。

「これまでなかったことだなあ。僕が試してみます」

アラパイは幼い頃からシャガイと一緒に遊んできたので、とても仲がよかった。彼はアワ酒一瓶とイノシシの後ろ足のモモ肉を持ち、部屋の戸を叩いて言った。

「僕だよ、アラパイだよ」

ちょっと間を置いて、さえない声で「入れ」というのが聞こえた。

シャガイは横になっていた。机の上の杯は空っぽで、酒瓶も空っぽ、皿も空っぽだった。

「兄貴、酒と肉を持ってきてやったよ」アラパイはそう言いながら、肉と酒を机の上に置いた。シャガイはうなずくと、ようやく起きあがり、机のそばに座った。

シャガイは自分の杯に酒を注ぎ、アラパイにも一杯注いだ。シャガイは笑顔をもらしながら言った。

「ちょうどいいところに来たな、ちょっと話そう」

「ありがとう、兄貴」と、アラパイは恭しく頭目に酒杯を捧げた。

「ああ、アラパイ」シャガイは酒を一気に飲み干すと、ガンと音を立てて杯を置いた。そして「これを見ろ」と言うと、足で踏んでいたものを力一杯蹴った。アラパイは頭を下げて、シャガイが蹴ってきたものを見ると、一枚の布きれと、皺くちゃになった紙だった。アラパイは腰を曲げて布と紙を拾い、布を広げると、一枚の正方形の白い布で、真ん中に大きな赤い円が描かれていた。皺くちゃになって破れそうな紙には、上に大きな印鑑が押されていた。

シャガイはへへと声を出した。そして言った。

「これは日本国とやらの旗だ、そしてこれが日本の大頭目が書いた文書だ」

「なにか知らんが、この三か月のあいだに、俺は三度、風港の日本軍の軍営地に行って、三度訓話を聞き、なにやら奴らの旗とか、奴らの文書とかを渡され、奴らの言いなりになってたよ」

三度目の風港行きには、シャガイは八か所の部落の頭目と、ほかに老頭目の息子の籠仔人を連れて行った。二回目までは互いに往来して礼を尽くしてきたが、二回目の風港行きからもどるとすぐに、日本人は三回目を要求してきた。皆は、日本人は人を騙すのも甚だしいと感じ、まったく行く気はなかった。しかし最後には、シャガイ自身が頭目たちを説得して、日本人の要請に応じたのだった。

あのとき、シャガイはこう言った。

「皆さん、ご苦労さまでした。皆が日本の軍営に行ったのはただ訪問しただけです。日本人がなにを言おうと、ただ歌を歌って、適当に調子を合わせて、聞き流していただけです。われらは決して投降に行ったわけじゃない。日本人はずっと大股頭に会いたがっているが、われらは日本人に大股頭を会わせていない。日本人がなにを言おうと、我々が言いなりになるなんてありえないことだ。皆さんには、いやな思いをさせた。ただ日本人に大亀文に一歩も踏み入らせなければ、われらの辛抱も価値のあることです。祖霊はわれらがこうすることを認め、われらをお守りくださっている。大亀文は犯すことができない」

皆は内心暗い気持ちだった。牡丹社は部落中が焼き打ちにあったのだ。大頭目の父子は殺され、部落の勇士も多数殺された。牡丹社は女、子どもを連れてよそに移った。昔は、大亀文と牡丹社は、別に親密ではなかったが、皆はそれを聞いて重苦しい気持ちになった。水鹿は山羌が殺されるのを見ると、涙を流すという。皆は下瑯嶠十八社が集団で日本人に投降し、日本軍の大頭目を招いて、射麻里とチュラソの部落で宴席を開き、酒を飲み、歌を歌い、踊りを踊ったと聞いた。老頭目とシャガイは、大亀文はそのようなことはしないと言った。彼らは日本人には大亀文の土地に入らせず、さらに日本人を招いて歌を歌ったり、踊りを踊ったりしないと。

シャガイはまたアワ酒をグッとあおると、アラパイに風港の日本軍の軍営に三度行ったときのことを話しはじめた。

「日本人に大亀文に入らせないということの一点では、俺は大亀文のために闘ったぞ」

「だが、俺はあの白浪に怒っている。あの白浪らは、われらから土地を借りてるんだ、だから大亀文は白浪から租税を取らねばならんのだ。白浪らはいつも約束を守らないばかりか、つけあがりやがって、こっそりと耕地を広げ、自分らの過ちを認めようともしない。だから、われらは必要なときは白浪とやり合い、奴らがあまりにもひどい場合は、奴らの首を狩った。白浪は、今度はまるで大亀文に問題があるかのように、日本人をあいだに入れて俺らを脅しにきたんだ。特に今度は、アイディンら十二人を捕まえやがって、まったく奴らは間違ってやがる。あげくの果てに、奴らはなんにも言わず、謝りもせず、本当に我慢がならんのだ」

「日本兵はこの旗と文書をわれらに渡し、大亀文に白浪を殺さないように保証させようとするが、それじゃなにか、まさか白浪に好き勝手に祖霊がわれらに給わった土地に侵入させ、われらの財物を騙し取らせ、われらの女たちを好き勝手にさせ、われらの若者を勝手に捕まえさせるとでも言うのか？」

アラパイはシャガイの長い話をひとくさり聞いて、どうシャガイは気分がすっかりよくなった。

「将来、チュウクはお父さんのあとを継いで、内文社の頭目、そして大亀文の大股頭となる。それから、いまチュウクのお腹の中にいる赤ん坊はチュウクを継いで、次の頭目になるよ。ハハ、アイディン、赤ん坊は男、それとも女、どっちだと思う?」

アイディンは反対に質問した。

「兄さんは、男の子がほしい、それとも女の子?」

シャガイは言った。

「男の子でも女の子でも、どちらも好きだよ!」それからアラパイのほうに振り向いて言った。

「アラパイ、お前も結婚しないとな」

アラパイは、言い逃れするように言った。

「このあいだ内文社で、きれいな娘を好きになったけど。さっき義姉さんが言ってた……彼女は酋龍家族のウーミ。兄さんなら僕を助けられる……僕を助けて……」声はますます小さくなった。

アイディンはそれを聞いて、嬉しくてたまらなくなり、答えていいかわからなかった。ちょうどそのとき、妹のアイディンが小さな雲豹を連れて部屋に入ってきた。

「兄さんたち、ほらこの雲豹、私の言うことこんなによく聞いて、ずっと私のあとをついてくるのよ!」

シャガイは気だるそうにアイディンのほうに顔を向けてうなずき、彼女に座るように合図した。

アイディンはまた尋ねた。

「兄さん、お義姉さんはいつ頃赤ちゃんを産むのかな?」

シャガイは言った。

「大体、あと四、五か月だろうなあ。いまはもうお腹が大きいよ。今回、俺が帰ってきたのは、風港に行ってきたからだ、また数日したら、俺も内文社に帰るよ」

アイディンが言った。

「内獅頭社のほうで産むの、それとも内文社で?」

シャガイは言った。

「チュウクは、もちろん内文社で赤ん坊を産むよ。生まれてきた赤ん坊はロバニヤウ家族になるし、将来の後継者だからな!」

アラパイの肩を引っ張った。

「いいね！　いいね！　私がこのあいだあげた白浪の玉の腕輪をする人ができたわ！」

シャガイの顔から曇った表情がサッと消え、笑顔が浮かんだ。

「アラパイ、とうとう好きな人ができたか！　もしも相手もお前のことが好きなら、時間を決めて縁組しよう！」

シャガイはアイディンを見た。

「ハハ、そうだ、あの日、麻里巴社の女頭目に会ったとき、お前のことを聞かれたぞ。彼女には息子がふたりいて、どちらか知らないけど、お前を見初めたんだってよ！」

アイディンは恥ずかしそうに、また嬉しそうにしながら、甘えるようなそぶりで言った。

「私、どちらもいや、どちらもいやよ……」

シャガイは突然なにかを思いついたように、振り向いて自分の鹿皮の袋の中を探すと、中から柄の入った布を取り出した。

「これ、お前にあげるよ」

アイディンはパッと眼を輝かして、驚いたように叫んだ。

「とってもきれいな柄の布だわ！」

シャガイはまた、横田棄が特に彼にくれた日本刀を持ち出してきた。

「アラパイ、お前はこれをたいそう気に入っていただろう。お前にやろう！」

アラパイも大喜びでしきりに礼を言った。

シャガイはまた、鹿皮の袋からふたつの箱を取り出した。大小ひとつずつで、大きいほうは手のひらの半分ほどの大きさだった。木の箱を開けると、同じ形をした、上に取手がついた木製品が入っていた。アラパイとアイディンは期せずして同時に、これはなにかと尋ねた。

シャガイは遠くを見ながらなにかを考えているようすで、しばらくなにも答えなかった。それからフッとため息をついて、アラパイに言った。

「これは白浪や日本人が大変大切にしている『印章』というやつだ。奴らはこの印章に自分のあるいは奴らの家族の称号を刻んでいるんだ。文書にこの印章を押すんだよ。

印章を押せば、承諾したことになる、俺らの口約束と約束の仕方が違うんだ」

「これまでの三か月で、俺は三度、風港の日本軍の軍営に行った。いつも、日本人と白浪と俺ら大亀文がいたな。三者のあいだの承諾は、お互いにいいと言えばそれでよしというわけではないんだ、いつもこの印章を押して、眼に見える証拠とするんだ。白浪も日本人もこの印章をとっても重視してるよ。俺、思うんだが、将来は外の連中とつき合わねばならなくなってくる。天上の祖霊よ、俺はこの外の連中が大嫌いだ、奴らとあれこれやり取りするのが嫌いだ。しかし時代は変わりはじめた、将来は外の連中がますます増え、俺らも印章を用意して、奴らと取り引きしなければならなくなる。だから、俺は、風港人からなにも彫っていない印章をふたつ買ってきたんだ。大きいのはロバニヤウ家の大股頭に、小さいのは俺らパタゴタイ家族用にだよ」

シャガイは真面目に話を続けた。

「それにね、白浪には白浪の文字、日本人にも日本人の文字があってな、しかも白浪の文字と少し通じるんだな。だから、奴らは互いに文字で理解し合い、記録することができるんだ。ただ大亀文には文字がない。ヴヴ（長老）が俺らに話し、俺らがまた子孫に話してというように、口で伝えてきたんだ。俺は、いつか俺らは、白浪の文字を習わないといけなくなるんじゃないかと恐れている。話によると、チュラソの文杰[36]が、あんなに若く頭角を現わしたのは、日本人と交渉する能力があったからで、なんでも奴は白浪の文字も読み書きができるらしいね。アラパイ、アイディン、いつか、お前たちも、白浪の文字を勉強に行かねばならなくなるかもしれんな。そうして俺らが奴らと交渉できるようになって、はじめてばかを見なくなるのかもしれん」

アラパイとアイディンは、これまでそんなことを考えたこともなく、呆然としてどう受け止めていいのかわからなかった。ただ心の中で秘かに、この頭目の兄が、こんなにはるか先のことまで考えていることに敬服していた。

第五部

沈幼青〔沈葆楨〕　開山撫番、変音を惜しむ

第十八章

旗後の天后宮《てんごうぐう》〔現、旗津天后宮〕では、張其光と呉光亮のふたりの広東の宿将が再会を喜びあっていた。これは同治十三年八月末、すなわち1874年の10月中旬のことであった。

張其光は、台湾で総兵の任に着いて一年あまりだったが、数か月前からずっと彰化での土豪の廖生富の逮捕に忙しくしていた。彼は長旅の疲れを押して、広東の同郷の後輩の呉光亮を迎えに駆けつけていた。

「台湾へ出向いていただきかたじけない。道中ご苦労でしたね」

呉光亮は、彼が沈葆楨に推薦したのだった。張其光は呉光亮の手を握り、異郷で旧知に会った喜びをかみしめた。

「私こそ抜擢いただきましたことに、お礼を申し上げねばなりません」呉光亮は笑いながらそう言った。

「私は今度はじめて汽船なるものに乗りました。汽船はこれまでの同安船(37)よりずっと安定しておりました。しかしながら、黒水溝の風と波は、本当に激しいものがありました。親しい友も皆、吐いて、それはひどい有様でした」

張其光は言った。

「貴殿の軍営は、ひとまずこの旗後で二、三日休んで、兵士たちも疲れを癒やすといい。少し前に、唐定奎の唐軍門は、五営〔東南西北中央の五つの軍営〕の淮軍を率いてここに来られたが、やはり三日たっぷり休んでいかれた。補給のことは、わしが引き受けよう」

呉光亮は言った。

「沈幼青大人〔沈葆楨の字〕の命で、十日の内に林圯埔に急ぐようにとのことで、長く休むわけには参りません」

張其光はうなずいた。

「そうだな、沈欽差大臣はせっかちだからね。唐軍門は来て数日で、部隊を鳳山〔高雄市〕と潮州〔屛東県〕のあいだに配置されたよ。わしがこうして貴殿を迎えにこられたのは、実際のところ道が通じたからだ。沈大人はわしに暫時、廖生富への追撃を止め、内埔〔現、屏東県内埔郷〕に行って卑南に通じる道を開くよう命じたのだ。日本人も身のほどわきまえずに後山に食指を動かし、ひとりの官員を卑南に送り込んだ。わしらが任命した後山の通事、卑南女王の婿の陳安生[38]につなぎをつけてな。この陳安生は、ちょうど今年の初め日本の四人の船員を助けて、日本人と行き来するようになったのだ。幸い、台湾府知府の袁聞柝が迅速に対応した。袁は早くも、沈幼青大人が来られる前、六月二十八日には台湾府より船に乗って卑南に行き、卑南の情勢が落ち着くと、陳安生と卑南女王に帰順を誓わせた。続いて、休む間もなく、直ちに卑南より東から西に向かって道を開いた。わしの任務は、内埔より西から東に向かって道を開くこと、双方が迅速に合流することを願っておるところだ」

呉光亮は言った。

「私の任務も道を開くことでありますが、林圯埔から八通関越えの責任を負っております」

張其光は言った。

「そうだな、わしは南路で、貴殿は中路だな。羅大春軍門は北路で、噶瑪蘭から南に向かう道を開く責任を負っている。羅大春殿は都督の身分でありながら開路が任務とは、本当に心外であろう」

呉光亮は高笑いをして言った。

「ハハ、私ら三名は『開路大将軍』になったのですね」

言下には、つまらぬ任務を負ったものだという気持ちがにじんでいた。

張其光は言った。

「この開路をあなどってはいけませんぞ。台湾の中部は、山は高く峰は険しい、川は激流で、山中には凶悪な生番がいる。それゆえ、聖祖〔康熙帝の廟号〕以降、我が朝廷は土牛紅線〔漢人と原住民族の居住区を分けた境界線。土牛は牛の背の形に盛りあがった土の形〕を境として、平地の民衆と山地を行き来させなかった。それぞれで生活し、いざこざが起こらないようにしたのだが、実際は、生番を利することになった。そうでなければ、早く漳州や泉州や客家らの移民によって侵食されていたであろう。いま沈大人は海防の必要のために、百九十年の伝統を破られたが、ただわれらと生番のあいだにいざこざが起こることを恐れておられる」

呉光亮は言った。

「生番がどれほどのものであっても、われらの銃砲には勝てないでしょう、なにをか恐れん、であります。ところで、我が大清帝国は倭国と本当に開戦するのでありましょうか」

張其光は言った。

「倭人は前々より久しく計画を練っておるようだ。日本人は牡丹社でひと悶着起こしただけでなく、さらに各地で火をつけようとしておる。わしがいま申したように、奴らも卑南に人を派遣して、卑南の通事の陳安生をまるめ込んだのだ。いま牡丹社にいる水野遵と樺山資紀《かばやますけのり》は、共に文武に長け、社寮に行く前に、秘かに噶瑪蘭と南澳で一か月ものあいだ偵察を行っていたのじゃ。[39]そのため朝廷は急遽、羅大春を噶瑪蘭に行かせて指揮をとらせたのだ。水野遵はさらに淡水から打狗に行き、彰化の謀反人廖生富とも接触しているのだ。[40]本当になにを考えているか計り知れないことだ」

「それに、日本人の今度の出兵の理由がこじつけも甚だしい。第一に、琉球は決して日本の統括の下にはない。琉球も毎年、我が大清帝国に朝貢を行っている。次に、この漂流民殺害事件は、もう二、三年も前の出来事だ。なんでも、当時、何度も台湾に来て問題を引き起こした、あの花旗国〔アメリカ合衆国〕の廈門領事の李譲礼〔ルジャンドル。一八六七年三月十二日、アメリカの商船ローバー号がバシー海峡で遭難し、救助を求めて上陸した南湾で、現地のパイワン族にハント船長夫妻はじめ十三人が殺害された事件の解決に当たる。一八七二年十二月より軍事顧問として明治政府に雇用される〕が、日本人の背後にいる愚かな軍師らしい。奴は日本に行って李仙得と改名したそうだ」

「両国が開戦する可能性は高いかって?」

「日本人は、実際、三か月あまり前に牡丹社を徹底的にやっつけている。二か月前には、牡丹社と南部の一部の番社も日本に帰順した。だが、日本人は依然として撤退せず、なんと風港に軍営を設営し、そのうえ莿桐脚、さらには加禄一帯にまで出没しておる。そのため、沈大人は弱みを見せないように、六月十日、すなわち陽暦の7月26日に、王開俊に防衛線を東港より枋寮に移動させたのだ。王開俊は主力を枋寮に置き、それ以外は百人、それぞれ北勢寮と加禄に派遣して、風港および莿桐脚の日本軍と大いに対峙する格好となった。双方は共に万全の注意を払い、相手方ににらみを効かせながら、一触即発、収集がつかない事態を避けようとしておる」

「沈大人はさらにわしにあることを告げられ、日本人の野心は、ただ牡丹社や瑯嶠だけにあるのじゃないと仰られた。日本軍が長崎より船に乗って瑯嶠に向けて出航したとき、安藤定〔不詳〕という日本の官吏が、西郷大将を見送るために、このような詩を書いているのだ。

　春風三月、京城を発つ、
　花笑い、鳥歌い、我が行を送る、
　前途に期すところ、君識《し》るや否や？
　台湾にて、鄭延平〔延平王〕を弔わんと欲す。

さらに一首。

　大業、七辛八苦の間、
　剣に坐し、跋渉すること幾江山。
　瓊埔《けいほ》（美しい平地）の台湾景を覇呑《はどん》（独り占め）す、
　二十五橋十二湾なり。

沈大人が仰るには、日本人は『台湾にて、鄭延平を弔わんと欲』し、『瓊埔の台湾景を覇呑す〔美しき台湾の景色を独り占めする〕』。奴らの目的は、全台湾にあるというのだ」

「鄭成功は、台湾の漳州人や泉州人の『開台聖王〔台湾を開いた聖王〕』であるが、大清帝国にとっては明朝の残党に過ぎない。台湾人の民心を収めるために、沈大人は今上の皇帝〔同治帝〕に上書して、再び鄭成功のために『延平郡王祠』の建立を決定された」

「沈大人も台湾における防衛を強化することを決意されたのだ。唐定奎が台湾に着くや、沈大人は早速、安平と旗後で砲台を建てる計画を進めさせ、さらに彼を助けるためにふたりのフランスの専門家を招聘された。唐定奎が連れてきた六千の淮軍は、第一線の東港と鳳山のあいだに配置して主に守備にあたったが、随時、反撃することも可能であった。わしは、これは、沈大人の『攻撃を恐れず、但し、先に攻撃を仕掛けることはない』との意志表示だと思う」

張其光は滔々と途切れることなく喋りつづけた。

「日本軍が攻撃してくるかどうかは、奴らの考え方次第だ。だが、奴らの主戦派の声が大きかったのは、陽暦の6、7月頃だった。あの頃は、日本の陸軍大臣の山縣有朋〔一八七三年陸軍省創設時の初代陸軍卿〕が、『対清三策』を掲げており、全台湾に兵を出すことを公に主張していた。8月になって、イギリスとアメリカが日本の制圧に向かうようになった。それで、9月14日に日本の外相大久保利通〔一八七三年内務省創設時の初代内務卿。今日の首相に相当。全権弁理大臣として清国に派遣され、九月十四日に最初の日清会談が行われた〕が北京で恭親王と会談したが、もう一か月になるなあ。この頃は、イギリス人も積極的に介入してきている。国際的な圧力から、攻撃の可能性は大きくないだろう。万が一、本当に開戦になったら、当然、淮軍が主力になろうから、お互いの部隊は支援することになろう。我ら両人の任務も、このようすでは、台湾でさらに一、二年留まることになろう」

張其光はそこまで言うと、ため息をついた。

「台湾というところは、まさに瘴癘の地で、台湾にやって来て、病気にかからない者はほとんどいない。わしは枋寮からの軍事報告を受け取ったが、王開俊も病気にかかり、現地の医者を呼んで何度も診てもらったが、まだよくならないようだ、頭が痛いところだ(41)……」

呉光亮が突然、太ももを叩いて言った。

「それで思い出しました。私の部下の下士官に、広東の英徳の同郷の者がおりまして、名前は郭均と言い、大変薬理に通じております。普段、私が調子の悪いときは、いつもその者に診てもらっております。しかしながら、この度の来台では、思いがけず、その者はひどい船酔いにかかって、嘔吐と下痢を繰り返しており、全身が弱っております。私と一緒に彰化に行くのは無理だろうと考えております。私はひとまずその者にここで数日、静養させ、それから枋寮に行かせて、王開俊の病気を診させようと思います」

張其光は大いに喜んで言った。

「それは素晴らしい。王開俊は沈葆楨から高く買われているし、それに羅大春の親戚だしね。そうすれば、双方に義理が立ちますな」

呉光亮も大変喜んだ。

「郭均本人にとってもいいことですね。それじゃそのように致します。郭均の軍籍を貴部隊に転入致しますので、今後は、張軍門より派遣をお願い致します」

張其光は言った。

「よかろう。それではわれらはここで別れ、それぞれ出発しよう。呉軍門は彰化に向かって出発し、我が部隊は内埔に行く。郭均については、ここでさらに数日休ませ、それからすぐに枋寮に行かせ、王開俊に報告させよう。王開俊はいま対日本軍との最前線にいる。もし不幸にして思わぬ事態になるようなことがあれば、大清帝国の士気への打撃は多大なものとなろう」

第十九章

郭均は風港の海辺に、清々しい気持ちで立っていた。大海原を見ながら、海の向こうに故郷があるとわかっていたが、いまは台湾にすっかり満足していた。

最大の喜びは日本軍が撤退したことだった。どうして日本軍が撤退したのか、彼は知らなかったし、知ろうとも思わなかった。彼が風港に来たのは、王開俊に日本軍が残した軍営の接収を命じられたからだった。

台湾に来たのは偶然からだったが、故郷にいたこれまでの二十数年の人生に比べてずっと意義深かった。

郭均は台湾に来たが、船酔いをきっかけに歯車が狂い、彼に従軍を勧めた同郷の提督呉光亮の「飛虎軍」から離れて、王開俊の元にやって来た。彼が風港にやって来た一大任務は、王開俊の病を治すことだった。しかし彼は運がよかった。枋寮に来たときには、王開俊の病気はもう七、八割方よくなっていた。王開俊の体調は明らかに快方に向かっており、そのため郭均は王開俊のために数日薬を調合しただけで、元気いっぱいになった。王開俊は大変喜び、郭均を「把総」〔千総に次ぐ武官で哨の指揮官〕に取り立てた。

郭均が枋寮に来て、王開俊に謁見したとき、王開俊はなんとか座って接見することができた。王開俊は郭均を、張其光が特に彼のために探してきた医者として極めて鄭重に遇した。

郭均は張其光から、王開俊は元は羅大春の部下であったが、のち羅大春の親戚になったと聞いていた。今年の農暦四月末に、泉州より近い台湾に派遣されたのは、朝廷が日本人の台湾への急襲に対応するために派遣した第一支部隊だった。のち羅大春も台湾にやって来たが、ふたりはそれぞれ南と北にあって会うことはなかった。この点は郭均と呉光亮の状況と少し似ていた。

王開俊は背は高くなかったが、大変精悍だった。あるいは南台湾の太陽に焼かれて、皮膚が銅のように赤くなっていたからかもしれない。郭均を見ると、細い眼がいっそう一本の線のようになって、小さなヤギ髭を蓄えた口角が持ちあがった。

「本当に、呉大人には特別に貴殿を派遣して頂いてかたじけない。台湾の生活にはもう慣れましたか?」

郭均は王開俊がこんなに親切だとは思いもよらなかったので、しきりに謝意を述べた。

王開俊はよく郭均と雑談した。一度、王開俊は大いに感嘆して、台湾は貴州の故郷よりずっと素晴らしいと言った。貴州の天気はどんよりしているが、台湾はいつも遠くまで晴れ渡っている。貴州は山の風景は暗いが、台湾は山水が青々と澄み渡って、大変美しい。ただ唯一恨めしいのは、疫病が実に多いことだ。貴州もかつては瘴癘の地とみなされていたが、いまはずっとよくなった。王開俊は、号が「玉山」だが、台湾の名峰もまさしく「玉山」であり、台湾に派遣されたのもなにかの縁で、よい兆しかもしれないと言った。王開俊はそう言うと、口をゆがめて微笑んだ。王の笑顔は穏やかであった。

王開俊の話では、彼は貴州平越直隷州に生まれ、過去には「平越土司」と呼ばれた。十五歳で軍に投じた。太平天国と十年戦い、戦功が重なると、ようやく把総、千総から守備[42]に昇進した。太平天国の平定後、同治四〔1865〕年三月に、彼は貴州にもどって任官する予定でいたが、貴州の苗族の乱に遭遇し、道路が封鎖されていた。そこで彼はあっさりと福建に行き、閩浙総督〔福建・浙江の総督〕左宗棠《とう》の配下に入った。それゆえ、湘軍〔湖南地方で曽国藩が創始した軍隊〕系統に数えられる。故郷の貴州平越府は、湘西と境を接しており、湘軍への参加も故なきことではない。

同治五年、左宗棠が馬尾造船廠の設立を上奏すると、福建は船政〔一八六六年当時、沈葆楨は船政大臣であった〕の中心となり、朝廷は福建輸船隊の設立を決定した。ちょうど、代理福建水師提督を兼任した福建陸路提督の羅大春も貴州人であり、しかも故郷の施秉《しへい》県は平越府と近く、同じ苗区に属していた。羅大春は全国の海軍第一隊鉄殻船隊の軍艦隊長に等しかった。

「深く内陸にあって、海が見えない貴州から艦隊の指揮官が出たのは、実に奇跡だね」王開俊はそう言うと、ハハと大笑いした。郭均は王開俊は気さくな性格で話好き、ユーモアもあるが、しかし、真面目で苦労人でもあり、皆から好感を持たれるタイプだとわかった。

同治五年より、王開俊は福建陸路提督羅大春の部隊に編入され、守備に昇級して、泉州府に駐留し、福建各地で匪賊を掃討して、多くの功績を打ち立てた。ふたりの貴州人の出会いは、羅大春の娘が王開俊の息子に嫁したことによって生まれた。羅大春は自然、この同郷の親戚を抜擢した。同治十三〔1874〕年三月、王開俊が守備より浙江温州鎮標右営遊撃に昇格したとき、日本が台湾に出兵した。そこで、彼は浙江に行かずに、台湾にやって来たのだった。

王開俊は泉州を守っていたが、来台した部隊は泉州人ではなく、大半が湘西〔湖南省西部〕出身の湘勇〔湘軍〕で、そこに後に募集した福建の郷勇が加わっていたが、漳州人や泉州人は含まれていなかった。と言うのは、清朝は台湾の民衆の反抗を警戒して、漳州や泉州出身の兵隊を台湾に送ることはできなかったのだ。王開俊は枋寮に来て以降、もともと張其光の部下であった広東の客家人の兵隊を加えた。

王開俊は五月に東港に着き、七月末に枋寮に入って、九月に大病にかかった。郭均が来てから、次第に運がまわってきた。病気がようやく癒えた頃、亀山の日本軍では伝染病がいよいよひどくなった。その後、北京での清朝と日本の交渉は、イギリス人の斡旋のもとで、進展を見せた。

ついに日本軍が撤退することになった。それは同治十三年十一月初め、すなわち1874年12月中旬のことだった。日本人が風港に残した軍営は、王開俊によって接収された。そこで王開俊は先遣部隊として郭均を派遣して、これらの兵舎を視察させた。

郭均が気がついたのは、日本軍の兵舎は、意外にも粗末なもので、ただ木の板を組み合わせて建て、そこにカヤクサを敷いただけで、レンガも瓦もなかった。

ほかに郭均が気づいたのは、朝廷の部隊が接収した最も大切なものは、日本軍が残したボロボロの兵舎ではなくて、活き活きとした「住民」だったことだ。もともと風港や莿桐脚、崩山、柴城、保力、大繡房などに住んでいる万を越す民衆だ。彼らも枋寮以北の住民も皆、同じように漳州や泉州のことばを母語とし、さらに枋寮、鳳山、台湾府を「官府」と称しながら、しかし彼らはいまだ本当に「官府」の統治を受けたことがなかった。官府は、実際のところ、これまで彼らをまったく相手にせず、生死にも関知してこなかった。だから、日本の軍人が駐留しているときは、彼らは日本人に大変好感を持ち、誠心誠意尽くすほどであった。いま彼らは、彼らと近いことばを話し、同じ文字を使い、さらには共通の祖先を持つ、郭均たち大清朝廷の軍隊をかえって不安の眼で見ていた。

王媽守は特にビクビクしていた。

日本軍が去ると、清国の官府と軍人がやって来た。王媽守は、大清の官府は日本兵が風港に駐屯した責任を、彼の頭上におおいかぶせてくるだろうと事前に察知していた。彼は官府の仕返しを恐れた。それ以上にまずいのは、山上の大亀文人が、日本人が去ったと聞いて、すぐにまた殺人をはじめるかもしれないことだった。もともと王媽守や、莿桐脚や崩山の住民は、日本軍には好意を示す心づもりをしていたが、それは日本軍が彼らを守ってくれると考えていたからだった。日本軍は風港にいるあいだに、大砲を山裾まで引っ張りあげて番人を脅し、また何度も大亀文十八社の頭目たちを兵舎に来させたが、間違いなく彼らを威嚇する効果があった。

ところがいま、日本人は去り、彼らの苦心もすっかり無駄になった。

人びとは戦々恐々としていた。皆、土番が再び人を殺しにくるのを恐れ、さらには官府の懲罰と報復を恐れた。王媽守、陳亀鍬、そして阮有来といった頭人たちは、とりわけ緊張し、不安だった。

第二十章

徳隆宮では、郭均は主席に座った。風港の頭人王媽守と黄文良、そして崩山の頭人陳亀鍬、莿桐脚の頭人阮有来は、分かれてその両側に座った。

王媽守は身振り手振りで郭均に釈明した。決して風港人が日本人を訪ねていったのではなく、日本人が先に彼を訪ねて風港にやって来たのだと。

崩山と莿桐脚の頭人は付和雷同しながら、日本人に手紙を出したのは、山上の大亀文の生番がやたらと殺人を犯すことに我慢できなかったからだと言った。そして涙ながらにこう訴えた。村には五百人以上、千人未満の人がいるが、毎年、三、四人の若者が、農作業中あるいは歩いているときに殺害されて、大半が頭も持ちさられてしまう。重傷を負った者の大半は完治しない。

郭均は、こうした人びとは大亀文人からなにか恨みを買ったのか、あるいは不公平な交易で、大亀文人の不満を引き起こしたのかと尋ねた。

頭人たちは皆、頭を横に振りながら、土番には期日通り小作料を納め、土番にも敬意を払ってきたと言った。土番とはまた普段から親密に行き来してきた。ただ、番人は感情の起伏が激しく、突然、発作的に人を殺すことがある。あるときなど、村落に押しかけてきて家を囲み、銃をぶっ放して威嚇した。王媽守はさらにことばを補った。

『出草』は、番人の伝統的な風習であるとも言えます」

頭人はまた、実は双方は完全に敵対しているわけでもなく、いつも交易を行っていると言った。山地人も平地人の武器や鉄器や布を必要としている。そして平地人は山地で取れる産物や木材を必要としている。実は、ほかにも頭人が話していない衝突の原因があった。それは女だ。移民たちのほとんどが独り者だった。新しく来た独り者は、山裾を開拓し、人が増えると、女房がもらえない者たちは自然と、山の若い番女に目をつける。部落の男たちは当然、不満がつのり、もしもそのうえ、交易で騙されるようなことがあれば、さながら火に油をそそぐようなもので、怨嗟の感情が生まれる。殺人事件もこうして生まれた。

郭均は、内心理解していた。移民が新しい土地にやって来て、もしそこが本当に誰のものでもないのなら、荒れた土地を開墾すればいい。しかしここは明らかに土番の土地だ。道理から言っても、新しい移民たちが土番の権益を犯すことの是非は明らかだ。

しかし、彼はまた同病相憐れむ心境で、移民たちに同情していた。故郷では知られたことだ。「匪賊を討伐する」と言うが、その匪賊とは皆、故郷では碌に食えず、着るものもない哀れな連中で、妻子のためにやむなく危険を冒しているのだ。匪賊になれない奴は、生まれ故郷を離れ、チャンスを求めて海外に出て行く。郭均は広東の故郷にいて、沿海の新会や台山〔いずれも江山市〕などの地で、毎年、満足に食べられず、南洋の異郷に移り住む多くの人びとを目の当たりにしてきた。

移民は故郷では生きられないから台湾にやって来るのだ。彼らはこの「瑯嶠」と呼ばれる新天地にやって来るや、すぐに新しい問題にぶつかった。それがつまりいかに生番の土地で生きていくかという問題で、衝突は当然免れなかった。天は無慈悲なものだ、移民を芻狗《すうく》〔藁で編んだ犬で、祭りが終わると用済みとなる。取るに足らないもの〕として扱うのだ。ここは官府の徴税がないかわりに、官府の庇護もないのだ。新しい移民と古くからの土番のあいだでは、解決がつかないもめごとが避けがたいまま、いつの間にか数十年が経ち、初代の移民が亡くなり、二代目ともなると、ここここそが自分たちが安心して暮らせる場所なんだと考えるようになる。移民たちのさまよう命と、新天地でようやく持ったわずかの耕作地が脅威にさらされたとき、彼らはやむなくちょうどやって来た日本兵に助けを求めたのだ。ところが、日本軍は長くは留まらず、しかも清国の朝廷と敵対することになった。そのため、風港一帯の開拓民たちはかえって窮地に立つことになった。

郭均は彼らに深く同情した。彼はまた呉光亮と話したときに、飛虎軍の中には、運よく呉光亮大人の呼びかけに応じて従軍していなければ、匪賊に入っていた者もいたと、呉光亮がため息をつくのを聞いたことがあった。官と匪は、いつも運命の細い線で隔てられているだけなのだ。

今日、郭均はこれらの移民と会って、また同じように感じた。彼が感慨を覚えたのは、「移民」の中には、二代目、三代目となり、移民から数十年経つ家族もいるのに、まだ安定した生活を送れていないということだった。どうしてこうも困難なのだろうか？

「天地は仁ならず、万物をもって芻狗となす。聖人は仁ならず、百姓をもって芻狗となす」老子の『道徳経』のことばを思い出し、郭均は長い溜息が出るのを禁じえなかった。

そこにいた四人の頭人は、郭均がなにも言わずただ溜息をついているのを見て、なにも話すことができないのだと感じ、心中落ちつかなかった。莿桐脚は、住民が最も多く殺害されたところで、当初、早くから積極的に手紙を書いて日本人の保護を申し出たが、思いがけず日本人の駐留中に、大亀文番の犠牲となり、最も恐怖を覚えていた。莿桐脚の頭人が突然、立ちあがって言った。

「それでは、我ら四人の頭人は、五府千歳様の御前でお誓い致します。今後、われらは必ず王将軍に忠義を尽くし、王将軍に我らの保護をお願いして、番人の虐殺の苦しみを免れたく存じます」そう言い終わると、徳隆宮の主殿の神明の前に跪き、叩頭した。

郭均は感動し、頭人たちと一緒に跪いた。郭均は、風港人、莿桐脚人、崩山人の保護に力を尽くすことを誓った。人びとは立ちあがると、皆眼に涙を浮かべていた。郭均は王媽守の手を取って言った。

「皆さんの苦衷よくわかりましたよ。王開俊将軍によくお話ししておきます。王将軍は素晴らしい方ですから、わかってくださるでしょう」

第二十一章

小雨の中、風港の村民百人が路の両側に立ち、大清国の王開俊将軍と将軍が率いる三百人の軍隊を歓迎した。

王開俊は馬上で得意満面だった。彼は読書人ではなかったが、「簞《たん》食《し》壺《こ》漿《しょう》、以て王師を迎える（簞《はこ》に盛った食べ物と壺に入った飲み物で天子の軍隊を迎える）」とは、このような情景を指すのだと知っていた。風港は小さな町で、住民は少なく、規模も小さかった。彼は両側に並ぶ大勢の村人に手を振って、村人の歓呼の声に応えていた。風港の開拓主の王媽守は、早くから大通りの入り口で跪いて迎え、それから立ちあがって隊列の先導についた。街道は大変狭く、王開俊の馬が通り過ぎるときには、一部の群集の手が彼の軍装に触れたが、王はそれをとがめなかった。店先に長い卓を並べ、その上に食べ物を盛大に並べているところもあり、まるでお祭りのように、卓前には大きな字で「ようこそ王開俊将軍」と張り紙していた。彼はただの「遊撃」に過ぎず、このような場面で大将として迎えられるのは、初めてだった。浙江省でも福建省でも、このような栄誉、このような歓喜に浴したことがなかった。王は振り向いて、でかしたぞとばかりに、郭均を見た。郭均は先にここにようすを見に来ており、明らかに任務は成功した。

二か月前に、王開俊と周有基が枋寮で風港の民衆について話したときは、ふたりは腹立たしさで歯ぎしりする思いだった。彼らが同文同種と見なしている開拓民が、腹のうちでは日本軍びいきなのに我慢がならなかった。特に周有基は、加芝来社ですんでのところで日本兵に捕われ、大恥をかくところだった。

日本軍が撤退したとき、王開俊の気持ちは、周有基と一緒だった。莿桐脚、そして風港に着いたら、これらの敵に通じた村民をみっちり懲らしめてやる。また王はこれらの民衆を疑っていたので、郭均に先にようすを探らせたのだった。

郭均は風港からもどり、王開俊に報告した。

郭均が口火を切った。

「私は風港人のために将軍にお願いがございます！」

王開俊は驚き、髭をひねりながら言った。

「言ってみなさい」

郭均は言った。

「私たちはこれまで風港人のためになにをしたのでありましょうか？」

王開俊はいっそう驚いた。

「これまで風港は、わが大清の政令によって所轄された土地ではなかったのだ、なにができると言うのか？」

郭均は言った。

「風港人は久しく山の上の土番にやりたい放題やられてきました。風港一帯の住民は毎年、少なくとも二、三人、多ければ五、六人、大亀文人の犠牲になっています。これは風港人の長年の苦しみでありますが、官府はずっと無関心でありました。日本人はやって来るや、大亀文の部落の数十人の頭目に風港に出向いてくることを約束させました。名目上は話し合いでありますが、実際は訓戒でありました。大亀文番が莿桐脚の民家で騒ぎを起こしたときは、日本人は大砲を山裾まで引っ張っていき、大亀文番を攻撃する態度を見せました。大亀文の頭目たちは、果たして命令に従わない態度を取らなくなりました」

王開俊は顔をゆがめながら言った。

「それでは、日本人がいたときには、風港一帯の民衆は山の土番の被害に遭わなくなったのだろうか?」

郭均は言った。

「あの風港の開拓主の王媽守が言うには、日本人が撤退する二日前に、あの辺りの人が三人、山の下で耕作しているときに襲われ、その内のひとりは幸い逃げ帰りましたが、しかし重症を負ったということです。後のふたりは共に殺され、頭部は生番に持っていかれました。村民は皆、大亀文番も日本人がいなくなるとの噂を聞きつけ、村民ににらみをきかせにきたのだと考えています」

王開俊は尋ねた。

「大亀文番は理由なくこれらの開拓民を殺害したのか、それともなにかもめごとがあったのか? わしが枋寮で経験したところでは、こんな辺鄙な地にやって来た開拓民らは、ほとんどが弱い連中を食い物にして、人の利益をわが物にする悪賢い奴らで、なにも善人ではない」

郭均は苦笑して言った。

「将軍の仰られることは、根拠のあることだと思いますが、しかしながら、開拓民らは承服しないでしょう。今後は、将軍にも包公大人〔宋の仁宗時代の名判官包拯〕の裁判ぶりを演じられるようお願い致します」

王開俊は言った。

「わしも青天大老爺〔公平無私の官吏〕とやらにはなれない。しかしながら、風港に来たからには、開拓民たちのこれまでの行いを追求しないでおこう。今後は、わしが風港に駐留し、開拓民と大亀文番の衝突事件に遭遇するようなことがあれば、まずわしがその是非曲直を審理しよう。わしがいるあいだに、再び大亀文番が風港人や莿桐脚人を殺害するような事件が起こらないように願っている」

郭均はしばらく黙っていた。そして言った。

「ああ、開拓民も日々暮らしが大変ですね。だから番人を騙すのですね！　ああ……、魯仲連〔戦国時代の遊説家〕のとりなしでも難しいでしょう。もちろん二度と起こらないことを願いますが、なかなか難しいことですね」

郭均との話のあと、王開俊はこの一帯の住民の苦しみをおおよそ理解し、もともと抱いていた不満が大いに軽減された。いま、彼は風港の街道を馬に乗って通っていた。狭い道で歓迎してくれる人びとに向かいながら、彼の気持ちは風港の住民に対する好意に変わっていた。

大通りの突きあたりにある徳隆宮に着くと、王媽守は馬を引く足を止めた。

王開俊は、過去の清国軍の文書で、王媽守の名前を王「馬首〔発音が同じ〕」と誤っていたのを思い出した。彼は思わず笑い声をあげた。枋寮の官府の弁員〔低い地位の文武の官員〕は、当初、これは両親が子どもの大成を願って、「馬首是瞻〔将軍の馬の首だけ見る。指導者に頼って行動する。この馬首になる〕」から取ったと考えていた。後になって、これは福佬人の開拓民が海を渡って台湾に来たとき、ただ子どもが順調に育ってくれることだけを願って、生まれるとすぐに子どもを抱いて神前に行き、神のご加護を願い、さらには神に「旅人」として受け入れてくれることを願ってつけた名前だと知った。「媽守」とは、「媽祖の守護」あるいは「観音媽祖の守護」をお願いするという意味だったのである。

なんというちっぽけな願いなんだろうと、王開俊は思った。移民が神にお願いするのが、子どもの「出世」ではなく、ただ生きのびて血がつながっていくことなどというのは、官府大人には想像できないことだった。王は移民たちの身になって考え、開拓民に同情の気持ちが起こってきた。それにこの王媽守も王姓であり、同じ宗族、千百年前には同じ一家だったのだ。彼は出身は貴州だった。王姓の祖先は、果たして中原から貴州に移り、その土地で官吏になったいわゆる「土司〔土官。苗族や瑶族などの地域で役人に任命されたその民族出身の役人〕」だったのだろうか？　それとも漢民族姓に変えた貴州の土着の苗族なのだろうか？　彼は自分でもよくわからなかった。ただ要するに、同姓である以上、縁があるのだ。

王媽守は恭しく王開俊の下馬のお世話をした。王開俊は、ここ徳隆宮は風港人の信仰の中心であることを知っていた。風港にやって来て、彼自身も神の庇護が必要だった。王媽守は、住民たちは将軍のために豊富なお供え物を準備しておりますと述べ、さらにこの徳隆宮に祭っているのは五府元帥で、池府千歳を頭に、住民のために疫病祓いをする神様であると説明した。王開俊も、台湾というこの瘴癘の地で、疫病祓いの神が住民の健康を守ることが長く定住する第一歩だと理解した。日本軍はきっと土地公あるいは瘟疫の罰を受け、それであのように多くの異郷での死者を出したのだ。戦場で倒れるのではなく、病で死ぬというのは、なんと憐れなことであろうか。

王開俊は恭しく徳隆宮の神々にそれぞれ線香をあげ、叩頭して丁寧にお参りした。王媽守ら風港の村民はそのようすを見て、大いに心が慰められた。と言うのも、五府千歳は特殊な地方神であり、そのため村民はもともと王開俊は廟には来ないか、あるいは来ても参拝しないのではないかと少し心配していたからであった。王開俊は郷に入れば郷に従えの態度で、村民が恐れていた官府の処罰は相対的に軽くなったのだった。

そのとき、郭均も廟に入ってきた。王媽守は郭を感激の表情で見た。

そこで郭均は王媽守と一緒に王開俊を案内して、日本軍が駐留した軍営を見に行った。

前回、郭均は軍営を離れるときに一小隊を残し、彼らと風港の民衆にまず日本の軍隊が残した三七間の兵舎を修繕するように命じた。しかし、ほとんど修理は進んでいなかった。王開俊も眉間に皺を寄せ、明らかにひどい建物だと感じているようだった。

郭均は営舎のそばに木造の建物が新たに建てられていることに気がついた。王媽守は複雑な笑い顔を浮かべ、得意げにまた媚びるようにこう言った。

「これは風港人が王将軍殿に捧げた別荘です。どうぞご容赦ください、この地は人が少なく、土地も痩せており、粗末なものでございます」

王媽守はそう言いながら、片膝をついた。王開俊はハハハと笑い、王媽守の手を取って言った。

「さあ立って、立って。風港の皆さんは、たいそうわしを持ちあげ過ぎますぞ」

王媽守はこのことばを聞いてホッとした。そして、わしのこの首は繋がったと思った。

冷たい風が海辺から吹いてきた。もうすぐ冬至で、潮風は刃物で切り裂くように王媽守の頬に吹きつけてきた。しかし、彼の心は温かかった。彼は王開俊は風港人の苦しみを理解できる人だと感じた。そして風港に王開俊の軍隊があれば、今後はもう大亀文番の無差別殺人に遭わなくてすむ。聞けば、王開俊の部下は五百人いて、風港のほか、莿桐脚、崩山、さらに加禄堂、南勢湖にも駐留軍があるということだ。わしらはようやく頼れる官府と軍隊を得ることができたのだ。

王開俊は、新しい環境に身を置くと、まわりをひとつひとつ調べはじめた。彼ははるか遠くの大亀文を見あげた。ちょうど徳隆宮の後ろに、あの獅頭大山が凛然とそそり立っていた。ほとんど眼の前にあって圧迫感を感じ、非常に不愉快だった。風港溪のほうに歩いていくと、広々とした溪谷が広がって清々しい気持ちになった。深く息を吸うと、空気は海水の塩っ辛さを帯び、貴州の故郷の空気の重々しい土の味とは明らかに異なっていた。冬の風港溪は水の流れが少なく、河床には大小の石がむき出しになっていた。溪流はまるで大きな蛇のように、いやまるで巨龍のようにうねっていた。溪流に沿って遠くを眺めると、大亀文社が十五里ほど向こうの青山の後方の溪谷のそばにあった。頭の中に突然、「直《じか》に黄龍を搗《つ》く（一気に敵の都に攻め入る）」ということばが浮かんだ。

王開俊は思った。夏はここは溪流の勢いは激しく、山中は木々が鬱蒼と茂っているため、生番は雲深く隠れ姿が見えない。しかし冬ならば、長年の征戦の経験から言っても、溪流に沿って上っていけば、土番の部落に着くのはそれほど困難ではなさそうだ。

そこで彼は自分も日本の軍官をまね、山上の大亀文の頭目たちに風港まで来させて謁見しようと考えた。日本人が滞在していたのは夏から秋の変わり目で、そのときの水位は、山に上るには大きな障害だった。しかし冬となり溪流はすでに枯れ、情勢は大きく異なっている。王開俊は一瞬の閃きで、必要ならこのチャンスをつかまねばならないと思った。

第二十二章

ようやくアラパイに内文社に行くチャンスが訪れた。ついにウーミに会える、と思った。

しかし、気持ちは複雑だった。と言うのも、彼が内文社に来たのは、大股頭のブラリヤンが亡くなったからで、アラパイは内獅頭社の頭目として、葬儀に参列するためにやって来たのだった。

冬に入り、内文社はかなり高いところに位置するせいか、獅頭社よりもいくぶん寒い感じで、景色も索漠としていた。木の葉はすっかり黄色くなり、落ち葉も地面を埋めつくし、老頭目への哀悼の気持ちが漂っていた。

アラパイはウーミのことを考えていた。内文社に来た一日目、彼は、昼間は老頭目の家に行って挨拶し、夜はウーミの家に行って鼻笛を吹き、ウーミに自分の気持ちを伝えた。

ああ、いつの日か
彼女はわが妹となり
そうして彼女と本当の話ができる
ああ、お前たちが俺を見捨てるとき
ああ、木を伐り、水を運ぶのだ
ああ！　俺は任に堪えることができるだろう

＊＊＊＊

ああ、いつの日か
彼女はわが恋人となり
わが胸のうちを打ち明ける
ああ、俺を笑うな
木を伐り、そして水を運ぶのだ
俺にできないことがあろうか

葬儀のあとは、新しい大股頭の就任の祭典だった。ただ、それはただ荘厳な祭典のみで、盛大なお祝いの歌や踊りや酒宴は行われなかった。

アラパイの義姉のチュウクは大亀文の大股頭を継承した。しかしあいにく、酋龍家族の二股頭が重病に罹り、そうしてチュウクも丸々太った息子を産んだばかりで、産後の休養状態にあった。本来ならシャガイはチュウクの重要な補佐であったが、こうして大亀文の重大事はすべてシャガイが責任を負うようになり、外からも実質的な大股頭と見られるようになった。

アラパイにとって思いがけなかったのは、新しい大股頭の就任式後、日夜恋しく思っているウーミに念願かなって会えただけでなく、正式にウーミの父母を訪ねたことだった。これはチュウクの陰からの全面的な協力のお蔭で、シャガイをせかしてすぐにアラパイのために縁談に持ち込ませたのだった。

こうしてシャガイはアラパイと一緒に、たくさんの贈り物を用意した。ブタ肉、檳榔、アワ餅はどれも皆、普通の家の倍以上あった。アラパイはまた最も美しい冠を探し、ウーミに捧げた。これは大亀文の縁組の方法だった。

大亀文の結婚の風習には、縁談の申し込み、婚約、結婚の三段階の祭儀があった。新しい大股頭が自ら表に出てくることは、ウーミの父母にとってはもちろん大変光栄なことであった。しかも、アラパイは内獅頭社の頭目であり、著名な勇士でもあったので、ウーミの父母になんの異論もなかった。ウーミもはにかみながらも愛情がいっぱいに溢れ、喜びが抑えられないようすだった。ただウーミの父親は、あいにくウーミの母親と自分の兄の二股頭が病気であると言った。双方は早めに婚約を進めることに同意したが、来年の春まで待って、正式に婚礼を行うことになった。

かくて十日後、アラパイは部落のふたりの男と、ブタ肉、イノシシの内臓、ガラス玉、美しい羽を差した冠、さらにあのアイディンから贈られた白浪の玉の腕輪を、内獅頭社から内文社まで担いで持っていき、婚約の祭儀を終えた。これ以降、アラパイはまだ正式ではないもののウーミの夫となった。

アラパイは嬉しくてたまらなかった。それは彼の期待をはるかに超えたものだった。

アラパイは美しい未来の妻を見ながら得意満面で、三日三晩ウーミの家の外で鼻笛を吹いた。そして祖先と妻の家族を称える「讃歌」を歌った。

大亀文の人びとはなんて美しいのだろう、皆が褒め称えている
ロバニヤウ家族の人は、最も勇敢だと、あちらこちらで称えられている
酋龍家族の人は、最も聡明だと、人びとは皆、褒め称える
パタゴタイ家族の人びとは、最もきっぷがいいと、遠くまで知れ渡っている
さあ、皆さん歌って、一緒に歌おう
さあ、皆さん踊って、一緒に踊ろう
さあ、皆さん一緒に飲もう
大亀文の人は最も勇敢だと、あちらこちらで称えている

第二十三章

崩山の頭人陳亀鰍は、新しく地位に着いた大亀文の大股頭に挨拶をするためまた山に行った。

シャガイは、内文社で再び陳亀鰍に接見した。ただこのときの陳亀鰍の身分は、日本軍の横田棄の代理ではなく、新しく任務に就いた清国の将軍王開俊の代理に変わっていた。

シャガイは早くから、風港の日本の軍人はすでに撤退し、さらには亀山や社寮からも完全に撤収していることを知っていた。瑯嶠ではもう一人の日本人も見かけなくなっていた。

これは丹路社から知らされたことだ。一か月ほど前に、丹路社の頭目の使いが大急ぎで知らせにきた。外獅頭社の大亀文人たちは、いまいましい日本人と白浪のせいで不愉快な日々を耐え忍んでいたが、酒を飲んで大騒ぎしたあと、その勢いのまま、莿桐脚で開拓民をふたり殺して、うっぷんを晴らしたというのだ。

シャガイはこのことを知ってまずいと思った。彼は外獅頭社にことの次第を調べさせた。シャガイは、殺された開拓民のふたりは決して大亀文の人たちを騙したり、祖霊の怒りに触れたわけではないことを知り、外獅頭社の頭目を叱責した。シャガイは、彼自身、日本の軍部に呼ばれて行ったり来たりすることは好きではないが、族人が白浪に騙されたりしたときは、まず自分に報告すべきだ、そうすれば俺が相手を大亀文に出頭させようと言った。

部落の者が尋ねた。

「誰を出頭させるのですか?」

シャガイは答えた。

「日本人がいるときは日本人だ、日本人がいなくなったら白浪の頭人だ」

シャガイの話は、各部落で受け入れられた。こうしてこの一か月、山の上と下のあいだでいざこざが起こることもなく平穏無事に過ごした。これまで、大亀文社の頭目たちは、支配下の部落と白浪のあいだの取り決めをいい加減にしてきた。今回、初めて、各部落に自制するように命令を下した。

日本人が去ると、すべて元の状態にもどるものとシャガイは思っていた。しかし、思いもよらないことに、数日後には、清国の官兵(43)が一路南下してきて、枋寮、加禄堂、莿桐脚、崩山、風港、柴城と、どこにも駐屯するようになり、さらには南端の大繡房にまで現われた。シャガイはこの情報を聞き、いくぶん心配になった。七年前にも官兵が柴城(44)に来たことがあったが、二、三か月後には枋寮に後退した。しかし今度はようすが違う。各地に分かれて、明らかに長期にわたって駐留する考えのようだった。

彼はまた別の情報を聞いた。去年から、官兵が熱心に道路建設をはじめたというのだ。北側では、水底寮〔枋寮の北側〕より力里社に進入している。南側の柴城では、官兵はスカロの管轄地域を越えようと考えているらしい。シャガイは、官兵は大亀文を通る道を開くのだろうかと気になりはじめた。

こんな心配をしているときに、陳亀鰍がまたやって来たのだ。

陳頭人は先にシャガイに来意を述べた。

「あと数日でわたしらの尾牙《ヴェーゲー》〔旧暦の十二月十六日。その年最後の土地公を祭る日〕で、すぐに正月になります。大亀文の各部落の頭目をわたしらの尾牙のお祝いの席にお招きしたいと思います」

そう言うと同時に、尾牙の意義を説明した。

シャガイは笑って言った。

「ありがとう。ただ俺らはもう行く気がしないな。このあいだ外獅頭社が莿桐脚に招かれて行ったが、結果はどうだ?」

崩山の頭人は、シャガイがこんなにきっぱりと断るとは思いもよらず、慌てて言った。

「あのようなことは、崩山では起こらないと保証致します」

シャガイはまた突然尋ねた。

「官兵もその場にいるのか? ハハ、俺は大変興味があるが、官兵と日本兵では、どちらがお前たちにいいんだ?」

陳亀鰍はもともとシャガイに、清国の官府が来たが、日本人がいたときと少し対応が違うことを話そうと思っていたが、シャガイに先を越されてしまった。

大亀文の新しい大股頭の反応は本当に早いと、陳亀鰍は思った。

「官兵はわたしらには大変友好的でありますが、ひとつ大股頭に知っていただき、またちょっとご相談申し上げたいことがございます」

シャガイはわけがありそうだと、笑って言った。

「はっきり言ったらいい、知っての通り、われら大亀文人は率直に話し、遠まわしには言わないものだ」

陳亀鰍は言った。

「日本人はよそ者だから、あの連中がわたしらのものを使うと、いつも報酬としてお金をくれました。清国の軍人さんたちはわたしらの官府で、官府は地方を治め、地方を保護し、地方から徴税します。そのあとわたしら民衆は、皇帝様に、わたしらが皆さんに租税を納めていますように、納税しなければなりません」

シャガイは言った。

「皇帝って？　一番大きな官兵の頭目か？」

陳亀鰍は言った。

「そうじゃございません。王開俊将軍は、朝廷が派遣した中程度の頭目でありまして、王将軍の上には、まだたくさんの頭目がいます。最も大きな大きな、なんとも言いあらわし難いほど大きな総股頭が『皇帝』と呼ばれます。皇帝様は大変遠い遠い北方におられるのです。皇帝様が派遣した地方官が、官府なんです。いまは各村に官府が設立されています」

「そうだ！」と、陳亀鰍は右肩の鶏の卵ほどの大きさの黄麻布《おうまふ》を指差して言った。

「最近、わたしらの北京におられる皇帝様〔同治帝、1875年1月12日没〕が亡くなられましたが、わたしらは皇帝様の民百姓でありますから、父母が亡くなったも同然で、皇帝様のために麻帯を掛けて喪に服さなければなりません」

崩山の頭人はまた少し笑って言った。

「新しく天子の位に就かれた皇帝様〔光緒帝〕は、聞くとところによりますと、まだ四歳だそうです」

シャガイは言った。

「先ほど相談があるということだったが、なんの相談だ？　お前たちの幼い皇帝とまたどんな関係があるのか？」

崩山の頭人は憂鬱そうな表情で言った。

「皇帝様がわれわれの官府に派遣された将軍殿は、あなた方の言う大股頭で、王将軍とお呼びします。将軍が仰るには、これからわれわれ開拓民は官府に税金を納めなければなりません、しかも……」

陳亀鰍は溜息をついた。

「納める税金は、われわれの部落の頭目に納めるものに比べてもずっと多いんですよ。それで、これから大頭目に租税を納める力はなくなりました。大頭目、どうぞお許しください」

シャガイは言った。

「租税は納めなくてもいいが、土地はわれらに返さなければならんぞ」

陳亀鰍はいささか狼狽した。

「それは……あの人たちが仰るには、すべての土地は皆、官府のもので、それから、官府もこれらの税収を皇帝様に納めなければならないと」

シャガイは言った。

「とんでもないことだ、これらの土地は皆、われらの祖霊がわれらに賜ったものだ、昔からいままでずっとそうだ。われらの祖霊もここに埋葬しているのだ。お前らの皇帝は大海の向こう側、お前がいま言ったように、はるか遠い北の方にある。奴らはいつここに来たというのだ。ここがどうして奴らの土地なのだ？」と、シャガイはいささかいきり立って言った。

「お前たちの親父や爺さんが、数十年前にここに来たとき、なにもなかったのだ。われらの親父や爺さんは、お前たちの親父や爺さんを見て憐れみ、それでここに住んで、田を耕したり、魚を獲ることを許したのだ。お前たちの親父や爺さんに、作物の収穫があったり、大きな魚が獲れたりしたら、お礼に一部をわれらや長老たちに送ってきた。これはわれらに収穫があったり、獲物を獲ったりしたら、一部を各部落の頭目たちに送るようなものだ。お前たちはなにを根拠にして、これらの土地はお前たちのものとか、お前たち官府のものとか、お前たち皇帝のものとか言っているのか?」

シャガイは立ちあがり、ますます声を張りあげて言った。

「お前たちがわれらの土地を使うと、われらに納税し、われらの管理を受ける。昔は、われらの大股頭が八人乗りの駕籠に担がれて、お前たちのところを巡視したが、お前たちの親父や爺さんは皆、地に伏せていたものだ。お前たち、まだ覚えているだろう!」

季節は冬だったが、崩山の頭人は顔が赤くなり、汗が頭から吹き出していた。

「私もなにから話せばいいかわかりません。言えることは、私も官府が私たちを管理しに来ることを願っていないということだけです。しかしながら、官兵はもうやって来て、官府も建ちました。官府は彼らが私たちを保護するのでありますから、われわれが彼らに納税するのは当然の道理だと言っております。私はただ、われわれは王将軍に納税したあとは、われわれがこれまで大亀文の各部落の頭目に納めていた租税はもう納められませんと、官府に言うだけでございます。われわれもこのようにすることは、頭目の皆さんに申し訳なく思っているのです。ですから、頭目の皆さん全員を私たちの尾牙の宴席にお招きさせていただきますのも、われわれのささやかな心づくしでございます。どうぞ頭目のお許しを賜りたくお願い致します」

シャガイはハッと悟った。この頭人が大亀文人を白浪の尾牙の宴席に招いたのは、このためだったのだ。

シャガイは言った。

「われらはお前たちの尾牙に行くことはない。われらが行けば、お前たちが使っている土地はわれらのものではないと認めることに等しく、お前たちの官府のものになってしまう。とんでもないことだ」

陳亀鰍は言った。

「大股頭殿には、もうひとつ聞いていただきたいことがございます。聞くところによりますと、いま官兵は、北部の内埔一帯〔現、内埔郷〕で後山の卑南に到る道路を開拓しているということです。力里社ではこのため官兵と衝突が起きて、双方に死者が出ました。力里社も、そこは彼らの土地だと言っております。但し官府や軍隊の眼には、これらの土地もすべて皇帝のものであり、官府のものでございます。つまり、あなたがたもわれわれ同様、官府の管理、皇帝の管理を受けておるのでございます」

陳亀鰍は歌うように、声を長く引いて諳んじた。

「普天の下、王土にあらざるはなし。率土《そつど》の濱《ひん》〔全国〕、王民にあらざるはなし」〔『詩経』小雅・北山〕

「官府は、すべての土地、すべての人民は皆、皇帝様あるいは国家の所有に帰すのだと考えております」

シャガイは我慢できなくなった。

「なんとばかげたことだ！」

崩山の頭人は言った。

「官兵はこう言っております。これまで朝廷は、枋寮以南の土地を『政令がおよばず』とみなしてきましたが、それは朝廷が管轄する土地ではないという意味ではなく、ただ『暫時、管轄せず』ということだと。いまは、朝廷の政策が変わり、ひとりの政府の大物が内地よりやって来て、『開山撫番』政策をはじめると言っております……」

シャガイは全身震えんばかりに怒って言った。

「もう言わなくていい。お前は帰ってお前らの大将に言うんだ、われらの土地はわれらのものだと。道を通るなら、われらの許可が要る。われらの土地は、われら大亀文の祖霊が残されたもので、お前らの官府や皇帝のものではない。われら大亀文は、お前らのあの四歳の子どもが皇帝なんて認めない！　客人をお送りするんだ！」

第六部

王玉山〔王開俊〕　民を護るといえど、かえって仁を傷《やぶ》る

第二十四章

もうすぐ正月だというのに、王開俊はひどい精神状態にあった。

彼の悩みの種は、山上の大亀文番にあった。この頃、大亀文はまた面倒を起こすようになり、いっそう激しさを増していた。彼らは、住民を襲撃するだけでなく、昨日などは道路を見張る兵士ふたりを殺害した。王開俊はこの知らせを聞いて、憤りのあまり湯呑みをふたつ続けざまに投げつけた。

さらに具合が悪いことに、三日後には、欽差大人の沈葆楨が瑯嶠に視察に来ることになった。このことは王開俊の気分を特に落ち込ませ、イライラさせていた。

同治十三年九月二十二日（1874年10月31日）、清朝と日本は、イギリス駐清公使のトーマス・ウェード〔一八一八～一八九五〕の立会いのもと、北京で和議を結んだ。11月12日には、清朝は日本に四十万銀両を軍費の補償として支払った。こうして11月13日、日本は台湾からの撤兵を約束した。

11月20日、西郷従道は「瑯嶠住民に告ぐる文」を発表し、琉球漂流民の四十四体の遺骨を琉球の那覇に合葬するとした。12月2日、西郷は台湾を離れ、日本の福島九成《きゅうせい》〔台湾蕃地事務都督参謀〕が台湾府知府〔最高長官〕周懋琦《ぼうき》の立会いのもとで「大日本琉球藩民五十四名墓」〔現、屏東県車城郷統埔村〕を建立することになった。12月3日、すべての日本軍が台湾を離れた。

12月3日、周懋琦は王開俊と共に、清国の文武官を代表して、日本の代表と社寮で引継ぎを終えた。

周懋琦は風港で、日本軍が以前、住民とのあいだで結んでいた十一枚の契約書を回収した。王開俊はこれをもとに日本軍から接収した三十七部屋の兵舎に駐屯した。亀山の住民より風港の住民のほうがなにかとうるさく、彼らは日本軍が残した三十七房の兵舎を完全に保存して王開俊に明け渡した。一方、亀山では、日本軍が撤退したその日の晩に、社寮と亀山の住民が兵舎に押し入って物を収奪し、その後兵舎に火をつけた。

こうして沈葆楨の台湾での任務はおおかた終わった。同治十三年十二月初五（1875年1月12日）に、朝廷に任務の完了を報告した。同時に沈葆楨は、同治帝に一九一年（一六八三～一八七四）にわたるこれまでの台湾政策を、次のように大きく改編することを建議した。

一、山を開いて、番を撫し、台湾の後山の開墾を開放して、土番を政令の管理下に納入する。

二、海禁を開放し、内地人民の渡台を認める。〔11〕

三、延平郡王祠〔鄭成功を祀る〕を建立し、台湾の人心を買収する。

四、瑯嶠に県を設けて築城し、台北に府を設けて建城する。

思いがけずちょうど同じ日に、十九歳になったばかりの同治帝が亡くなった。翌日、わずか四歳の光緒帝がその地位を継承した。

沈葆楨の計画では、二十日間ほどで瑯嶠中の大小の町を巡視し、その後、陰暦十二月二十四日に船で福州にもどって年を越し、勅令で台湾に派遣された大臣の任務に終止符を打つ予定だった。

同治十三年十二月十七日、沈葆楨は周有基と郭占鰲に付き添われて風港に赴いた。

沈葆楨は、王開俊に瑯嶠に県を設置することにしたと告げた。瑯嶠は1860年の台湾開港以降、多くの外国人が秘かに関心を寄せる土地となっていた。これまで朝廷の政策が曖昧模糊としていたために、異なった解釈を引き起こし、国際紛争が絶えなかった。アメリカそして日本が前後してこの地で兵を動かした。県が設置されると、ここはもういわゆる治理がおよばない「化外の地」ではなくなり、外国人はこれ以降関心を持たなくなる。後山もまた然り、今後は台湾の土番は皆、朝廷の政令に服従せざるを得なくなる。

沈葆楨は言った。

「こうしてやって来たが、いまは冬、すぐに正月になるというのに、ここ瑯嶠は春のように暖かく、本当にいいところだ。わしはここを『恒春』と名づけるつもりだ」

周有基はそばですぐに追随して言った。

「恒春、恒春、素晴らしい名前ですね！　素晴らしい名前です！　沈大人が賜った素晴らしい名前です。瑯嶠はこの土地のことばでありますが、発音が奇妙で、意味がよくわかりません。瑯嶠の地名は、どこも優雅ではないですね。欽差大人がここに来られて素晴らしい名前をつけられました。例えば、ここは『風港』と言いますが、沈大人は今後は『楓港』とすることを決められました。なんと優雅なことでしょう。そのほか、例えば『崩山』を『枋山』に、『柴城』や『社寮』も当初は漳州や泉州の移民が名づけたもので、土着の臭いがしておりますが、沈大人は、これらも『車城』や『射寮』にすることに決められました」

沈葆楨はうなずいて微笑んで言った。

「周巡検殿はこれまで半年にわたって、この瑯嶠の隅々まであまねく踏査され、牡丹社の各部落も頻繁に行き来されて、本当に素晴らしい。県城を猴洞《こうどう》〔現、恒春〕に建てるよう建議されたが、あそこは海岸に近く、洋人が海上からうかがうのを防止することができます。将来は、卑南の後山も開発しなければならない地で、猴洞はちょうど要衝にあり、わしが自分で見てまわった後に、もし案が決まれば、地理のわかる劉璈に計画を立てさせ、それから貴殿に監督してもらう手はずだ。朝廷の許可が下りたら、貴殿に最初の恒春県令になってもらいますよ」

周有基は礼を述べ、そして「猴洞」を「恒春」と変えれば、将来教化の後に、瑯嶠は必ずまったく新しい場所に生まれかわると言った。

沈葆楨はまた王開俊に対して、枋寮での働きが素晴らしかったこと、また楓港では民衆を大切にしたことを褒め称えた。

王開俊は礼を述べたあと、沈葆楨に報告した。

「この地の民衆は、これまでのわが大清国と倭国とどっちつかずの状態にありましたが、一変して忠順な良民となりました。ただ山上の土番のみが依然として強情で不遜、民衆を殺害しているとの噂が聞こえてきます。過日は、なんと莿桐脚の路を巡視するふたりの兵士が殺されました。忍ぶべきか、忍ばざるべきかでございます」

沈葆楨はしばらく黙ってから、頭を横に振って言った。

「凶番は教化し難しだな！」

沈大人にはとがめる意図は感じられず、王開俊は心中、石がすとんと落ちたように気が楽になった。

周有基がそばで冷静に言った。

「これは皆、ここの住民の問題です。日本人がいるときは、虎の威を借る狐で、倭軍を挟んで自重しておりました。ところが日本軍が去っていくと、土番がもどってきて、この地の住民に報復を匂わせはじめました」

王開俊は周有基に説明した。

「日本人がいるときは、一方では、大砲を設置して威嚇しながら、獅頭社の部落に対峙し、一方ではまた、番人の頭目をこの風港の軍営に招き、そのうえ贈り物と宴席を用意しました。このように、硬軟を使い分け、それから対外的には、生番部落はすでに帰順したと宣伝したのです」

周有基は言った。

「大亀文番がかくのごとく倭軍に従順でありましたのは、倭軍が牡丹社の番人に対して、初っ端に威厳を示したからです。日本軍が下瑯嶠に残した悪影響の範囲は甚だ広く、下瑯嶠の客家人でさえ、わが大清国の役人にぐずぐずした態度を取る始末です。私が就任後は、下瑯嶠の民に必ず罰を加えます。この上瑯嶠の地については、王将軍を頼りにしております。ここの民は狡猾で、番は凶悪でありますから、王将軍は速やかに威厳を示されますように。そうすればあの連中は心底から敬服するようになります」

沈葆楨は言った。

「わしは楓港を離れたあと、車城、そして保力に行き、それから猴洞に視察にやって来た。もし恒春が建城の地と決まれば、台湾におけるわしの任務も首尾よく達成したことになる。恒春県内では、おふたりはそれぞれ文と武の大黒柱として、『開山撫番』の政策を執行してもらいたい」

周有基と王開俊のふたりは叩頭して謝意を表わした。

王開俊は、周有基が恒春城を建てることは、ほぼ決定していることを知っていた。「開山撫山」の大きな政策については、沈葆楨が北路に派遣したのは、自分の親戚で上官の羅大春、中路は広東軍の呉光亮、南路は台湾鎮総兵の張其光に任されたのである。そうして彼、王開俊自身は、前線で南路でも最も凶悪な大亀文に対峙することになった。下瑯嶠十八社は、すでに日本人に投降しており、大清国が日本軍に変わっても問題はそれほど大きくならないだろう。一方、上瑯嶠の大亀文番は、剽悍であるだけでなく、これまで誰にも投降したことがなかった。オランダ人、そして鄭成功から劉明燈まで、ずっと彼らに接触できなかった。大亀文人は、思うままに山中で王を称し、獅頭山を障壁として、率芒溪谷、枋山溪谷、風港溪谷はどこも彼らの天下であった。

今しがたの周有基の話にあった、「初っ端に威厳を示した」という言い方は、王開俊の心の中で反響した。日本軍が初っ端に威厳を示したのは、五十四名の琉球漂流民が殺害されたことが理由だった。彼、王開俊はどんな理由で初っ端に威厳を示すのか。威厳はまたどのように示すのか。周有基のことばは、含むところのあるものだったが、明言もしなかった。そうして、沈葆楨はそばでなんの反応も示さず、同意もせず、また反対もせず、さらに良し悪しの表情も見せず、ただ淡々と、まず大亀文番にふたりの兵士を殺害した犯人を差し出させ、大亀文の連中が、完全に官府の命令に従い、二度と罪を犯すことのないようにせよと言った。

沈葆楨は、周有基や郭占鰲と共に、風港で一日待ったあと、南下を続けた。沈葆楨は明らかに王開俊を偏重し、信頼し切っていた。王開俊は羅大春総兵との親戚関係が、自分には大いに有利に働き、声望が自然に高まっていることをよく理解していた。だから、彼はいま以上に功を立て、名声と功績を一致させ、そのうえでさらに抜擢されんことを願った。

周有基の話は、王開俊には自分への挑戦と感じられ不満だった。王開俊はまっすぐな性格だった。「功を立てる」には、「番を懲らしめ」、朝廷に功績を奏上する必要があると、彼は思った。大亀文は、近頃、やりたい放題になっている。少し前に五人の村人が殺害された。これは決して初めて起こったことではないが、日本人も本当に兵を出したのではなく、ただ大砲を運んできて脅しただけだ。しかし、番人は、こともあろうに大胆にも軍服を着た道路監視の衛兵を殺害したが、これは身のほど知らずの行為で、官府への面と向かっての挑戦だ。もし大亀文の連中に目に物見せてやらなければ、本当に軟弱者として大亀文にばかにされるばかりか、恒春にいる周有基にもばかにされる。

王開俊の支配下の兵士は、枋寮から風港まで展開しており、一営五百人[45]が動かせる。日本軍が当初、石門山で牡丹番と戦ったときは、二百人出動したに過ぎない。王開俊は、五百人の兵力があれば余裕綽綽だと思った。

あと半月も経たないうちに正月だ、いまは兵を動かすときではない。いわんやこれは彼が台湾に来てから最初の春節で、ふつう農村では正月が明けるのは、一月十五日の元宵節を迎えてからだ。聞けば、ここの土生仔たちには、一月の十五日には伝統的な大きな祝日、「姥祖〔平埔族のマカタオ族の伝統信仰の中心になる神様〕」の夜祭と「跳戯」もあるらしい。しかし彼は急いで功を立てようとした。「正月初五」もことをはじめるには「大吉」の日であり、初五が過ぎたら出兵するつもりだった。初五に配置をはじめれば、だいたい三日でこと足りる。そこで、彼は正月初八に出兵することに決定した。莿桐脚の人たちは言った。莿桐脚の村民五人と官兵二人は獅頭社の奴らが殺したが、内獅頭社か外獅頭社かはよくわからないと。と言うのも、実際のところ、両社は距離が大変近く、それに角地に位置していた。

王開俊はまた、大亀文番にふたりの兵士を殺害した犯人を差し出させよと沈大人が言ったことを思い出した。考えてみると、日本人が牡丹社に出兵したのは、五十名あまりの死者のためであったが、いまは獅頭山の麓で二名の兵士と、今年約十名の村民が殺されただけで、それで大軍を出動していては、針小棒大の責めを免れない。彼は半年前に、横田棄が大亀文の頭目に風港に謁見に来させたことを思い出した。そこで王開俊は考えた。自分も大亀文に機会を与えよう、もし大亀文の頭目が犯人を風港に連れてきて、彼に誠意を尽くして謝罪し、帰順することを願えば、沈葆楨大人、あるいは張其光大人に成功を報告し、周有基に誇ることができると。

そこで、彼は郭均を呼んだ。郭均は彼の部隊では比較的学問があり、頭脳も優れ、正直で人当たりがよかった。王開俊は郭均に、枋山の頭人陳亀鰍と一緒に大亀文に行かせることにした。日本軍の横田棄のやり方をまねることにしたのだ。大亀文の頭目が大清国の兵士ふたりを殺害した犯人を風港に連れてきて、謝罪しさえすれば、軽い処罰ですませることができる。彼らをもてなし、さらには大亀文人に、日本人よりたくさんの贈り物を持たせたい。唯一の条件は、双方が平和に共存し、二度と官兵や村民を殺害しないようにすることだ。

郭均は少し考えて、この提案は理にかなっていると思った。そして、このような任務を担えるのは、光栄だと思った。それに、大亀文番にも興味を持っていたが、まだ生番の土地に行ったことがなかった。

話では、大頭目のシャガイは内文社ではなく、いま内獅頭社にいるということだった。そこで三日後に、郭均は兵士をひとり連れ、枋山の頭人陳亀鰍の案内で、内獅頭社に行くことになった。(46)

枋山の頭人は郭均を連れ、枋山溪谷に沿って溪流をさかのぼった。冬の枋山溪谷は大変広く、溪流の石は水で平べったくツルツルに磨かれていた。枋山の頭人は、内獅頭社はここから三十里もないと言った。山道だが、冬の溪谷は歩きやすく、約二時間で着ける。

一時間ほど歩くと、そこから枋山溪の支流の溪谷のほうに曲がった。支流の分かれ目で、部落の見張り台の勇士が彼ら三人を見つけて、その溪谷で待っていた。もともと土番の部落は山の中腹にあり、平地人の行動は彼らの監視の目を逃れることができなかった。しかも、土番はふだんから猟を行い、皆、視力は特に優れていた。

内獅頭社の護衛が、白浪たちを案内して内獅頭社の部落に着くと、アラパイが部落の外で迎えた。

アラパイは言った。

「ちょうどいいところに来た、大亀文の女大股頭が男の子を生んだので、お祝いに内獅頭社にやって来たところだ。チュウクとシャガイも内獅頭社にいるよ」

アラパイのそばには、賑やかなことが好きな子どもたちが集まっていて、その中に眉目秀麗で、えくぼが可愛い少女がいた。枋山の頭人の陳亀鰍が、以前はいつも白浪の開拓民が部落にやって来たが、軍服を着たお役人さんがここに来たのは初めてだと言った。皆は好奇心いっぱいで、急いで見学に集まってきた。陳はさらにこうつけ加えた。

「前に日本人がいたときは、日本の軍人はここまでは来たことがなかった。だから、あなたが部落に初めてやって来た軍人さんんだ」

部落の子どもたちは天真爛漫で可愛く、郭均を引きつけた。外部の人間に少しも驚くようすがなく、郭均はすっかり拍子抜けした。彼はずっと生番は外部の人間には強い敵意を持っていると思っていたのだ。陳亀鰍は、実際、ここ数年は生番と山の下の住民との行き来は倍増し、土番もだんだんと慣れてきたと言った。

さらに眼を引いたのは、アラパイのそばに立っている若い娘だった。少女は少し皮膚の色が浅黒いけれど、容貌は美しかった。特に大きな眼、輝く笑顔は、故郷の女たちの生まじめな表情とはまったく違っていた。さらにようすが違ったのは、少女の腕の中に大きなネコが抱かれていることだった。少女の美しい頰、喜びに満ちた表情は、思わず彼を引きつけた。枋山の頭人は、彼女は部落の頭目の妹だと言った。

部落では、子どもたちが大声をあげて走りまわっていた。郭均は多くの女性が織物をしたり、耕作したりしているのを見た。時間はちょうどお昼どきで、部落の男たちが、上半身裸になり、寄り集まってワイワイ酒を飲んでいる。少女と子どもたちは、飛んだり跳ねたりしながら、部落の入口から頭目の家までずっと後をついてきた。アラパイが子どもたちのほうを振り向いてなにか言うと、子どもたちはワッと叫んで一斉に散っていった。アイディンがそばでクックと笑った。陳亀鰍が、アラパイが子どもたちに、この軍人さんはきっとたくさんの土産を持ってきたよと冗談を言ったんです、と笑いながら言った。アラパイは、子どもたちを解散させ、軍人が帰ってから、彼が持ってきた土産を皆に配ることにしたのだった。

シャガイは早くから頭目の家の中で、落ち着いた表情で待っていた。郭均は、新しく男の子が生まれて、きっと気分がいいのだろうと思った。皆が座ると、郭均は先に王開俊が準備した土産を手渡した。まもなく正月を迎えるので、郭均は福佬人から贈られた米酒、年糕〔もち〕、豆沙餅〔あんもち〕、落花生などたくさんのお歳暮を持ってきた。郭均はシャガイに挨拶し、この度は新しく風港に着任した王将軍に代わって、大亀文の皆さんに新年のご挨拶を申し上げ、今後は山の上と山の下、共に平和に過ごすことを願っているとの王将軍のお気持ちをお伝えしますと述べた。

郭均はまず礼を尽くしてのちに兵に訴えることにした。つまり先に親しみを込めた挨拶のことばを述べ、それから官兵の襲撃犯を差し出させるという用件を持ち出すことにしたのだ。彼にはこれはなかなか難しいことだとわかっていた。自分で最低ラインを決め、犯人が彼と山を下りることに応じさえすれば、犯人が無事に部落に帰れることを保証することにした。

ところが思いがけず、シャガイはそのような好意を受けるようすもなく、笑顔も消え、厳しい表情でこう言った。

「お前らは、こうしてことを安く片づけて、それで平和共存を持ち出す気でいるのか？」

郭均はエッと驚いた。初めて部落に入ったときは、部落のおとなも子どもも皆、歓迎してくれていたので、頭目が初っ端から鋭く対立してくるとは思いもよらなかった。郭均はシャガイが言った安くとはどういう意味なのかわからなかった。枋山の頭人に眼を向けると、頭人はうつむいてなにも言わず、少し申し訳なさそうに顔を赤くしている。もともと頭人は、先に大亀文に来ていたことを郭均と王開俊に話していなかったのだ。郭均はやむなく思い切って、シャガイに答えた。

「頭目が仰る『安く片づけて』とは、どういう意味でしょうか？」

シャガイは枋山の頭人のほうを見ながら言った。

「山の下の白浪はわれらの土地を耕やし、われらに租税を納めて、もう何年にもなるが、どうしていま頃になってお前たち官府に租税を納めることになったのか？　これらの土地は、いつからお前たち官兵のものになったのだ？」

郭均はそれを聞いて思わずことばに詰まったが、ハッと気がついた。大亀文人が最近、開拓民を激しく攻撃するようになったのは、開拓民が部落に租税を納めなくなったからだったのだ。彼らが清国軍を攻撃するのもまた、大亀文人の眼には、官兵には租税を取り立てる理由がないからだった。郭均はどう答えていいかわからなかった。朝廷の考えでは、ここは当然、朝廷の土地であり、生番の土地ではなかった。しかし、本当にそうなのか？　彼は見勝手な理屈だと感じ、いささか大亀文番に同情しはじめた。

郭均は頭目を見ながら、にわかに悟った。部落の頭目の立場にあるアラパイが、族人を率いて、開拓民や官兵に仕返ししているのかもしれないのに、「犯人を手渡す」ことなどあるはずがない。同時にまたハタと気がついた。いましがた彼のまわりにいた子どもたちは、好奇心にかられて集まってきたのだ。部落には陽気な気分が満ちているが、それはただ大亀文人の日常に過ぎない。部落の青年たちは、彼らの到来に対して、実際は冷ややかだった。

しかも、シャガイの言うことは理にかなっていた。これらの土地は、いまの開拓民の居住地や開拓した海辺の河口の平原の土地を含めて、すべて大亀文人の伝統領域である。たとえ王媽守のような開拓民であっても、長期にわたって大亀文の土地権を認め、毎年租税を納めているのだ。だから王開俊にしろ、周有基にしろ、周懋琦にしろ、沈大人にしろ、さらには新しく天子に即位された光緒帝陛下にさえ、実はこれらの土地は清国朝廷のものであるという理由はないのだ。

「もうひとつ頭目に申し上げることがあります」

郭均は思い切って、少しビクビクしながら言った。

「私は、この度は王将軍の命を奉じて、王開俊将軍の善意をお伝えし、今後は大亀文と親しくお付き合いできることを望んでおります。ただ王将軍は、昨日二名の兵士が巡視中に、理由なく殺害されたことにつきましては、大変不快に思っておられます。王将軍は、大亀文が犯人を手渡し、私と一緒に軍営に来て命令に従うことを望んでおります。王将軍は、日本人よりずっと多く褒章を与えると述べております。この二名の犯人については、王将軍は処罰を軽くしたいと望んでおります。ただ王法を配慮し、それでもなんらかの懲罰を科さねばなりませんが、王将軍は彼らが無事に帰ることを保証しております。そのほか、私は今後、村民が官府への租税を支払う際には、その一半を大亀文に払うように、王将軍にお願いしたいと思います」

この王開俊の兵士二名を殺したのは、実は前回、莿桐脚で拘留された外獅頭社の頭目の息子で、手下を連れて襲った。莿桐脚から難を逃れて帰ってきてから、彼は白浪を憎んでいた。シャガイは彼に二度としないように命じ、処罰を下した。いま王開俊は、使者を遣わして犯人を差し出すように求めてきたが、自分の子弟を白浪に連れていかせることなどできるはずがない。そこでシャガイは、郭均らふたりに言った。

「御主らには王法があり、大亀文にもまた大亀文の掟がある。われらは自ら処置し、王将軍をわずらわせることはない」

郭均はまたシャガイに言った。

「大亀文の頭目の方々は、これまで風港の日本の兵舎に一度ならず行っておられます。近日中に莿桐脚の大本営で王将軍にお会いになられ、そのついでに善意を示していただくことはできますでしょうか？」

上瑯嶠と下瑯嶠の頭目たちは、一貫して清国の官府に好感を持ってこなかった。七年前、アメリカ人のルジャンドルと下瑯嶠のトキトク〔チュラソの頭目〕が談判したときは、ふたりはお互いに好印象を残した。しかし、劉明燈が大股頭トキトクに柴城に出てくるように要求したときには、大股頭は行かなかったばかりか、代わりに行ったふたりの娘も劉明燈にそっけない態度で、悪態をつくありさまだった。シャガイは日本人には会ったが、彼ら瑯嶠の土番たちの白浪への嫌悪感は根深く、清国の官吏には会おうとさえしなかった。

今回のシャガイの反応は、郭均には意外だった。シャガイの凶暴な顔が、いまは柔和な表情となり、笑顔さえ浮かんでいた。

「俺にはお前の誠意と善意がわかる。白浪が俺にこのように感じさせるなんてことはめったにないことだ。この半年、俺ら大亀文は日本人に対応するために、風港まで何度も行き来した。その度に皆を動員したが、本当に疲れたよ。

白浪に奪われた土地のことは、俺らもわかっている。返せと言ってももどってこない。租税代わりの穀物については、実際取るに足らないものだ、俺ら大亀文はこんなものに頼って飯を食っているわけではない。だからこれからも不要だ」

シャガイはまた真顔になって言った。

「俺らはただ静かな生活を求めているだけだ。お前ら白浪が、俺らの生活をかき乱さなければそれでいい。俺は皆を連れてお前たちの将軍に会いに行かないし、奴に謝るなんてそんな気はサラサラない。お前は将軍に伝えろ、今後は、大亀文は清国を犯さず、清国は大亀文を犯さずだと。大亀文は白浪がいま占拠している土地を放棄する、そして、清国の官兵は、俺ら大亀文が白浪が来る以前の生活にもどることを認める。俺らは山の上で俺らの生活をするし、お前らは山の下でお前らの生活をして、お互いに干渉しないようにするのだ」

「俺は、どの部落もお前たちの仲間を殺しに行かないことを約束する。その代わり、お前らも、これ以上欲張って俺らの土地を侵してはならん。俺らの山には、食べられるいろいろな動物や果実があり、河には魚やエビがあるのだ。俺らはアワを植えて、酒もつくれる。俺らは毎日楽しく暮らしているのだ。これからは二度と、大亀文人は白浪の首を狩りに行かない。実際は、首を狩るのは、俺たちの儀式で、ただ単に白浪に恨みを晴らすためだけではないんだ。白浪が来る前から、俺ら、それにほかの部落も、数百年互いに首を狩り合ってきたのだ」

「大亀文の風習では、男が一人前の『猟人』になるには、山猪《いのしし》や山羌《きょん》や山羊や水鹿を仕留めねばならないんだ。それから、『勇士』になるためには、雲豹や黒熊や熊鷹[47]などを仕留めなければならんのだ」

シャガイは郭均をじっと見て、ちょっと間を置いてからゆっくりと言った。

「あるいは人の首をひとつ」

郭均も黙ってシャガイを見つめ、シャガイの語り口に善意や忍耐や譲歩を聞き分けた。

シャガイは続けて言った。

「部落の入口のところに首棚があるが、白浪の数は多くない。(48) じゃこうしよう、お前は帰ってお前たちの将軍に報告しろ。将軍にご理解願いたい、大亀文人に殺されないようにと。ただし、俺は二度と白浪が大亀文の土地を侵したり、大亀文の女にちょっかいを出したりしなければだ。俺らも先に白浪の首を狩ったりしない」

郭均もホッとした。大亀文の大股頭の反応は、合理的で誠実だと思った。この保証があれば、帰っても任務を果たしたと報告ができる。そこで、郭均はアラパイから贈物を返してもらった。アラパイは、大股頭から郭均に食事をすませてから帰ってもらうように言いつけられていると述べた。アラパイとアイディンは郭均に好感を持ったようで、彼は過去に山に来たことのある白浪の頭人のようにことばを濁していないと思った。郭均のことばは丁寧で、遠まわしに相手の意見を探るようなことがなく、屁理屈をこねることもなく、彼らの好みに合った。

そのとき、アイディンが抱いていた雲豹の子どもが突然、飛び出し、アラパイが郭均に返した贈物に突進していった。郭均はハッと気がついた。贈物の中には、早朝になってやっと用意できた丸ごとの鶏や鴨や魚、それに三層に重なったたくさんの肉が入っていて、匂いが周りに充満していたのだ。道理で大きな猫が本能的に飛び出してくるはずだ。大きな猫が地面に立つと、郭均は猫が右足を少し引きずっていることに気がついた。郭均はアイディンに言った。

「お嬢さん、打ち身を治すのは私の得意とするところです。あなたの猫をちょっと私に見せてくれませんか。お役に立てるかもしれません」

アイディンは笑って言った。

「これは猫ではないよ、雲豹の子どもだよ。この子の足は、仕掛けに落ちたときに挟まれて傷ついたんだ、もう傷の治療をしてだいぶになるけど、まだ治りきっていないね。骨まで傷ついているのかな」

雲豹の子は大変おとなしく、アイディンに抱かれたままの状態で診察した。郭均は丁寧に触ってから、ホッとひと息ついて言った。

「骨は傷ついていませんね、ただ傷が筋肉まで達していて、まだ治り切っていません」と言いながら、背負い鞄の中から、表面に黒い膏薬を塗っている貼付用の湿布を数枚取り出し、アイディンに手渡した。

「膏薬の湿布が少しありますから、三日ごとに貼ってあげてください。この膏薬を使い終わる頃には、雲豹の子も大方よくなっているでしょう。もしまだ要るようなら、また送りますよ」

アイディンは大変嬉しくなってお礼を述べた。アラパイは客人を接待する責任を負っており、アイディンも同席した。先ほどの雲豹の子どもの一幕で、アイディンは郭均にすっかり打ち解けた。郭均は、アイディンは莿桐脚で村民に拘留された大亀文の子どもたちの中のひとりだと知って大変驚き、大亀文の女たちはなんとも大胆で、平地人の女たちとまったく違うと思った。アイディンは、郭均は広東から台湾に来てやっと五か月になったばかりだと聞いていっそう興味を抱き、広東はどんなところかずっと話を聞きつづけた。彼女は軍服を着た軍人をこれまで見たことがなく、軍服や軍帽に触れてみたかったが、やはり気が引けた。彼女は郭均が倷倷《ナイナイ》〔客家のこと〕だと知り、福建の漳州や泉州出身の普通の白浪の開拓民と違うと思い、質問がやまなかった。陳亀鰍もこの番女は特別だと感じた。

陳亀鰍は、郭均にもう風港に引きあげる頃合だと促した。郭均が荷物を片づけ、ちょうどシャガイに帰りの挨拶をしようとしたとき、急に雲行きが怪しくなった。空じゅうが暗くなり、続いて盆をひっくり返したような大雨が、雷をともなって降りはじめた。大雨が過ぎると、もう夕暮れどきに近かった。郭均は急いで帰途に着きたかった。しかし枋山の頭人が、しきりに頭を横に振りながら、空は真っ暗で、道がよくわからない、それに大雨のあとで山道は泥でぬかるみ、渓流が溢れ、相当危険だと言った。アラパイも言った。

「部落に一泊していきなさい」

内獅頭社では、これまで大亀文人が最も嫌う白浪や倷倷を部落に泊めたことがなかった。いわんや軍人様だ。郭均が部落に泊まっていくと知って、アイディンは興奮し、日がまだ暗くならないうちに軍人様を連れてあちこち案内してくると言った。そこでアイディンは、郭均を部落の近くの大きな滝に連れて行き、それからまた部落の別の一角を見に行った。もともと、内獅頭社は山腹に沿って建っていた。山の南側の渓谷は枋山渓の支流になっていて、大亀文人は大亀文渓と呼んでいた。部落の北側は、七里渓の渓谷だった。郭均は、内獅頭社と外獅頭社は七里渓谷で隔てられ、はるかに向かい合い、互いに角地に位置していることに気がついた。七里渓の河口は、南勢湖と呼ばれる平地人の白浪の小さな集落であった。渓谷の道は実際、開拓民の地区にかなり近かった。アイディンは、渓谷や青々した山を指さしながら、得意げに言った。

「私らの大亀文は本当に美しいよ！」

夕食の時間になると、アイディンはまた興味津々といったようすになった。急いで帰らなくていいのなら、アワ酒をたくさん飲みなよ、平地人はきっとアワ酒を飲んだことないよ、と言った。薪が燃えあがる炎の中で、アイディンは郭均にしきりに酒を勧めた。郭均は断るすべがなかった。むしろ断るのは惜しい気持ちだった。火の明かりのもと、アイディンのえくぼは花のようで、笑い声は鈴のようであった。アイディンがお酒をつぐとき、ときに体が前に傾き、髪の毛が郭均の顔に当たり、微妙な感覚を味わった。さらに、アイディンがイノシシの背肉を郭均に取ってあげたときには、なんと直接彼の口元まで待ってきたため彼女の指が頬に触れ、郭均はドキッとした。

酒の酔いがまわり、アイディンのえくぼを見ながら、郭均はボーッとなった。これは現実なのか？　アイディンはまたイノシシの肉を取って彼に食べさせた。郭均は、思わず手を伸ばしてアイディンの手をつかんだ。アイディンはびっくりして、急いで手をすくめた。失態を隠すために、郭均は大声をあげ、自分で酒をついで、一気に飲み干した。彼はアイディンの喝采の声を聞いたように感じたが、またわざと豪放を装って、二、三杯一気に飲み干すと、そのまま横に倒れ込み、酔っ払って寝てしまった。

第二十五章

郭均は愉快な気持ちで風港にもどった。

第一に、シャガイが、大亀文は二度と殺人をしないこと、それに年貢を放棄することを約束し、彼を大いに満足させた。王将軍が望んだように犯人を連れて帰ることはできなかったが、これらの約束を取りつけたのだから大収穫で、使命に恥じないだろう。彼は、王開俊がこのような根本的な解決を聞けば、単に犯人を懲罰するだけよりは喜ぶだろうと思った。

次に彼は、秘かにアイディンに好意を覚えた。アイディンは活発で、爽やかで、美しく、しかも一種ことばに言い表せない、彼の故郷の女たちにはない大胆さがあった。彼は客家人であり、漳州人や泉州人の美意識とは違っていた。纏足の小さな足で、艶めかしい態度を取る女性は好きではなかった。さらに大切なことは、アイディンが彼に好感を持っているらしいことだ。初めて風港に来たとき、山の番女は、きっと真っ黒で、鼻ぺちゃで、醜いだろうと想像していた。ところが、番社の本当の姿は自分の想像とは大きく異なっていた。まず番社は、実際にはかなり人が多くて豊かだった。それに番人は皮膚が浅黒く、体ががっちりしているが、容貌が美しく、えくぼが魅力的な女性が多かった。とりわけ素晴らしいのは、彼女たちは皆、爽やかで溌溂としており、しかも多才で踊りが上手、それによく働くことだった。

帰路、彼は空想にふけっていた。そして、いつまた山に行って、アイディンに会えるだろうかと考えていた。

思いもよらないことに、王開俊将軍の反応は、まったく彼の予想からはずれていた。

郭均は得々と報告した。女大股頭の夫で、大亀文の実権を握った人物が、今後は二度と清国の官兵を殺害しない、村民も殺さないと彼に約束したと。すると王開俊が、突然、耐え切れなくなったように話を打ち切った。

「わしがほしいのは犯人だ、なにか約束とかそんなものじゃないんだ！」

王開俊はさらにいらだたしく言った。

「約束、約束、生番の約束でめしが喰えるか？」

郭均は驚いて二の句が告げなかった。

枋山の頭人の陳亀鰍が身を伏せて、王開俊に申し立てた。

「将軍様、お怒りをお静め願います。大亀文人はこれまでずっと言ったことは必ず実行して参りました」

陳亀鰍は、王開俊がなにも答えないのを見て、また言った。

「将軍様に申し上げますが、私の見るところによりますと、郭把総は今回、難題を一件落着させました。大亀文人は、われらから租税を取ることを放棄しました。租借権を放棄したのに等しく、われら開拓民には、これはとても有り難い話でございます」

王開俊は大声で一喝した。

「黙れ！　番人が犯人を差し出さず、楓港にも来ないと言うのなら、わしは日本人より下だということだ。お前ら下がれ！」

郭均はハッと悟った。王将軍には、もともと日本軍への対抗意識があったのだ。

軍営の門を出ると、陳亀鰍は笑いながら郭均に礼を言った。

「把総殿、このたびの大亀文行は、実際のところ、その成果は計り知れません。王将軍はお怒りが納まれば、おわかりになります。ああ、お役人の世界というのは、ただ近くの功を求め、遠くの利を求めずですな。わしは大亀文に何度も出かけ、あれらの番人の気持ちをよく知っております。日本人が彼らを呼びつけると、彼らは来ましたが、しかし実際には、双方の気持ちは決して交わっておりません。日本人にできたのは、威嚇と利益で釣ること、番人は適当にあしらい、双方が衝突する最も根本的なところまで接触することはなかったのです。今回、大股頭の婿が言ったことこそ、本心です。大亀文は、わしらと行き来するのは大変疲れるので、むしろ山の上にいて一切往来を絶つほうがいいと考えております。いずれにしろ、『番割』[49]が彼らと交易し、彼らに銃弾や生活必需品を提供するのです。ただそうすると、王将軍には功績を申し立てる名目がなくなってしまうのです。ああ、王将軍が求めているのは、形式と名誉、わしら開拓民が求めているのは、安定した仕事と、住まいを持ち平和に過ごすことです。今日はすでに農暦十二月二十四日、わしらはもう家に帰って年越しの準備をしなければなりません」

枋山の頭人は別れるとき、何度も郭均にお礼を言った。

*

年越しを終え、正月の初五、いよいよ新しい年のはじまり。これは郭均が台湾にやって来て一年目のこと、官兵にとっても風港と瑯嶠での駐屯一年目でもあった。楓港や枋山、莿桐脚の開拓民にとっても、生まれてはじめて官兵と一緒に過ごす年越しとなった。

人が変わっただけでなく、地名も変わった。沈葆楨大人の指示のもとに、崩山はすでに枋山に改称され、風港は楓港、柴城は車城、猴洞は恒春となり、どこも風雅になった。

官兵の進駐は、貨幣と俸給をもたらし、地域の人口や消費もずっと増えた。開拓民たちには、これまで遠く離れた枋寮にあった官府の印象はあまりよくなかった。しかし王開俊が来てからの二か月で、彼らは大いに異なった印象を持つようになった。

まず、王開俊は役人風を吹かすところがなく、民衆に会うといつもニコニコと接し、部下への待遇も悪くない。ただ部下への規律には大変厳格だった。彼の兵隊たちは、住民に迷惑をかけることはなかった。

大晦日から初四まで、王開俊は民衆に招かれて、順番に楓港、枋山、莿桐脚、南勢湖、そして加禄を訪れた。民衆は心から感激する一方、機会を見ては奉仕に努めた。

王開俊の部隊は、一営五百人で、五哨に分かれ、一哨はそれぞれ百人であった。王開俊は自ら二百人率い、そのほかの三百人は、それぞれ加禄百人、南勢湖百人、および莿桐脚と枋山(50)が合わせて百人に分かれ、それぞれひとりの千総によって率いられた。

最後の一日、つまり農暦の正月初四の午後になると、莿桐脚の頭人阮有来がもてなす順番となり、鳳安宮で王開俊と五人の千総を宴席に招いた。各地の頭人は、枋山の陳亀鰍および楓港の王媽守を含めて、皆、陪席した。郭均は把総に過ぎなかったが、この二か月で、彼が医術に優れ、病人が出れば、すぐに往診してくれると一帯の住民に知れわたり、頗る評判がよかった。そのうえ王開俊の「侍医」を兼ねていたため、身分は違っていても主卓に座った。王開俊もまた寛大な心の持ち主で、郭均は清国の官兵に謁見するために大亀文番を楓港に出てこさせることができなかったが、決して彼を罰することはなかった。

王媽守は横田棄がいたときは、開拓民への日本軍の窓口に等しく、贅沢に飲み食いし、手段を弄して悪事を働き、好き放題楽しんでいた。しかし運が尽き、清国の官兵がやって来るや、清国兵の将校たちの眼には、彼はお墨付きの親日派としか映らず、すんでのところで「台奸（台湾人の裏切り者）」と名指しされなかったに過ぎない。後に郭均が王媽守のために、日本人がこの地に駐屯していたときは、楓港の頭人として、枋山の頭人陳亀鰍や莿桐脚の頭人阮有来と共に、やむを得ざるを得なかったのです、と王開俊に懇願したことで罪を問われなかったのである。枋山の頭人陳亀鰍は、大亀文と少し親戚関係にあり、大亀文のことばに通じ、人柄もよく、すぐに郭均と王開俊の好感を得た。莿桐脚の頭人阮有来も、礼儀正しく、評判もよかった。ただ王媽守だけは、親日派をつくりだした人物とみなされ、しかも素行が悪く、名声が急落したため、各方面から冷遇された。

酒席ではみんな心ゆくまで酒を飲み、大変賑やかだった。宴たけなわになると、酒好きの王媽守は、王開俊に近づく絶好の機会ととらえ、大いに将軍たちに取り入った。皆に酒を注いでまわり、むずがゆくなるようなお世辞で、王開俊たち高官をほめそやした。王媽守は、少し酔っ払って莿桐脚の頭人阮有来にこう言った。

「この前、大亀文番を十何人か拘禁したとき、ひとり外獅頭社の頭目の息子がいたって話だが、さすがだな」

阮有来はそのときもう半分酔っていた。

「そうだよ、あのときは外獅頭社の頭目の息子だけじゃなしにね、ほかに番女が三人いたんだが、結構美人だったぞ」

そばにいたひとりの村人が酒に酔ったふりをして言った。

「ハハハ、肌は黒かったけどすべすべしててね、わしゃこっそり何度も触らせてもらったよ」

郭均は彼が話しているのはアイディンのことだと気付き、怒りがこみあげてきたが、悶着を起こすことはできないとわかっていたので、黙って耐え、この連中が醜態を晒して戯言《ざれごと》を言っているのを見ていた。

王媽守は媚びたような表情を浮かべながら、もったいぶって言った。

「あの日の晩、番人らが襲ってくることを、あんたがたは予想していたんではないのかね。どうして先に枋寮に人をやって、王将軍にお伝えしなかったのですかな？　王将軍は、自ら大軍を率いて、すぐに駆けつけ、大亀文番を一挙にやっつけひとり残らず殺したかもしれませんぞ」

あの日の事件は、もともとは莿桐脚の村民に非があったが、後に大亀文人が山を下りて莿桐脚に来て大騒ぎしたため、無辜の住民を大変驚かせ、不安にさせたのだった。王媽守がいま話に尾ひれをつけて大げさに言ったために、会場には歓声が沸き、いいぞという声がしきりにあがった。

そのときまた誰かが、半月あまり前に、莿桐脚と南勢湖のあいだで番人に殺されたふたりの兵士のことを口にした。すると、誰かが叫んだ。

「これは官府への挑戦だ！」

また誰かが騒いだ。

「敵討ちだ！　敵討ちだ！　軍人さんのために敵討ちだ！」

すでに黄湯〔酒〕を浴びるように呑んでいた王開俊は、そのとき突然桌をドンと叩くと、大声で叫んだ。

「よかろう！　わしは誓うぞ、ふたりの兄弟のために仇を取る！」

それから立ちあがると身を翻し、眼を大きく開け、左手を腰にあてて、右手ではるか前方の獅頭山を指し、演劇で歌うような口調で言った。

「われ王開俊は、百万の軍勢の中で、袋の中から物を取るごとくいとも簡単に、番人の頭目の首を取ろうぞ」

その声に、皆は一瞬、驚いたが、王開俊が長坂《ちょうはん》の戦い〔曹操と劉備の戦い〕の張翼徳〔張飛の字〕の一場面をまねたのだとわかり、ドッと沸いた。またすぐに、ワッと歓声があがり、まるで神像を担いで練り歩くように、王開俊将軍を担ぎあげた。そして、「ヘイホー！　ヘイホー！　勝利！　勝利！」と叫びながら、廟堂のまわりを一周した。

郭均は、そのときすでにかなり飲んでおり、眼をとろんとさせ、酔っ払ったようすでフラフラと立ちあがると、いい加減に調子を合わせて叫び、それから机にうつ伏して寝てしまった。

第二十六章

正月初五の早朝、王開俊は春節後初めて楓港の将兵を集めて新年の挨拶をし、いきなり宣言した。

「正月初八、獅頭社を攻撃する！」

まさに晴天の霹靂だった。

もともと前日の昼間、莿桐脚での正月の宴席の場で、皆が酒を飲んで騒いでいるさなかに、王開俊が口にしたことだ。それが日時もしっかり決めている。わずか三日後だ。

王開俊は将兵たちに言った。昨年の十二月、ふたりの兄弟が見張りに着いているときに、大亀文番に殺害されたが、調査では内獅頭社の仕業であると判明している。沈葆楨大人が来られたとき、大人は大亀文人にこのふたりの犯人を差し出すように命じたが、大亀文の大頭目が拒絶した。王開俊はここまで言うと、特に郭均のほうを振り返った。王開俊は続けて大声で部下に訓示した。これまで何日か、村民を集めて話してきたが、村民は大亀文番が無実の者を妄りに殺したことに憤っていることがわかった。それゆえ民情に応じて兵を出し、厳しく大亀文を罰することにしたと。「民を弔い罪を伐つ」、王開俊は特にこのことばを用いた。

王開俊は秘かに夢を抱いていた。彼は車城の福安宮の廟口で、台湾総兵の劉明燈が八年前に立てた石碑(51)を見たことがあった。彼もあのような功を立て、碑を立てる機会のあることを期待していた。そうすれば彼は永遠に歴史に名を留めることができる。これは彼のような地位の低い遊撃には想像もつかなかった名誉だ。

王開俊の計画は、三日後の正月初八丑時〔夜半の午前一時～三時頃〕に、莿桐脚と南勢湖の両路に分かれて、内獅頭社と外獅頭社を急襲するというものだった。王開俊自身は、三哨を率いて内獅頭社を撃つ。李長興と李玉貴は別の二哨を率いて、南勢湖より外獅頭社を撃つ。そのあと、両軍は合流する。

郭均は非常に不安だった。王開俊の決定は、もう変えようがないとわかっていた。彼は十日あまり前に内獅頭社へ行き、大亀文の頭目の善意に謝意を表わしていた。しかし今は、彼が属する部隊がなんの予告もなく、大亀文を攻撃する。郭均は落ち着かない気持ちになり、自分はまるでペテン師だと感じた。

ほかにも気持ちが落ち着かない理由があった。彼は自分に問うた。アイディンを好きになったから、だから番人に心を寄せるのだろうと。彼は指揮官の決定に懐疑を抱くべきではないと、自分を責めた。

命令が下った。把総兼軍医の立場で、郭均は補給とけが人の救助の責任を負い、部隊の後方に配属された。これは郭均にとって初めての戦場だった。彼は依然として内心怯え、戦場にいることを想像できなかった。秘かに自分の臆病さを罵った。

正月初六の午後、彼らは莿桐脚に移動し、一日休息を取った。

初八未明に、部隊は出発した。無数の星がきらめき、大地は真っ暗ではなかった。王開俊は先頭で軍馬にまたがり、二百名あまりの兵士を従え、開拓民に導かれて枋山渓へと進んでいった。

冬の枋山渓は水かさが半尺もなくサラサラと流れている。郭均は兵隊について、川床に露出した石を踏みながら、重い足取りで一歩一歩進んだ。渓流のせせらぎの音は、まるで魑魅魍魎が林に隠れているように感じられた。冬にもかかわらず、虫があちこちで騒々しく鳴き、郭均はいくぶん恐怖を覚え、不吉な思いがよぎった。

この河は開拓民は枋山渓と呼び、大亀文人は大亀文河と呼んでいる。この名称からわかるように、大亀文の人びとは、この河を大地の母とみなしている。数百年来、大亀文人はその中で悠然と、生、老、病、死を送っている。しかしいま、一、二百年前から海を渡ってきた漳州、泉州、あるいは客家の移民が、この河口の平地を開墾し、彼らの家庭を築いている。もともと彼らは大亀文人に小作料を納めていたが、その後互いに衝突するようになった。本来、弱い立場の開拓民は、いまは朝廷の軍隊の後ろ盾を得て、主客転倒となり、大亀文の渓谷に踏み入って、直接、大亀文人の部落に突っ込もうとしている。

これは公平と言えるだろうか？

しかし別の方面から考えると、移民も生活しなければならず、仕方のないことだ。

それでは誰が間違っているのか？

郭均はあれこれ考えながら、無意識に前列の足並みについて歩いていた。気がつけば、部隊はいつの間にか河床を離れ、坂道にさしかかっていた。

山の斜面は決して険しくなかった。冬とはいえ、山は依然として青々していた。沈葆楨はうまく表現したものだ。ここは確かに恒春、四季は春の如しだ。空はすでにかすかに明けはじめ、軍隊はまさに小さな渓流に沿って遡上していた。ここは枋山渓あるいは大亀文渓の支流だ。郭均は覚えていた。さらに上って行くと大きな滝がある。アイディンが特別に連れて行ってくれたところだ。郭均は歩みを止めたが、まだ滝の水の音は聞こえてこなかった。

半月あまり前にも、彼は枋山の頭人について、ほとんど同じ道を歩いた。前進しながら、行く手をさえぎる木の枝を伐った。この道はひとりでならなんとか歩けるが、大部隊と軍馬が通るにはそれほど楽ではない。

この道を通った二度の気分は、まったく異なっていた。郭均が最初この道に来たときは、好奇心いっぱいで興奮していた。今回は、本当の戦場に行き、人を殺すかもしれない、あるいは殺されるかもしれない、そのような重い気分を実際に感じはじめていた。

耳もとにようやくサラサラという水の音が聞こえてきた。大滝が近づいてきたことを知った。この滝[52]は、百尺あまりの高さがあり、冬といえども水かさは多く、まるで幕のように水が流れ落ち、壮観だった。滝から流れてきた水は、集まって青々とした滝つぼをつくり、絶景だった。この滝を過ぎて、角を曲がり上に向かってさらに一段坂を上れば、もう内獅頭社だ。

空はしだいに明るくなった。隊列の前方が突然ざわつきはじめた。もう内獅頭社が眼の前に開け、先の道は平坦になっていた。部隊は止まり、隊列の乱れが直された。郭均は、将軍がよく通る大きな声を張りあげるのを聞いた。将軍の表情は、少し『三国志演義』の張飛に似ており、将軍もそれで得意然としていた。郭均もまた、性格もそっくりで、怖いもの知らずだと思った。今日のこのような出兵は、なんと祝宴の場で決まったのだ。郭均は泣くに泣けず笑うに笑えない気分だったが、やはり笑えなかった。

部隊は再び動き出した。隊列は長くのび、彼は最後尾近くにいた。

突然、前から女の叫び声と子どもの泣き声が聞こえてきて、その後叫び声が悲鳴に変わった。続いて遠くの空に黒煙があがった。

郭均は慌てて先頭に駆けつけた。兵士が火をつけて家屋を焼き、女と子どもらが火のあがる家から逃げ出してくるのが見えた。女と子どもが逃げ、兵士が後を追う。中には、おとなに追いつけない小さな子どももいる。何人か弱った老人がよたよたと屋内から慌てて出てきた。王開俊はそばに立って大笑いしている。

「役立たずの番人めらが、逃げ足が速い」それから大声で叫んだ。「皆殺しだ！」

兵士たちは軍刀を抜き、抵抗力のない女と子どもを捕まえて、まるで鶏を殺すように惨殺した。

郭均は動転した。これは戦争じゃない、屠殺だ！　彼は顔をおおった。見るに忍びなかった。吐き気がして、胃が激しく逆流した。急いで石板家屋の背後にまわって、胃の中のものをすべて吐いた。動悸が激しくなった。女や子どもの泣き声が次第に弱まった。見たところ、番人の女子どもはもう皆殺されている。死体が四方に横たわっている情景はとても直視できなかった。身を翻して林の中に行き、うずくまった。山の下の渓谷は素晴らしい景色だった。しかし背後の、本来、平和で和やかな部落、彼が半月前に来たとき笑い声が溢れていた部落は、いまはこの世の地獄と化していた。彼の顔中に涙が広がった。

郭均は突然思い出した。アイディンは？　アイディンは大丈夫だろうか？　いまはアイディンの姿は見なかったが、部落の中にいるのだろうか。いま部落にいたのは、女と子どもと老人だけで、男たちは皆、出払っているようだった。彼は起きあがり、うろたえたように四方を見回した。そして記憶の中からアイディンの家の方向を探し出そうとしたが、よく知った場所は見当たらなかった。そのとき、石板つくりの家の後ろで、大きな女の子と小さな男の子が、角のところに縮こまって隠れているのが見えた。石板家屋だから、建物からは火が出ていない。ふたりの子どもも郭均を見たが、恐怖のあまりじっと動かず、ただ震えていた。

郭均はふたりに怖がる必要はないと手まねで示し、それから人差し指を唇の上に置いて、じっとしているように伝えた。すぐに腰から刀をはずすと、地面に放り投げた。彼はしばらく立ちつくすと、サッとふたりに背を向けて、地面に座り込んでしまった。郭均は座ったまま考え込んだ。自分が恥ずかしい、遠く海を渡ってきて、なんとこのような子どもや女性を殺戮する部隊の一員になってしまった。

微かに王開俊が部隊に集合を呼びかけ、移動の準備をする声が聞こえてきた。彼はすっかり意気消沈し、残虐な殺人鬼となった部隊にすぐにもどろうとは思わなかった。それに足も力がぬけていた。

騒然とした部隊の声は次第に遠のき、とぎれとぎれにあちらこちらで起こる得意げな高笑いの声が聞こえてきた。

彼は微かに王開俊の声を聞いた。

「わが大清国がどうして倭軍に負けることがあろうぞ」

郭均は、部隊は山のもう一方から下りるのだろうと思った。

今日出発するとき、王将軍は部隊に告げた。莿桐脚から出発し、枋山溪の山谷より進み、内獅頭社に到着、そして七里溪の山谷より出て、南勢湖にもどる、と。これが最短の経路だった。王開俊はすでに、南勢湖にいる左哨正百長千総の李長興と加禄にいる前哨の李玉貴に対し、それぞれ百人を率いて、七里溪谷よりさかのぼり、外獅頭社を攻撃するように指示していた。それから両軍は落ち合い、南勢湖にもどるのだ。

部隊の声は遠ざかっていった。ふたりの子どももそれを感じ、表情にはもう先ほどのような緊張はなかった。部落で家を燃やしていた火も次第に下火になった。地面に座り込んでいた郭均は、自分は要するに軍人には合わないんだと思った。本業は人を救う医者であって、人を殺してまばたきもしない軍人ではない。実際、王開俊は出発前にいくぶん皮肉っぽく、笑いながら彼にこう言った。

「御主は後陣にいて、負傷した同胞を救ってやってくれ」

だから郭均は刀を帯びているだけで、銃は持っていなかった。反対に、怪我人用の膏薬や包帯を袋いっぱい背負っていた。

なんとかひとり、ふたりの負傷者の手当てをしてから、部隊を追っても遅くないと彼は考えた。

彼は立ちあがった。ふたりの子どもの姿はもう見えなくなっていた。いましがた殺戮があった部落の中央の広場まで歩いてきた。地上に乱雑に横たわっている死人の中にアイディンがいないかどうか確かめようと、彼女の名前を呼んだ。そのとき、地面に横たわっている老女が苦痛の呻き声をあげ、真っ赤な血が胸と腹からだらだらと流れているのが見えた。郭均はうずくまって診ると、胸の真ん中を刺されているが、傷は幸い肋骨で止まっていた。腹の刀傷は浅く、内臓には達していないようだった。彼は包帯と膏薬を取り出して、二か所の傷口を手当てすると、出血が止まった。老女は驚いたような感謝の表情を郭均に向けた。

郭均は老女の傷を手当すると、気持ちがなごんだ。さらに治療に専念しようとしたところで、後ろのほうから、人の群れが叫びながら駆けつけてくる音が聞こえてきた。振りかえるや、突然、パンパンと銃声がし、左肩の後ろにしびれと痛みが走った。郭均はびっくりして、本能的に立ちあがって逃げた。来た道に沿って大急ぎで走ったが、背後からの銃声はやまず、右足にまた弓矢が命中した。彼は痛みをこらえて密林に逃げ込んだ。眼前は、まさにあの大滝で、もう道はなかった。下を見ると、滝つぼだった。彼はなんの躊躇もなく、勢いよく飛び込み、水中に潜っていった。

第二十七章

この日、夜が明けないうちから、アラパイは部落中の若者と壮年の男たちを集めて、狩猟に出かけようとしていた。彼らには決まった獲物があった。雲豹だ。前回、アイディンと罠を仕掛けて雲豹の子どもを捕まえたのは、内獅頭社の内獅渓をさらにさかのぼったところで、霧里乙《ムリィッ》山にほど近い山麓の森林のなかだった。雲豹は大亀文の聖なる動物だった。雲豹の皮は、大亀文の頭目が夢にまで見る宝物で、全身でなくても、ただ雲豹の皮の帽子や雲豹の肩掛けがあれば、それで伝家の宝となった。雲豹の子どもがいたからには、皆は霧里乙山の山中でさらにほかの雲豹がみつかると考えていた。

アラパイの計画は部落中を騒がした。多くの若い女たちも一緒に行くと大いに乗り気だった。アイディンはもちろん言うまでもなく、まるで女たちのリーダーだった。数日前に、新しい罠を仕掛けており、今日はひとつずつその成果を確認する手はずになっていた。誰もが雲豹の糞や足跡を探しだすことを望んでいた。参加者はふくれあがり、ふだん部落では大滝のそばに見張りを立てることになっているが、今日はその見張り番たちも皆、雲豹探しの隊列に紛れ込んでいた。

もうすぐ目的地に着くという頃、遠く内獅頭社に、黒煙があがっているのが見えた。なにかが起こったことを感じさせた。高台に登って望むと、ひとつの部隊がゆっくりと山を下り、内獅渓の渓谷に向かって歩いていくのが見えた。彼らは大急ぎで部落にもどると、まだその場でうろうろしている郭均を撃った。それから女たちは片づけをはじめ、男たちは内獅渓のほうに走った。皆は渓流のそばの密林に突入し、山の下に向かって追いかけた。何人かの者は、大急ぎで外獅頭社に知らせに走り、合同で戦闘に当たる準備に入った。

第二十八章

王開俊は馬に乗り、二百人の部隊を率いて、得意満面になっていましがたの戦果を部下と共に数えている。哨兵長は、番人は少なくとも十数人が倒れ、わが方は損傷は皆無で、大勝と報告した。ひとりの兵士が、郭均が見当たらないと言った。王開俊は有頂天で、気にもかけずにこう言った。

「おそらく一時的にはぐれたのだ、すぐ追いつくだろう」

王開俊は得得として、日本軍と比較しはじめた。

「昨年、日本軍が楓港より出兵し、女乃社を焼いたとき、日本軍は狙撃されて負傷した。しかも、日本人は少女ひとりと老女ひとりを捕まえただけだった。われらが来ると、生番の男どもは隠れて影も形も見せず、なんと女、子どもと老人を部落に捨てて行った。本当に意気地がない奴らだ」

部隊は「大勝利」し、軍営に凱旋すると誰もが思っていた。王開俊は、当然李長興のほうも外獅頭社を簡単に片づけるだろうと考えていた。皆は緊張がほぐれ、両軍が落ち合って、酒杯をあげにもどるときをのんびりと待っていた。部隊が急に乱れはじめた。日差しが次第に暑くなってきた。正月なのに、汗をじっとりとかいた。緊張をほぐすために、あっさりと軍服を脱ぐ者も現われた。また、歩きながら大刀を振りまわす者もいた。山上から見る山麓の田畑や家屋や林や渓流、さらに遠方の大きな海は、大変きれいだった。軍人たちは、初めて山上より自分の軍営や農家を見たが、大変新鮮に感じた。部隊は、だんだんと乱れていった。どこかまるで神様を迎えるお祭りの行列のようだった。

　王開俊と哨長の周占魁《せんかい》は肩を並べて馬に乗り、功績をいかに奏上しようかと上機嫌で話していた。そのとき、突然、銃声が鳴り響き、続いて弓矢、槍、矛が両側の林の中から降りそそいできた。周占魁はウーンとうなると、落馬した。王開俊はハッと驚いた瞬間、胸に銃弾が命中した。さらにひどいことに、傷を受けたためか、あるいは驚いたためか、馬がヒヒーンといなないて前足を振りあげ、王を振り落とした。

　その刹那、数十人の大亀文人が、山道から、崖から、密林から狂ったように叫びながら飛び降りてきた。手には番刀を持ち、部隊に乱入して、手当たり次第に人を殺した。

　いま、別の屠殺場が出現したのだ。今度は殺されるのが官兵に変わっていた。生番の人数は、官兵におよばなかったが、彼らは叫び、飛び跳ね、そのため官兵は散りぢりになり、隊形は完全に崩れていた。官兵が手にする新式銃は、このときなんの役にも立たず、かえって足手まといになった。凶悪な生番が眼前にいて、そのうえ地勢もわからない。皆は恐怖におののき、心はひとつの考えに支配されていた。

　逃げろ！

　兵士たちは山の麓に向かって一目散に逃げ出した。山道は険しく、何度も転び、人を踏みつけにして走った。道はますます狭くなり、兵士らもますます慌てふためいた。前方の切り立った崖にはさまれた隘路に殺到したところで、高い峰の上から番人の甲高い笑い声が聞こえてきた。彼らは早くからここで待ち伏せをしていたのだ。一斉に大きな石が転がり落ちてきて、兵士を押しつぶした。狭い出口がふさがれると、官兵は一瞬、罠に落ちた獣のようになり、やみくもにあちこち逃げまわり、大きな声で泣き叫んだ。巨石、銃弾、弓矢が、次々と降ってきて、あっという間に多くの人が地面に倒れた。

王開俊は落馬すると、逃げ場を失い、すぐに番人たちに取り囲まれてしまった。右肩や右胸に銃弾を受け、刀を左手に持ち替えて防戦した。刀や弓矢が次々と王に向かってきた。しかし王は勇猛に戦い、何人もの敵を捕まえては打ち倒した。王は敵の囲みを突破した。しかし銃創からは血が止まらず、また体には十数本の弓矢が刺さり恐ろしい姿になっていた。よろよろと必死に数歩前に進むと、とうとうよろけて地面に倒れ込んだ。番人はヒョーと奇声をあげると、ドッと前に出て、王の頭部を斬り落とした。大亀文人は、敵軍の大将を仕留めると、ワーッと声をあげ、一斉に去っていった。

すぐに大地は元の静寂にもどり、ただうめき悲しむ声だけが、とぎれとぎれに草むらの中から聞こえていた。

第二十九章

王開俊の部隊がほぼ全滅したという一報は、台湾中を震えあがらせただけでなく、朝廷をも震撼させた。すでに福州にもどっていた沈葆楨はやむなく再び汽船に乗り、慌てて台湾にもどった。

日本軍が撤退し、恒春城建設の計画が進み、「開山撫番」政策も計画通り行われていると、沈葆楨は考えていた。「開山」については、北路は羅大春、中路は呉光亮、南路は張其光に任せ、皆、順調に進んでいる。「撫番」は、そもそも長期目標であり、一気に達成するのは不可能なことだ。かくて沈葆楨は重大な任務をやり遂げ、朝廷に報告できると考え、同治十三年の年末に台湾を離れ、福州に帰って年を越していたのだった。

沈葆楨と王開俊は、朝廷の文官あるいは武将の単純な見方を代表していた。「開山撫番」は、簡単に言うと、軍隊が陣頭に立って道を開き、漢人の移民が後について入植していくというものだ。もし生番が大胆にもおろかにして反抗するなら、軍隊によって鎮圧し、平定する。「撫番（番を撫育する）」と「剿番《そうばん》（番を剿《ほろぼ》す）」は、紙一重、ちょっとした考えの差に過ぎない。

　王開俊の死後、官側はこの間の経過を「葆楨は開俊に命じて汛弁《じんべん》〔駐屯地の兵士。緑営（漢人）武官〕を派遣し、凶犯の引き渡しを求めたが、激しい抵抗に遭い、武力に訴えざるを得ず[53]」と書いている。清国は文官、武将のいずれも生番の戦力は眼中になく、また生番の生死も意に介せず、さらに生番を理解しようとか、彼らと意思を通じさせようとか、そういった気がまったくなかったことをはっきり示している。いたって単純に、生番はただ地の利に頼っているに過ぎず、官兵の近代兵器をもってすれば必ず勝利すると考えていた。眼の前で、日本人が牡丹社を征伐したのがその例だ。日本人は石門に出兵し、最初の交戦で牡丹社の頭目のアルク父子を殺害した。八年前の1867年に、劉明燈がクアール社を討伐したときも、ほとんど無傷であったが、やはり石に功を刻み、石碑を柴城の福安宮に建てた。[54]

　ところが、官兵たちは1867年5月の教訓を忘れていた。アメリカの太平洋艦隊がクアール社に出兵したが、ひとりの生番も殺すことができず、かえって副司令官のマッケンジー少校が南湾の海岸で命を落としたのだ。[55]

　今回の獅頭社出征における犠牲は、実にひどいものだった。出征した三哨の二百余名の官兵のうち、九十七名の命が戦場に散った。最高指揮官は頭部も持ち去られる始末で、随行した三名の千総の哨長、周占魁、楊占魁、楊挙秀もことごとく戦場に散ったのだった。逃げ帰った官兵も多くは負傷していた。王開俊は遊撃に過ぎず、位階は高くなかったが、ただ身分は指揮官クラスであり、日本軍で言えば佐久間左馬太〔1906年～1915年4月〕や樺山資紀に相当した。王開俊はずっと沈葆楨に取り立てられてきた。沈葆楨の上奏文では、いつも王開俊の名前があがり、褒めることばが並んでいた。まして彼は提督の官位を戴いた羅大春の親戚でもあった。

　王開俊が率いたのは、福靖右営であり、前、後、左、右、中の五哨に分かれる。王開俊は自ら中、右、後の三哨を率い、左哨の哨官李長興と前哨の哨官李玉貴は、南勢湖より出発して王将軍と落ち合う手はずだった。ところが到着が遅れ、重罪に問われることになった。李長興は取り調べを待たず、秘かに軍営を離れたために、罪がさらに重くなり、ただちに打ち首にされ見せしめとなった。

この敗戦は全国の注目を集めた。創刊まもない上海の『申報』〔1872年4月30日創刊、1949年5月27日廃刊〕は、連日派手に報道し、さらに論評を加えた。

一月二十九日、まだ福州にいた沈葆楨は、鳳山にいる淮軍の総師唐定奎に命令し、もともと日本軍に対処させるために渡台させた淮軍を瑯嶠に前進させた。

二月四日、淮軍の総師唐定奎は、候補知府田勤生を率いて四営二千人を、鳳山より莿桐脚に移した。王徳成と張光亮は、七営三千五百人を率いて、南勢湖と楓港に分駐した。

これではまだ足らず、六千人あまりの淮軍の正規軍のほか、鳳山の現地で千人の郷勇を募った。周有基は五百人の民勇を募り、「有」字営と称し、郭占鰲も五百人、六堆〔屏東県。今日、六堆客家文化園区がある〕の客家の郷勇を募り、「鰲」字営と称した。こうして官兵は総勢七千人に達した。郭占鰲は広東の番禺〔現在の広州一帯〕の客家で、祖父の代に来台し、六堆に居住していた。彼は台湾で生まれ育ち、瑯嶠の地形や民情に通じていた。

唐定奎は合肥〔安徽省〕の人で、淮軍の直属、劉銘伝の部下として太平天国と戦った。捻軍〔太平天国の乱と同時期に清国に反抗した華北の武装勢力〕を攻撃し、大変勇壮で、都督級の大将であった。唐定奎は一帯を視察した後、先に道を開くことに決定した。彼は南勢湖から莿桐脚の情景を「幾重にも重なり合った山々に、鬱蒼と茂る森林と竹林が、高く聳えて日を蔽う、草木密生して、中に一線の路なく、生番その間に出没す」と書いている。さらに番人を次のように書いている。

……その色、土のごとく、絶えて人類に非ず。而して岩を穿《うが》ち、樹に攀《よ》じり、矯捷にして猨猱《えんさる》に異なる無し。鳥槍〔火縄銃〕を持ち、要隘《あい》に伏し、殺人をもって雄となす。人死せばすなわち髑髏を取り、絡《つな》ぎてこれを祭り、虎の倀《ちょう》を駆《か》る〔倀は虎に食われた人の霊。悪人が自分の手先を操ること〕に類するなり。

唐定奎は気迫に溢れていた。道の両側の木々を切り倒して、幅三十丈の広い道を切り開き、これ以降、番人が道端の密林に隠れられないようにした。

沈葆楨は、光緒元〔1875〕年二月十三日に台湾にもどると、まず生還者全員を一級昇格させ、その功績を称えた。彼は、行方不明も含む戦死者九十七名がいまだ帰らず、依然として山中に曝されたままになり、さらには王開俊の頭骨が大亀文番に持ち去られたと聞き、ひどく動揺した。彼は全員の表彰、追贈、救済を命じた。

官府の文書では、王開俊をさらに褒め称えている。

……開俊は平日より最も民を愛し、かくて義憤に激し、親しく中、右、後の三哨を督《ひき》い……、獅頭社番は先にすでに亀文等十八社を勾結〔結託〕して、阻険〔険しい山間〕に潜踪〔潜伏〕し、狙伏《そふく》〔狙う〕して待つ。開俊の兵至り、凶番猝《にわ》かに起って重囲す……開俊、力戦せしも援絶ち、遂に……陣亡す……。

沈葆楨は、台湾府の台湾兵備道署の書斎で湯呑みを持ち、ひと口飲んだ。部下が書いた「忠義王開俊伝」を読み終わると、また筆を取り、すでに莿桐脚に着いた唐定奎に手紙を書き、これまで半月にわたる迅速な行軍、および枋寮から莿桐脚までの大きな道路の開通を激賞した。書きながら、また王開俊の死が偲ばれ、心中堪えきれず「〔軍中の〕号令、明らかならず、隕良将〔亡くなった名将〕に致す[56]」と書きつけた。王開俊の死に対し、沈葆楨には深い自責の念があったのだ。彼は早くから、「開山撫番」は必ず番人の反感を買うと予想していた。心の中では、もちろん番人に武器を使うことをできるだけ避けようと考えていた。昨年の十二月十七日、王開俊は沈葆楨に、二名の兵士が番人に殺されたことを報告している。沈は王開俊に「威嚇の必要あり」との意思表示をしたが、軽率に番人より先に武力を使ってはならんとは言ってなかった。

沈葆楨は、王開俊がこのように功名を焦るとは思いもよらなかった。先に番人を脅したり、懐柔したりすることもなく、慌ただしく軍を指揮して獅頭社に攻め込んだのだ。[57]王開俊は明らかにふたつの大きな間違いを犯した。ひとつは、単独で山中奥深く入り込み、待ち伏せに遭った。さらにひどいのは二点目で、王開俊は番社の老人や女、子どもを殺害した。これは三日前に来台したときに、幕僚が初めて彼に告げたことだった。このことは彼を大いに不安にさせた。これでは、官府にすべての非がかかってくるからだ。さらに昨年、番と民のあいだに起こった衝突のことを知った。衝突が起こるや、開拓民が筋の通らない理屈を言って、外獅頭社の頭目の子ら十三人を縛りあげたのだ。だから、官側は軍隊を出そうにも出せなかった。

沈葆楨は、数日前、これらのことを知る前に、すでに唐定奎が率いる六千人の淮軍を恒春に派遣していた。彼は、大軍が押し寄せたのを見て、大亀文番が投降してくるのを期待したのだ。七千の軍隊は、大亀文番の人数を十分に超えているからだ。ところが大亀文番は静まりかえり、なんの動きも見せなかった。一方、唐定奎が伝えてきた軍事情勢では、二月十二日、すなわち沈葆楨が台湾府の安平に着く前日に、唐定奎は周志本を派遣して南勢湖より二千人の軍勢で、草山社を攻撃していた。これには、大亀文番の実態を探る意図があった。

ところが、最初の小競り合いの収拾がつかず、全面衝突になってしまった。

沈葆楨は襟を正して正座し、同治帝に奏上する『商辦獅頭社番摺』の構想を練っていた。なぜ台湾の生番に兵を出さねばならないかを説明しなければならない。いかに書くべきか、彼は考えていた。

そのとき、部下が上海より届いた参考資料を持ってきた。沈葆楨は大いに喜び、上海発行の『申報』をめくった。これは彼が特に部下に送らせたもので、三年前の同治十一（1872）年に上海で発行された全国初の新聞だった。沈葆楨は、これは「清議（知識人の評論）」を代表しており、そのため非常に重要であると考えていた。

送ってきた『申報』は、二月十一日から二月十三日のものだった。(58)

二月十一日の『申報』には、「台湾官兵が殺害された情況」の記事があり、次のように報道されていた。

> 台湾の官兵が殺された一節……大いに辻褄が合わないところあり。……該営の出兵二百余名、凶手の村に赴き、もって懲罰をはかる——管帯者〔統括者〕は、王某なり。一路いまだ敵人に遇わず。すでに該村におよぶが、番人は皆すでに逃げ、ただ老人および婦女数人が留まるのみ。官兵、皆刀でこれを殺し、房屋を焼き払って帰る。兵士は番人を見てあえて敵とせざるに似たり、ここにおいてその肝を壮大にして、悠然と進む。いまだ加禄〔原文「多禄」。台湾語〕に着かずして、忽として番人無数に現われる……。

沈葆楨はこれを読んで気分が落ち込んだ。この事件は、官府が言うような勇壮なものではないのだと、厳しく問い質している。『申報』は、王開俊が先にやりたい放題に焼き打ちし、そのうえ防備をおろそかにして、全軍壊滅の禍を招いたと攻撃しているのだ。

さらにまずいことに、翌十二日の『申報』では、この問題に追い討ちをかけている。表現はさらに厳しさを増していた。今度は、番人に対する王開俊の態度を、以前の日本軍に遠くおよばないと大いに罵っているのだ。『申報』は、日本人は「何事も皆粛然として節度があり、土人はそれゆえ恨みを抱かず」だったと言う。

そうして、次のように厳しく清国兵を批判する。

> 老人、子どもを殺害することは、鎮撫と言えるのだろうか。刃《やいば》を弱者や老人、子どもに向け、どこに官兵の威光があろう……報復に過ぎない。国家が個人のために報復するなら、それは間違いであろう。その大いなる失態は、この一端に表われている。……もし公務として犯罪を懲罰するのなら、時間が経てば忘れられる。もし残酷な気持ちをほしいままにして、無辜の老人、

子どもを殺すならば、一生消えない恨みが残り、不俱戴天の仇となる。官兵が怨恨を失くそうと努めるなら、有能な官吏だといえよう。すなわち番人が密かに軍人ふたりを殺したことは、憎むべきことで、厳重に処罰すべきである。しかし、番人は先に兵隊に暴力を受けたのかもしれない。官兵が老人と子どもを殺したことは、生番の行為とまったく異なっている。我が官兵は野蛮人の悪行を見て、自ら野蛮人の悪行をまねるべきであろうか……番人は野蛮人であるが、また人の心を持っている。私はこのことを西洋人から聞き、かつて番境を歩きまわったが、被害に遭う気がしなかった。また我が清国の民にも彼らと良好な関係を有する者もいると聞く。恨みを抱いていない者は存在するが、常にそうだとは言い難い。野蛮人は一度恨みを抱くと、残忍極まりない。いま清国兵がこのように実行するなら、恐らく後始末はうまくいかず、必ずや番人はいつまでも険要の地に立てこもり続けるであろう。そうして国費を浪費すること、まるで底なしである。

沈葆楨は真っ青になった。この『申報』の記事は理に適い、ことばに気迫がこもっている。しかし、政府の高官として、さらに深く考える必要があった。王玉山〔王開俊の号〕は間違いを犯したが、もし世に公開すれば、唐定奎が「番」を討伐したことが正当な理由のない出兵だったことになるのだ。「開山撫番」政策は、端緒についたばかりで、即、挫折し、大清国の東南沿海の防衛は危うくなる。

ことここに至り、沈葆楨は王開俊をひとしきり持ち上げるしかなかった。ほかに外からの非難に対峙するすべを思いつかなかった。さらに重要なことは、大局を見据えれば、王開俊の死によって「開山撫番」政策を夭折させるわけにはいかないということだ。「開山撫番」は大変重要だった。「開山撫番」が成功せず、官府と軍隊が番地に入ることができなければ、台湾にいつか必ず異変が起きる。列強は虎視眈々と狙っており、台湾はいつか必ず外国人の手に落ちて、東南の防衛はことごとく失敗する。沈葆楨はかつて北洋大人の李鴻章に台湾の重要性を分析してみせて、淮軍の精鋭部隊である火槍隊〔鉄砲隊〕銘武軍十三営の配分を得たことがあった。この軍隊は日本への対抗のほか、「開山撫番」政策の貫徹にも用いることができる。

要するに、「開山撫番」政策は、代価を惜しまず貫徹しなければならないのだ。そこで沈葆楨は次のように書いた。

……竊《ひそ》かに思いまするに、臣葆楨が巡台〔台湾巡視〕の命を奉じましたのは、意図は番社を撫安することにありました。いま撫〔撫育〕を剿《そう》〔討伐〕に変えましたのは、朝廷の仁愛の心を仰ぐゆえではございません。……もし天威をもって震撼させることがなければ、内患が次々発生するだけではありません……厳しく一、二社を懲罰し、諸社が自然に恐れ従い誠を尽くすようにさせてこれを撫せば、それで一労永逸〔一度の労により永遠の安泰をはかる〕の計となります(59)……。

「いま撫を剿に変え」たのは、やむを得ないことであり、「厳しく一、二社を懲罰し」て見せしめにせざるを得なかったのである。

こうして、沈葆楨が想を練った「開山撫番」は、大きな目標の「開山」を達成するために、やむなく「開山剿番」に変わっていった。

第三十章

高さ数十丈の滝に飛び込んだ郭均は、一瞬めまいがして、落水の瞬間には天地が回転して気を失いかけた。水が口いっぱいに流れ込んできて、はっと息を吹き返した。生きようとする本能から必死にもがき、やっとのことで岸に這いあがった。岩にもたれてゼーゼーと息をしていると、突然左肩と右足に激痛が走った。番人の叫び声が上方から聞こえてくる。郭均はなんとか体を支え、力を振り絞って必死に転げ、這いながら、ようやく滝の下の後方にある洞窟に逃げ込んだ。幸い、故郷ではいつも近隣の遊び友だちと泳いで遊んでいたため、泳ぎは得意で、今日は九死に一生を得ることができた。郭均はここは安全だと確信した。ただ、大亀文人に見つかるのを恐れて洞窟からは出られなかった。左肩の傷口は痛くて血が止まらず、歯を食いしばって傷口を押さえた。しばらくしてようやく血が止まった。右足を見ると、幸い浅い傷ですんでいた。

気がつくともう夜中だった。滝の水の音や、動物の低くうなる声が時々聞こえてくる。幸い、滝が洞穴と森林を隔て、猛獣に会うことはなかった。早朝の太陽の光が顔を出すと、彼は洞窟を出、ようやく枋山渓の広々とした河床に出た。感激して、思わず涙が流れ出た。歯を食いしばり、足を引きずりながら、渓流に沿ってゆっくりと山を下りた。右足の怪我は軽症だったが、歩くには支障があり、必死に木の枝を削って杖にした。昼になって、なんとか平地に着いた。遠くに人影が動いているが、気力を使い果たし、とうとう倒れた。

どれだけ経ったろうか、彼はまた眼が覚めた。周りには、何人かの村人が彼を囲んでいた。話によればあの日、一緒に出動した部隊は、なんと大半が獅頭山の番域で命を落としたらしい。それにひきかえ、自分は生き残った。彼はまるで夢の中にいるようで、なにも信じられず、眼と口を大きく開けたままなにも言えなかった。

王嫣守は、郭均が大きな災難に見舞われながら命をとりとめたことに、お祝いのことばを述べた。死傷者が多く出たのに、どうやって部隊を抜けたのか、あるいはどうして怪我をしたのか尋ねる人は誰もいなかった。郭均は終日ボーッとしていたが、ふと楓港で知り合った同胞がほとんど命を失ったことに思いあたり、心の中から悲しみが湧いてきて、涙が激しく流れた。

こうして、郭均は十日あまりぼんやりと横になっていた。右足の傷はすぐによくなり、肩の傷も次第に傷口がふさがってきた。ただ銃弾は骨を傷つけており、砕けてはいないが、動くと痛かった。

足の傷はもう治っていたが、ベッドに横になって眼をつぶり、寝た振りをして起きあがろうとしなかった。一日中横になり、いつも悪い夢を見ていた。実際、悪夢か幻覚かわからなかった。あるとき、眼の前に、同胞に追いかけられ、泣き叫ぶ部落の老人と子どもがあらわれた。次の瞬間、薄気味悪く笑いながら番人の老婆を殺した同僚が、生番に刀で胸を刺され、真っ赤な血が噴き出ている場面があらわれた。ふたつの場面が眼の前を交差した。彼は度々真夜中に飛び起きた。眼を閉じれば、地に這う番人の女や子どもの叫び声か、生番に追われて殺される同胞の悲鳴が聞こえた。あの日、彼は同胞が殺される場面を見なかった。なのにどうしてこのような情景を見るのか。事件に遭った同胞が、彼が現場から逃亡したことを責めているからなのか。ぞっとした。

彼はもう発狂しそうだった。

その後、ある日突然、楓港に千人以上の兵士が、ピカピカに輝く新式の銃を携帯して押しよせてきた。人数が異常に多く、ベッドを移るように要求された。郭均は実はもうほとんど回復しており、ただ心の傷だけが残っていた。彼はこれは全国に知られた淮軍だと知った。楓港に来た淮軍にはふたつの軍営があり、軍を統率する将軍の名前は、章高元と張其光であった。彼らが率いる銘武軍〔唐定奎統率下の劉銘伝の銘軍と郭松林の武毅軍によりなる淮軍の精鋭部隊〕は、精鋭中の精鋭だった。彼は心底驚いた。官府はこんなに多くの軍隊を派遣してきて、大亀文と開戦するのだろうか？

郭均は現実に直面しはじめた。実際、淮軍の到来に従って、彼も忙しくなった。

第三十一章

シャガイは内文社から獅頭社にかけつけた。そして、外獅頭社の頭目と内獅頭社の弟のアラパイを励ましながら共に善戦した。しかし、ふたりにはまったく喜びの表情がなかった。三十人の族人が戦死したうえに、十三人の罪もない部落の老人と子どもが殺されたからだ。アイディンは族人と一緒に破壊された家を片づけ、焼け落ちた家の灰燼の中から雲豹の子どもの遺骸を掘り出した。あの日、アイディンも一緒に狩りに出たために、雲豹を部落に残していたのだ。官兵に家だけでなく雲豹まで焼き殺され、彼女は深い悲しみに沈んだ。

部落に最初にもどった族人が言った。ひとりの白浪の官兵が部落でうろうろしているのを見つけたので発砲した。白浪は負傷したが、逃がしてしまった。ただ、負傷をした老婆と大きな子どもが口をそろえて、あの白浪はよい人だ、ふたりを助けてくれたと言っている。別の女の子とその弟も、あの白浪は十日あまり前にここに来て、部落に泊まったあの兵隊さんだと言っている。

皆は、それではじめて善人を誤って傷つけたことを知った。そのあとすぐ、皆で山を下りて探したが見つからなかった。彼らは、祖霊がこの善人の白浪を助けてくれるように祈った。

シャガイは、内獅頭社と外獅頭社の報告を聞いて真剣な表情になった。アラパイは、山を下りて官兵に総攻撃すべきだと迫った。シャガイは、無理に笑って反問した。

「もしお前が官兵なら、このまま済ませるか?」

アラパイは驚いて、答えた。

「つまり……?」

シャガイはうなずいた。

「白浪の官兵は面子を重んじる、百人、それに頭の将軍も死んだ、やつらがただで済ませると思うか? 山を下りて攻めなくても、奴らがお前を攻撃しに山に上ってくるよ。全大亀文は迎え撃つ準備をしなくちゃならんぞ」

アラパイはそれを聞いて、真っ青になった。

「兄貴、俺、間違ったことを仕出かしたのか？」

シャガイが真面目に言った。

「いいや、アラパイ、お前のやったことはとてもいいことだ。白浪はどうして老人や子どもを殺したんだ。最低なゲス野郎め、必ずや祖霊の懲罰を受ける。祖霊は、きっとお前の勇気を称えてくださっているよ」

アラパイの表情は、やっと緊張がゆるんだが、しかしまだ不安そうに尋ねた。

「大頭目、官兵はいつ攻めてくるんだろうか」

シャガイは言った。

「俺にもわからん。だからここに来たんだ。俺はチュウク大股頭に、内文社はずっと奥にあるから、俺はしばらく内獅頭社に留まって、官兵の動静をうかがうことにすると伝えた。われらはまず部落の頭目を皆、内獅頭社に集めて相談しよう。特に官兵に近い部落だ。覚えておかねばならんのは、率芒《そつぼう》渓附近には白浪の軍隊が特に多いから、草山《チャウサン》社も警備が必要だということだ。俺らの内獅頭社、外獅頭社、旁武雁《ボンブラン》社（永武社）のほか、竹坑《チマキン》社も白浪のところから大変近い。もし内獅頭社や外獅頭社を中心とするなら、竹坑社と草山社はちょうどわれらの左右にあるな」

「さらに、罵乳藕《バスーグー》社と大甘瑪立《カマリー》社は草山社の後援に、阿耶美須社と霧里乙《ムリイツ》社は内獅頭社と外獅頭社の支援につく。中心崙社は竹坑社の後楯だ。われらはまずこのような布陣を敷いた。すべての大亀文は一致団結しなければならん。祖霊はきっとわれらを助けてくださる」

さらに数日すると、見張りが知らせに来た。たくさんの官兵が莿桐脚と南勢湖まで来て、協力する住民を集め、それぞれ両端から道をつけた。しかも、両側の木をきれいに伐って、広々した平坦な道ができたと。

見張りはまた言った。

「白浪の官兵が次々と樹林を伐り、山に火をつけ、森の鳥や獣はそのため行き場を失っています。皆はそれを見て憤り、道をつけている官兵を待ち伏せして攻撃しております。すでに十人以上を殺傷しました。殺すのは軍服を着た奴らだけで、平民を殺すなと、何度も強調しております」

シャガイは言った。

「白浪が道をつけているのは、もちろん兵隊を運んだり、配備したり、軍糧を運んだりするためだ。もう戦いは避けられん、奴らと一戦をまみえるのもいいだろう。われらも全面的にぬかりなく準備を整えるんだ。一に銃弾、二に食糧、三に防衛だ。われらは少数で奴らは多数だ。計略的に勝利するために、罠を仕掛け、道を防いで、ここの地形や地勢を徹底的に利用するんだ」

第三十二章

シャガイの予言は本当になった。

数日後、見張り番がまた、多くの官兵が南勢湖や莿桐脚や楓港にやって来て、まるで蟻のようにびっしりと海岸を埋め尽くしていると知らせてきた。

二月二十二日、戦争がはじまった。

中軍提督周志本と王徳成が千人あまりの官兵を率いて山に上った。清国軍は南勢湖渓より遡上して、南勢湖渓の麓にある草山社を攻撃した。清国兵は皆新式の後装式のスナイドル銃〔イギリス製〕を装備していた。大亀文が持っているのは旧式の前装式の火縄銃のみで、しかも数量も少なかった。

官兵は大部隊の戦法で、曲がりくねった山道をゆっくり進んだ。シャガイや部落の頭目たちは、早くに大亀文の見張りから部隊の移動方向の通報を受け、彼らの目標を容易るが、しかしたとえ正面対決になっても、大亀文は絶対に恐れないことを清国軍側にわからせるためだった。大亀文は屈辱を受けるわけにはいかないのだ。大亀文の精神は、人、われを犯さずんば、われ、人を犯さず、だ。人がわれを犯すならば、必ず代価を払わねばならない。

大亀文の使命は、土地と人を守ることだ。官兵は草山社に攻め入り、草山社を焼き打ちしたが、大亀文人が部落を移るのは、日常的なことだった。家を焼き払っても、官兵は占領がかなわず、立ち去るしかなかった。官兵がいなくなると、大亀文は部落を再建したり、場所を移動したりした。これは部落の特色であり、大亀文の強靭さでもあった。

このときの戦いは、双方共に被害は大きくなかった。シャガイは、これで敵が撤退するはずがないと判断した。果たして、三月十七日、官兵が第二弾の攻撃を仕掛けてきた。

今度の官兵の目標は、南の大亀文溪の南岸にある竹坑社だった。これもシャガイの予想があたった。シャガイの判断は、去年の牡丹社への日本人の三方面からの攻撃から来ていた。日本人は、同日に北路より女乃社、中路より牡丹社、南路より竹坑社に侵攻していた。それで、シャガイは、官兵が三方面からの攻撃を仕掛けてくるかもしれないと見抜いていた。シャガイは、余裕を持って大亀文の各部落から多くの銃を持った勇士を援軍に調達していた。だから、ふだん二百人に満たない草山社には、三百人が戦役に加わっていた。大亀文人は、早くから老人や子どもや女たちを後方に退避させ、最前線には罠を仕掛けたり道路に障害を設けたりして、清国軍を阻止していた。

双方の接触直後は大亀文が官兵の侵攻を阻止した。しかし、時間が経つにつれ、銃弾を使い果たし、火力が劣勢に転じると、向かいあったまま、官兵が多数の兵力を背景に、弾薬を次々と放ち、次第に一歩一歩追い詰められていった。双方の激戦が二時間続いたのち、自ら戦士を率いて草山社の援護に駆けつけていたシャガイは、大亀文の戦士に速やかに後方に撤退して、戦力を保持するように命令した。この戦いで、大亀文は十数名の戦死者を出した。官兵も地位の高い副営左哨官游撃の束維清を失い、さらに何十名もの兵士が死んだ。

アラパイも七、八十人の戦士を率いて応援に来た。この参戦は、官兵は兵隊と武器でははるかに大亀文に勝ってい南路より竹社を攻撃した。清国は、段階的に竹坑社を攻撃したが、シャガイは各社に命じて竹坑社に応援に向かわせた。草山社での戦役では、アラパイは側面からの支援に徹し、決して正面から参戦しなかった。竹坑社での戦役では、アラパイは最初から守りを固めることに協力した。次第に防衛の布陣を理解し、さらには清国が路上に設けたさまざまな要塞を理解し、大いに大将の風格が備わってきた。

シャガイの得た情報では、官兵の人数は、去年、牡丹社に来た日本軍の人数よりずっと多かった。シャガイは大いに結構だと思った。官兵は日本人のように、一日のうちに三方面から同時進攻してくるようなことはなかった。そうでなければ、迎え撃つのは至難の業だ。それでも、官兵の集中砲火や一度に突撃してくる兵隊の数は、日本人より何倍も多かった。

草山社での戦いを経て、大亀文人は官兵の戦法をさらに理解するようになった。それ以降、彼らは官兵と山中でかくれんぼをするように、敵を堂々めぐりさせて体力を消耗させてから待ち伏せ攻撃を仕掛けるようになり、官兵を言い知れない恐怖に陥れた。待ち伏せする族人は、ときには自身が撤退できなくなったが、敵の死傷者はいっそう増えた。清国軍の軍営からはいつも呻き声が聞こえてきて、そこから死体が運び出されるのがわかった。次第に暑くなってきており、官兵は明らかにこの天気に悩まされていた。

三月二十五日、清国軍はまた林の中で大亀文の待ち伏せ攻撃を受け、死傷者が多数出た。大亀文人は、攻撃するとすぐに逃げた。清国軍は部落に攻め入り、躍起になって追ったが、徒労だとわかると、草葺きの家を焼き払って、鬱憤をはらすしかなかった。清国軍は地形がよくわからず、待ち伏せを恐れた。また、猛烈な蚊の攻撃に慣れず、はびこる毒草に悩まされた。加えて山中では補給がままならず、さらに猛烈に暑かった。病気が影のごとくつきまとい、初日は元気一杯、二日目に腹を壊し、三日目は軍営で急死というのが常態となった。官兵にとっては、草木すべてが敵兵に等しく、士気がそがれた。

しかし、清国軍は軍勢に勝り、依然として各地で戦闘が繰り広げられた。本武社（旁武雁社）という小さな部落が焼き打ちに遭い、おとなや子ども含めて十人あまりが死亡したことが、大亀文人やシャガイに打撃となった。そこで、シャガイは一端、内文社に引きあげ、内文社の貴族と相談することにした。官兵はとにかく数が多く、戦争はずっと続き、終わりが見えない。死傷者が増すごとに、大亀文人の気持ちも沈んでいった。

第三十三章

唐定奎は眉をひそめた。前線の戦況はまったく予想外だった。大亀文がこんなに手ごわいとは、思いも寄らなかった。将軍や兵士の死傷者名簿は彼をぞっとさせた。二月二十二日に出兵して、今日は四月中旬、すでに二か月経つというのに、依然として大亀文中が頑強に抵抗しているのだ。

日本人は一か月足らずで牡丹社を完全に制圧し、二か月も経たずに瑯嶠中を掌握して、各部落は次々と投降した。日本軍もまた多数病死し、戦死したが、将校の犠牲者は出なかった。しかし、淮軍はこれまでにすでに多くの将校が犠牲になっていた。

なんと言っても、大亀文は機動性が高かった。集結が迅速で、撤退も早く、一気に姿を消し、追撃が容易でなかった。さらに意外だったのは、彼らの兵器が、清国軍の予想よりもずっと数が多いということだった。草山社の戦いでは、彼らはわずかな銃声を響かせただけで、しかも戦場に残されたのは旧式の火縄銃だった。ところが、竹坑社の戦いでは、火力は明らかに強力になった。官兵が受けたのはすべて銃による負傷で、刀や弓矢による負傷ではなかった。さらに驚くことに、戦場で奪った銃は官兵が使う銃よりも新式の後装式のスナイドル銃だった。

もうひとつは瘟疫だ。数日前、ふたりの提督、章高元と王徳成が、それぞれ楓港と南勢湖で病に倒れた。

今日は、いっそう唐定奎を驚愕させた。章高元と肩を並べて作戦の指揮を取っていた張光亮までもが発病し、二日後の四月十四日に山上で病死したのだ。

彼は手に将校たちの死傷者の名簿を持っていた。

武毅副営左哨官遊撃　束維清　戦死　銃による負傷
武毅左軍提督　張光亮　病死
武毅副営提督　章高元　重病帰営
武毅副営提督　王徳成　重病帰営
銘軍中前営左哨官副将　楊春泰　銃による負傷
左軍正営幇帯副将　馬加銀　銃による負傷
左軍左営哨官遊撃　張賢秋　銃による負傷
千総　郭占鰲　弓矢による負傷

昨年九月に来台した淮軍は、十二月末までに約三百人が病死した。一月末に瑯嶠に軍を進めてより今日まで、三か月も経たないうちに、大亀文の草山社、竹坑社、および本武社を殲滅したが、実際はただ草葺きの家を焼き払っただけで、番人を降伏させることはできなかった。唐定奎は、戦況報告書には、いかにも大きな戦果をあげているように美辞麗句を並べ立てた。しかし、実際上は、大亀文の死傷者は限られ、自分たちの軍隊の戦死者のほうがかえって多く、病死者はもっと多数に上った。去年の日本の軍営の悪夢が、いま自分たちに降りかかっていた。

昨年、日本人は少なくとも六、七百人病死者が出た。いま在台の淮軍の死者数はとっくにそれを超えて、二か所の軍営を合わせると千人に近づいている。提督の張光亮が亡くなり、重体の王徳成と章高元も助からなければ、三人の提督が死ぬことになる。ひとりの遊撃〔遊撃王開俊の死〕と百名ほどの湘軍の死のために戦争に挑み、おそらく三人の提督と千人以上の淮軍の精鋭部隊の命を失うのだ、あまりにもばかげている。自分の体面を保つには、方法を講じてうまくこの戦争を終わらさねばならない。

唐定奎は、自ら乗り出すときが来たと判断した。一挙に内獅頭社と外獅頭社を打ち破るのだ。草山社と竹坑社の二か所の部落を攻め、まず内獅頭社と外獅頭社の両翼を切断する。いままさに、戦争に決着をつけるときが来た。自ら軍を率い、内外の獅頭社を徹底的に負かし、大亀文を投降させるのだ。

彼は作戦を練った。いかに一戦でその功を収めるか。一日の内に、大亀文の二大部落、内獅頭社と外獅頭社を攻め落とすことに決めた。内外の獅頭社は互いに角に位置し、人口が最も多い部落でもあり、この戦争の元凶であった。このふたつの部落を打ち破れば、大亀文に観念して投降させることができ、同時に王開俊の敵討ちが果たせる。

唐定奎の本来の役目は、北路は周志本と王徳成によって南勢湖より七里渓沿いに外獅頭社を攻撃させ、中路は唐定奎自身の部隊によって亀紋渓沿いに正面から内獅頭社に攻め入り、南路は張光亮、章高元の軍隊が竹坑社より内獅頭社の後山をうかがい、前後から挟撃する勢いをつけることだった。このようにして三方面から挟撃すれば、内外の獅頭社の元凶を一網打尽にできるはずだった。だが、図らずも、南路の張光亮はいまだ戦果をあげないうちに死に、章高元は病に倒れ、指揮の大任は知府レベルの文人田勤生に引き継がれていた。

この一戦は是が非でも勝利しなければならない。大砲はすでに運ばれている。唐定奎は大きな砲管を撫でながら考えた。今度こそ、番人は我が大清国の偉大さを思い知ろう。だが、大砲を山に運ぶのは容易ではなかった。

昨日の朝、唐定奎は一兵士の姿で山頂に上り、望遠鏡で獅頭社を眺めて大砲を運ぶ道を探した。天は志のある人を裏切らずだった。大亀文人は大きな石を運んで道を塞いでいるだけでなく、なんと清国兵の戦術を真似ていることがわかった。尖った竹や木で山道に柵をつくり、足にまとわりつく罠をいろいろ仕掛けていた。土の中には尖った竹を埋めていたが、これは早くから番人が獣を捕まえるのに手慣れた方法だった。最高司令官の熱意は兵隊の士気を奮い立たせた。唐定奎は、今日は一日中、軍隊の士気がいっそうあがるのを見て喜んでいた。すでに準備が整い、士気も十分養われた。さらに大砲が順調に運ばれれば、全員自信に満ち溢れ、生番にこれまで味わったことのない敗北を経験させることができる。

　月が出てきた。唐定奎は星空を眺めた。今夜は決戦の前夜、満天に星が出て、明月が高く掛かり、白い月光が降り注いでいる。真夜中といえど、虫の鳴き声がうるさいほど聞こえてくる。南台湾の夜は、故郷の合肥より暑苦しく、寝苦しい。彼は故郷を思い出し、軍人の生涯を振りかえった。明日の戦いで、またどれだけの兄弟が犠牲になるのか。台湾での戦争がこれほど苦しいとは思いも寄らなかった。彼の一生は軍事に明け暮れ、太平天国と戦い、捻軍を討伐し、雨の江南から塞外の漠北〔万里の長城以北からモンゴルの地〕まで戦いに走りまわった。十数年来、旅の苦労の中、淮軍の最先鋭部隊を率いて四方を転戦してきた。今回、台湾に来て、日本軍と戦わずして千人を超える将兵を失うとは思いも寄らないことだった。

　この千人あまりの将兵は台湾に骨を埋めた。彼らの親しい人びとは遠く大海の彼方にいる。恒春はまた台湾の南端の僻地にあり、永遠に家族が墓参りに訪れることは望めないだろう。

　昨年の年末、唐定奎は駐軍大本営がある枋寮近郊の北勢寮に土地を買い、この半年のあいだに病死した三百人を埋葬した。今年の一月末には、部隊を南下させたが、大亀文と対峙する準備を進める前に、また多数の兵士が次々と病気で亡くなり、北勢寮に埋葬した者は全部で七百人以上になった。

　そうして二月から今日まで、大亀文番との戦いは二か月におよび、予想した期間を過ぎて、死傷者も予想をはるかに超えていた。瘟疫はもともと考えに入っていなかった。戦争がまだ終わらないうちに、戦死者も病死者も少なくともそれぞれ五、六百人になっていた。最大の戦役が、ようやく幕を開けようとしていた。

七百人に五、六百人が加わり、全部で千二、三百人になった。唐定奎が率いて来台したのは六千五百人、それを半年あまりでまるまる二割も失ったのだ。

気分が非常に重かった。将兵たちは故郷を離れて、本来は国土を守り、日本人の狼のような野心を食い止めるはずだった。ところが、いま日本人はすでに撤退し、「撫番」は「剿番」に変わった。彼が率いる淮軍は、日本人と戦わず、山地の生番と戦い、しかもすでに二割は異郷に骨を埋め、戦争は終わりが見えなくなっていた。

暗澹とした気持ちになり、天に向かって、戦争が早く終わって、将兵の死傷者がこれ以上増えず、率いてきた淮軍の兄弟たちが、すぐにも故郷に凱旋できるように祈った。

彼ははっと身震いした。元気一杯だった張光亮が病死するまで、たった二日だったのだ。人生は本当にはかり難いものだ。

彼は黙って自分のために、無事に合肥の故郷にもどれるように神仏に祈った。

第三十四章

清国軍と相対した大亀文の前線の部落には、北に草山社、南に竹坑社、中心に内獅頭社、外獅頭社があった。いま、草山社、竹坑社はすでに焼き払われ、清国軍の目標は、明らかにそのあいだにある内外の獅頭社だった。獅頭社はもうすでに左右からの援護を失い、頼れるのは後方のそのほかの部落だけになっていた。そこで、シャガイは後方の部落に二百人の勇士を要請した。皆、銃を持ち、外獅頭社と内獅頭社にそれぞれ百人ずつ集まってきた。言うまでもなく、部落の女、子どもはとっくに逃げ、ただ勇士だけが残っていた。

アラパイは清国軍が大砲を運んでくるという情報をつかんでいた。最も重要な戦略的対抗策は、大砲が運ばれてくるのを阻止することで、彼は地形を考え、登ってくる山道に障害物を置くことにした。そこで大きな石を置き、罠を仕掛け、さらに清国軍をまねて柵を設け、木や竹を切り、五重の柵をめぐらした。正午近くになって、防禦工事はほぼ終わり、アラパイはようやく部落に帰った。

予想外だったのは、シャガイが部落で彼を迎えたことだった。さらにアラパイを驚かせ、喜ばせたのは、彼が日夜思い続けているウーミもシャガイと一緒に内獅頭社にやって来たことだった。アラパイは嬉しくて、眼を見張ったままなにも言い出せなかった。内獅頭社の女や子どもらは後方に避難し、妹のアイディンも五日前に後方の霧里乙社に撤退していたが、なんと大股頭の兄がアラパイの恋人を連れて最前線に彼に会いにやって来たのだ。アラパイはもちろん、ウーミに会うことを望んでいた。ただ大亀文の礼儀では、ウーミに会うためには彼が内文社に行くべきだったが、いまは逆にウーミが彼に会いに来たのだ。それに戦況が最も緊迫したさなかであり、異常な風景だった。

「アラパイ、俺がウーミを連れてきたんじゃないんだ、ウーミがこっそりついて来たんだ。俺が気づいたときには、もう半分来ていた。俺らがどんなに帰るように言っても、言うことを聞かないんだ。今回ばかりは、この子の親にどう言い訳したらいいかわからん。それに、俺らは急いでいたから、歩くのは大変速かったが、この娘《こ》はずっとピッタリついて来たんだよ」

ふだんは人の話をよく聞くおとなしいウーミが、こんなとんでもない行動を取ったのだ。アラパイは信じられないといった顔でウーミを見た。ウーミは恥ずかしそうに下を向き、また突然顔をあげると、あかんべえをして皆を笑わせた。アラパイは、自分の将来の妻の気が強い一面を見た。

昼ごはんは皆一緒に食べた。シャガイが朝早く内文社から持ってきたものだった。なんとウーミも前の晩に用意した餅を持ってきていた。明らかに彼女は前から企んでいたのだ。アラパイは感激して、彼女の手を強く握って離さなかった。ご飯は片手で食べた。

食事中、シャガイが皆に言った。二百人に霧里乙社に集まってもらった、明日の早朝に内獅社に駆けつけてくれるはずだ。皆はワッと歓喜した。

食事が済むと、アラパイが立てた計画に従って、引きつづき残った作業に取りかからねばならなかった。ただ、ウーミが来ているために、彼女のそばを離れ難かった。すると、思いがけずウーミが言った。

「私、皆と一緒に行って手伝うわ」

現場に着くと、アラパイはウーミにそばで休んでいたらいいと言った。しかし、彼女はちょっと微笑むと、頭巾を結び、仕事用の刀を取り出した。そして、熱心に切り倒した木を整理するのを手伝い、枝葉を切り落として、長い木を削り、それから力いっぱい地面に打ち込んだ。男には負けていなかった。ウーミは恋人に見てもらおうと、必死に力をふるっているのがわかった。しかし、ウーミのこのような必死なやり方は、女性の体力では限界があった。午後の太陽はいっそう厳しくなり、ウーミはついには顔が真っ赤に腫れて、息を切らし、顔中汗だらけになった。アラパイは見ていられなくなり、彼女にやめさせた。ウーミも耐え切れなくなって、無理に笑ったが、その顔には申し訳なさそうな表情が浮かんでいた。

ウーミは木の下に座り、疲れのあまりすぐに寝てしまった。夢の中で、そう遠くないところからアラパイたちの叫び声が聞こえてきて、彼女はハッと眼が覚めた。

第七部

アラパイ　英雄、姫と別れ、内文を護る

第三十五章

アラパイは不安な気持ちで部落にもどった。気分は最悪だった。先ほど戦士らを引きつれて仕掛けの穴を掘ったとき、百歩蛇の死骸が出てきたのだ。ウーミは戦士らの後ろについていて、アラパイと並んで歩くことはできなかった。彼女は、自分の軽率な行為が祖霊の怒りに触れたのではないかと恐れていた。そして、祖霊が気を静められるようにと心の中で祈っていた。

そこは山道にある自然にできた窪地で、いくぶん湿っていて、表面には雑草が生えていた。誰もが罠を仕掛けるのに最適の場所だと思った。窪地をさらに深く掘って、上に雑草をかぶせ、官兵を苦しめようと考えた。ところが、思いがけず百歩蛇の死骸が出てきたのだ。

アラパイは、皆で注意深く布に包んだ百歩蛇の死骸を部落に持って帰り、兄のシャガイにこの不吉な事態を報告した。シャガイはちょうどそのとき、女巫を連れてきて、内外の獅頭社の戦士たちのために祈りを捧げるところだった。そこですぐに女巫が呼ばれた。

百歩蛇は彼らにとって神聖なる生き物だった。大亀文人は、大武山〔パイワン族の聖山〕から下りて来た百歩蛇の子孫を自認していた。死んだ百歩蛇は当然、不吉な兆しだと考えられた。果たしてどのような兆しなのか。どのようにして凶を避けて、吉に向かえばよいのか、皆は息を殺して女巫の回答を待った。

女巫はしげしげと百歩蛇を見た。そして、この百歩蛇は体が小さく、子どもの蛇だろうと言った。それから、百歩蛇の体には何か所もの傷ついた鱗があり、半分は明らかに鳥の嘴に啄まれたあとだ、傷口は蛇の体の前三分の一の部分に集中し、二、三か所、深く肉が見えるところがあると言った。百歩蛇の尻尾の部分は、大部分がなくなっていた。

案の定、付着した泥の中に抜けた羽があった。もう疑いはなかった。この百歩蛇は大きな鳥と格闘したのだ。羽から見ると、恐らく熊鷹だろう。百歩蛇は不幸にも負けて、咬まれて死んだあとに、尻尾は一部、熊鷹に食われてしまったのだ。なぜ天上の鷹が地上の蛇と激しく争うのか、皆にはどう考えてもよくわからなかった。

そのとき、シャガイが頭を振りながら言った。

「もうひとつ考えられるのは、蛇は必ずしも鷹に食われて死んだとは限らないってことだ。それよりも蛇が先に死んでいた可能性のほうが高い。草むらに死骸が晒されているところを、鷹が空から見つけ、舞い降りてきて啄ばんだ。そうして、羽ばたいたとき、あるいは力いっぱい蛇を啄ばんだときに、羽が抜け落ちたのだ」

皆はそれを聞いて、なるほどと思った。しかし、残念ながら証明しようがなかった。

女巫が言った。

「どうであったのか、わしが祖霊にお尋ねしてみよう」

女巫は前後、左右に聖水をまくと、呪文を唱えはじめ、ときには歌った。祈りを終えると、女巫はシャガイを見て、それからアラパイを見た。眼には明らかに不安が漏れていた。ちょっとためらってから、ゆっくりとした声で言った。

「われらが部落は、近いうちに多くの若者を失うであろう。これは祖霊が今しがたわしに告げたことじゃ……」

女巫はちょっと口を閉じ、眼でシャガイとアラパイの表情の動きを追った。そしてまたとぎれとぎれにこう付け足した。

「特に尊いお方の男は、ウーン……、特に……特に注意しなければならぬ」

尊いお方の男とは、もちろんシャガイやアラパイを暗示していた。

シャガイは、女巫がそう言うのを聞いて、かえってホッとした。彼が内心恐れたのは、百歩蛇は大亀文中の族人を代表しており、一匹の死んだ百歩蛇が皆の不運を象徴することだった。彼は近くの大きなヒメモダマ〔鴨腱藤〕を見ながら、族人が安全で、祖霊が残してくれた土地を守ることができればそれでいいと思った。たとえ自分の命が犠牲になろうと、あるいは自分と弟の命が犠牲になろうと、なにを恐れることがあろうか。もし大亀文を守るために死ぬなら、自分の霊魂は延々と延びる大きな藤の木に沿って天に昇り、祖霊と出会う瞬間も恥じることはなにもない。

女巫が話し終えると、皆はジッと黙った。空気は重々しくなった。

シャガイの反応は早かった。彼は大声で言った。

「官兵が攻撃してきたら、もちろんわれらに死傷者が出るのは免れない。だが……」

彼は、両手を高く挙げながら、大声で叫んだ。

「祖霊がわれらを守ってくださるのだ！」

彼は、皆を率いて勝利を表わす長い叫び声をあげ、それから女巫に祈りの祭儀を行うように言った。皆は円陣を組んで、大声で「大亀文に栄えあれ」を、三度繰り返して歌った。

われらは大亀文、栄光に光り輝く
われらは大亀文、名は四方に満つ
われらは大亀文、このうえなく
われらは大亀文、豊かさに満ち
われらは大亀文、四方から年貢が納められ
われらは大亀文、永久《とわ》に続く
われらは大亀文、永久に続く

皆、歌い終わると、アラパイがまた大声で叫び、先頭に立って「勇士の舞」を踊りだした。皆は次々と踊りの輪に加わった。しかし、踊り終えても、アラパイの気持ちは治まらず、ひとりで歌う意思を表わした。

彼は「勇士の歌」を歌いだした。

ああ、勇士たちよ、ご苦労であった
ああ、勇士たちよ、ご苦労であった
わが土地で、わが支配にあるものは、皆わが愛に見守られている。
ああ、勇士たちよ、ご苦労であった
わしが猟に出たら、猟場はわが家の料理場だ。
ああ、勇士たちよ、ご苦労であった
皆が自分の成果を誇るとき、皆が証人になる。
ああ、勇士たちよ、ご苦労であった
黒熊（敵）に出くわせば、わしが勇敢にやつを屈服させる。
ああ、勇士たちよ、ご苦労であった
わしが猟に出たら、猟場はわが家の料理場だ。
ああ、勇士たちよ、ご苦労であった
頭目がこの世を去るときは、わしが一番に駆けつけて
哀悼しよう。

アラパイはこれまで出したことがないような高く響き渡る声で歌った。最後の歌詞「この世を去るときは……」を口にするときは、顔中に涙が溢れていた。涙でかすんだ視界の向こうから、祖霊が呼んでいるような気がした。歌声は、勇壮さの中に物寂しさを帯びていた。皆はアラパイを囲んで唱和しながら、涙を流していた。そして全員で、祖霊が残してくださった土地を一寸残らず守りきると誓った。

そばにいたウーミは、ぐっと涙をこらえていた。彼女は、アラパイの硬く悲しみをこらえた眼から彼の心境を読み取っていた。アラパイはもう死ぬ覚悟ができている。

ウーミにはすべてがはっきり見えていた。もしシャガイとアラパイのあいだで、大亀文のために犠牲となるひとりを選ぶとすれば、アラパイはなんの躊躇もなく自分自身を選ぶだろう。犠牲となって死に赴くことが、すでにアラパイ自身の願望となっていた――アラパイは喜んで死にのぞみ、勇敢に死ぬのだ。アラパイはなにも言わなかったが、ウーミはもうすぐアラパイを失うだろうと直感した。しかも、情勢はもう挽回しようがなかった。

アラパイの歌声がやんだとき、ウーミはとうとう耐えきれず涙を流した。泣き声をあげず、すすり泣くこともなく、ただ涙だけが両頬を伝わって流れ落ちた。

彼女は涙に潤んだ眼でぼんやりと見ていた。アラパイはシャガイのほうに歩いていき、恭しく礼をすると、笑いながらシャガイに指示を請うた。

「大股頭、ほかになにか言いつけはありますか？　アラパイはすぐに実行致します」

シャガイは頭を振り、彼の肩をちょっと叩いて、大丈夫だという表情を見せた。すると、アラパイが突然、厳粛な表情になり、落ち着いた態度ではっきりとこう言った。

「それでは、大股頭、皆さん一緒に、いますぐ内文社にお帰りください」

そうと言い終わると、振り向いてウーミのほうを一瞥したが、すぐに頭を下げ、泣いているウーミを正視できないようすだった。

ウーミの心は打ち砕かれていたが、彼女はアラパイの別れ難い気持ちを見抜いていた。ウーミは両足が崩れ、「いやっ！」と叫んだ。

シャガイは頭目の落ち着きを失わなかった。弟を抱き、肩を叩きながら言った。

「俺を追っ払わなくたっていいよ、俺には考えがある。それから……」そう言いながら、シャガイはウーミのほうを見た。

「ウーミはやっと来たんだから、お前たち、一緒にいる時間を大切にするんだな！　安心しろ、俺がウーミを内文社に連れて帰るから。この戦争が終わったら、お前たち早く結婚するんだな。俺がお前たちのために結婚式を挙げてやるよ。俺がウーミの両親に話してやるから、あいだの手続きは省けるものは省こう。明日の朝、霧里乙社の援軍が来たら、俺は内文社に帰る。結局、白浪がよけいなことをするから、お前たちも長引かされることになった。これ以上長引かされたら、塩を撒かねばならんな！」

シャガイがわざと軽口を叩くと、皆が笑った。アラパイも声を出して笑った。アラパイはわざとらしく軽快にウーミのほうに近寄った。

「ねえ、ウーミ、内獅頭社は初めてだったね、まだどこにも連れて行ってあげていないな。まだ夏だからよかったよ、日が長いから、僕が内獅頭社をひとまわり案内するよ」

シャガイたちは、アラパイとウーミが手をつないで頭目の家を出て、なだらかな斜面を歩いていくのを見ていた。ふたりの影が次第に遠のいていった。

シャガイは長いため息をつきながら、心の中で思った。

「可哀想なふたりだ」

＊

アラパイはウーミの手を引き、内獅の滝に向かって歩いていった。この滝の景色は内獅頭社では最も有名で、特に滝つぼは、夏になると内獅頭社中の子どもが遊びに集まってくる場所だった。しかしいまは、子どもや女たちは皆、後山の部落に散りぢりになり、人っ子ひとりいなかった。

夏になり、滝の水の勢いは激しかった。紺碧の滝つぼは、滝水に打たれ激しく波立っている。アラパイは一日中走りまわって全身日に焼けていたので、澄んだ滝つぼを見るや、ワッと叫んで滝に飛び込み、一気に滝水が降ってくる滝つぼまで泳いだ。それは彼が最も好きなことだった。しばらく泳いでいたが、ウーミが一緒にいないことに気がついた。彼女は水溜りまでついてきたのだが、二、三歩のところで足が止まってしまい、浅瀬のところにおびえたように立ったまま呆然としていた。

アラパイは振りかえってウーミのそばまで行くと、彼女の眼のまわりが真っ赤になっていることに気がついた。ウーミはアラパイが彼女のそばまでもどってきたのを見て、耐えきれずワッと大きな声で泣きはじめた。アラパイは初めどうしていいかわからなかったが、すぐに彼女をギュッと強く抱きしめて言った。

「ウーミ、泣くな、ウーミ、泣くな」

ウーミは突然アラパイの胸に抱かれ、驚いて泣きやんだ。感傷は恥ずかしさに変わり、顔をアラパイの胸に深く沈めた。アラパイは彼女が落ち着いてくるのを感じたが、放したくなかった。彼女の髪の香りを吸い込み、きつく抱きしめていた手をゆるめ、彼女の長い髪、そして彼女の耳をそっと撫でた。

アラパイは初めてウーミに会ったときのことを思い出した。彼女はそのときもこのように水の中に立っていた。心の中にまた、一瞬眼にした裸の美女の美しい背中が浮かんできた。そしていま彼は、いつも思い出していた美しい体を現実に抱きしめている。彼はいっそうきつく抱きしめ、彼女の額や耳たぶや頬に口づけした。彼女は、恥ずかしそうに頭を低くして身をかわし、手で彼を押しのけようとしたが、少しも力が出なかった。アラパイはハッと気がついた。もう夕暮れどきだが、まわりはまだ明るかった。彼は黙って彼女の体を放したが、彼女が逃げていくのを恐れているかのように、ギュッと彼女の手を握って離さなかった。

彼はウーミの手を引き、滝が流れる後方まで歩いてきた。滝の裏手の大きな石の下の平地には洞窟があり、そこの入り口では滝水が流れ落ちていた。水の流れは陽光をさえぎり、水の音は外の音を消していた。ウーミはまだ足がふらついていた。アラパイはまたグッと彼女を引き寄せると、思い切り彼女の体をまさぐり、力いっぱい彼女に唇を押しつけた。彼女はアッとため息をもらした。彼は彼女の体が小刻みに震えているのを感じ、そっと両腕を広げて支えた。突然、彼の喉がイノシシのような低いうなり声をあげ、まるで獲物を捕まえたように、彼女をきつく抱いたまま横になった。彼女の体は彼の眼の中と体の下にあらわになった。彼女は頭がくらくらした。彼女は自分でもこんなことをしてはいけない、大亀文の礼俗に反し、部落の人びとから笑われ、年長者や両親からは叱られるとわかっていた。しかし、拒むこともできなかった。突然、アラパイは頭をあげると、彼女が困惑したように彼を見、唇には微かに笑みが浮かんでいるのを見た。彼女の微笑みは彼を励ました。彼はうつむき、彼女が息ができないほどきつく唇を吸った。乳房をもみ、唇を吸いつづけた。彼女の体は震え出し、かすかに弓なりになった。ふたりのあいだにわずかのすき間もできないほど、彼は彼女を強く押さえ込んだ。ふたりは長い時間、強く抱きあった。彼女が気づいたときには、なんと彼は彼女を抱いたまま眠っていた。彼女は身をよじって起きあがって座り、熟睡している彼の顔をのぞき込んだ。彼女はまるで母親が初めて生んだ赤ん坊を見ているように、心の中は愛情でいっぱいになった。

ウーミは、母親が赤ん坊が冷えないようにするように、アラパイの裸の体に彼の服をかけた。自分も服を整えた。彼はぐっすり眠り込んでいる。彼女は静かにそばに座って彼の寝顔を見ていた。

頭の中は混乱し、内文渓での初めての出会いや、待ち焦がれる将来の結婚式のことがグルグルと巡った。しかし、また今日の午後の百歩蛇や女巫のことば、さらにいましがたアラパイが戦いの歌をひとり歌っていたときの決死の眼を思い出すと、また涙が満面に流れ出した。ウーミはアラパイの若く秀でた顔をのぞき込んだ。再びこの顔を見ることができるのだろうか。彼がまもなく迎えようとする戦いは、族人の生死をかけた戦いだ。彼の責任はなんと重いことだろう。彼女はまた横になり、愛情いっぱいに彼に寄り添い、顔を彼の頬にぴったりとすり寄せた。

彼女の動きで、アラパイは眼が覚めた。アラパイは起きあがると、驚いたように「アッ！」と叫んだ。彼はウーミを見ると、申し訳なさそうに一瞬口づけして、サッと立ちあがると、飛ぶように洞窟を出て山の崖に上った。明らかに一心に戦況を気にしているのだった。

夕陽がもう地平線に近づき、遠く空の果てには紅の夕焼けがかかっていた。眼下の連峰の山林は、次第に暗くかげりはじめている。耳もとには、ザアーザアーと大滝の水の音が伝わり、虫の鳴き声と交じり合っている。空中には花の香りが漂い、アラパイは思わず深く大きく吸い込んだ。彼を育んでくれたこの大地はとても美しかった。死は恐くない、ただこの美しい自分の土地を去るのが忍びないのだ。彼はワァーッと大声で叫び、心の鬱憤を吐き出した。少し前、彼は女巫の眼に一切を見抜いていた。女巫は神の思し召しに嘘がないことを信じていた。つまり部落の中で最も高貴な家族は、シャガイとアラパイであり、必ず誰かが犠牲になるのだ。彼は心の中でふたり共に死ぬことがないように祖霊に祈った。もしひとり死ななければならないというのならば、この弟の私を選ばれよ。シャガイは、大亀文中で最も尊敬される大股頭であり、指導者だ、死ぬわけにはいかないのだ。

アラパイは眼を細め、遠くの山の下の密林で、突然、多数の鳥が林から勢いよく飛び立ち、四方に姿を消すのを見た。すでに夕陽は西に沈み、鳥が巣に帰る頃合いで、こうした鳥の行動は極めて異常なことだ。続いて樹木が倒れたようだった。空はにわかに真っ暗になった。日が落ちた。アラパイはまた同じ場所で、火が揺れ、人の影が揺れて、さらに大砲らしい筒が見えていることに気がついた。彼はハッと悟った。これは白浪の官兵が木を伐り道を開いているのだ。道を開く目的は大砲を山に運ぶためだ。もし大砲がすでに山麓まで運ばれているのなら、奴らはただちに部落に攻め込んでくる。

それから彼はまたハッと思いあたった。今日は満月だ。明らかに官兵は、月が最も明るい夜を利用して夜襲を仕掛けようとしているのだ。

彼はまた瞬時に悟った。百歩蛇が今日の昼間出たのは、なんたる偶然か！　これは祖霊の警告なのだ。彼は心の中で静かに祖霊に感謝を捧げた。

そのとき、ウーミも上ってきていた。ふたりはすぐに部落にもどり、総股頭のシャガイにこの発見を告げた。果たしてちょうど山の下に派遣していた見張りからも、敵が通った跡を発見したとの報告があった。

部落中の人びとが理解した。大砲がすぐに山を上ってくる。決戦はまさしく今夜だ。シャガイは、官兵の行動が彼の予想よりも早いことに少し驚いたようすだった。

第三十六章

シャガイとアラパイは皆を集め、部隊を整え任務を決めた。ここ十日あまり、アラパイはさまざまな準備を終え、山に上る道には五か所、柵をつくった。さらに落とし穴を加えたり、巨石を集めたり、また巨木を切って道に横たえ、敵が山に上ってくるのを阻止しようとした。中には長年大事にしていた鹿の角を持ち出してきて、銃座の代わりにする者もいた。さらに重要なことは、シャガイが大枚をはたき、射不力社を通じて新式の銃を買ったことだった。

準備が終わると、皆は夜の広場に集まり、女巫のもとで、もう一度「勇士の歌」を歌った。月の光は水のごとく澄みわたり、歌声は夜空に漂った。

歌は本来、勇壮な歌であったが、ウーミには皆の歌声がますます物悲しく感じた。彼女は、別れのときはアラパイにだけではなく、広場にいる勇士たち皆に訪れていることを悟った。彼女は、広場の隅の大きな茄苳《アカギ》の木の下に隠れ、黙って涙を流した。今日はもともと恋人に会うのが楽しみで来たが、思いがけずこんなに涙を流すことになった。

祭儀が終わると、アラパイは女巫の前に進み出て、内獅頭社を離れ、後方の安全な部落に移るように言い、そしてシャガイのほうを見た。女巫はわかったとうなずくと、シャガイに言った。

「頭目も私と一緒にここを離れてください」

シャガイは驚いた。

「いいだろう、わかった、離れよう、しかしいまではない。俺は残って戦う」

これまでずっとシャガイには絶対服従だったアラパイがきっぱりと答えた。

「総股頭の兄様、どうか速やかに離れてください、アラパイには援軍が必要でございます、どうか頭目、速やかに霧里乙社にもどられて援軍を頼み、すぐに内獅頭社に軍を出してください」

シャガイはようやくうなずいた。

「いいだろう、俺はウーミを連れて一緒に帰ろう」

それから大きな声で言った。

「勇士たちよ、ありがとう、祖霊が皆を助けてくれるであろう」

皆は勝利を叫んだ。

ウーミもアラパイの前に出た。彼女には、アラパイはすでに死の覚悟をし、会うのはこれが最後になるとはっきりわかった。もう永遠にアラパイに会えなくなる。今日は、涙も流し尽くしていた。彼女は無理に気を鎮め、笑顔をしぼりだすと、アラパイの手を握った。

「アラパイ、よく聞いてね。これは約束よ。わたしたちは内文社で待ってるわ。祖霊が守ってくださっているわ！」

アラパイは胸をえぐられるような気持ちだったが笑顔をしぼりだし、そっと彼女を抱きしめた。

こうして、シャガイは今日の昼に率いてきた一行を連れて山を下りた。

アラパイは眼でウーミの背中を追ったが、ウーミはすぐに暗闇の中に消えて行った。

彼は月光のもとにたたずんでいた。それから突然大声をあげると、振り返って敵の方向に向き合った。

＊

月はもう中天に上り、白い月光が山頂に降り注いでいる。山の下から、ざわつく音がしきりに伝わりはじめた。敵は必死に声を抑えるが、完全には抑え切れない。さらに隠し切れないのは光だった。清国軍が山に上るには火の光が必要だった。

最も効果的な戦略は、敵を山頂まで上らせず、直接、山の下で抑え込むことだった。山の下の声はますます大きくなり、明るい光があらわれ、敵が山に上ってこようとするのが確認できた。山道は狭くて険しい。アラパイは命令を出して、まず石を下に転がした。はたして山の下から悲鳴が聞こえてきた。大きな石もかなり山に上る道をふさいだ。

それでも敵は山に上ってきた。官兵は数を頼みに、次々と波が寄せるように突っ込んでくる。意表を突く勇敢さで、山道に頼らず、どこからでも敵は這いあがってきた。敵は大砲で山を攻撃しはじめ、砲声が響き渡った。大砲はバリケードを撃破し、その背後から官兵が山に上ってきた。大砲の後には、銃弾が雨のように飛んできた。敵の射程距離はかなり長く、何人かの仲間が被弾した。

アラパイは自ら勇士の先頭に立ち、銃声を物ともせずに、皆の先頭に立って木と石を押しながら山を下りた。石が落下すると、ドーンと大きな音が響きわたり、そのあいだから は敵の叫び声が聞こえてきた。樹木が燃えあがり、闇夜を照らした。驚いた野獣や鳥が、林の中を逃げまわり跳び出してきた。

敵の火力は強力で、人数も多かった。彼らは多方面から攻撃してきた。地の利は大亀文にあったが、敵はこの一か月のあいだに多くの木を伐り、山に上る道も余計に二本つけていた。いま彼らは分かれて異なった方向から進攻してきた。人数が多く、火力が強く、予想をはるかに超えていた。アラパイは限りある戦士を各方面に分散せざるを得なかったが、対処しきれなくなってきていた。けが人もますます増え、仕掛けた落とし穴や道の妨害もひとつずつ壊されていった。さらに問題なのは、外獅頭社との連絡道路が清国兵によって切断されたことだった。アラパイは、数十人の戦士と部落内に退いていた。そこは彼らの最後の砦だった。

内文社や草山社、そして内獅頭社のような大亀文人の大きな部落は、大体二百人あまりが暮らしている。外獅頭社や竹坑社のような中型の部落は、大体百人あまり、本武社のような少数の小さな部落は、百人に満たなかった。このとき、外からの助けもあったが、老人や子どもを除くと、戦える戦士は、内獅頭社は百五十人前後に過ぎず、外獅頭社はたった百人ほどだった。白浪の官兵は非常に多く、前後左右と山の斜面にはどこも敵の足跡がついていた。次第にふたつの部落は包囲され孤立した。内獅頭社と外獅頭社は共に角地にあって、呼応し合っていたが、しかしいま、この地理的な優位は敵の人海戦術によって破られてしまった。

アラパイはもう助かる見込みがない、最後まで戦うだけだとわかっていた。ただ彼にはふたつの望みがあった。ひとつは、獅頭社の陥落は仕方ないが、全大亀文の陥落は受け入れられない。もうひとつは、彼、つまり内獅頭社の頭目の死はかまわないが、大亀文の総股頭、つまりシャガイの死は絶対に受け入れられない。大亀文は必ず力を保持して、永遠に存在し、滅ぼされることは許されないのだ。あの百歩蛇は警告であり、啓示でもあった。百歩蛇の尻尾は食いちぎられていたが、頭は完全に残っていた。頸部は少々傷ついても、命には別状はない。つまり、尻尾は犠牲にできるが、頭部は存在しなければならないのだ。

突然、ドーンと響く沈んだ音が山の下から部落に伝わってきた。アラパイは本能的に地に伏せると、続いて砲弾が落下し、周りからはワーッと勇士たちの悲惨な叫び声が起こり、部落の家屋が倒壊する音が伝わってきた。敵の大砲は、なんと部落の出入り口を砲撃していた。砲弾が次々と部落に降りそそぎ、アラパイはすぐに、大砲にはまったく手出しができないことを知った。

大砲の威力はアラパイの想像を超えていた。彼は驚きの声を発し、初めて絶望を覚えた。

また砲弾が飛んできた。砲弾が落下すると、大地は揺れ、土ぼこりが立ち、家が揺れながら倒れた。さらにひどいことに、銃弾が次々と部落に撃ちこまれ、負傷した勇士がますます増えていった。敵の叫び声が山の下から伝わり、さらに近づいてきた。

空が次第に明るくなった。アラパイは周りの樹木があちこちで燃え、一部は焼け焦げているのを見た。多くの勇士たちが死傷し、彼自身もあちこち負傷していた。

シャガイは立ち去るとき、できるだけ早く援軍を送る、できれば今日の朝には間に合うようにしたいと言っていた。しかしいま後山からは、敵の叫び声と銃弾の音が聞こえてきた。彼にはわかった。援軍は一歩遅かった。道路は敵に切断され、来られなくなったのだ。

彼は狂ったように叫んだ。それは集合の合図だったが、残っていたのはたった二、三十人の勇士たちだけで、そのほとんどが負傷しながら、彼のもとに集まってきた。アラパイはもう疲労困憊して、なにも話せなかった。皆は顔を見合わせた。

アラパイには、皆が顔を見合わせる意味がわかった。作戦を続けるか、それとも撤退するか。夜が明け、援軍がもう来ない以上、撤退するのも、逃げるのも、これがラストチャンスだった。清国兵との交戦後初めて、アラパイの心には、ウーミが去っていくとき、彼の手を握った一場面が心に浮かんできた。

「アラパイ、よく聞いて。これは約束よ。私たちは内文社であなたを待ってるわ！」

第三十七章

田勤生は、軍服を脱ぐと、一日中ベトベトしていた体がすっきりした。一日の行軍で、誰もが雨のような汗をかいていた。もう夕暮れどきだったが、天気は依然として蒸し暑かった。今日、彼らはこの枋山渓の名もない支流に沿ってさかのぼり、まるまる一日歩いた。山はそれほど高くなかったが、木と竹が密集していた。前進部隊は木の枝を折り、河には橋をかけながら、それでも行軍の際には、一歩一歩が危険だった。木の枝がサッと顔をよぎったり、虫や蚊に刺されたり、さらには蛇が突然現われて襲われたり、大変悩まされた。足もとの植物は、見た目には青々として美しいがとげがある。とげが刺さるや皮膚が痒くなって、とても耐えられなかった。

田勤生は十年あまり軍隊生活を送ってきたが、これまでこのような劣悪な環境に遭遇したことがなかった。しかし、これはまだ一部に過ぎず、もっと恐ろしいのはあの見えない瘟疫、田舎の年寄りたちが言っている「瘴癘《しょうれい》の気」だった。彼のこの千人の部隊、武毅左軍正営と武毅左軍前営のふたりの長官、すなわち章高元と張光亮は、数日前から嘔吐や下痢に見舞われていた。章高元は全身無気力となり、立ちあがれず、そのため夜をついで兵士に護送されて莿桐脚の本営にもどった。もうひとりの張光亮はそんな幸運が訪れず、章高元より二日遅れて発病しながら、二日ももたずに軍営の中で死んだ。田勤生はもともと軍営での地位は三番手であったが、突然ふたりの長官の代理として、両陣営の重任を兼務することになった。田勤生は張提督の遺体を大軍営に送り、同時に唐定奎総師に張提督の代理を務めることになったことを報告した。

彼は汗を拭ったが、まだ全身がかゆく、上半身裸になって、下の近くの枋山渓の支流に跳び込みたかった。ザアー、ザアーという流れる水の音が聞こえてくる。あの渓流の水は澄んでいて冷たい。張光亮提督や多くの兄弟を殺した元凶は、まさしくこの爽やかな人を引きつける渓流であることが、彼にもまたわかっていた。彼は、狂ったように溪流の水を飲み、溪流で水浴びした兵士らが、その日のうちに腹を壊し、嘔吐するのを見た。またこれらの吐瀉物で汚れた服を溪流で洗っているのを眼にした。

そこで彼は、汚れた服はすべて焼き、水に放り込んではならんと命令を出した。溪流の水も必ず沸かしてから飲むようにせよ。果たして、ここ一日、二日と、軍営の中で発病する者はぐんと減った。

彼はまた張光亮を思い出した。張光亮は彼より三歳上で三十六歳、彼は三十三歳だった。彼らは共に唐定奎に従って、去年の六月に徐州から台湾にやって来たのだ。ふたりは、淮軍大本営の安徽省の淮河流域の出身だった。彼は鳳陽で、張光亮は淮軍の大将の李鴻章と同じ合肥出身だった。唐定奎は合肥の近くの淝西《ひさい》の出身で、若いときから兄の唐殿魁と一緒に劉銘伝の部隊に投じ、銘軍の大将となっていた。

張光亮は同治元〔1862〕年に郷勇として従軍した。淮軍が創設されたとき、淮軍が忠王李秀成〔太平天国の指導者の一人〕の蘇州と無錫の部隊とぶつかり、その中で功をあげ、千総に昇任した。その後、同治元年より劉銘伝の幕下で右軍前営哨官を担い、西北地方に進軍してウイグル族や捻軍を討伐した。その後さらに、浙江、安徽、福建に転戦して、度々軍功をあげた。李鴻章は彼を守備に取り立て、曽国藩は都司に取り立てた。こうしてみると、両大将との関係はよかったのだ。同治七〔1868〕年には、記名総兵〔肩書上の総兵〕に昇任している。その後また、山東、湖北、江蘇の各地に赴き、反乱を平定し、全国を渡り歩いた。李鴻章は彼を皇帝に推薦して提督缺即補〔候補〕に遇した。張光亮のこのような経歴は、少年の志を得たと言うことができる。

同治九〔1870〕年、張光亮は陝西に移動した。そこで田勤生と知り合った。共に文武に優れ、非常に馬が合った。同治十〔1871〕年、ふたりは唐定奎に従って徐州にもどった。昨年の同治十三〔1874〕年に、ふたりは唐定奎について台湾にやって来た。十年あまり、軍人生活を送り、国のために尽くしてきたのだ。いま共に唐定奎のお気に入りの武将として、前途は開かれていた。

部隊は駐在地の徐州から出発したのだった。十三営、六千五百人の銘軍が食糧の輸送船を利用し、大運河に沿って、まず淮安を過ぎ、それから揚州に着き、その後、大運河と長江が交わる瓜州の渡し場で汽船に乗り、台湾の打狗の旗後港に向けて出航した。これは淮軍が設立されて十三年目にして初めての渡海であった。田勤生は、好奇心いっぱいで広々とした大海原を見渡した。大船は揺れる航路を一路、彼らをまだ知らぬ台湾へと送り出したのだった。

台湾に着くと、張光亮らは枋寮に駐屯し、手ぐすね引いて倭軍を台湾より追い出そうと、一心に日本軍との対戦を望んだ。しかし、日本人はとうとう撤退してしまった。張光亮は失望しながらも、半面、喜んだ。功績をあげる機会を失ったのは残念だが、これで故郷に帰れるのは喜ばしいことだ。だがどちらもあてがはずれた。撃つべき倭軍はいなくなったが、故郷にも帰れなかったのだ。あげくに莿桐脚に進軍して、大亀文の土番を攻撃する命を受けることになった。もともと土番は人数も少なく、銃も劣っていて、当然、簡単に片づけられるものと考えていた。ところが予想外に、これまで経験したことがない困難と反撃に遭遇したのだった。

まずここは高山の連峰で、山深い密林となっており、官兵には進軍が難しいが、番人は猿のように敏捷に厳しい巌を抜け、崖をよじ登る。彼らは猟銃を持って隘路に伏せ、普段から殺人を勇ましいものとし、首切りを祭事としていた。いまは官軍に頑強に抵抗し、日中は林の中に隠れて部隊を狙撃し、夜は山の崖のあたりで火を燃やして、官軍の出動を誘いだす。軍夫らがバラバラになって行動しているときには、いつも機をうかがって襲撃された。張光亮や章高元、そして田勤生は、時間をたっぷりかけてようやく竹坑社に攻め入り、家屋を焼き払い、確実に番人を何人か殺した。しかし実際は、番人は「我進めば彼隠れ、我現われれば彼隠れる」で、そのため大亀文に被害を与えたが、致命傷にはいたらなかった。深山の部落にいたっては、官軍は攻め入ることができても、留まることはできなかった。官兵が撤退するとまた番人の天下となり、すべては元の状態に回復され、官兵らはため息をつくしかなかった。

田勤生本人は武人の出身ではなかった。咸豊九〔1859〕年、彼は「俊秀〔才智に優れた人〕」、つまり「本が読めて、大変優秀」な者として知られ、入隊すると、部隊の文書係を担当することになった。彼はこれより文武両道の軍人生活を送りはじめた。主に補給の任務を担い、特に水運〔船での食糧の輸送〕にかかわった。同治五〔1866〕年になると、同知缺〔知府の補助官〕に任命された。同治九年、三十歳に満たずに知府として派遣され、劉銘伝のもとで陝西省での軍務の監督に着き、順調にスタートして、出世も早かった。彼と張光亮は共に唐定奎の部下であった。張光亮は軍職であり、彼は文職だった。唐定奎に厚く信頼され、唐の従軍主任秘書というに等しかった。

台湾に着いてからは、唐定奎について台湾府を巡視したが、特に功績を誇る建造物が目立った。最初に台湾府の二《に》鯤鯓《こんしん》砲台に行った。ここはフランスの技師ベルトールが設計し、台湾府知府の周懋琦《ぼうき》が完成させたものであった。後に沈葆楨が自ら「億載《おくさい》金城〔永遠の城砦〕」や「中流の砥柱《しちゅう》〔万流の砥柱。大黒柱〕」と揮毫した。それから唐定奎は田勤生を連れて打狗を視察した。旗後の砲台は唐が計画したものだ。今回、唐は旗後の砲台建設を田勤生に任せたのだった。田は二か月もかからずに砲台を建てた。唐定奎は大変喜び、自ら「威震天南」[60]と揮毫した。このとき、張光亮、章高元、王徳成といった淮軍の将軍たちは皆、すでに枋寮や鳳山に派遣されて日本軍を迎え撃つ体制を整えていた。

十月の終わりに日本軍が去り、皆はホッとしていた。しかし、思いがけず三か月も経たずに、楓港の王開俊が獅頭社の番人に殺害されたという話が伝わってきた。王開俊は枋寮以南の駐屯軍の総帥であり、沈葆楨のお気に入りの将軍で、勇猛さで知られていたが、全軍がほぼ壊滅状態に陥ったうえに、頭骨さえも番人に持ち去られてしまったというのだ。朝廷は大いに威信を失った。沈葆楨大人は衝撃のあまり、番人を討伐しなければ、朝廷の面子は挽回されない、それに開山の仕事も確実に影響を受けると考えた。そこで、抗日のために台湾に来た十三営六千五百名の淮軍のほぼ全軍を番人討伐に派遣することにした。

初めて楓港に来たとき、田勤生は雄ライオンが海辺にうずくまったような獅頭山を見ながら大変に興奮した。山は高く聳え、まっすぐ海まで延びている。顔をあげると、上には青空に白雲が浮かび、下には長い道が連なっている。左側は青々とした大海原、右側は新緑の山々だった。彼はこのような壮麗な景色を見たことがなかった。ここが戦場になり、張光亮ら多くの戦友の埋葬地になろうとは誰にも想像できなかった。

楓港の軍営で、彼は内心、違和感を覚えていた。六千の堂々たる精鋭部隊が、最新鋭の武器を配して、なんとどの部落でも二、三百人、総数でも五千人に及ばない土番の酋邦を相手にするのだ。これは鶏を殺すのに牛刀を使うようなものではないのか。台湾府の台湾総兵の張其光が郷勇を募り、先陣を助けるために配備すれば、立ちどころに成功するのではないか。

田勤生は台湾府の歴史を読んだことがあった。八年前に、劉明燈が千人の湘軍と台湾の郷勇を率いて亀鼻山を攻撃しようとしたとき、戦闘の布陣を敷いただけで、番人はすぐに和議に応じた。[61]

だから戦がはじまったときは、朝廷側が戦陣さえ敷けば、大亀文は驚いてすぐに降伏の使者を派遣してくるだろうと考えた。ところがさにあらず、大亀文は少しも動じなかったのだ。田勤生は、あのときは、アメリカ領事のルジャンドルが主体的に調停人として動いたのだとようやく理解した。ところが唐定奎は、誰かを派遣して獅頭社と話し合うような考えは持ち合わせていないようだった。

周志本、王徳成らが千人あまりの兵を率いて北路から草山社を攻撃し、その後、章高元、張光亮、そして田勤生が千人あまりの兵を率いて、南路より竹坑社を攻撃するという戦略を唐定奎が決めたとき、田勤生は張光亮に疑問をぶつけた。

それは二月上旬のことだ。初めて地形を調べてみて、今回の進軍経路が変化に富んでいることがわかった。さらにその地方に住む老人に詳しく大亀文番の習性を尋ねたあと、田勤生の疑問はますますふくれあがり、そこで思い切って張光亮に尋ねた。

「これまで十三年、われらは長髪賊〔太平天国軍〕を撃ち、捻賊を撃ちました。平定後は、奴らは土地を占拠して王を称することもなく、その土地は朝廷より派遣された者が管理するようになりましたね。しかし、今回はまったく状況が異なっています。番人を打ち負かしたあと、われらはこの番地を支配することができるのでしょうか？　この土地は番人のもののままで、われらは占領できず、また治めることもできない。治めようとすれば、実際、厄介なことがいっぱいあるのでしょうね」

張光亮は答えた。

「かつてはその通りだが、いまじゃ朝廷の政策が変わった。劉明燈殿のときは、漢人と生番のあいだには境とする土牛溝〔原住民族の居住地である番界の区切り〕があったが、いまは、沈葆楨大人が昨年の年末に朝廷に奏上して、この土牛溝を廃止してしまわれた。朝廷の支配範囲が後山まで押し広げられて、全島を包むようになったのだ」

張光亮はまたこうつけ足して言った。

「同治六〔1867〕年のアメリカ人、同治十三年の日本人のいずれも、表面上は口実を設けて兵を挙げて生番を討伐したが、実は、本心は台湾に手をつけ、台湾に橋頭堡を立て、勢力範囲とすることを目論んでいたのだ。だから、開山政策は実施されなければならず、撫番ができないならば、ただ剿番あるのみだ。だから、沈大人は海禁を解き、後山を開き、撫墾局を設けて移民を招いたのだ。このように一連のものとして組み合わさっているのだ」

田勤生は言った。

「番人の習性を考えれば、撫番はそう簡単には行かず、剿番でなければ、開山は不可能だったでしょうね」

張光亮は苦笑した。

「王開俊が獅頭山に入ったのは、恐らく沈大人の石を投じて路を問う〔探りを入れる〕策だった。沈大人は十分状況を把握しておられ、だから日本人が撤退しても、決して後を追って撤退するようなことはされず、たっぷりさらに三か月残留されたのだ。ただ王開俊が敵を軽く見すぎて、死傷者を多数出したことは、沈大人には予想外のことだった。心配はいらない、番人の武器は皆、古くて劣っている。一時的に反抗しても、すぐに負けるよ。番人討伐後は、われらは揃って昇進だ。ハハハ」

田勤生は思った。それでは、沈大人は、王開俊が小手調べ程度に大亀文を攻め、大々的に攻略するのではなく、ゆっくりと開山していけばいいと考えておられたのだろうか。ところが思いがけず、王開俊は功名を焦って、むやみに殺害し、沈大人の構想を台無しにしてしまった。つまり、この戦いは沈大人の予想外の展開となり、王開俊が大火を招いてしまった。そうしてあとは、沈大人はただ弓矢を弦の上に置いて、打つしかなくなった。そしてこの重責を淮軍が担うことになったのだ。

田勤生はため息をついたが、なにも口に出さなかった。しかし、張光亮の発言を聞き、張光亮も王開俊のように敵を軽く見て、大きな間違いを犯しそうだと感じ、こう答えた。

「言うに及ばないことですが、瑯嶠の番人は皆、火縄銃を持っています。銃は古いですが、奴らの射撃は大変精確ですよ」

張光亮は言った。

「下瑯嶠十八社の番人は、外界との接触は割合早く、また盛んで、だから火縄銃の使用もかなり早い。大亀文は瑯嶠の中の上瑯嶠に属する番人で、奴らは山奥に住み、武器は相当古い。莿桐脚や枋山の連中の話では、大亀文の連中が銃を持っているのはあまり見ないそうだ。連中が火縄銃を持っているとしても、数えるほどだろう、心配ない！」

ところが予想に反して、二月中旬に草山社を討伐した軍隊は散々な目にあった。番人の銃は、その数が予想以上に多かったばかりか、新式のレミントン社の銃まで持っていたのだ。最も恐怖を抱かせたのは、味方の姿が眼に入るばかりで敵の姿が見えず、番人は林の中に隠れて神出鬼没であったことだ。さらに官兵は山や谷を越えて疲労の極に達していた。一度攻撃を受けると、死傷者は予想をはるかに超えた。さらに意気消沈したことには、番人の新式の銃は、あろうことか味方が監守の眼をかすめて盗み出し、番人に売ったのではないかと、唐定奎が疑いを抱いたのだった。

草山社を攻撃したのは二月十二日で、まだそれほど暑くなかった。田勤生と張光亮、そして章高元が竹坑社を攻撃したときは、三月になったばかりで、南台湾はもう明るい太陽が照りつけていた。さらに恐ろしかったのは疫病の流行だった。田勤生は長いため息をついた。張光亮には、若い部下の生命や将来が、獅頭社の生番や南台湾の瘴癘によって、一夜のうちに葬られてしまうことなどまったく想像もつかなかったのだ。

田勤生は『楚辞』の「国殤」を思い出した。

天時《てんとき》に墜《お》ちて威霊は怒り、厳殺し尽くして原壄《げんや》に棄つ
出でて入らず往《ゆ》きて反《かえ》らず、平原忽として路超遠《みちちょうえん》なり
長剣を帯びて秦弓を挾《さしはさ》み、首身離《しゅしんはな》るるとも心は懲《こ》りず
誠にすでに勇にしてまたもって武なり、終《つい》に剛強にして凌《しの》ぐべからず
身すでに死しても神もって霊となり、子の魂魄鬼雄となる

(天運に見放され、神霊は怒り、兵士を殺しつくして原野に捨てる。ひとたび戦いに出れば二度ともどることはない、平原は果てしなく、道ははるかに遠い。長剣を帯びて秦弓を手挟み、首と身が離れるとも心は懲りることがない。誠に勇敢で猛烈なあなた、その強さは誰にも負けない、身は死んでも心は霊魂となって生き残り、あなたの魂魄は霊界の英雄となる。)

田勤生は心の中で「張軍門殿、あなたは鬼雄〔霊界の英雄〕になられました……」と呟いた。

彼はまた、徐州にいる張光亮の妻とまだ二歳にもならない幼子を思い出した。軍人の家族は、もともと離れて住むことが多い。徐州のあの二年間は、彼らの家庭生活が最も安定し、最もなごやかなときであった。しかし、いま張光亮はもう「憐れむべし亀紋河の遺骨、なおこれ春閨夢裡の人なり〔亀紋河の遺骨となっていながら、なお故郷では妻が夢に帰りを待つ人〕[12]」となった。哀れな張夫人は、夫がすでにこの世にいないことを知る由もなかった。

彼はまた長いため息をもらした。

山頂には満月が出ていた。今日は農暦の十五日で、一輪の明月が高く天上にかかっている。蘇東坡の「但だ願う、人の長久にして、千里、嬋娟《せんけん》〔月を指す〕を共にするを」〔「水調歌頭」〕を思い出し、鳳陽〔安徽省〕の田舎の妻を思い出した。

台湾に来るとき、妻は大変名残りを惜しみ、四歳の長女は彼の服を引っ張って、ぐずりながら「お父さま！」と呼んだ。下の娘はまだ妻に抱かれて乳を飲んでいた。

彼は結婚が遅く、ふたりの娘を授かっただけで、まだ家業を継ぐ息子はいなかった。この戦争が終われば、故郷に帰ってしばらく休み、息子をつくりたいと思っていた。彼はもう三十三歳になり、「不幸に三あり、後なしを大となす」〔孟子〕だった。

そうだ、「但だ願う、人の長久にして、千里、嬋娟を共にするを」だ。いま、彼と故郷の妻は「千里、嬋娟を共にする」状態にあり、望むのは「但だ願う、人の長久にして」だった。

二刻の後には、再度、戦場に立たねばならなかった。いまは酉《とり》の刻〔午後五時から七時〕の終わりだ。子《ね》の刻〔午後十一時から午前一時〕が来れば、この内獅頭社の後山をまわって、獅頭社の後方にまっしぐらに突っ込み、相手が手向かう暇を与えず殺害するのだ。唐定奎と彼は、部隊を率いて前後から挟撃し、内、外の獅頭社を殲滅して、大亀文を朝廷に降伏させるのだ。

田勤生は、これが台湾における淮軍の最後の一戦となることを願っていた。

彼はホームシックにかかっていた。台湾に来てすでに九か月あまり、大海を隔てて、家ははるか彼方にある。過去の家庭生活は、まるで遠い昔のことのようであった。涙が溢れてきて仕方がなかった。顔をあげて月を見ながら「但だ願う、人の長久にして、千里、嬋娟を共にするを」と呟いた。

それから、自分がほしいのは一家団欒であって、「千里、嬋娟を共にする」ではないと思った。そこで月に向かい、安全に故郷に帰り、妻子と再会できるようにと祈った。

＊

しかしながら、田勤生のこの小さな願いは、最終的にはかなわなかった。二か月後、淮軍が船で帰郷する数日前に、鳳山で病死したのだ。遺憾ながら、異郷の地、台湾に骨を埋める宿命から逃れることができなかった。

二十年後に日本人が捲土重来《けんどちょうらい》を果たした。今度は、彼らは台湾全土を占領し、そして田勤生の骨が埋葬された土地を侵し、鳳山の淮軍の昭忠祠〔忠烈祠の一種〕を破壊した。田勤生、さらにその同胞の張光亮や王徳成たちは、忘れられた鬼雄になってしまった。

第三十八章

仲間と顔を見合せた瞬間、アラパイはハッと悟った。彼だけにウーミがいるのではないのだ。どの勇士の仲間の心の中にも、それぞれのウーミ、最愛の人、父母、息子や娘がいるのだ。大亀文人の部落は、本来、ひとつの大家族であり、大亀文全体がさらに大きな家族であり、ひとつの「大亀文社」あるいは「大亀文酋邦」なのだ。

昨日の午後、出現した百歩蛇、そして女巫のことばの意味は、彼にはもうよくわかっていた。命がけでこの大亀文部族を守らねばならない、それが祖霊が彼に与えた任務だということだ。勇士たちは、互いの表情からここを離れようとする者は誰もおらず、皆大亀文のために死のうとしていることがわかった。彼らは互いに手をつなぎ、再度、大声で勝利の歓声をあげ、それから官軍を迎え撃つために最良の位置に散っていった。

敵がはっきりと見えた。アラパイは銃弾を放った。ちょうど坂を上っていた敵兵が山の下に転げ落ちていき、アラパイはワアーッと歓声をあげた。と同時に、心の中で祖霊に、この一戦で命を祖霊と土地に捧げると誓った。この一戦で、敵に悲痛な代価を払わさねばならない。敵を阻止し、敵に大亀文のどの部落も攻略できず、二度と攻めることができないようにしなければならない。

その一方で彼は、すべては自分が引き起こしたのではないかと考えていた。と言うのは、去年、莿桐脚で祭儀が行われたあの日に、外獅頭社の頭目と一緒に皆を率いて白浪に拘留された若者を救いに駆けつけたことが、後に双方の衝突につながったからだ。事件では、決して一方的に彼に非があったわけではなく、いざこざも彼によって起こされたものではなかったが、結局は彼のために収拾がつかなくなっていた。だから、罪滅ぼしに自分の命で大亀文を守ることを願った。あるいは自分の死で、敵を満足させ、攻撃をやめさせることができるかもしれない。

それ以外にも、アラパイがじわじわと感じはじめたことがある。敵は彼が見た山の下の四、五千人だけではないのだ。それは以前は考えもしなかったもので、いまの官兵が口にする「朝廷」であり、日本軍が言った「皇帝」であり、そして数年前に下瑯嶠にやって来た独眼の白人が口にしていたという「国家」という怪物だ。これは、最近、牡丹社や射不力社を通って内文社にやって来たひとりのチュラソの男が、大亀文人に告げたものだった。その男は言った。

「国家は幾千幾万の部落の集まりだ。これがスカロ族の文杰とトキトクが日本軍との和議を決めた原因だ。文杰は、部落がどのように盟約を結ぼうと、国家には勝てないと言ったのだ」

アラパイはようやく理解した。大亀文は、ひとつの「部落酋邦」がひとつの「国家」に対抗しているのだ。彼はため息をついた。対抗し続けることができず、また投降もできない。大亀文は、どうあっても存続し続けなければならないのだ。どうして総股頭のシャガイを苦しめるができようか。彼の任務は、シャガイに時間的な余裕を持たせ、さらによい条件をつくりだすことだ。彼は祖霊に、大亀文を庇護し、大亀文をいつまでも存続させてくれるように祈った。

太陽はもう高くかかっていた。前山も後山も、薄い藍色の軍服に身を包んだ敵に囲まれている。敵は家屋に火を放ち、いま内獅頭社は火の海と化していた。彼らにはまだまだ抵抗する力があったが、山の後ろにも敵が突入してきてからは、倒れる味方がますます多くなっていた。

いまだ倒れていないわずかに残った勇士たちは、決して退却せず、依然として必死に最善の隠れ場所を探しながら、敵を狙って発砲を続けた。彼らは発砲のたびに、隠れる位置を変えた。

清国の官兵の勝利はもう明らかだった。にもかかわらず、依然として銃や弓矢に狙撃されて倒れる兵士がいた。彼らは退却を知らない番人を心の中で罵った。清国兵は、自由自在に変化《へんげ》する番人への攻撃を続けるしかなかった。

アラパイは、手も足も体も十か所以上負傷し、何か所か火傷も負った。彼は大きな石の後ろに隠れ、弾もとっくに使い果たしていたが、逃げ出さず、ましてや投降などあり得なかった。二か月あまり前に、外獅頭社で彼らの待ち伏せに遭って死んだ官兵の頭目で、首を斬られ、竹竿に突き刺され、外獅頭社に晒されたあの軍人は、後に彼ら獅頭社の人びとの尊敬を大いに集めるようになった。なぜなら、死にざまが大変勇敢だったからだ。アラパイが撃った銃弾が命中し、胸の傷口から鮮血がドッと流れ、全身に弓矢を受けながらも、彼は勇ましくふたりの族人を殺してやっと倒れた。そうして最後に首が斬られた後は、すべての恩讐は消えてなくなる。これは、あの白浪たちには理解できないことだった。

ワーッという大声を聞くや、背中に激痛が走り、アラパイは昏倒した。清国兵が彼を発見し、銃を発射すると、走って近づいてきた。彼は跪《ひざまず》き、必死に倒れるのをこらえた。体を支えながら、跪いた姿で十年あまりにわたって持っていた刀を、残った最後の力を振り絞って向かってくる人影に向かって突き出した。人影はギャッと悲鳴をあげて倒れた。彼は満足を覚え、朦朧としながらもひと声ウーミと叫んで、ついに倒れた。

第三十九章

田勤生は唐定奎と共に、ほとんど焦土と化した戦場を見てまわった。

清国兵はすべての死体を焼け残った草地に運んだ。唐定奎は莿桐脚人と枋山人をひとりずつ連れて、知った番人がいないか調べさせた。ひとりの千総が全部で七十人の番人の死体があった、と唐定奎に報告に来た。[62]

唐定奎は満足げに笑いながら、どうやらこの最も凶悪な元凶の内獅頭社という部落が代価を払ったようだと考えた。草山社や竹坑社や本武社を攻撃したときに報告された番人の遺体は、いずれも十人、二十人といった数で、それは番人には浅手に過ぎなかった。そこで、唐定奎は内外の獅頭社の主力を一挙に殲滅し、大亀文に挫折の苦痛をなめさせることにしたのだった。いまそれがようやく成功したのだ。

この一戦は、まさに驚くべきものだった。番人は少数で多数の敵と戦い、ひとつのごく小さな部落が、砲弾や銃弾を浴び、さらには火攻めに遭うなか、夜中から夜明けまで、頑なに抗って撤退せず、官兵でさえ心中秘かに敬服するほどだった。

少し前に外獅頭社の戦況も伝えられた。外獅頭社にも昨晩、提督の周志本、梁善明、姚天霖が率いる千五百人と、さらに郭占鰲が自ら募った五百人の枋寮の郷勇「鰲字営」による三面攻撃を仕掛けた。唐定奎はさらに詳しい戦況報告を待っていた。

そのとき、歓呼の声が伝わってきた。

「奴だ、奴だ！」ひとりの莿桐脚の偵察部隊の兵士が死体の山のそばに立って、興奮して死体を指して叫んでいた。

「総頭目の弟だ！」

唐定奎は田勤生のほうを向いてニヤリと笑った。

「よい知らせだ」

その偵察部隊の兵士が唐たちのほうに走ってきた。

「番人の総頭目シャガイの弟に間違いございません、あの夜、莿桐脚で騒ぎを起こした頭《かしら》でございます！　確かアラパイとか言いました。絶対に間違いございません！」

唐定奎と田勤生は近づいて見た。この若い頭目の眼は、依然として張りつめ怖いほどだった。顔は黒く、がっしりした体格で、上半身は裸だった。田勤生は信じられない気持ちで銃弾の傷を数えてみたところ、十か所ほどもあった。手、足はじめ体中に弾傷がある。彼は思わず帽子を脱いで敬意を表した。

唐定奎は嬉しそうに笑った。

「大亀文の総頭目の弟を含む七十人の内獅頭社の番人に、外獅頭社の死者を加えると、百人を超えるだろう。われらは大亀文に大きな打撃を与えたな。この度の戦いでは、王開俊と同等の地位にある番人の頭《かしら》を殺し、さらに百名を超える番人の死体と捕虜を加えると、大勝利だ。上にも報告できるぞ」唐定奎はそう言うと、また田勤生に言った。

「貴殿は、この戦争では番人の退路を絶つ後援部隊にあって、大いに功績をあげた。論功行賞で、当然、昇進に値しますぞ」

田勤生は大いに喜んで謝意を述べた。彼は、昨夜、軍を率いて後山よりまわって内獅頭社を攻撃した際、ちょうど内文社から応援に駆けつけた二百人の番人らの戦闘部隊に遭遇し、慌てふためいた彼らに攻撃する暇を与えずに撃退したのだった。唐定奎の戦術が成功したことが証明され、唐も大いに得意になっていた。

唐定奎が褒め称えると、田勤生は喜びを抑えることができなかった。

戦場の巡視を終えると、田勤生は内獅頭社には全部で七十人の死人が出て、ふたりの番人が重傷で捕虜になっていることがわかった。それはどの番人も皆死力を尽くして戦い、負傷者は仲間に担がれていったことを物語っていた。

「恐るべきことだ」と、田勤生は心中大いに大亀文人に敬服し、「これはなんという意志の強さだ……」と思った。

田勤生はまた、清国側は、戦死者およそ六十名、負傷者は百名を超えると知らされた(63)。ただ戦場での死傷者についてだけ言うのであれば、官兵がわずかの勝利だ。しかし、軍営での病死者を加えるならば、実際は、清国軍の死者の数は大亀文の数倍にもなるのだ。

「これは惨めな勝利だ……」と、田勤生はブツブツと呟いた。

そのほか、田勤生を大いに敬服させたのは、現場にはふたりの若い女の遺体があっただけで、大亀文の老人や子どもが見つからなかったことだった。

銃の多さも、唐定奎と田勤生を驚かせた。しかも、新式の後装式のスナイドル銃だった。戦場で死んだふたりの女のそばにもそれぞれ銃があった。村民たちが言うには、大亀文の女たちは、ずっと狩猟を手伝っており、だから皆銃を使うこともできる。唐定奎はそれを聞いて、黙ってなにも言わなかった。田勤生は思わず心から感心した。

また外獅頭社からの戦況報告が届いた。

「凶番三十余名を銃殺、大砲で百余名を殺傷、銃刀二百余件を没収、残党二百余名は、大甘仔力社のほうに逃げる」

唐定奎は、この数字にはいささか不満だった。

「外獅頭社は生番たった三十余名しか殺していない、少なすぎるな」と頭を横に振った。

夕暮れどきになって、外獅頭社から戦況報告がさらに届いた。

「山頂や草葺きの家屋から大量の刀や火薬を没収する。草葺きの家屋を百軒あまり焼き払う」

続いてまた、戦況報告が慌ただしく届いた。

「部落の前後にある七里溪の谷間で、うず高く積まれた白骨が発見される。枋寮の千総郭占鰲を通じて、ここはまさに王開俊とその部下が犠牲になった場所であることを確認する……」

田勤生は戦況報告を読みながら、ますます声が小さくなり、顔色も喜びの表情から暗く曇った。唐定奎は田勤生の手から戦況報告を受け取り、続けて読んだ。

「……地位に関係なく、同じく白骨となり、その悲惨さは目もあてられず……」

唐定奎は長く戦陣に立ってきたが、それでも頭の中が真っ白になった。

唐定奎はハッとわれに返ると、「棺桶を購《あがな》い、遺体を棺に移すように伝達するのだ」と言い、また振り返って尋ねた。

「王開俊遊撃殿の頭骨は探し出せたのだろうか？」

田勤生は首を横に振って言った。

「戦況報告では、まだのようですね。番人の習慣では、恐らく番人の頭目が持っているのでしょう。私は引き続き探します」

唐定奎は数歩前に歩き、また足を止めると振り返って田勤生に言った。

「この戦役をしっかり記憶に留めておいてくれ。わしは戦況の壮烈たるさまを、上にご報告申し上げねばならぬ」

*

夜がふけたが、田勤生は寝返りを打つばかりで眠れなかった。彼の頭の中には、さまざまなものが浮かんできた。外獅頭社の七里渓に晒された白骨、病床に伏せた張光亮の臨終の際の無念の表情、ここ数日の行軍のさまざまな苦しみ、さらには内獅頭社の番人や大頭目の弟の死体が浮かんできた。昼間、戦況報告の中で見た「地位に関係なく、同じく白骨となり、その悲惨さは目もあてられず」は、ずっと彼の心の中をぐるぐるまわっていた。彼は思った。ただ「地位に関係なく」は「漢人と番人を分かたず、同じく白骨となり、その悲惨さは目もあてられず」であるべきだと。彼は今日、あの番人たちの死体を見ても、実のところ、なんの喜びもなく、反対に彼らに対して敬意を持った。故郷を守るために、彼らはむしろ死を願ったのだ。これは彼が江蘇で長髪族を殺し、西北で捻軍を殲滅したときには、ついぞ味わったことのない感覚だった。

ぼんやりと、彼は生番に対してさまざまな感情を持つようになった。なぜだろう？　今度の戦《いくさ》は、過去の戦役の経験や感覚とまるで違っていた……。心の中に突然、厭戦の気持ちを覚えた。今度、故郷に帰ったら、知府の地位を希望して、文官の仕事にもどり、もう戦場で殺し合うことをやめようと思った。

それから、今日、唐定奎が特に彼のほうを振りかえって言ったひと言を思い出した。

「この戦役をしっかり記憶に留めておいてくれ」

彼は思った。唐定奎もきっと過去の十年あまりの征戦とは違った感想を持ったのだ。田勤生はふと思いつき、寝返りを打って寝床から起きだすと油燈を点した。墨をすり筆を執って、次のように書いた。

「淮軍は偉大な功績をかくの如くあげ、戦争については、将軍たちは決してこれで満足しておらぬが、茨や棘を払う苦労、苛烈な瘴気の残酷さ、急激な山間の溪流を越える危険、暗闇における防禦の困難、その苦難はいずれも血戦にあった者にしかわからぬ……」

田勤生は書き終わると、書き物を閉じてため息をつき、椅子に座ってぼんやりとしていた。豆つぶのような小さな灯りのもとで、死んだ戦友たちを思い出していると、窓の外からザアーザアーと海の波の音が伝わってきて、安徽省の田舎にいる妻や娘を思い出し、無事を伝える家族への手紙を書いた。書き終わると、東方はだんだんと明るくなってきた。彼は心の中で「戦争が速やかに終わりますように」と祈った。

第四十章

戦いが一段落すると、唐定奎は安堵しかつ憂慮した。大亀文に大打撃を与えたこと、特に大亀文の総頭目の弟、つまり内獅頭社の頭目アラパイを殺害したことは、唐をホッとさせた。これで王遊撃の死を帳消しにすることができる。内外の獅頭社に重大な打撃を与え、凶番を百人殺したのは、二か月前に殲滅された王開俊の部隊の仇を取ったに等しく、朝廷に申し開きができる。

憂慮というのは、「番を討伐する」ということで言えば、大亀文側は獅頭社では敗れたが、内文社などの部落ではまだ力が温存されている。大亀文群の構造は、牡丹社群よりずっと堅固だった。実際のところ、唐定奎は、大亀文はさらに大きな部落酋邦、例えば宋や鄭のような春秋時代の数十もの城市からなる諸侯国と同じように感じた。大亀文は、人数は少ないが勇猛で戦いに優れ、そのうえ地勢が険しくて攻略は難しく、その実力は侮ることができなかった。獅頭社はすでに攻め落とし、次の目標は内文社だった。しかし、いま官兵は疲れ果てており、もし内文社に深く進入しようとすれば、補給線をさらに長くしなければ、実際のところ勝ちを制することは難しかった。内文社はさらに内陸にあり、そのほかの部落が多数の星が月を取り巻くように囲んでいた。唐定奎は、孤軍で深入りし、地形に通じた大亀文に敵陣深く誘い込まれ、罠を仕掛けられ殲滅されるのを恐れた。もし今回、内外の獅頭社に行ったような三面挟撃に出ようとするなら、明らかに力がおよばない。そのうえ気候はますます暑くなり、官兵の病人もますます増えて、徐州から連れてきた六千五百人の淮軍の精鋭たちは、見る間に千六百人を超える兵士を失っていた。官兵には厭戦気分が漂い、これ以上の戦いには耐えられなくなっていた。

これ以上戦うことができず、また戦果を無駄にできない、唐定奎はいかに収束すべきか深く悩んだ。これまでは、長髪賊にしろ捻軍にしろ、圧倒的な勝利で、相手がもう退路がない、あるいは勝利を望めないと悟れば、すぐに投降してきた。ところが大亀文番はそうではない。彼らはどこまでも頑強に抵抗し、反撃できなければ即後退する。彼らは人数が少なく、武器は劣っているが、戦闘意志は驚異的だった。これらの番人たちは死を恐れず、「投降」とはなにか知らなかった。彼らにはまた十分な気力や無限の空間、さらに地の利や瘟疫があった。そのため淮軍は戦いに苦しみ、自信がまったく持てなかった。

唐定奎にはまた、腹心の田勤生さえ知らない秘密があった。それは沈葆楨が彼に話したことで、国内の知識人たちの議論では、この軍事行動にはかなり否定的な見方があったことだった。

三月十二日から三月二十五日までの上海の『申報』(64)には、かなりの数の論評が載った。官兵の軍律が乱れ、秘かに軍営の武器を盗んで生番に売る者がいるという報道から、王開俊を批判するものまであった。

「振りかえると、開俊は勇敢で、従軍兵に番人を惨殺させたが、自らは死を免れることはできなかった。私はそれでもやはり同情しない。殺されたことは残忍な知らせではあるが」これは王開俊の残忍さを諷刺したものだ。

さらに三月二十五日になると、台湾の生番に対する沈葆楨の政策を全面的に批判し、その言辞は極めて先鋭になっている。

「しかしながら、台湾にいる員弁や兵勇は、軍糧をむだに費やし、しかもわずかな功績もない。そうして、沈公〔沈葆楨〕に称賛してもらうために、耳に届いてくることはほとんどないのだ」

「……生番、丁壮は、すでに逃げ出し、わずかに老人、子ども、婦女だけが残った。官兵は捕まえたあと、当然、地方の文官に引き渡し、詳しく調べたうえで処理しなければならない。ところがそのように対処せず、婦女を殺し、家屋を焼き、そのようにされた婦女や家屋の……をどうして理解できようか。すでに是非をわきまえず、したい放題に焼き殺してしまったのだ。我々に対する生番の恨みはきっと深いものがあろう！　……どうして危険な所に入り込み、このように軽率なことができるのだろうか！　それゆえ、敵陣に臨んで恐れをなして逃げる者は、処刑される。そして、陣に臨んで敵を軽視する者は、また即死の列に並ぶことになる」

また清国軍と日本軍を比較して、清国軍は日本軍におよばないと非難する。

「かつ日本は昨年、生番を攻撃した……両陣営が交戦して人を殺したほかは、一人として妄りに殺していない。そのうえ半年のあいだ、冒険して軽はずみに侵入するようなことはしていない。……官兵は諸事を引き継ぎ、日本人をまねたが、おそらく急に気持ちを抑制できなかったのであろう。これまでのやり方を変えることができなかったのだ」

さらに清国軍には、諸葛孔明の知恵がないと痛罵する。

「昔、諸葛武侯〔武侯は、諸葛孔明の諡号〕が南蛮を攻めたときに、馬謖《ばしょく》に尋ねた。謖は『人心をとらえるのが上策だ〔続くは、「城を攻めるのは下策である」〕』と言った。武侯はこれに従って、南方を平定したのである。いま王開俊らの成すところは、上策として諸葛を師とすることができないばかりか、下策として日本人をまねることもできない。全軍が壊滅しても、なにもおかしくないのだ！」

王開俊を痛罵すると、さらに沈葆楨と、三月五日に台湾に行き、新しく情勢を統轄する任に就いた福建巡撫王凱泰（中丞）が、生番への殺戮政策を継続していることに対し厳しい言辞で批判する。

「いま、王中丞は転任して駐台し、沈公と共に善後処理の諸務を行っている。ただ望むらくは前轍を踏まぬように、人心をとらえるのが上策であることを心されたい。そうすれば、生番の帰順は、むろん刮目して待つことができるであろう。そうでなければ、いたずらに兵隊の力を借りてほしいままに誅殺するばかりで、決壊した川で水を防ぎ、油で火を消すような災いが起こることを恐れるのだ！」

最後のこの「そうでなければ、いたずらに兵隊の力を借りてほしいままに誅殺するばかりで、決壊した川で水を防ぎ、油で火を消すような災いが起こることを恐れるのだ！」というひと言は、唐定奎の心に深く残った。だから唐定奎には、もしこれ以上兵隊を休ませる道を探し出せず、兵隊を使いつづけ、ひたすら殺戮を繰り返すと、兵士の犠牲は底なしになるばかりか、『申報』の批判はいっそう激しくなるとわかっていた。最後には、彼、唐定奎の名声や生命もなくなるかもしれない。それゆえ沈葆楨は、四月初めに「速やかに戦功を立て、征戦を終わらせよ！」という書信を唐定奎に送ってきたのだ。

唐定奎は考えていた。この一戦について、沈大人と朝廷に申し開きができればいいのだが。ちょうど沈大人にどのように話そうかと考えていると、ふだん物静かな田勤生が、突然、陣営のテントに飛び込んできて、大声で叫んだ。

「提督殿、見つかりました！　見つかりました！」

田勤生は涙を浮かべ、表情はなんとも形容し難く、興奮の中にも悲しみを帯びていた。

「王遊撃の頭骨が……見つかりました！」

唐定奎もエッと叫び、期待の表情が浮かんだ。田勤生が振り向いて叫んだ。

「入れ！」

千総郭占鰲が盆を両手で捧げていた。盆の上には人頭が載り、顔の皮膚は腐食していたが、まだ識別できた。周りにいた者は皆、跪き、合掌して口ずさんだ。

「将軍の忠魂は、千古に流芳す（名を後世に残す）」

唐定奎は心の中で呟いた。

「開俊、ちょうどいいときに。これ以上姿を現わさなかったら、上海のあの新聞で兵を論じている書生っぽ連中に、罵られるところだった」

田勤生が説明した。これは郭占鰲が先ほど部隊を率いて内獅頭社の後山に行き、山を巡って内文社への道を偵察していると、たまたま林の中に倒れた竹の尖端に人頭が突き刺さっているのを見つけたもので、すぐに王開俊だと思ったそうです。そこは数日前に、郭占鰲が、外獅頭社で多くの殉難した将兵の死体を見つけたところと少し距離があり、内獅頭社のアラパイが特に持ち帰ったものだということがわかったそうです。いまやアラパイもすでに官兵に斬首されました。

唐定奎は思わず、大きくため息をつき、もう一度三拝して、王開俊の頭骨に向かって言った。

「玉山、われらは貴殿の仇を取ったぞ」

すぐにハッと悟った。そうだ、淮軍にはさらに撤兵の理由ができたのだ。

郭占鰲が王開俊の頭骨を捧げ持って陣営のテントを出ると、すべての官兵が皆、跪拝して迎えた。王開俊の頭骨が見つかったという知らせは、いち早く莿桐脚、枋山、楓港、そして王開俊が殉難した七里溪口の加禄堂に伝わった。民衆は、王将軍の頭骨が百日近い日数を経ても腐敗していないのは、奇跡だと思った。

もともと王開俊の死後、村民は彼を「五営将軍」と尊称して、位牌を祭っていた。後に、唐定奎は捜索して集めた将兵の遺骸と王開俊の頭骨を戦場からそう遠くない山麓に合葬したが、村民はさらにそこに廟を建て、これを「王太帥鎮安宮」〔二九〇頁一〇行目参照〕と称して、塔を建てて死者の霊を祭ったのである。

＊

楓港の郭均もこの知らせを聞いた。王開俊の死については様々な感情が渦巻いた。彼の死は壮烈だが、実は軽挙妄動のために、むやみに罪のない人まで巻き添えにしてしまった。郭均はほかの亡くなった同胞によりいっそう心を痛めていた。三か月前、女、子どもを惨殺した王開俊のやり方に、郭均はまったく共感できず、そのため部隊を離脱し、一緒に山を下りなかった。ところが思いがけず、そのために惨事を逃れることができたのだった。けがが治ってから、生命を失った多くの同胞のことを思うと、ひとり生きながらえたことに、辛くて恥ずかしい気持ちがつきまとった。

郭均は自分には軍隊生活が合わないことが身に染みてわかり、重傷を理由に除隊を申し出た。しかしながら、唐定奎は、郭均の部隊は張其光の配下にあり、淮軍には属さず、自分の一存では決められないと言った。ただ、郭均が戦場に出ず、傷兵の治療に専念することを許可した。戦争が終結して、淮軍が撤退するとき、もう一度、正式に張其光総兵に文書で伺いを立て、今後の処置について指示を仰ぐことにしたのだ。軍民を問わず誰もが皆、郭均の医術を褒め称えていたので、そのような形でも思い通り医術に専念できるだろうと考え、受け入れたのだった。

この三か月のあいだ、郭均は莿桐脚や枋山、楓港のあいだを行き来して、負傷した兵士たちが折り重なるように倒れ、しかも六、七割がた、発熱や下痢などで急死していくのを見てきた。また、枋山渓谷や山腹には、多くの貴重な薬材となる珍しい草があるのを発見した。彼はもともとこの民衆の純朴さや、山の部落の実直さが好きだったが、いまはさらにここの草花を好きになっていた。広東には親戚がいたが、子どもがなく、また兄弟もなく、なんの心配の種もなかった。こうして、楓港ではひとりの生活を十分に楽しむことができると思うようになっていた。

この日、郭均は枋山で負傷した兵士の世話をしていると、突然、枋山の頭人の陳亀鯮が訪ねてきて、唐定奎提督がお見えだと言った。郭均は驚いたが、軍人が呼び出しに来たのではないので、悪いことではないだろうと思った。ただ、もし治療を求めているのなら、どうして軍人ではなく、戦争がはじまる前の去年の年末に、彼と一緒に山に行った枋山の頭人が来たのか、そこが不思議だった。

第四十一章

内文社では、シャガイも同じように苦境に陥っていた。弟のアラパイは戦死した。内獅頭社での戦いからもどってきた族人によれば、弟は本来、死なずに済んだ。逃げようと思えば逃げられたが、撤退しようとしなかった。彼は命をかけて一心に敵に向かったのだった。

弟が死に、さらに百人の内外の獅頭社の勇士たちも死んだ。弟は全力を尽くして大亀文の命脈を守ろうとした。いま、シャガイは、大亀文の未来のためによく考えねばならないことを理解した。二か月あまりにわたって大亀文を守るために、壮烈に死んでいった百人を超える勇士たちに背くわけにはいかず、さらに祖霊に申し訳が立たなかった。

内外の獅頭社は、官兵の占領や焼き打ちに遭い、百人が殺され、二百人が負傷した。そのほか、銃の損失も相当な数に上った。多くの大亀文の女たちは家に隠れ、死んだ子どもや夫、兄弟や恋人を思い悲しんだ。アイディンは霧里乙社から内文社に駆けつけ、ウーミを抱いて悲しんだ。ウーミはただぼおっと静かに座ったまま、表情をほとんど変えず、涙もなかった。アラパイの死は、予想していたことだった。ただ、アラパイの価値ある死、壮烈な死だけを願っていた。彼女は、敵も死傷者が多く出たと聞き、気持ちがすっきりしていた。彼女の涙は、内獅頭社で流しつくしていた。まるで生ける屍のように、無表情になった彼女の姿はアイディンを驚かせた。

大亀文人は怒り狂って叫んでいた。復讐だ、復讐だ！　アラパイと死んだ百人の壮士のために、仇を取らねばならない。大亀文では無駄死を許されず、大亀文の土地と祖霊は侵すべからざるものであることを、白浪の官兵に知らしめなければならない。

シャガイは激しく興奮したあと、冷静さを取りもどした。もしこれまでのような部落対部落の衝突なら、そう考えるのが当然だった。しかし、事態は異なり、数百年来経験したことのない局面に直面しているのだ。彼が直面したのは、想像もできない「国家」という怪物だった。彼は牡丹社の轍を踏むことはできない。族人たちはこんないろんなことを体験するわけにいかないのだ。

シャガイは皆に尋ねた。

「皆はどう思う、白浪の官兵は、このままずっと内獅頭社や外獅頭社に居続けると思うか?」

皆は互いに顔を見合わせていたが、ほとんどの人たちが首を横に振った。

シャガイはまた皆に尋ねた。

「それなら、白浪はさらに霧里乙社を攻撃し、それから内文社に攻め込んでくるだろうか?」

皆は顔を見合わせ、心配した表情を浮かべた。

シャガイは言った。

「もし白浪の官兵が、続けて攻め込んで来たら、言うも無用、われらは当然、武器を持って奴らと戦う。ただわれらの問題は、どうしたら白浪をやっつけられるかだ。奴らは人数があまりにも多い、内文社中の山鼠より多い。さらに、われらの戦える兵士はおおよそ……」

シャガイは十本の指を伸ばし、それから三本の指を曲げて、残り七割の戦力であることを示した。

誰かが続けて言った。

「白浪もたくさん死んだぞ!」

誰かがまた違う意見を言った。

「力里社の奴が言っていたが、白浪は力里社のあたりにも多くの官兵を集めている。いま道を切り開いていて、恐らくここの戦いにも兵を送ってくるぞ[65]」

シャガイが口調を変えて尋ねた。

「もし白浪が攻めてこなければ、われらは攻めていくべきだろうか?」

皆はしばらく考えて、首を横に振った。

「それならわれらはもう攻撃しない」

シャガイもホッとして言った。

「よかろう、白浪が攻めてこなければ、われらも攻撃しない。しかし、内獅頭社と外獅頭社を取りもどさねばならぬ」

皆は、戦わなくても内獅頭社と外獅頭社を取りもどすことができると聞いて、歓喜の表情でいいぞと叫んだ。

シャガイは尋ねた。

「皆、ちょっと考えてくれ、どのようにして白浪に内獅頭社と外獅頭社をわれら大亀文に返させるか？」

誰も口を開く者はいなかった。

「それなら、もし白浪の官兵の条件が、金輪際奴らの首を刈るなというのであれば、承諾できるか？」

首を刈ることは、大亀文人の重要な祭儀であり、勇士になる条件のひとつであり、祖霊が残した伝統であった。だが、大多数がしばらく躊躇したあと、うなずいたのだ。シャガイはホッとした。

シャガイはまた尋ねた。

「もしもだ、白浪の官兵らが永遠に内獅頭社と外獅頭社を占領して、そのまま留まって奴らの居住地として開拓しようとしたら？」

皆一斉に怒って言った。

「ダメだ！」

「よし」シャガイはそう言うと、皆に言った。

「前回、敵が内獅頭社と外獅頭社に攻撃してきた時間からすると、大体少なくとも二十日は準備期間がある。射不力社からもたらされた情報では、敵の死傷者はもっと多い。死んだ人間が多ければ、白浪は棺桶の木を集めるのにずっと忙しくなるからな」

「だから俺の判断では、奴らはすぐには来られないから、われらには十分に準備する時間があるぞ。もし白浪が大亀文を攻撃してくるとしたら、俺の判断では、奴らは先に霧里乙社を攻撃し、それから南北から回り込んで、直接、内文社を攻めてくる。われらは結集して、内文社を守るのだ。もし内文社が陥落したら、大亀文は撤退するにも撤退できず、俺は自殺して祖霊に罪を申し上げねばならぬ」

皆はそれを聞いて、シーンと静まりかえった。皆は、思わず唇を嚙み、手を握りしめた。

シャガイは皆を見まわして、突然大きな声で叫んだ。

「それじゃ、皆で一緒に頑張ろう！」

それから皆を率いて大きな声で、古調「大亀文の栄光」を歌った。

*

意外なことに、およそ三日後にふたりの男がやって来た。百日あまり前、獅頭社戦役の前に、シャガイが内獅頭社で会った官兵の使者郭均と枋山の頭人の陳亀鰍であった。いま、彼らはなんと内文社に現われたのだ。

第八部

上瑯嶠　原漢、今日仇恩〔恩讐〕泯《っ》きる

第四十二章

郭均と陳亀鰍は中心崙社の人の案内で、内文社にやって来た。

そして中心崙社の人の仲介により、彼らはようやくシャガイとの面会がかなった。しかもチュウクも現われた。陳亀鰍と郭均は、チュウクこそが本当の大股頭で、シャガイは彼女の補佐であることを知った。

シャガイは郭均に会った瞬間、驚きの表情を見せたが、すぐにその表情が消え、ふだんのようすにもどった。

郭均は、シャガイは前よりもずっと痩せ、黒く日に焼け、腕にもたくさんの傷があることに気がついた。

顔を合わせても、皆しばらく黙っていた。

陳亀鰍はどのように話し出せばよいのかわからず、先に唐定奎から託された、布や鉄製の生活用品を挨拶代わりに手渡した。シャガイは無表情に、これらのものをすっと郭均にまわし、拒否の意を表わした。

郭均は前回、内獅頭社に来たとき、アイディンとアラパイが彼によくしてくれたのを思い出した。いま、アラパイはこの世にいなくなり、残念な気持ちだった。

ようやく郭均が口火を切った。

「アラパイ殿が亡くなられて、非常に残念です。大変勇ましかったと聞いております」

シャガイは眼が赤くなったが、返事はしなかった。

陳亀鰍はそばから口を挟んだ。

「官軍の死傷者は驚くほど出ております、皆さんの想像以上です」

シャガイの眼が突然光り、口元に笑顔がよぎった。

「われらはアラパイを誇りとしている。永遠に大亀文の犠牲者として記憶に残るであろう」

郭均は、焼き払われた五つの部落では、老人や子どもをほとんど見なかったと、唐定奎が言うのを聞いたことがあった。唐定奎ですら、大亀文人の団結精神に大変感心していたのだ。部落内あるいは部落間にかかわらず、災難が降りかかったときには互いに助け合い、漢人の集落のように、自分のことだけにかかわるのとは違うのだ。

郭均は続けて、「大亀文は、尊敬に値します」と言った。そしてまたちょっと間を置いて言った。

「しかしもう戦争は継続できないでしょう」

シャガイは、大亀文人から伝え聞いていた。郭均は内獅頭社で老人や子どもを救ったが、族人に誤って撃たれ、その後、生死がわからなくなっていたのだ。今日、彼に会って、内心、大変驚き、喜んでいた。白浪の官兵を深く恨んでいたが、郭均にだけは恨みがなかった。いま、郭均が話すのを聞いて、彼は突然、心の武装が解け、真情を吐露しはじめた。

「大亀文人もこれ以上の戦いを望んでいない。但し、われらの土地は、永遠にわれらのものだ」

郭均は単刀直入に言った。

「頭目のお考えは、官兵を内獅頭社、外獅頭社、草山社、竹坑社、永武社より退却させよとのことでありましょうか？」

シャガイは頷いた。

「早ければ早いほどいい」

郭均は言った。

「官兵にはこれらの土地を永久に占領する気持ちはないと思われますが、総頭目は先に善意を伝えられるほうが宜しいかと思います。私が思いますに、総頭目とほかの部落の頭目は、当然、いいえ、できれば山を下りて、皆さんが昨年日本兵の頭目にお会いになられましたように、唐提督にお会いになられるのがよいと考えます」郭均のことば遣いはとても慎重であった。

シャガイは振り向いてチュウクを見ると、ふたりは眼で合図を交わした。

シャガイはうなずき、希望を述べた。

「ただし、まずわれらの安全が保証されなければならん」

郭均は大いに喜び、「その点は、私たちは保証できると思います」と言うと、また言った。

「ただ、唐提督がどんな条件を出されるのか、私にもわかりません。総頭目が提督にお会いになってはじめておかりになることでしょう」

陳亀鰍は言った。

「わしら白浪には、『会えば三分の情〔顔を見れば情が湧く〕』ということばがあります。総頭目がもし莿桐脚に行かれることを承知なさるなら、唐提督は大亀文人を困らせるようなことはなされないでありましょう」

シャガイは応えなかったが、ただ眉間のあいだに不快感が浮かんだ。

ずっとそばで黙って座っていたチュウクが、突然、口を開き、はっきりと郭均に尋ねた。

「唐提督はどんな条件を出すと思う？」

今回、唐定奎が郭均と陳亀鰍を大亀文に派遣したのは、むろん大亀文が自分たちから投降するように、彼らに勧めてくれることを望んでいるからだった。唐定奎も内心、清国と大亀文が今日のような局面を迎えてしまうと、歯止めがきかなくなると考えていた。この戦争では開始早々に王開俊が死んだ。そして、アラパイが死んで五分五分になった。唐定奎は、沈葆楨は「開山撫番」が順調にいけばそれでよいと考えているのだろうと推測していた。「番を撫す」というのは、一時的には「番を討伐する」ことになるが、目的は絶滅ではなく、番人を帰順させることにあった。だから、唐定奎は郭均に、大亀文人を投降させるために郭均は官府の代表として大亀文人の利益を受け入れてよいと言った。郭均は、どんな利益があるだろうかと尋ねた。唐定奎はちょっと考えたが、答えが出てこず苦笑した。唐も金銭は番人の心を動かさないことを知っていたからだった。

その後、唐定奎は、大亀文がこれ以上、理由なく人を殺さなければ、大亀文人をこれ以上懲罰しないことを保証すると言った。さらに官府にはほかに条件があるとも言った。どんな条件か、それはひと言では言い難い。大亀文の総頭目が来てから話そう。郭均はもちろんこのような返事には不満だったが、なにも言えなかった。

郭均は、シャガイに、そしてこれらの皇帝から遠く離れた大亀文人にどのように「帰順」の意味を伝えるべきか考えていた。そのとき、陳亀鰍が口を開いた。

「唐提督は、まず皆さんに、山の下の開拓民を理由なく殺さないこと、もうこれ以上殺さないと約束することを求めておられると思います」

シャガイはなんの躊躇もなくうなずいた。

郭均は大変興奮してこう言った。

「それが一番大切ですね。私から見れば、大亀文人がそのように承諾しさえすれば、唐提督は大変喜ばれて、皆さんがたを困らせないでしょう。最初の会見がやはり最も大切です。総頭目はいつ、大本営に来られますか？」

それからつけ足してこう言った。

「そうだ、唐提督の大本営は莿桐脚に設けられていて、楓港ではありません」

清国軍は陸路が主で、補給は北側の枋寮から行われる。日本軍のように港を必要とし、補給は南側の亀山の射寮から行われるのではなかった。

シャガイはちょっと考えて言った。

「大体、十個の太陽と月の後（十日後）に準備できる。われらは、五、六人の頭目が大亀文を代表して莿桐脚に行くことになるだろう」


シャガイは突然、厳しい表情に変わり、ひと言ひと言はっきりと言った。

「大亀文は先に官兵の総頭目、お前たちの言う唐提督のやり口を理解したうえで、大亀文が受け入れられるかどうかを見極めなければならぬ」

郭均はうなずいた。枋山の頭人も、唐提督はそのようにされることを喜ばれるはずですと言った。

シャガイはしばらく黙ってから、また言った。

「枋山の頭人に、唐提督に伝えてもらいたいのだが、先に草山社の頭目を派遣する。草山社は今回官兵に攻撃された最初の部落だ。草山社の頭目が帰ってくるまで、郭均には内文社に留まってもらいたい」

郭均は即座に答えた。

「いいですとも」

陳亀鰍のほうが唖然として思わず笑って言った。

「総頭目は、郭均殿を人質に取られるのですかな？」

シャガイは頭を横に振って、真面目な顔で答えた。

「そうじゃない、俺は郭均にわれらの大亀文をもっと知ってもらいたいんだ」

郭均はサッと立ちあがって、シャガイに深々と礼をして言った。

「総頭目にお目にかけていただき有り難く存じます」

シャガイは言った。

「俺は、郭殿は公正な方だと信じているからだ」

郭均は急に思い出して、シャガイに言った。

「郭均は総頭目にご報告をひとつ忘れておりました。戦争が終われば、私は軍籍を離れるつもりで、それでこの度は軍服を着ずにこちらに参りました」

このことは唐定奎も同意しており、郭均は今度は軍服を着ずにすんだ。両軍はまだ交戦中であり、大清国の軍服を着て威張った態度で内文社に来ることは、唐定奎でさえよくないとわかっていたからだった。

シャガイはあっさりと答えた。

「どちらでもいい」

陳亀鰍は内心、大亀文が郭均を人質として拘留しても、唐提督は気にしないだろうと思った。しかも、彼にもシャガイは確かに郭均に悪意を持っていないと感じられた。彼にはシャガイがなにかを企んでいるとは考えられなかった。いずれにしろ使命は果たしたので、彼はその場を離れようと拱手の礼をした。シャガイも彼を引き止めなかった。そこで型通り礼をして、彼を部落から送らせた。

陳亀鰍は歩き出すと、ハッと思い出した。前回、郭均と一緒に内獅頭社に行ったとき、内獅頭社のアラパイの妹、またシャガイの妹でもある、抜群に可愛い大亀文の少女が、郭均に大変好意を寄せていた。彼は思わず振り向いて、シャガイに礼をしてから言った。

「頭目、お許し願います、少しばかり郭均に伝えておかねばならない個人的な話がございます」

シャガイはうなずいた。

陳亀鰍は郭均を傍らに引き寄せて、そっと言った。

「わしの小さな秘密なのですが、郭さんに打ち明けておきたくてね」

郭均は少し驚いた。陳亀鰍はかまわずに続けた。

「わしがいくらかでも大亀文語が話せるのは、わしのばあさんが中心崙社の人だからでしてね。わしのじいさんは、漳州から来た、崩山の最も早い開拓者のひとりでした。あの頃、崩山の土生仔《トウサンア》（平埔族のマカタオ）は、いまよりもずっと多くてね。大部分の移民は土生仔を嫁さんにし、わしのじいさんは山の大亀文番から嫁を取りました。わしが幼い頃、大亀文のばあさんはまだいましてね。わしの大亀文語は、こんなぐあいに学んだものなんです」

陳亀鰍は少し話を止めたが、すぐにまた続け、郭均に考えたり尋ねたりする間を与えなかった。

「わしの親父の大亀文語は、そりゃわしよりずっとうまいもんです。親父は大亀文語ができるから、大亀文人と商売するのに便利でね、それに大亀文人と意志を通じさせることができて、それで崩山の頭人となることができたんですね」

「わしの親父はもう亡くなりましたが、自分のおふくろが大亀文人であることを、自分からほかの人に言うことはめったになかったね、わしもわしのばあさんが大亀文人であることをめったに口にしなかったようにね。理由は、理解してもらえると思いますが、そんなこと言うと、軽蔑の眼に晒されるからなんです」

陳亀鰍はそう言うと、いくぶん感慨深げだった。

「でも今回のように、中心崙の人たちが道案内して助けてくれたのは、わしのばあさんがあの人たちの族人だからなんでしてね。今さらだが、この前わしが大亀文の人たちを祝日に招いて賑やかにやろうとしたのは、両族が親しくつき合い、平和になるようにしたかったからだったが、思いも寄らないことに、かえって莿桐脚で大騒動を引き起こしてしまった。それでわしはその後もう、崩山ではなにもできなくなってしまった。こうしたことを、あなたには参考にしてほしい。じゃ、郭さん、ここでお別れだ」

郭均は内心感動したが、少し戸惑いも覚えた。

「頭人、どうして私にこのようなことを話されるのですか？」

陳亀鰍はニコッとした。

「まあそのうちわかるよ。わしは帰って唐提督に報告しておくよ」

また意味ありげに笑った。

「安心して、総頭目はあんたをもてなしてくださるよ。それに、わしにはわかる、あんたはいい人だ。神様が守ってくださる」そう言い終わると、大亀文の護衛と屋外に出て、振り向きもせず去っていった。

郭均は、陳亀鰍の秘密を初めて知り、しばらくぼおっとして、感慨にふけった。彼は、漳州人や泉州人は、自分の血統をおごりたかぶり、大亀文人を見下しているばかりか、軍人以外の客家人をも見下していることを知っていた。

そのとき、シャガイが呼びかけ、郭均は我に返った。それなら、少なくとも十日は大亀文に泊まっていこうと思った。

第四十三章

枋山の頭人が去っていくと、シャガイは郭均に微笑み、郭均の手を握った。

「あなたが前回、内獅頭社でわれらを救ってくれた方だと知り、あなたを信頼している。あなたはよい人だ、だから祖霊もあなたを守ってくださっているのだ」

郭均は、シャガイは王開俊が殺されたあの七里渓での戦いのことを言っているのだと知り、恐縮して言った。

「私には人を殺せません。それに人を殺すことはしたくないのです。私は軍人の器ではないので、軍職を辞そうと思っています。普通の庶民となり、病気を治す医者としてのんびりしたいのです。私がこちらに来る前に、唐提督に呼ばれ、私が軍職を辞すことは許可するが、条件はこの件を片付けることだと言われたのです」

「私は、再び戦争になり、再び誰かが傷つくことは望んでいませんから、それでここに来ることを引き受けました。さらに……」

郭均はシャガイに、アイディンのいまのようすを尋ねたいと思ったが、なにも言えずに黙った。

ところが思いがけず、シャガイのほうから持ち出した。

「そうだ、われらはあなたを誤って負傷させてしまった。その後、あなたが行方不明となり、われらは大変心配したんだ、アイディンもね。アイディンはあなたが元気で、しかもここに来ていることを知ったらきっと大喜びするよ。あとで、アイディンを呼んでこよう」そう言うと、眼はじっと郭均を見ていた。

「これから数日、ここで過ごしわれらの客人となって、よくわれらを理解してもらたい」

郭均は顔が赤くなった。アイディンが元気なことがはっきりして、彼はホッと胸を撫で下ろした。それに大亀文人が彼をこんなに歓迎し、まるで身内のように見てくれるとは思いも寄らないことだった。シャガイの最後のことばは、郭均にはその意味を十分に理解できなかった。しかし、彼は善意を感じ、さらに善意以上のものを感じていた。

第四十四章

郭均は再びアイディンに会ったが、まるで隔世の感がした。

アイディンは喜びを溢れさせていた。郭均は死んでいない、それだけで嬉しかった。そのうえ健康そうで、しかもなんという神様のお引き回しか、内文社に十日か半月にわたって滞在するのだ。アラパイが死んでから、これは初めて彼女を喜ばせたことだった。

アイディンは、郭均が族人に誤って傷つけられたことを、ずっと申し訳なく思っていた。彼女は郭均に、その後どのようにして姿を消し、族人に見つからなかったのか尋ねた。

彼女は、彼が滝に飛び込んだことを知っていたので、ちょっと舌を出して言った。

「石にぶつからなかったのは本当に祖霊のご加護ね」

郭均はアイディンのえくぼにじっと見とれていた。アイディンは見られているのが恥ずかしくなって、顔をそらした。彼はまるで夢から覚めたように、あわてて前を向いた。するとアイディンは立ちあがって、軽く彼を抱擁し、彼の耳もとで、「あなたが生きていてくれて、私、本当に嬉しいわ」と言った。すぐに彼から手を放すと、身を翻して走って行った。彼は彼女の髪の香りを微かにかいだ。そしてまた、余韻で彼女のぬくもりを感じ、両頬がポッと熱くなるのを感じた。

その日しばらくしてから、シャガイが彼に、官兵は大亀文人の遺体をどのように処置するのか尋ねた。郭均は、彼の関心はアラパイの最期にあることがわかった。

郭均は、アラパイが死んだとき眼はカッと見開いていたが、遺体は全身揃っていて、銃弾に当たって死んだようだと莿桐脚の人が言うのを聞いたと話した。シャガイはそれを聞き、喜びの色が浮かんだようだった。

アラパイたち大亀文人の遺体は、当然すべて集めて埋葬すべきだ、と郭均は言った。

さらに郭均は、唐定奎は官兵の遺体の扱いを大変重視しているとつけ加えた。彼は莿桐脚で牛車に乗せて次々と遺体を運び、山を下りているのを見た。それから、棺に入れ、また次々と北のほうに、おそらく枋寮か北勢寮に運んでいった。彼はそれを見て大変感動したと言った。

シャガイはそれ以上なにも聞かなかったが、その表情は非常に複雑で、満足しているようでもあり、なにかを失ったようでもあった。後に、アイディンが郭均に、大亀文人の埋葬には特色があり、普通はすべて室内葬で、しかも膝を折って座らせる屈肢葬だと言った。ただ、アラパイは戦死したので、一般的に言うと、殺された者は、決して室内葬にはふさわしくない。それに白浪が、アラパイたちのために屈肢葬をしてくれるとは思えない。

アイディンは暗い気持ちで言った。

「大亀文人の記憶では、こんなに大きな戦争を経験したことがないわ。内獅頭社だけで、いっぺんに七十人もの勇士が死んだのよ。大亀文はただ五つの部落が破壊されただけだけど、実際は、大亀文中の部落から戦場に出て、どの部落からも戦死者が出たわ。運よく逃げ帰った人たちも、たくさんの人が重傷を負って死んだのよ。大亀文の戦士は、二百人近い人が亡くなったわ、これは大変な数よ」

「そして、大亀文のどの部落も、どの人も、皆心の中で泣いているわ」アイディンは悲しそうに言った。

アイディンが続けて言った。シャガイが心配しているのは、白浪が大亀文人の戦死者を山野に野ざらしにしていないかということで、もしそうならシャガイはすぐにも死体を片づけに行く。官兵が大亀文人の死体を埋めたのなら、シャガイは遺体を掘り返しに行くようなことはしないが、ただどこに埋めたのかを知りたい。大亀文人には、墓碑を立てるような風習はない。

アイディンの話は、郭均にも外獅頭社で見つかった王開俊の軍隊の遺体のことを思い出させた。数えてみると、一月八日から四月十八日まで、死体が野ざらしになってちょうど百日になる。これらの人びとは、生前は彼と同じ部隊におり、多くの人びとの姿や笑顔がまだ彼の脳裏にあった。彼は「音容在るがごとし（声や姿がいまなお耳に響き眼に浮かぶ）」ということばを思い出した。彼自身も危うくそのなかにいるところだったのだ！　彼は心を痛めた。大亀文人も山野に野ざらしにされたくない。それなのに、どうして清国兵にそのようなことができよう。彼は申し訳ない気持ちになった。これが戦争の残酷な本質なのだろうか。

数日して、草山社の頭目が内文社にやって来た。莿桐脚の官兵の大本営に行く準備が整い、シャガイに挨拶に来たのだ。草山社は率芒溪の南岸にあり、海辺からは大変近く、三月に唐定奎が最初に攻撃した部落だった。草山社の頭目は、特に大回りして内文社に立ち寄り、大亀文の総頭目シャガイの指示を仰ぎに来たのだった。シャガイは先に彼を派遣して探りを入れ、唐定奎がどのような条件を出してくるのかを見ようとしていた。

シャガイは彼に言った。

「あそこに行ったら、争うのは二点だ。ひとつは、大亀文全体を守り、バラバラにされないことだ。もうひとつは、大亀文の土地を守り、一歩も譲らないことだ。唐定奎が出してくるそのほかの条件については、まずは聞いて、なにも意見を言わず、奴らに帰って俺と相談しなければならないと答えればいい。もし理にかなっていたら、俺が山を下りて唐定奎に会おう。もし理にかなっていなければ、大亀文には大亀文の尊厳と譲れない線があるということだ」

草山社の頭目にお供するのは霧里乙社の頭目だった。そのほかは皆、各部落の家族らで構成されていた。ただ人数は総勢五十人を超える多さだった。シャガイのこのような派遣は、なかなか壮大で、清国には大いに面子が立つ。ただ実際は、それほど権威はなかった。と言うのは、大亀文の十八の大きな部落のうち、頭目が行くのはふたつだけだったからだ。郭均はそれを見て、秘かにシャガイの聡明さに感心した。

しかし、郭均は、残念ながらシャガイはひとつの部落酋邦としての大亀文の総頭目に過ぎないと考えざるを得なかった。シャガイの能力は、もし大清朝廷に置きかえてみれば、地方の高官か、さもなくば都の要職をこなせるだろう。しかも彼は率直で果断、姦計を弄すことがない。しかしながら、シャガイはまた権力を独占しているわけではなかった。大亀文は階級制で、それぞれの部落に頭目がいる。

それに全大亀文にはふたつの最も尊い家族があった。ロバニヤウ家族と酋龍家族で、両家族はそれぞれ「大股頭」と「二股頭」の任にあった。海辺に住む移民には、こうした細かいことがわからず、皆「総頭目」の呼称でロバニヤウ家族を呼んでいた。得難いのは、この両家族はどちらも内文社にあったが、決して中原の士のように「天に二日なく、民に二主なし」のような観念を持ち、両雄あらば必ず対峙し、決着をつけるというようなことはなかったことだ。ロバニヤウ家族と酋龍家族は、なんのすれ違いもないというわけではなかったが、しかしずっと協力し合って共存してきた。それだけではなく、シャガイと部下の各部落の頭目たちは、いつも会議を開いて意見の一致を求め、中原の唯我独尊とはまったく異なっていた。さらに部落の部下たちは、罪に問われて首を斬られる恐れを持つことなどあり得なかった。

　要するに、大亀文は大昔から、階級は明確だが、中原のいわゆる英雄の天下取りのように権力を一手に握って、他人の生死を支配するというような考え方がなかった。全ての部落、外界で言うところの「十八社」は、内文社を尊んで共生し、各部落にはそれぞれ頭目がいて、高貴な家族がいる。高貴な家族には発言権があり、尊敬を集めている。部落の資源や財産は、皆で共有し、全ての部落の家庭は平和に共存している。彼らは天地を敬い、祖霊を敬う。必ずしも同じ場所に永久に住むわけではなく、もし環境が悪くなり、存続できなくなれば、部落中が場所を移動して生活するのだ。彼らは天地と争わず、いわゆる愚公、山を移す〔生活の便のために、自分が移動せず山を動かす〕といった考え方を持っていないが、人間は必ず大自然に勝つという考え方を持っている。彼らは周りの一草一木も、大自然の一部分だと考えて大切にする。彼らは文字を持たず、経験と歴史は年配者の口承によって伝えられ、その記憶は百年経っても消えない。長老のヴヴは、いつも夜になると部落の長老を集め、祖先の物語を語り、部落の歴史を語り、まるで部落中がひとつの大きな家族のようになる。

　ロバニヤウ家族の老頭目は一年前に、体力の衰えから隠居していた。娘のチュウクは、成人していたが、人を指導したり、ものごとを決めたりすることにあまり興味がなく、草花や衣服を編むことが好きだった。下瑯嶠のスカロの総股頭のトキトクが、頻繁に洋人と交渉していたことから、老頭目は、外界の情勢はすでに大きく変わっていることを知っていた。だから彼は内獅頭社の頭目のシャガイを内文社の婿に取り、自分の死後は娘のチュウクを補佐して、ロバニヤウ家族の大黒柱となり、上瑯嶠の大亀文のまつりごとを取り仕切ってくれることを願っていた。シャガイは果たして期待に背かず、大亀文の最も困難な時期に立ち向かってくれた。チュウクには弟がひとりいたが、シャガイも彼を身辺に置いて、経験を積ませた。

初日に再会するや、アイディンは思わず郭均への好意をさらけだしてしまい、かえって恥ずかしくなってしまった。彼女はいつも一緒にいたかったが、積極的にできなくなっていた。そのため彼女はいつも、内獅頭社で郭均に救われたあの大きな女の子と一緒にいた。少女はいまも内文社にいて、郭均が来たことを知ると大変喜んだ。アイディンは、郭均を連れて部落の外の渓流や水辺に行き、郭均といろんな話をするのが好きだった。あるときは大亀文の生活のことを話し、あるときは山の下の白浪の生活のことをいろいろ聞いた。郭均はすぐにアイディンが白浪の社会に非常に好奇心を寄せていることを理解した。

郭均は、山の中で思いがけず数種類の珍しい薬草を見つけて大喜びしていた。アイディンはそれを知って、大亀文人は植物の葉や実などをどのように病気の治療や日常に利用しているかについて教え、郭均を大変喜ばせた。

大自然の生き物や植物のことを、大亀文人は非常によく知っていた。このような自然と渾然一体となり、人と大地が合一した生活は、郭均を深く敬服させ、この土地や人びとに大変好感を持った。

郭均はこの明るく活発な女性のしなやかな動きを呆然と見ていると、いっそう思いがつのってきた。彼が家を出て従軍したのは、妻子が難産で亡くなったからだった。故郷には親戚がいたが、夢に見る故郷はもう遠くにあり、懐かしい気持ちは少し薄れていた。いま彼は軍隊を離れ、官軍と大亀文人との戦争は、明らかに和解の段階に入っていた。

郭均は周囲のこの青々とした山河を望みながら、秘かにもし台湾で住むことができればそれもいいと思った。彼は大亀文での見聞から、もし双方が互いに誠実に対応すれば、平地人と山地人は一緒に暮らすことができると信じた。

ようやく草山社の頭目がもどってきた。意外にも、枋山の頭人の陳亀鰍も一緒について来ていた。草山社の頭目は、五月九日に唐定奎に会った。唐定奎にとっては、五十人を超える番人が拝謁にやって来たということで、日本人に会いに行った大亀文の三十五人をはるかに超え、大いに面子が立った。実は、唐定奎自身、戦争の終結を急ぎ、六月に入るまでに速やかに内地に帰りたいと願っていたのだ。そうでなければ、台風の季節に入るため、船の運航が危ぶまれるからだった。兵士たちも皆、この病気が蔓延する耐え難い台湾を早々に離れたがっていた。唐定奎は速やかに和議を成立させるために、草山社の頭目の一行に対して甚だ礼をもって遇した。草山社の頭目は、唐定奎が大亀文人に示した次の六つの条件を伝えた。

（一）剃髪を遵守する、（二）戸籍をつくる、（三）凶悪犯を引き渡す、（四）怨恨による殺人を禁じる、（五）番地を開墾する、（六）番塾を設ける

草山社の頭目は、その場では可否の判断を下さず、総頭目のシャガイに報告すると伝えた。頭目は、シャガイが彼に唐定奎から約束を取りつけるようにと言った、次のことばをしっかり覚えていたのだ。

（一）大亀文の完全な体制を守ること、（二）大亀文の土地を完全に守ること

そこで草山社の頭目は、大亀文総頭目をはっきり設けるように、唐定奎から約束を取りつけたのだった。言い換えれば、清国が大亀文に官府を設けることを許さないという意味が暗に込められていた[66]。大亀文に総頭目がいれば、大亀文はやはり大亀文なのだ。唐定奎は「戸籍をつくる」ことを要求した。草山社の頭目は、「戸籍をつくる」ことに対しては大いに意見があり、戸口をつくることは、清国の統治に属することに等しいのではないかと考えていた。

唐定奎と田勤生は、淮軍が撤退する以上、もうほかの軍隊を補うことはないと応えた。大亀文がこれ以上むやみに

人を殺さず、部落の人口を記録して朝廷に報告すれば、平和が達成される。内地の官吏を山に派遣して、各部落の頭目を担わせようとしても、実際、やろうという者は誰もいない。八年前に、劉明燈が兵を率いて一度南湾に行って帰ったように、クアールはやはりクアールのままだ。

枋山の頭人が加勢するように説明した。これまで開拓民は、大亀文に租税を払っていたが、官府に税を納めるように改められると、戸口をつくれば、官府は毎年、多額の賞金を大亀文のほうに分けてくれるようになる。そうすれば、大亀文は、昔からの部落の共生方式と似た小さな番邦になる。名義上は、上に大清朝廷があるが、いずれにしても天高く皇帝遠しでなんの影響も及ばない。しかも、官府は税を取りに来るのではなく、送金してくるのだ。どれだけくれるかと言うと、部落の戸数と人数によって決まる。草山社の頭目はこれを聞いて、意見を持ち帰ってシャガイに伝えると答えた。

「剃髪」、これは大清帝国の象徴だった。下瑯嶠十八社の牡丹社やスカロの人びとは、早くから漢人の移民をまねて同じようにしていた。髪型については、番人は、南明〔明朝崩壊後、一六四四年から一六六一年に明の皇族によって華中、華南に建てられた王朝〕や東寧王朝〔一六六二年から一六八三年までの二十二年間の鄭氏政権による王朝を指す〕の漢人とは違って、剃髪をそれほど問題視していなかった。彼らが最も大切にしたのは、頭に美しい花飾りを載せることで、頭髪ではなかった。草山社の頭目がそのように話したので、田勤生は大いに喜んだ。

草山社の頭目は、官兵が彼らに「下賜した」布や品物をシャガイに見せた。シャガイは、日本人が配布したような日本の旗や書き物はないか尋ねた。草山社の頭目は頭を横に振った。シャガイは大変意外に感じ、この唐提督は財物面では日本人に比べてさっぱりしていると思った。

シャガイは、自分が最も問題にしているのは、白浪の官吏を絶対に部落に入らせないこと、そして部落の頭目の伝統的な立場を維持し、白浪の官吏に権利を分割させないようにすることだと言った。草山社の頭目は、この件は唐定奎が後に受け入れ、シャガイを大亀文の総頭目とし、六つの条件を七つの条件に変え､大亀文に安心させるために「総目を立てる」の一条を増やし、明文化して文書に残すことに同意したと述べた。戸籍の作成については、必ずしも一年半以内にする必要がないことに、唐定奎も同意した。(67) こうしてシャガイは、内心ホッと胸を撫で下ろした。

さらに、シャガイにとって気にかかったのは、「番地を開墾する」と「番塾を設ける」だった。一体、細部の内容はどうすればいいのか？　彼は郭均を呼んだ。

郭均は、「番塾を設ける」というのは、莿桐脚や枋寮あるいは楓港などの大きな村落に学堂を設立し、各部落の子どもをかよわせて白浪の文字を学ばせることだと言った。この件について、シャガイはちょっと考えてから郭均に言った。三度、楓港の日本軍の軍営を訪れたが、その度に大亀文には文字がないことを大変遺憾に感じ、白浪のことばと文字を理解することはいいことだと思った。だから、「番塾を設ける」については反対しないし、部落ごとにまず男女ひとりずつ選んで番塾に行かせて勉強できるようにすればいいと言った。郭均が普通は白浪と傜傜の女の子は学校に行かない、男の子だけが学校に行くと言うと、シャガイは理解できないという表情をあらわにした。

シャガイが最も気にかかったのは、「番地を開墾する」という項目だった。彼は、大亀文の土地や自然は大亀文人のもので、白浪や傜傜のように樹林をことごとく伐採し、緑の山林を木一本生えていない裸の土地に変えて、山林に住む動物や鳥類に帰るべき家をなくしてしまうようなことは望まないと言った。土地を開墾して耕作すべきかどうか、大亀文人には自分の考えがあり、自分の伝統がある。

シャガイは特に力を込めて再三、白浪や傜傜が大亀文人の土地を開墾することは絶対に許さないと強調した。

郭均はちょっと考え、彼にも官府のこの一条の考え方がわからないと言った。しかし、彼は言った。台湾には呉光亮について来たが、呉は台湾に着くや、すぐに道路の開拓に向かわされた。郭均の知っているところでは、中部の林圯埔から後山の璞石閣までだった。張其光総兵も朝廷の命を受け、内埔から卑南まで道を開かねばならなかった。いま朝廷は後山を非常に重視しているらしく、そのためには道路が必要だ。しかし道路を開通するには、大亀文人の土地を通らねばならなかった。道路の開通は、後山の防衛任務のためだけで、官府にはまだ、沿路の開墾や沿路への移民といった考えはないようだ。

ただ郭均は、自分にも自信がないと言った。そして、シャガイに一度莿桐脚に行って、直接、唐定奎提督にはっきり聞いてみることを勧めた。

そのとき、枋山の頭人が、官府は「撫墾局」を設置しようとしていると、唐定奎が言うのを聞いたと言った。「撫」は番人を世話する、「墾」は番地を開墾するという意味だ。これまで官府は、枋寮以北に「土牛紅線」あるいは「土牛溝」を設け、福佬人や客家人が進入するのを厳しく禁じてきた。いまはこの禁令はすでに廃止され、かえって新しい移民が入って開墾することを奨励していると言った。

シャガイはそれを聞いて顔色を変えた。

「ばかなことを。前にも言ったが、大亀文の土地は、ただ大亀文人だけが開墾できるのだ」

枋山の頭人が慌てて言い直した。

「言い間違えました、道路を開通することで、開墾ではありません」

シャガイはそれを聞いて、半信半疑だった。

枋山の頭人は、シャガイにすぐに山を下りて、唐定奎に会うようにと勧めた。そしてこう言った。

「総頭目、山を下りて、唐提督にお会いになってください。唐提督は私に山に行って、総頭目さえ山を下りてきてくれれば、なんでもいいように相談しようと、総頭目にお伝えするようにと言われました。そうなさらなければ、唐提督は痺れを切らし、やむなく軍隊を出して、総頭目が下山なさるのをお迎えすることになります。唐提督は、いまはまだ官兵は重要な拠点を守っているだけだが、すぐにも内文社に来ることができると言われました」

枋山の頭人は、半ば利で釣るように、そして半ば脅すように話したが、郭均にはいささか疑問だった。しかし、考えてみると、またそれが実情で、なすすべもなくシャガイのほうを見ていた。

シャガイはとうとう同意し、三日後に唐定奎の大本営に出向くことになった。すぐに、外文社、中文社、霧里乙社、房武灡社の頭目が部落の有力者を連れて、次々と内文社に集まってきた。

その日の早朝には、千人近い人びとが内文社の広場に集まった。女巫は歌を歌いながら、祖霊の庇護を願い、また戦死者への敬意を表わした。女巫は祖霊に、大亀文のどの戦士も女たちも皆、最大の努力を尽くしたと告げた。大亀文の総人口は、官兵の人数には及ばないが、しかし官兵とすでにたっぷり百日戦ってきた。大亀文の部落は五か所焼き払われた。勇士は、どの部落も前線の部落を支援した。この部落対国家の百日戦争の中で、大亀文は二百人近くの戦死者を出し、五百人あまりの負傷者を出した。老人や女や幼児たちは、前線の食糧配備に応えるために、こぞって下瑯嶠に武器や弾薬、さらに弓矢や銃を運んだ。大亀文中で四、五千人に過ぎなかったが、しかし草山社、竹坑社、内獅頭社、外獅頭社を問わず、どの部落も清国兵と戦い、官兵に甚大な代価を支払わせた。(68)

郭均も祭儀の中で、この荘厳で厳粛な一幕を眼にし、大亀文人に対してにわかに尊敬の気持ちが湧いた。大亀文人にはいわゆる「聖賢の書」もなければ、いわゆる「教化」もないが、ただ彼らには部落の長老によって伝えられた高尚な情操教育や、伝統の祭儀によって深く人の心に刻まれた「天地人一体」の価値観があると感じた。唯一彼が理解できなかったのは、大亀文人の殺人、馘首の伝統であった。大亀文では馘首は、怨恨による殺人もないわけではないが、しかしまた荘厳な祭儀であって、成年の礼であり、また「勇士」の証明であるらしい。どの部落の入り口にも頭骨棚があった。ときには、頭目の家のそばに置かれていた。頭骨棚は部落の中で重要な位置にあり、精神的中心であった。

郭均にも完全に理解できなかったが、しかしこの馘首の習俗は、外部の者には大亀文人への大きな誤解を生んでいることも確かで、大亀文人に今回の戦争と悲惨な代価をもたらしていた。郭均は、これからは大亀文人が心からこの悪習を改めることができるように願った。シャガイは、見たところ英明なリーダーだった。今度のことが完全に落着したら、よくシャガイと「上天に好生の徳あり（天には妄りに殺生しない品徳がある)」の考え方を話し合おうと思った。郭均は、彼自身が人を殺したくないから、軍隊を辞めたのだった。

大亀文中の女たちも、全過程この部落の重大な祭儀に参加した。大亀文人は、なにをするにも男女が分担して仕事をした。権力のうえでは、彼らは男女平等だった。女性にも継承権があり、また頭目を担うことができた。

そのとき、アイディンは郭均の後ろに立っていた。礼儀正しく、女巫や長老の指示に従って行動しているが、彼女の心は、ただ数歩離れただけの白浪の男のほうにそっと向けられていた。彼女は彼の背中を見ながら、別れを惜しんでいた。彼女も、彼が自分に好感を抱いていることを知っていた。自分は彼の心の中に大切な存在として確かにいる。しかし、再会した最初の日に、彼女の本心を漏らしたあと、ハッと気づいたのだった。彼と彼女、自分の族人と白浪や傜は、もともと違うのだ。それに最近の激しい血みどろの戦いで、両者の恨みはいっそう深くなった。郭均は、あの日戦場でなんの罪もない人びとへの残酷な殺戮に耐えきれずに戦場を離脱したが、しかし彼は依然として白浪なのだ。大頭目の兄も、彼をよい白浪だと認めているが、しかし彼はやはり山の下の白浪の人びとの中にもどらねばならず、部落に残って彼女と共に一生過ごすことはできないのだ。

だから、この十日あまり、彼女はできるだけ多くの時間を彼と一緒に過ごしたいと願った。ただその一方では、素晴らしい時間、無常の感覚を味わいながら、彼女はそのために苦しんでいた。

いま、別れるときがとうとうやって来た。彼女は呆然と彼の背中を見ながら、眼の中に涙が溢れていた。

ようやく祭儀が終わり、山を下りる一群が、前進しはじめた。枋山の頭人とシャガイは一番前を歩いた。シャガイが振り向いて郭均に手招きすると、郭均は急いで駆けつけた。シャガイは八人で担ぐ駕籠に乗り、端座していた。大亀文の総頭目には当然、決まった総頭目の構えがあった。酋龍家族の長は内文社の留守を守り、万一に備えた。シャガイの後ろには、四人乗りの駕籠に根阿燃社《キンアゼン》、麻里巴社、草山社、房武爛社《ボンブーラン》の頭目が座っている。さらに後ろには数十人のお伴がいた。一行おおよそ百二十人あまりで、壮大な景観を呈していた。大亀文の民衆は、祝いの歌を歌いながら、彼らの頭目が山を下り、白浪の頭目に会いに行くのを見送っていた。行く先、どうなるかわからなかったが、皆はシャガイにはきっと胸に成算があり、祖霊がきっと庇護してくれると信じていた。

突然、長い歌声が天空を破って山谷に響き渡った。誰かが「大亀文に栄えあれ」を歌いはじめたのだった。曲調は初めは高音で、続いて低音に転じて長く歌い、それからまた高音に転じる。歌声には雄壮さの中に悲壮感が漂い、大亀文人の心の中の悲しみと意志の力が反映されていた。

こうして行進中の隊列から唱和しはじめると、ハモる者、伴唱する者が出て、多重合唱になった。歌声はますます大きくなったが、音声は異常に低く、山谷に響き渡った……。

駕籠に座っているシャガイは、溢れてくる熱い涙をジッと我慢した。駕籠のあとをついて歩く郭均は、美しく悲壮な歌声から大亀文人の精神的な力量を感じていた。彼はこのように歌う習慣のない民族の出身だった。彼は初めて、ひとつの民族が心の中から発する叫ぶような歌声が、大自然と一体化するのを聴いていた。郭均も涙を流した。これまでその存在すら知らなかったこれらの「生番」に対して、郭均はまた新たな認識を持つようになっていた。

第四十五章

莿桐脚の清国軍の大本営で、唐定奎は大亀文から来た大頭目に接見した。

唐定奎は、大亀文の大頭目がこんなにも若いとは思いも寄らなかった。肌は真っ黒で精悍だったが、背は思ったほど高くない。相手と眼が合ったとき、ギョッとして、内心寒気を覚えた。こんな眼を見たことがなかった。大きくて彫りの深い眼が、四角い顔につり合い、両眼は奥深くキラキラと光っている。彼は相手の眼に聡明さを読み、意志の強さを読み、さらには深い恨みが隠れているのを感じた。いわゆる「土番」といった風情はどこにもなかった。思わず運がよかったと感じた。もし相手がこちらと同じように多数の兵隊や銃を擁していたら、自分が敗れるのは必至だ。

これまで、唐定奎は戦場で戦ってきた。長髪賊あるいは捻匪〔捻軍〕を問わず、相手の軍隊は万を数える人数だったが、淮軍はいつも寡をもって衆に当たってきた。今回は、大清国の精鋭六千五百人の淮軍を率いてやって来た。もともと想定していたのは日本との国家間の交戦であったが、結局、台湾の何百人という規模の小さな部落への攻撃に変わった。大亀文の戦士はわずかに二千に過ぎず、すべての老若男女を加えてもおそらく五千にも満たなかった。ここに配置された官兵は、淮軍四千人あまりのほかに、さらに郷勇が千人あまりいる。番人の総人口に比べてもずっと多い。

彼は思った。

「勝ってもなにも誇らしくなぞない！」

なんと惨めな勝利だ。この三か月、この戦役で死んだ淮軍の人数は、千人をはるかに超えた！　大将の張光亮はすでに亡く、王徳成は重病、章高元はまだ治らない。さらに湘軍系統の王開俊を加えれば、朝廷が大亀文番に払った代価は決して小さくないのだ。

儀式の内容は田勤生が計画した。田勤生は儀式を「大亀文番受降冊封《さくほう》祭儀」と命名した。

和議の内容は田勤生と草山社の頭目が先に話し合い、唐定奎が次の六条件を出した。

（一）剃髪に遵《したが》う、（二）戸籍を編成する、（三）凶悪犯を引き渡す、（四）復讐を禁ずる、（五）番地を開墾する、（六）番塾を設ける

シャガイは「総目を立てる」を提起した。ただ大亀文人は文字が読めなかった。シャガイは先に郭均に目を通してもらい、それから枋山の頭人に翻訳させて読み上げさせた。唐定奎は、ほかのことはゆっくり実行すればいいが、ただ「剃髪に遵う」はすぐに実行するように要求した。

シャガイは、剃髪はいいだろう、その代わりひとつ条件があると応えた。つまり、大亀文は頭目によって自ら支配するという大亀文の完全な一体性を、唐定奎が認めることだと応えたのだ。このほかシャガイはまたはっきりと条件を出した。道路を開くために、軍隊が大亀文に入ってもいいが、開拓民は誰も入ってはならないと。開拓は依然として海辺の平原に限られたのである。(69)

この「剃髪に遵う」と「総目を立てる」は、実は先に草山社の頭目が唐定奎の大本営に来たときに、双方が提案したことだった。あのとき田勤生は笑いながら唐定奎に、私たちは康親王〔康熙帝〕をまねることができますと言った。康親王は鄭経〔鄭成功の長男〕に、東寧〔鄭氏政権〕軍民が剃髪すれば、大清国は東寧王国の存在を許容することができると言った。残念ながら、鄭経は受け入れなかった。しかし、この前例があることで、もし大亀文番が剃髪を受け入れれば、唐軍門は康親王に倣って、朝廷に代わって大亀文の総頭目を封じることができ、それは「総目を立てる」ことになる。五千人に満たない部落群は、唐軍門が代理となって大清国より酋邦として大亀文に封じられ、面子が立つだろう。そこで、双方は形式に従って、最も重要な第一歩を進めた。

その日、田勤生は、長時間かけてそのほかの条件や細々としたことについて大亀文人に説明した。彼はシャガイに枋寮に番学塾を設けることを提案した。シャガイはすぐに各部落から最低三人の子どもを送り出すことに同意した。唐定奎は、こんなに順調にいくとは思いも寄らなかったと大いに喜んだ。

田勤生はまた、撫墾局は楓港に設置するが、いまのところすぐに道路を開いて大亀文地域を通過する具体的な政策はないと言った。戸籍をつくることについては、ゆっくり進めることを唐定奎はもう一度保証した。[70] 復讐を禁ずることについては、彼らに誓いを立てるよう要請すればよい。凶悪犯を引き渡すことについては、実は殺人犯はもう死刑に処せられていた。だから、大亀文人がその場で剃髪すれば、清の朝廷はシャガイを大亀文の総頭目に冊封することになる。

シャガイの気がかりは撫墾局だった。唐定奎は言った。撫墾局は道を開くためで、道を開くには、軍隊のほかに民間の人夫も必要だ。彼らは現地で食を求めねばならず、そのため道の脇に小さな田畑を開墾して栽培するが、道ができればそれで終わり、彼らは自然にそこを去っていくと。シャガイは考えた。ここから卑南へ行くには、山が比較的低いので、ふつうは車城を通っていく。あるいはここから枋寮へ行くのは距離が近いからだ。大亀文を通るには、高い山を抜けていかねばならず、かつ遠い。実際はその可能性が低く、ただ規則が書かれただけの空文にすぎない。それで承諾することにした。

最後に話題がまた、大亀文の頭目はその場で剃髪を望むかどうかの話にもどった。シャガイは豪快に笑って、トキトクがとっくに白浪や傣傣のような髪型にしたのは知っている、部落の伝統の服装が保てればそれでいいと言った。もし白浪の服を着ろというのなら、恥さらしで、それはできない。こうして百人あまりの大亀文人が集団で、その場で剃髪することになった。唐定奎は大いに喜び、これは大亀文人が皆、帰順したことを意味し、朝廷の一大勝利だと考えた。

シャガイは、あの年に日本人に渡された旗と文書に心底憤りを感じていた。唐定奎もシャガイに一枚の文書を渡したが、それは命令に服従させるものではなく、シャガイを大亀文の「総目」に冊封するものであった。これは官兵が使用を望んだ名前で、朝廷の冊封を表わしていた。

唐定奎はこうも言った。内獅頭社と外獅頭社は両方とも焼き払われ、元の姿に回復するのはもう無理だ。だから、内獅頭社と外獅頭社の族人は新しい場所に引っ越し、新しい部落名に改称することを望む、と。唐定奎が内心最も嫌っていたのは、内獅頭社と外獅頭社で、彼は両社を枋山溪と七里溪の上流から下流に移動させて、清国兵が近くで監督するのに便利なようにし、同時に名前をそれぞれ内永化社と外永化社に改めるように要求した。そのほか、草山社を永安社に、竹坑社を永平社に、本武社を永福社に改名する。番社の改名は、淮軍の精神上の勝利を象徴していた。

シャガイにとって、最も恐れていたのは、官兵が引きつづき内獅頭社や外獅頭社などを占領することだった。いま唐定奎は、ただ内外の獅頭社に白浪に近い場所に移るように命令を出しただけだったので、シャガイは反対しなかった。官府がなんと呼ぼうと、それは彼らのことであって、大亀文人はやはり内獅頭社や外獅頭社、あるいは獅頭社の名を残すのだ。[71]

こうして、双方は鳳安宮の廟庭で冊封式を挙行した。祭儀が挙行される段になって、田勤生はシャガイが着てきた大亀文の衣服が大変古く、質素なのに気がついた。そこで真新しい軍服に着替えさせようとしたところ、堅く拒絶されてしまった。シャガイは、白浪の服を着たくなかったし、ましてや軍服は着たくなかった。田勤生は、新しい布で大亀文人の服をまね、少し手を加えて、大亀文式の服を一式つくった。この新しい服はシャガイを大いに喜ばせ、その後、祭儀の日には必ず着るようになった。唐定奎は、式典後たくさんの布を大亀文人に送った。シャガイら大小の頭目が部落に帰ると、皆は彼らの剃髪をまね、さらに「総目」の新しい服の様式や裁縫の仕方をまねるようになり、それ以降、大亀文人の服装が変わっていった。

儀式のあとの宴席で、双方が杯を交わし酒宴が賑やかに進む中、田勤生は少し酔ってこう言った。古代の皇帝は藩主を冊封して後、いつも宗室の女を嫁がせたものだ。姻戚関係を結ぶと、お互いに情が篤くなり、しかも、王昭君や文成公主のように、国の礼儀や教養を番邦に伝えることができる。田勤生はさらに冗談を言いはじめた。大亀文総目殿は、りっぱな風格で才能に溢れたお方であられて、英雄豪気、もしなお結婚されておられなければ……すると突然振り向いて、大きな声で枋山と莿桐脚の頭人に、あなた方には美しい娘がおられるから、こちらを娘婿に頂きなされと言った。皆はドッと笑って喝采した。枋山の頭人の陳亀鰍がすぐに口を出した。

「総目にはもう夫人がおられ、しかも若い王女もひとりおられるぞ」

シャガイの妹を思い出し、アイディンを王女になぞらえようとしたのだった。すると、シャガイが厳しい顔つきをしたまま、皆と一緒に騒いでいないのが眼に入った。冗談が通じないか、面白くないのだとわかった。それで出かかったことばを引っ込めた。

そのとき、シャガイが心に思い浮かべていたのはアラパイだった。彼は心の中でアラパイに言った。

「アラパイ、俺は大亀文を守ったぞ。お前がこのような結末に満足し、お前の魂が永遠に大亀文を守ってくれることを願っているぞ」

シャガイは酒杯をかかげ、心の中でアラパイに捧げ、そして祖霊に、彼が力を尽くしたこと、大亀文の民も皆力を尽くしたことを告げ、祖霊にお許しを乞い、すべての大亀文の民の加護を祈った。

郭均は、使者として、双方に和議の喜びをもたらすことに成功した。いまは気持ちが落ち着かなかった。心の中はアイディンの花のようなえくぼと、彼に寄りそう蜜のような甘さでいっぱいになっていた。今後また、アイディンに逢うチャンスがあるだろうか。それを思うと心が千々に乱れた。会場に充満する興奮の中で、ひとり悶々として心が晴れなかった。

第四十六章

光緒元年六月（1875年7月）。鳳山。

淮軍は撤退できるようになった。唐定奎は内心ホッとした。汽船とようやく連絡が取れたのだ。

この半月のあいだに、また敬愛すべき将軍がふたり病気で亡くなった。ひとりは王徳成で、シャガイが大本営に来た三日目、五月十五日に病没した。

もうひとりはなんと田勤生で、唐定奎を大変悲しませた。四月十四日に張光亮が病没し、章高元も病気に罹ると、田勤生は文武共に頼れる大黒柱となった。唐定奎は徐州に帰ったら、彼を十分に取り立てようと考えていた。田勤生は後山より内獅頭社に攻め入り、霧里乙社からの援軍を防いだ。アラパイは混乱した陣中で戦死したが、入り乱れてどの部隊が功を立てたか確定しようがないほどだった。ただ死体を捜索したのは田勤生の部隊だった。王開俊の首も田勤生が探し出した。番人との和議の条件、撫墾局の設置、番学塾の設置、すべて彼が一手に取り仕切っていた。

五月十二日のあの日、大亀文人が大本営にやって来ると、田勤生はさらに重要な役割を担った。通訳を連れ双方を行き来して、話に花を咲かせ、大亀文人の疑いを取り除いた。かくして双方の和議は円満に達成された。その功績は埋もれさせることができないもので、田勤生こそが第一の功労者に値した。

さらに早くには、打狗《タカウ》の旗後砲台も田勤生が一手に計画したもので、わずか二か月で完成させたものだった。

しかしながら、五月末に鳳山に来ると、彼は突発的に高熱を出し、七日で死んだのだった。

鳳山に来て、陣中で亡くなった淮軍を葬るのが唐定奎の一番の重責だった。彼は淮軍昭忠祠を計画し、上級に上申した。

七百六十九人、北勢寮に埋葬。

千百四十九人、鳳山に埋葬。

別に王開俊の湘軍九十七人を加禄の海辺に埋葬するが、

淮軍の千九百十八人の列には入れず。

六月十九日、第一団四営が上海に帰る。七月一日、第二団が、七月十二日、唐定奎が第三団を連れ、最後の一団も台湾を離れる。

ほかに伝染病の将兵が百人ほどいた。唐定奎は、彼らを鳳山と恒春に留めることに決定し、上海に帰る船に乗せるのを見合わせた。唐定奎は、彼らが健康を回復して後、福建巡撫王凱泰が内地にもどれるように段取りすると言った。しかし、半年もせずに、王凱泰もこの世を去ったのである。

*

唐定奎は最後の一団で去ることになったが、汽笛が鳴り、ボイラーに火を入れて出発の準備が整ったとき、彼はとても喜んだ。とうとう台湾を離れることができ、永遠にこの悪夢のような戦争から抜け出すことができるのだ。しかし、船がいよいよ遠く離れると、最初連れてきた六千五百人が、いまでは三分の二しか残っていないことに思い至った。いくつかの軍営では、残ったのは三分の一にも満たなかった。内心の恥ずかしさが、乗船時の高揚に取って代わっていた。

彼ははるか遠くの地平線と微かに山の影に浮かぶ台湾を眺めていた。そして、あの永遠に家に帰れない部下たち、東維清、王徳成、張光亮、胡国恒、田勤生……を思い出していた。彼らの面影は依然として眼の前にあったが、しかしすでに故人となり、心の中から悲しみが湧いてきた。

そのときちょうど、章高元が彼のそばにやって来た。章高元も重病で生死の境をさまよったが、幸い好転したのだった。彼は章高元を見ると、人生の禍福のはかり難さを感じ、思わず章高元の手を握った。(72)

「鼎臣……」彼はそう章高元の字を呼ぶと、一瞬、万感こもごも胸に迫り、一言も口にできなかった。次の瞬間、ふたりは耐えきれなくなり、涙がどっと溢れた。

第四十七章

官兵が撤退した。まだ千人近くが枋寮、加禄、楓港、車城、恒春などの地を守っているが、大部隊の集結はもうなくなった。しかも、清国兵は枋寮から車城までの路上、ほぼ五里〔三キロ〕ごとに歩哨所を設け、大亀文人が再び山を下りて攻撃してくるのに備えた。

大亀文人の変化はさらに大きかった。後方の部落に移っていった内外の獅頭社の男女は、二度ともとの内獅頭社と外獅頭社の居住地にはもどらなかった。第一に、そこはもう一面の焦土と化していた。さらに、五月に官府と、冊封を受け大亀文の「総目」となったシャガイが取り交わした約束では、このふたつの部落は別の場所に移らねばならないことになっていた。

実は、内獅頭社と外獅頭社の人びとも、もうもとの土地にはもどりたくなかった。彼らは眼の前の風景を見たくなかった。一部にはもとの内獅頭社や外獅頭社にもどり、残ったものを探したいと願う者もいたが、行くまえに女巫に止められた。女巫は、あの死んだ者たちは、自分の霊魂が外界から邪魔されるのを望んでいないのだと言った。こうして、もとの部落は禁忌の地となった。

あの大きな滝のそばには、もう遊ぶ子どもも洗濯物や足を洗う女性もいなかった。

しかし、あの激しい戦争が終わってほぼ三か月がたった頃、大きな滝の水辺には人影があった。それは美しい若い女性だった。全身が真っ白で、顔には哀愁を帯びていた。

彼女は水辺に沿って、ゆっくりと滝に向かって歩き滝つぼのそばまで来ると、滝のうしろの洞窟に入っていった。彼女は、中くらいの石をいくつか選んで地面に三角形に組み立てると、袋の中から檳榔、アワ酒、セリ、そしてシシ肉を取り出し、その三角形に積んだ石のまえに並べた。

「アラパイ、わたし来たわよ。ごめんね、三か月も遅くなっちゃって」

「アラパイ、ここはわたしたちが一緒に過ごしたところよ……」彼女は、冷静さを保てなくなって、すすり泣きはじめた。

「アラパイ、あなたは、大亀文を守ったのよ。大亀文と官兵はもう和解したわ」

「アラパイ、わたしたちには子どもがいるのよ……」

「アラパイ、これがわたしが二か月遅れて来た理由よ」彼女は突き出たお腹を撫でながら、少し恥ずかしそうだった。

「わたし、つわりで、ひどく吐き気がするの……」彼女は顔をほころばせた。

「アラパイ、男の子でも女の子でも、きっと大きく育てるわ、そして、あなたのお父さんは、大亀文人が皆、感動した英雄よ、大亀文を救った英雄なのよ、って話してあげるわ」

「アラパイ、わたしたちの女巫が、正式に宣言してくれたのよ、わたしたちは正式の夫婦だって」

「アラパイ、男の子でも女の子でも、わたしはわたしたちの子どもにアラパイって名づけるわ。だから、この子の名前は、『アラパイ・アラパイ』になるのよ」彼女は涙を流しながら、笑い出した。

「アラパイ、あなたのアラパイちゃんが、大きく成長するまで守ってあげてくださいね……あなたのように、大亀文の英雄になるように」

彼女は軽く口ずさみはじめた。まるで子どもをあやして寝かしつける子守唄のように。

彼女は両目を閉じて、もう泣かずに、死んだ夫に聴かせ、お腹の中の子どもに聴かせるように歌いつづけた。歌声には期待と満足の気持ちがにじみだし、山中に木霊した。

心にまといついてくるのはなに？
ああ！　あの寂しい人！
ああ！　あの勇敢な人！
ああ！　あの恋い焦がれる人！
ああ！　まるで伝説のように　あなたに恋い焦がれる
気持ちは　大武山の藤の木のよう
深く根を張る　千年の老木よ

あなたはあの老木でありますように
あなたはあの木の葉でありますように
いつももたれかかることができ
いつもふれることができる
ああ！　心にまといつく

第九部

獅頭花　三千里の外で、かえって君に逢う

第四十八章

六月初め、淮軍が鳳山から北に撤退しはじめたとき、唐定奎はかなり困惑して、郭均に本当に台湾に残るつもりなのかと尋ねた。台湾は瘴癘の地だ、下手をすると淮軍全体が病気にかかりかねない。

唐定奎は、もう一度郭均にいくつかの選択肢を与えると言った。唐定奎に従って上海に行くか、それとも張其光や呉光亮と行動を共にするか。張其光は、いま卑南への道を切り開いており、呉光亮は、中部で東部の璞石閣に到る道を切り開いているところだった。

郭均は、兵隊生活は肌に合わず、医業で人びとを助ける昔の生活にもどろうと考えていますと、申し訳なさそうに答えた。楓港に来て十か月、現地の住民とも知り合いになり、歓迎もされている。加禄から楓港までこのあたりには医者がいないので、自分は大変重んじられていると感じていた。それにここの人びとの気風も好きだった。

唐定奎は、広東のふるさとの英徳が恋しくないかと尋ねた。

郭均は少しもためらわずに笑って答えた。

「他郷も日がたてば故郷ですね」

郭均は唐定奎に、何度か山地に行き、大亀文が好きになったと言いたかった。彼らの素朴で親切なところ、なんの下心もないところ、腹の探り合いがないところが好きだった。彼らは信用を大切にし、言行一致で、文書をつくる必要などなかった。彼らは単純で純真、なんのこだわりもない生活を送っている。彼が口にする気がなかったのは、アイディンへの思いが楓港を離れがたくさせたこと、一端、離れると、もう二度と会えなくなるという怖れだった。

唐定奎にとってもまた、病気で船に乗れない百名ほどの兵隊の世話をする者が必要だった。郭均は最もふさわしい人選だった。それで唐は、郭均にそれ以上部隊についてくるようには強要しなかった。唐は郭均の肩をたたいて好運を祈ると同時に、かなりの額の心づけを手渡した。

郭均はこれを資金に黄文良から大きな家屋を買った。皆は郭均が家を買い、残留する考えを示したと大変喜んだ。

王媽守は日本軍が離れ、清国軍が来ると、もう以前のように威勢はよくなかった。郭均が楓港で医者をはじめてからは、王媽守の頭人の地位に取って代わってしまった。郭均には、王媽守も感謝の気持ちを抱いていた。

郭均は深夜人が寝静まった頃になると、アイディンを想って寝つかれなかった。彼はアイディンがいまどこにいるのか知らなかった。兄の総目のシャガイと一緒に内文社にいるのだろうか？　それとも内獅頭社の族人と新しい部落に移ったのだろうか？　新しい部落はどこだろう？　大亀文人の部落は、ふつうどこも渓谷の中にあり、案内してくれる人がいなければたどりつくのは難しい。

娘を持つ楓港村の親たちは、争って仲人を探して郭均の家を訪れた。仲人の美辞麗句は耳に心地よかったが、郭均は心を動かされることはなかった。心の中にはただアイディンだけがいた。彼は鳳山にいる唐定奎が、人を派遣して枋山や楓港に残っている負傷兵のようすを見にくるのを待っていた。

七月十二日、とうとう唐定奎が台湾を離れた。続いて七月十五日は中元節だ。戦役が終結してから三か月が経った。ここで戦死した千名の淮軍の遺骨はすでに鳳山に運ばれ、共同墓の準備も進んでいたが、この地の住民は依然として異郷で亡くなった人々の魂のために盛大な済度を行っていた。郭均は中元が過ぎ、戦地で亡くなった軍人仲間を祭り終えたら、すぐにアイディンに会いに山に上ることにした。

半年前に七里渓の河畔で戦死した王開俊とその部下の九十七人については、二、三か月前に、南勢湖の北側の嘉和の海に近い海辺に合同墓と慰霊塔を建て、亡き霊たちが西方の内地の故郷を望めるようにした。

戦死した兵士は湘軍系統に属し、大多数が湖南あるいは貴州より来ており、福建から来た者は少数だった。皆、郭均が三、四か月一緒にいた仲間だった。そして嘉和から枋山にかけて、大きな祠から路傍の小さな木の彫像まで多くのところで「五営将軍〔東南西北中央の五軍営の五人の将軍〕」が祭られていた。郭均は、快癒後もそのまま台湾に残っている何人かの軍人仲間と一緒に、王開俊の祠に参拝に行った。

王開俊の祠の前には参拝者が大勢いた。王開俊は生前、郭均にはとてもよくしてくれた。郭均は祠堂に入り王開俊の神像に向かうと、気持ちが昂ぶって、なかなか自分を抑えられず、生前、王開俊とふたりで話し込んでいたときのように、一時間あまりも王開俊の神像にブツブツと心の中で語りかけていた。

中元の祭祀は正午に行われる。郭均は一時間あまりその場に留まり、いつの間にか未の刻〔午後一時から三時〕になっていた。参拝者らは皆とっくにその場を去っていた。郭均は別れを惜しみつつ、祠の外に出て帰ろうというときに、遠くから番人のいでたちをした三人の男が、こちらに歩いてくるのを見て、大変いぶかしく思った。近くまで来たら、そのうちのふたりは、内獅頭社で会ったことがあった。彼らは平地人と同じように、イノシシやアワ酒を用意して参拝していた。ただ平地人のような線香は持っていなかった。

郭均らは、番人が王開俊の参拝に来るとは思いも寄らなかった。王開俊と大亀文番は、互いに肉親を殺されたいわば仇同士だった。少し恥ずかしそうにしている番人もいたが、その中のひとりが郭均に言った。

「アイディン頭目が、俺らに内獅頭社を代表して参拝に行ってこいと言ったんだ」

「今日、俺らは先にアラパイたち百人の戦死した勇士をお祭りしたんだが、アイディン頭目が、王開俊たちは俺らの部落の人間を殺したが、俺らもあの人たちを殺したと言ったんだ。あの人たちの首を狩ったから、もう怨みはないよ」

郭均は、彼らが「アイディン頭目」と言うのを聞いて興奮し、その顔見知りの生番に言った。

「ちょっと待ってくれ。参拝を済ませたら、私も一緒に内獅頭社に行くから」

郭均は黙ってその三人の大亀文人について山中に向かって歩いていたが、興奮は収まらなかった。とても不思議だった。中元節が終わったら、アイディンを訪ねて山に行こうと考えていたところ、天が彼を山に迎えるために三人の獅頭社の人たちを送り込んできたのだ。本当になんと不思議なことだ。大亀文人が王開俊を参拝したあのひと幕は、郭均の心の中に感動と衝撃をもたらした。彼らの和解は、本当に双方が公平で対等だった。

郭均は三人の大亀文人についてしばらく歩いていると、感動で震え出した。彼はハッとこれは王開俊の神霊の計らいだと悟った。彼は感動のあまりそれ以上歩けなくなり、立ち止まってもう一度王開俊祠にもどろうと言った。郭均は王開俊の神霊に向かって長くひざまずき、恭しく感謝した。太陽はすでに西に傾き、三人の番人はがまんしきれなくなって立ちあがるように促した。郭均はようやく立ちあがると、番人について山に上った。

大亀文人の世界を知り、郭均は「鐘鼎と山林、それぞれ天性あり（富貴と隠遁は、それぞれ天性がある）」ということばで、移民と大亀文人を形容したが、正にピッタリだった。彼は内文社に十数日過ごして、部落の生活と天地が渾然一体となった豊かな時間、そして部落の人びとと物を分け合う喜びを体験した。それは競争を強調する平地人の社会では体験できないものだった。

彼は内文社にいるとき、一度、三人の勇士が大きなイノシシを仕留めたのを身近で目撃した。彼らはイノシシを部落に担いで帰ったのち、まず頭目のシャガイの家の前まで担いでいき、イノシシの足を切り落として、その最も美味しい部分を頭目への貢物として捧げた。頭目も彼らに酒をふるまって礼をした。まず天地に捧げ、祖霊に捧げ、さらに族人にふるまった。これは大亀文人の祝杯をあげる祭儀であった。それから皆はイノシシのほかの部位を細かくさばいて、それぞれの家の人数に合わせて分配した。当然、このイノシシをしとめた三人の勇士には、少し多めにそして美味しい部位が分け与えられた。

あのときは、大亀文人にすっかり敬服した。これはまさしくあの幼い頃に読んだ『礼記・礼運大同篇』の「老に終わるところあり、壮に用いるところあり、幼に長ずるところあり、鰥寡《かんか》、孤独、廃者に皆、養うところあり（老人は命をまっとうし、壮年には働くところあり、幼年には成長するところがあり、伴侶を無くした男女、身寄りのない者、身に障害のある者は皆、生きていくところがある）」の実現ではないか？

大亀文は教化に欠けているとか、番民だとか、どうして言えるのだろうか？　漢人が書物を読んで、「五倫」や「教化」を学ぶのに比べると、礼儀教化は、早くから大亀文人の伝統的な習俗の中に溶け込んでいる。彼らはただ漢人の競争心や、あるいはいわゆる「努力や進取」に欠けているだけだ。しかし、もっと多くの安楽や、もっと暖かい人間関係があるのだ。

彼らには文字がなく、科学がなく、功名がなく、またきらびやかな服もご馳走もない。しかし郭均は、彼らが馘首の悪習を止めさえすれば、『礼記・礼運大同篇』の社会に近づくと感じた。

新しい内獅頭社への道はもうまったく変わっていることに気がついた。彼は道に注意が向かず、次々と胸に浮かんでくる思いでいっぱいだった。もうすぐアイディンに会える、アイディンは、いまはもう頭目なのだ。内獅頭社の頭目はアラパイだったが、彼が死んで、当然、順番が次のアイディンにまわってくることを、郭均はもちろん知っていた。大亀文は男女とも頭目になることができ、大清国のように男だけが継承できるのとは違っていた。

新しい獅頭社が眼に入った。部落の外で遊んでいた大亀文の子どもたちが遠くから彼に気づき、驚いた、しかし決して恐怖ではない表情で、嬉しそうに走って部落に伝えにいった。

彼らは部落に入っていった。部落の大半の人が彼にはもう知らない人たちではなかった。郭均は大歓迎を受け、たくさんの番人が近づいてきて彼に挨拶した。

彼は、アイディンが最も高いところにある頭目の家から歩いてくるのを見た。アイディンは、彼から三十歩ほど手前のところまで歩いてくると、足を止めた。彼は彼女の眼から涙が流れ落ちるのを見た。

信じられなかった。これは夢なのだろうか？　彼はゆっくりとアイディンのほうに歩いていったが、アイディンは依然として動かなかった。彼がアイディンの両手を引くと、アイディンも彼の手を握りしめた。彼は感動と喜びと恋しさでいっぱいになり、涙が流れ落ちた。

第四十九章

アイディンは郭均と一緒に、新しい内獅頭社から内文社に行き、大亀文の総頭目シャガイに謁見した。

シャガイとチュウクは、アイディンが郭均を連れてやって来たのを見て、喜びまた驚いた。シャガイは、郭均にはずっと好感を持っていた。それに、郭均の助けで、唐定奎と満足のいく協議を実現できたのだ。アイディンは開口一番、さらに彼を驚かせ、ことばを失わせた。

「アイディンは、おふたりの股頭にお伺いを立てたいと思います。アイディンは郭均と結婚して、それから楓港に引っ越して住みたいと思っています。おふたりの頭目が賛成してくださることを願っております」

チュウクとシャガイはびっくり仰天した。チュウクは矢継ぎ早に尋ねた。

「あなた、なにを言っているの？　結婚のことは、私はもちろん賛成するわ。でも、あなた、楓港に引っ越しするって？　あなたは白浪と一緒に住むのかしら？　頭目の地位を放棄するつもりなの？」

アイディンはただうなずいていた。

シャガイが郭均を見ながら言った。

「郭均、お前もわかっているだろうけど、大亀文の皆はお前がよい白浪だと思っているよ。だから、皆もお前のことをとても尊敬している。お前とアイディンが夫婦として結ばれれば、大亀文人は喜ぶよ。だが……」とシャガイは、ちょっと間を置いた。

「アイディンは、パタゴタイ家族の一番下の娘で、もし彼女が頭目の職務を放棄すれば、また家族の中から後継者を探さねばならないが、俺らの家系でなくなってしまう。このことは内獅頭社にとっては、由々しき一大事だ」

シャガイはまた言った。

「知っての通り、われら大亀文の習俗では、結婚すれば、新郎は新婦の家に行くんだ、俺とチュウクの結婚のようにね。パタゴタイ家からロバニヤウ家に入るんだが、お前たち白浪の言う入婿っていうやつだよ。実際は、チュウクこそが本当の頭目なんだが、チュウクは戦争のことや、その他、お前たち白浪のことなどはわからないから、俺が責任を持っているんだ。それで官兵や白浪は皆、俺が頭目だと思っているんだが。唐将軍にも話したんだが、将軍は朝廷では女性を総目に封ずることはできないと言うので、俺が総目になったんだ。郭均、そのようにできるか。パタゴタイをわれら家族の一系統として存続させ、アイディンは内獅頭社の頭目を続ける」

　シャガイはまたアイディンのほうに振り向いた。

「もし郭均がパタゴタイ家族の婿になるのを承諾するなら、頭目の夫として、彼の地位も頭目と変わらない。しかも将来、お前たちの息子や娘や子孫たちも、代々内獅頭社の頭目を担うことになる」

　郭均はアイディンのほうを向き、なにか聞きたいことがあるようだった。アイディンはうつむいたまま、なにも言わなかった。それで郭均はシャガイに言った。

「大頭目、アイディンが私と結婚してくれるのは、光栄きわまりないことです。アイディンと結婚できるなら、私はもちろんあなたがたの習俗を尊重し、大亀文に入婿して、留まって大亀文人になり、大亀文人に溶けこむ心の準備がございます。私の愚かさをお許しください。うまくことばにはできませんが、私は心から皆さんのことが好きで、皆さんを尊敬しております。私は大亀文に留まることになれば、あなたがたに唐山人〔唐山は中国を指す〕の生活上の技術を伝授させていただきます」

　郭均はことばがとぎれ、しばらく躊躇して、内心困ったようすだった。ずっと頭をさげてなにも言わなかったアイディンが、そのとき突然、顔をあげ胸を張って話し出した。

「お兄ちゃん、あとは私が話すわ。楓港に行きたいっていうのは、まったく、私、アイディン自身の考えなの。私と郭均は、長く話し合った。私は郭均がどうして大亀文に残りたいか知ってるわ。郭均は、大亀文が好きだし、白浪の仲間も好きだって言っている。郭均は、将来、大亀文と白浪がまた衝突するのを見たくないし、もしそうなったら大変つらい。だから、大亀文で暮らしたい、いつかまた衝突が起こるかもしれないけど、彼がここにいれば、その可能性が低くなると言うのよ」

「でも、私は郭均に尋ねたわ、将来、もし再び衝突が起こるとしたら、白浪が先に手を出す可能性が高いかしら、それとも大亀文が先に白浪に攻撃するかしら？」

「大股頭のお兄ちゃん、私たち大亀文人は約束を守る人たちよ、白浪がいざこざを起こさなければ、大亀文は先に手を出すことはないわ。お兄ちゃん、そうでしょう？」

シャガイは少し考えてから、うなずいた。アイディンはちょっと笑って、続けて言った。

「郭均でさえ認めているわ、将来、また衝突が起こったら、きっと官兵はまた道を開いて、大亀文を通り、あるいは白浪の移民がますます増え、さらに多くの土地を耕すようになるって。だから、私、郭均に言ったのよ。もし再び衝突するのを防ごうとするなら、郭均は楓港にいるべきよ。万が一、官府がなにか大亀文人に不利な考えを持つようなことがあれば、彼は先に止めに入って、大亀文人のために口を利くことができるわ」

アイディンの顔には、なんと笑みが浮かんだ。

「だから私、郭均に言ったのよ。もし大亀文を愛しているのなら、私を楓港に連れてってと。楓港なら、彼が話すことは、官府には通じるわ。それに、大亀文の姫様がひとり楓港にいれば、大亀文人は官府を信用し、白浪を信用していることになるわ。万が一、事件が起こっても、私と郭均は先に情報を得ることができるし、もう戦争しないようにふたりで努力するわ」

「もちろん、私は幼い頃から白浪の生活にとっても興味を持っていたのは確かよ。でもいまはもう私の最優先の関心事ではないわ」

アイディンは一気に話した。胸は激しく動悸を打ち、体はこわばっていた。夕陽が屋内に射し込み、アイディンの体を照らし、彼女の小柄な体は、映えて長い影をつくっていた。

シャガイとチュウクは、信じられないようすでアイディンを見ていた。彼らはこんな筋道立った話をするアイディンを見たことがなかった。皆はじっと黙り、まるで家中にアイディンのことばがこだましているかのようだった。

郭均は感動で胸いっぱいになり涙を流した。彼は一昨日、アイディンに楓港人の興味津々な眼、さらには軽蔑の眼に耐えるのに心の準備が必要だと話したところだった。アイディンの答えは、いっそう彼に彼女への敬意を抱かせた。アイディンは、白浪は皆、大亀文人を理解せず、多くの誤解をしていると彼に告げた。実際は、大亀文の男はおおらかな性格で、女性はよく働き、大変器用なのだ。アイディンは、楓港人にもっとよく大亀文人を知ってもらえるようにするの、と言った。

とうとう、シャガイが口を開き簡潔にこう言った。

「いいだろう!」

シャガイがうなずくと、アイディンと郭均は感極まって泣き出し、アイディンは前に飛び出して、強く兄を抱きしめて礼を言った。郭均は王開俊を思い出していた。郭均はアイディンが善行を積もうと、人を遣わして王開俊にお参りしたので、王開俊の神霊がふたりの再会と結婚をうながし、彼女にシャガイに打ち明ける勇気を授けたのだ。それで郭均も勇気を奮って大亀文の総股頭のシャガイに彼の気持ちを訴えたのだった。シャガイはしばらくのあいだ大きく眼を見開き、顔をあげ、まるで空を見あげているように無言だった。顔には尊敬の念が溢れていた。

シャガイは自ら内獅頭社に行って婚礼を主宰した。内獅頭社の女頭目が白浪に嫁ぎ、しかも楓港で住むのだ。もちろんこれは空前のことだった。幸い、この白浪は大亀文人が好きな善人であり、しかもふたりの結婚は官府と大亀文の関係の具体的な改善を象徴していた。

シャガイは、ふたりは結婚後、五年祭やその他の重要な祭儀には、必ず帰って参加することを条件に結婚に同意した。この他、アイディンは毎年少なくとも二回、部落に帰らなければならないことになった。こうして郭均は、内獅頭社に引きつづき一か月近く滞在することになった。

第五十章

しかし、郭均がアイディンとの喜びに満ちた結婚生活を送っているかたわらで、瑯嶠の住民たちには別に気がかりなことが起こっていた。

まずは「瑯嶠」の名前がなくなり、「恒春県」と改められたことだ。恒春県という名前が、美しくないというのではなく、ただ住民は「瑯嶠」というこの二百年使ってきた名前に慣れ親しんでおり、郭均にとっては愛着があった。瑯嶠は本来、原住民のことばで、たまに原住民からもたらされる脅威を表わしていたが、また天高く、皇帝遠しの辺境の地、なんの拘束もない時空をも表わしていた。恒春、この名前は美しいが、住民には、特に村の頭人たちには喜ばれなかった。と言うのも、最初に着任した恒春県令の周有基が、皆を恐れさせたからだった。なんの拘束もない素晴らしい日々は、もう過ぎ去ったようだった。

これまでは官府は遠く枋寮にあった。いま、恒春城はまだ建設中とはいえ、周有基は光緒元〔1875〕年七月下旬にすでに着任していた。周は昨年の三月、日本人が亀山に上陸する前に、枋寮で巡検に任じられており、それで瑯嶠の住民は彼のことをよく知っていた。

周有基が恒春の県令になってやって来ると聞いて以来、王媽守はずっと不安に感じビクビクしていた。

昨年、周有基は役所の文書で、王媽守が「倭軍と結託」していたことを公にしていた。幸い、郭均が王媽守の境遇に同情を寄せた。「低い軒下では、頭を低くせざるを得ず」で、日本軍がやって来て、横田棄に協力せずにすむだろうか。生活に迫られて、日本人から微々たる利益を得ようとしたことが、どうして大きな罪に問わなければならないのか。そのうえ、「漢奸〔民族の裏切り者〕」の帽子をかぶせるとは、あまりにも度が過ぎている。郭均は王開俊の説得を引き受けた。こうしたことは大きな環境によるもので、王媽守に罪はないという説明に王開俊も同意した。その後、王媽守は日本人が楓港にいたときのように、虎の威を借る狐よろしく、村民に号令をかけるようなことができなくなり、すっかりおとなしくなっていた。後に、王開俊が命を落とした後、後任の唐定奎は王媽守にあれこれ相談することはなかった。しかも、唐定奎は生番の討伐を主張した。それはまさに王媽守が日本人を利用してやろうとしてできなかったことだった。王媽守は官兵にも協力した。ところが、番人が投降すると、王媽守に大きな災難が降りかかってきた。周有基がもどってきて、そのまま恒春県令になったのだ。周有基は遠く恒春に城を築いたが、王媽守は内心ずっと落ち着かなかった。彼はもう一度郭均に頼んで、周有基にとりなしてもらおうかと考えた。あいにく郭均は番社に行ってしまった。

さらに思いがけないことに、周有基が着任して五日目に、王媽守は衙門《がもん》〔役所〕の役人に自宅から引っ立てられ、手錠と足枷をされて、囚人車に乗せられ護送されてしまったのだ。数日も経たずに、斬首されたという噂が伝わってきた。王媽守とその家族は、牢獄に繋がれるぐらいのことは考えていたが、まさか斬首の重刑になるとは思ってもいなかった。楓港人は皆、度肝を抜かれた。もし引き続き罪を問うと言うのなら、楓港人は誰もが身の危険を覚えたからだった。

後の伝聞では、王媽守の罪名は、日本人が楓港に軍営を建てるのに協力して「倭軍に内通した」ことのほか、彰化の賊人廖生富と日本軍の仲立ちをしたというもっと重い罪があった。王媽守が死罪になったのは、実はこの罪状によるものだった。恒春から伝わってきたところでは、王媽守はこの罪状による告発には非常に不服で、廖生富は確かに彼にそのような要求をしてきたが、きっぱり拒否したと、一貫して潔白を主張していた。そうして、廖生富がなぜ遠く彰化から彼を訪ねてきたのか、まったくわからないと言った。

しかし、周有基はただ冷たく笑うだけだった。王媽守は刑が執行される直前まで、なお無実を叫びつづけ、大声で罵り、周有基を呪った。楓港人は、周有基が廖生富の秘密から王媽守の家のことまでなんでも知っていたことに感心し、また恐れた。なぜなら、楓港でこのことについて知っているのはもうわずか数人しか残っておらず、王媽守も彼らに何度も秘密の保持を頼んでいたからだった。

周有基が王媽守の首を斬ったというニュースは、統埔や保力の客家の村などの頭人にも伝わり、皆、慌てた。はじめは琉球人の頭骨の一件で、周有基と気まずい感情のもつれがあったからだった。だから、周有基が罪に問うと決めたなら、投獄か、財産の没収はおそらく免れないだろうと深く怖れたのだ。

幸い、天の情けか、周有基が赴任して一か月で、父親の死去のために二十七か月喪に服さねばならず、職務を解かれた。[73] 皆は重荷を下ろしたように、胸を撫で下ろして喜んだ。ただ王媽守だけが馬鹿を見たのだ。周有基も、王媽守が処刑されるときに、自分を罵っていたことを知っていたので、数日後に父親が急病で亡くなったときには、思わず鳥肌が立った。

周有基が任務に就いていた頃、郭均はちょうど大亀文にいた。しかも、周有基がいたのは遠く恒春だった。周有基は、日本人のために働いた漳州人や泉州人、さらに客家人の頭人らを苦々しく思っていたが、ほかにも当時、大きな事件を引き起こしたクアール社にもねらいをつけていた。噂では、彼はクアールを抑えつけるために、唐山の風水師に頼んで、三つの呪文を貼りつけた石をクアール社の正面に立てて、それでこれらの殺人鬼の生番を鎮圧した。現地の人たちは、これを「石府敗庄頭」〔現在、恆春半島の墾丁牧場に建つ〕と呼んだ。

唐定奎が淮軍をすべて撤退させたあと、枋寮から車城までの一帯は、武将の最高位にあった枋寮の巡検郭占鰲が治めた。

郭占鰲は、大亀文の総目シャガイの妹が郭均に嫁ぐと聞いて、驚きまた喜んだ。彼は多くのお祝いを持って、自ら内獅頭社に出かけて婚礼に出席したので、大亀文人も大いに面子が立った。

郭均はそのまま内獅頭社に留まり、新頭目の継承式典が終わってから、ようやくアイディンを連れて楓港にもどった。郭均が大亀文の総目の妹で、獅頭社の頭目を嫁にもらったという噂は、自然に拡がっていった。加禄から楓港まで、住民の喜びの声が満ち、食べ物や果物が贈られ、ふたりを大変喜ばせた。あの日、民衆は、大亀文の総目が大本営にやって来ると、唐将軍が直々に賓客の礼をもって鄭重にもてなすのを見て、いっそう尊重する気持ちが加わった。だから、大亀文の総目の妹が楓港の軍人に嫁すと、実際、楓港人も大いに面子が立った。そして誰もがまた、これから大亀文がこの一帯の開拓民を虐殺することなど、もうないだろうと思った。このことは、唐将軍と番人の頭目の約束よりずっと人びとを安心させた。郭占鰲も人を遣わして郭均の住宅を大補修し、大きな贈物とした。

郭均がアイディンを連れて楓港にもどると、民衆は道を挟んで拍手で迎えた。

彼らは楓港に着く前に、王開俊の祠堂にお礼参りにいった。アイディンは部落から多くのお供え物を携えてきて、ふたりで線香が一本燃え尽きるほどの時間、たっぷりと跪いてお参りした。

郭均は楓港に着くと、なんと家に帰らずに、直接徳隆宮に参拝した。彼は、五府千歳に、今後ふたりは楓港に住むことを報告し、ふたりを見守ってくださるように祈り、さらに開拓民と獅頭社の皆が無事に仲よく暮らせるようにお願いした。アイディンも郭均について線香を手に持って神明にお参りし、その敬虔な表情は周りの人たちを大変驚かせた。

「なんと番女も礼を知り、神を敬うんだ」

第十部

胡鉄花　涙を鳳山の昭忠祠にそそぐ

第五十一章

胡伝(74)（字、鉄花）は鳳山県令李淦《りがん》（字、麗川）の案内で、鳳山県署に入っていった。李淦が自ら鳳山の外北門に胡伝を迎えに行き、胡伝を喜ばせた。

李淦は安徽省黟《い》県の人であり、胡伝は安徽省績渓の人だった。黟県と績渓は同じ徽州に属し、隣の県だった。台湾で同郷人に会うのは、とても愉快なことだった。ふたりはふるさとへの思いを語り合い、いっそう親しみを感じた。

胡伝が台湾に来たのは、台湾巡撫 邵 友濂《しょうゆうれん》と台湾兵備道顧《こ》肇《ちょう》熙《き》の任用によるもので、「全台営務処総巡」の官名で、全台湾の営務処を巡視するためだった。

これは光緒十八（1892）年四月初五のことだった。

昨年の年末、胡伝は上海で台湾への派遣命令を受け取ったが、行きたくない気持ちだった。同治十三〔1874〕年に、沈葆楨の「開山撫番」政策が正式に執行されて以来、今日まで、十八年が過ぎていた。この間、朝廷は巨額の資金を投じ、人材を派遣し、確実に台湾の建設に努力してきた。台湾の進歩も、朝廷の自慢とするところであった。しかし、一般の官吏は、依然として台湾へ行くのは危険な道と見ていた。胡伝のような、南北の大河を巡り、北は寧古塔〔現、黒竜江省寧安市〕から、南は瓊《けい》州〔清代、広東省〕まで歩いてきた「鉄漢〔鉄の意志を持った男〕」と称された人でさえ、しばらくためらい、ようやく赴任したのである。

「胡総巡殿、道中お疲れさまでした。台湾の気候は、お慣れになりましたか？」

ふたりは県署で落ち着くと、李淦はここ数年に台湾で開発された烏龍茶を出して、この同郷人をもてなした。

胡伝が微笑んで言った。

「台湾は気候がいいですね。私は二月二十四日に台湾に着きました。今日は四月五日で、もう四十日になりますが、ほとんど穏やかな日々で、想像したような酷暑には出会っていませんね。聞くところでは、台湾は夏と秋に台風が多いそうで、また地震も時々、起こるそうだが、私はまだ経験していませんな。ただ、台湾に来てまだ半月も経っていない頃の三月七日の早朝に、夾板山（現、復興郷角板山）で一度、番人の駐屯軍への攻撃を経験しましたな。空はまだ明けきらず、滂沱《ぼうだ》の雨の中、番人は雄たけびをあげ、官兵は大砲で反撃し、銃声と雨の音が入り混っていて、多くの棟営（霧峰林家の林朝棟の軍営）の郷勇が戦死しました。本当に驚くべき戦いだった。私の生涯でも、戦場からこんなに近かったのは初めてだった」

それから、話題を一転させた。

「台湾の番地の戦乱は、山地の至るところで起こっておるのだろうか？」

李淦はうなずいて言った。

「鉄花兄、台湾の番地では事件が頻繁に起こるというのは本当でありますが、ここ数年、特に多いですね。東部の後山で頻発していますが、西部はだいたい静かなもんです。私は光緒十五〔1889〕年八月の初めに台湾に参りまして、淡水の県令にあたっておりました。一年あまり経ってから、鳳山に転勤してきましたので、夾板山のことには少し詳しいのです」

「かつて光緒十二〔1886〕年より、劉銘伝大人は何度か大嵙渓に兵を出されましたが、それは大嵙渓が淡水河の上流にあり、泉州人が開墾を熱望していたところだったからです。早く乾隆年間〔1736～1795〕には、安渓（現、泉州市安渓県）人はもう三角湧（現、三峡）まで来ていました。同治〔1862～1874〕に入りますと、さらに農民は渓流をさかのぼって大嵙崁《かんか》（現、大渓）を開墾し、大嵙崁社の土番と衝突しました。光緒十二年には、劉大人は林朝棟の軍隊を派遣して大嵙崁番を掃討しましたが、なんと五、六年経っても、依然として戦いは止んでおりません。ああ、番人はもともと持っていた土地を守ることにかけては、一歩も退こうとせず、それゆえ開山撫番はずっと順調に行かないのです」

胡伝がしみじみと言った。

「大嵙崁の七つか八つの部落は、六年間ずっと埒《らち》が明かないですね。台湾中で番人の部落は数百あり、十八年来、巨額の経費を費やしてきたが、どれほどの成果もあがっていないですね。[75]」

李淦は苦笑して、なにも応えなかった。胡伝もそれ以上なにも尋ねなかった。胡伝は効率を重んじる人で、そこで李淦と視察の行程を相談した。

視察が終わったのは申《さる》の刻〔午後三時から五時〕になったばかりの頃で、太陽の光はまだ暑かった。そこで、李淦は胡伝を誘って鳳山県城を歩いてまわった。ふたりはまず曹公廟に行った。胡伝は曹公〔清代鳳山県令曹瑾〕像に手を合わせながら、心引かれるものを感じていた。県令は小さな官位に過ぎないが、もし民に幸福をもたらしたならば、台湾の純真な民衆は、こうして県令のために廟を建てて参拝するのだ。心中深く感ずるところがあった。官位に大小を問うことはないのだ、小官でも大事を成せば、曹公のように台湾の民衆は百年後もこうして追憶して祭るのだ。

李淦がまた言った。

「空はまだ明るいですから、あと一か所、我々安徽人ならなおさら、行かねばならない場所があります」

胡伝はすぐにわかった。

「淮軍の昭忠祠だね？」

李淦はうなずいた。

「私は毎月初一、十五になるたびに参拝に来ております」

淮軍は李鴻章の郷土兵だった。李鴻章は安徽省合肥の出身であったことから淮軍の兵士の大半は長江の北の合肥周辺、淮水の沿岸の村々から来ていた。胡伝と李淦は、江南の徽州出身であったが、安徽省の同郷に数えることができた。ふたりは駕籠に乗ると、すぐに柴頭埤《さいとうひ》という大きな池にやって来た。池は左側にあり、小さな山陵になっていた。

李淦は解説した。柴頭埤はまた武洛塘とも言われ、だからこの柴頭埤のすぐ隣の小さな山は「武洛塘山」と呼ばれております。昭忠祠は武洛塘山の平たい山の頂にあり、池に面して建っております。祠堂は構えが大変大きく、粛然として荘厳、また山水の景勝地の趣を兼ねそなえています。

胡伝は心中、素晴らしいと賛嘆した。

胡伝は、李淦から台湾に埋骨された淮軍は、千九百十八人にも上ると聞かされ仰天した。淮軍が光緒元〔1875〕年の獅頭社戦役で多くの死者を出したことは知っていたが、多くてもせいぜい数百人に過ぎないだろうと考えていた。李淦は、恒春県では他に、さまざまな階級の殉職者が出た湘軍や広東軍の将兵の墓があると告げた。李淦はちょっと笑って言った。

「同治十三〔1874〕年より今日の光緒十八〔1892〕年まで、ほぼ二十年、台湾は多事多難で、朝廷は度々台湾へ増兵してきましたね。台湾に来た部隊で、再び内地にもどれた者は、実に半分に過ぎません。幸い疫病を免れたとしても、さまざまな理由で台湾に留まり、いまだに帰っておりません。ただ我らのような文官や将軍だけが、台湾と内地を往復できているんですね」道理で皆は台湾に派遣されることは、危険な道だと見ているんだな、と胡伝は思った。

祠堂全体はさらに三つの大殿から成り、両側には軒のついた回廊がついていた。胡伝と李淦は長い回廊に沿ってゆっくりと歩いた。回廊の軒下には、位牌が長く一列に並べられていた。それぞれの位牌には、殉死した官軍の名前と官職名が刻まれていた。六か所の長い回廊に並べられた左右十二列の位牌を見て歩きながら、胡伝はその位牌は故郷に帰れなかった孤独な霊そのものだと思い、悲しい気持ちになった。

参拝が終わると、もう黄昏が近かった。昭忠祠の周りは背の高い榕樹に囲まれ、長い髭のように密集した黄褐色の気根が軽く風になびいている。榕樹の下では、たくさんの雀が地面を歩いてえさを啄ばんでおり、人が近づいてくると、チッチーッと一斉に飛び立ち、静かな祠堂に活気をもたらしている。夕陽が斜めにかかり、涼風がサラサラと吹いている。胡伝の正面の足元は武洛塘埤で、水面は波立ち緑に輝いている。右手の足元は鳳山県城だった。はるかに見渡すと、天人合一の感があった。胡伝は祠の前の石碑に向かって歩いた。石碑は十五年前の光緒三〔1877〕年に建てられたもので、碑文は大変長かった。胡伝はざっと黙読し、それから思わず一字一字声に出して読みはじめた。

「嗚呼！　諸君は軍に在りしこと十余年、南北の巨擘《きょはく》〔英傑〕として、動乱と共にあり。いま遠征をやめ、番族の愚昧を導き、その功績は永遠に模範として伝わらん。文嶺祠の伏波〔伏波将軍こと馬援〕、甯益祠《ねいえきし》の武郷〔諸葛孔明〕、古今いずれも同じくして、功績を刻むこと何ぞ恥ずかしからんや。祠はすべて十二柱あり、光緒乙亥《いつがい》〔1875〕七月に創建し、丙子〔1876〕六月に落成、その後鳳山、枋寮の二か所の墳墓に改葬し、千九百十八棺あり。依然として廟堂に安置し、守る者はこれを世話する。別に石に具《つぶさ》に刻む」

胡伝の憂鬱そうな声が、空中に響いていた。初めて台湾に渡ったが、いまそばにいる李淦は安徽省の同郷、そして昭忠祠の千九百十八人も皆、安徽省の先賢たちだった。彼は王勃〔650～676〕の名句、「萍水《へいすい》〔浮草と水〕相逢う、尽くこれ他郷の客なり。関山〔辺境の関所と山々〕越えがたく、誰か失路の人を悲しまんか」〔「秋日登洪府滕王閣餞別序」〕を思い出した。これらの英霊たちは他郷の客ではなく、同郷の先輩たちだ。路を失っただけでなく、国のために命を投げ打ち、永遠に故郷に帰れず国家のために命を捧げた人びとである。彼は振り返って、もう一度夕陽の下の昭忠祠を望むと、千九百十八人の英霊の懐郷の情を感じることができるようだった。涙が両頬をゆっくりと流れ落ちた。

第五十二章

李淦と共に鳳山の淮軍昭忠祠を参拝した翌日、すなわち光緒十八〔1892〕年四月六日、胡伝は早朝から侍従を三人、駕籠かきを三人、荷担ぎを二人連れて、夜明けの薄明かりの中を枋寮に向かって進んだ。鳳山以南には、もう大きな町はなく、辺境の地が続いた。その日、胡伝は三十里歩いて東港に着いた。東港には哨兵がいて、射撃術の演習が行われ、胡伝は真面目に哨兵の射撃演習を指導した。その夜、胡伝は東港に泊まった。

鳳山の昭忠祠参りは、彼の心を激しくゆさぶった。すぐに李淦に頼んで、沈葆楨や丁日昌らの当時の奏上文を探してもらった。彼はそれを持ち歩きいつでも読めるようにしていた。

枋寮の宿屋、順源桟に滞在したとき、胡伝は丁日昌が書いた光緒三〔1877〕年六月二十八日付けの『銘軍勦番陣亡員弁丁請列入祀典摺』の摺《しょう》文〔上奏文〕の中に、次のような詳しい記述を見つけた。

ただちに該提督〔唐定奎〕を経て光緒二〔1876〕年七月に、金銭を調達し、鳳山県北門外武洛塘に基地を買い、参将程曽郁に命じて鳳山県知県孫継祖に立ち会わせて部局を設け、昭忠祠享《きょう》堂〔祭堂〕三間と両廡《ぶ》〔廊下〕を各三間建て、傍らに一千一百四十九体を埋葬した。さらに枋寮に土地を買って義塚をつくり、敵の内山などの地にあった兵士七百六十九体の棺を移して埋葬し、前年の八月に一律に工事を終えた。……

鳳山の昭忠祠の落成は、丁日昌が福建巡撫の任にあったときのことであり、それゆえこのような詳しい記載が残されたのだ。千百四十九人は、獅頭社の役に参戦した殉死者の烈士であり、そのため鳳山昭忠祠に祭られた。七百六十九人は、病死した淮軍であり、枋寮の義塚に葬られた。淮軍は、総計千九百十八人が台湾で殉死したのだ。

四月七日、胡伝は枋寮に着いた。胡伝はその日、沈葆楨がこの道路を通ったときに、次のように書いていたのを思い出した。

「ときはすでに残冬、麦穂の苗が黄色く間隔を置いてきれいに並んでいるさまは、内地の四月の風景である……ここを過ぎれば、どこも番社である。住民はポツリポツリ」

沈葆楨の文章には感情がこもり、庶民の気持ちに通じている。胡伝は沈葆楨への敬意がいっそう増した。

枋寮を過ぎると、そこは沈葆楨が新しく設立した恒春県だった。胡伝は日記に次のように書いている。

「初七日、海に沿って三十里行くと枋寮に至り、駕籠かき、荷担ぎは疲れて、休憩を求める。該地は旅籠が小さく、臭気が漂っている。ちょうど保甲董事の林克中が来て、その家に泊まる」

その晩、胡伝は林克中に、丁日昌は奏上文の中で枋寮の淮軍塚に言及して、埋葬された勇士は七百六十九人と述べているが、その塚はこの付近にあるのかと尋ねた。

林克中は、あの義塚は北勢寮にあり、海の近くで、この南に向かう道沿いではないと言った。

胡伝は、明日、途中で参拝したい旨を述べた。林克中は難色を示した。林は、もし北勢寮に寄ってから元の路にもどろうとすると、翌日の胡伝の行程は極めて長くなる、それに今日の夕刻から雨になり、もし明日も雨が降れば、たぶん道に迷ってしまうだろうと考えたのだ。

胡伝は頑なに言った。

「それなら、われらは明日の朝、一時間早めて出発するぞ」

翌日、幸い曇りだった。胡伝は夜明けに出発し、林克中が案内した。保安宮を過ぎると、海辺の北勢寮のほうにまわった。二、三里ほどで祭祠に着いた。鳳山昭忠祠のように立派でもなく荘厳さもなかったが、規模はかなり大きかった。胡伝は、ここにある七百六十九棺は病気で死んだ兵士で、戦死した淮軍ではないと知っていた。祠堂は西は大海に向かい、郷里を望んでいた。胡伝は、同郷のこれらの忠魂に参ると、英霊の庇護を祈って手を合わせ、それから慌ただしく出発した。

率芒《そつぼう》溪を渡ると、古く「瑯嶠」と呼ばれた恒春県の県内に入って行った。この日は、果たして、林克中が言うように長い旅だった。侍従や駕籠かきや荷担ぎは、汗びっしょりになって必死に前に進んだ。この地は、溪流が多く流れも急で、河を渡るたびに苦労の連続だった。

枋寮からさらに十五里進んで南勢湖の南番屯軍後哨七隊駐地に着いた。正哨官林錫銘《りんしゃくめい》は、昨夜の主人林克中の弟だった。胡伝が尋ねるや、獅頭社戦役の話に火がつき、大亀文番に包囲されて殉死した王開俊とその部下九十七人の廟塚が、近くにあるという。そこでふたりは歩いて行くことにし、駕籠かきや荷担ぎをしばらく休ませた。

廟は小さくて荘厳、王開俊の神像は長い髭を生やした儒者の趣きがあり、武将には似つかわしくなかった。いくぶん特殊だったのは、廟のそばに塔が建っていることだった。風習では、塔には「鎮魂」の意味があり、住民たちは王開俊らの死は無実の死に属すと考え、塔を建ててなぐさめようとしたことがわかった。胡伝は恭しく線香をあげたが、内心は悶々としていた。どうして唐定奎は、この戦場に倒れた九十七人の遺骸を国家が祭る昭忠祠に納めず、民間の祭祀に任せたのだろうか。民間では王開俊を神とみなしているが、それはまたいささか大げさすぎるように思われた。

後になって、胡伝はようやく、王開俊は湘軍の系統に属し、唐定奎は淮軍だからだと知った。昭忠祠は淮軍専用の祠堂であり、湘軍はその門内には入れないのである。このような区分について、胡伝は思わず頭を横に振った。(76)

思いがかない、再び出発した。海岸には山が勢いよく迫り、遠くから見ると、大きな獅子が座って大海原を見ているようだった。胡伝はこれが獅頭山だとわかった。それなら、あの山麓の深いところが、十八年前に、淮軍と大亀文人が三か月あまりにわたって戦場としたところだ。

胡伝は駕籠を下り、左手の高い山の絶壁を見上げると、山林が青々としていた。また頭を下げて、数十尺下の紺碧の大海原を見渡すと、波濤がしきりに打ち寄せていた。このような壮大な景色は、彼の五十年の生涯で見たことがないものだった。胡伝は、ふと同治六〔1867〕年に、台湾兵備道の劉明燈がこの地に来て書いた「山深い密林、狭く曲がりくねった道、さらに大きな岩肌が剝き出しになった険しい山、歩くこと難し……」を思い出した。胡伝は侍従らに追い立てられるように、また駕籠に乗った。侍従たちは、雨の日は、たまに巨石が山から転げ落ちてきますと言った。十七年前に、唐提督がこの道を切り開いてくれたお蔭で、このように楽々と歩いていけるのだと胡伝は知った。沈葆楨も、かつてこの道を「そもそも枋寮より南は瑯嶠に至り、民居〔民家〕はすべて山を背にして海に面し、外《そと》には屏障〔障壁〕なし」と描いている。

鳳山を離れてから毎日、胡伝は朝起きるとすぐに、沈葆楨の上奏文を取り出して、念入りに読んだ。今朝は、読んでいてひとつの疑問を覚えた。それは同治十三〔1874〕年十二月二十三日の沈葆楨の上奏文、つまり王開俊が事件を起こした光緒元〔1875〕年正月初八の半月前の上奏文に、次のように書かれていることだ。

「十七日、莿桐脚を過ぎるや、郷民泣訴す、これまで獅頭社番により殺された者は五人であったが、王開俊営長が来るや、番は民を疑い、また二人殺す。争いの根は、番は直〔正直〕で、民が曲〔屈折〕であるところにあり、仇殺〔怨恨による殺人〕に及んでは、断じて番にほしいままに民に災いが及ばないようにさせ……」

胡伝は、この文中に見る「番は直で、民が曲である」に大いに興味を抱いた。このことばは、ずっと人々に軽視されてきたと思った。沈葆楨さえ「番直」と言うのなら、それなら初めから番人には理がある〔「有理」〕のだ。「民曲」の二字は、いっそう直接的に開拓民に理がないこと〔「無理」〕を指している。残念なのは、沈葆楨は開拓民の「曲」がどこにあるのか詳しく述べていないことだ。

胡伝はフッとため息をついた。沈葆楨は一語にそっと開拓民の短所をかばうような意味を持たせたのだ。これまで台湾の生番が人を殺すと、朝廷は上も下もみさかいなく、人を殺す番人の残虐さをとがめてきたのだと思った。沈文蕭公〔沈葆楨〕の上奏文を読むと、少なくとも獅頭社の役は、決して番人が引き起こしたのではなく、開拓民が番人を威圧したのが先である。さらに、沈葆楨が王開俊に会ったときにはまたこう述べている。

「……仇殺〔怨恨による殺人〕に及んでは、断じて番が民に災いするのを許さず、営夫〔王開俊軍営の軍人〕にまたなんの罪があろうか」

沈葆楨が王開俊に、「断じて番が民に災いするのを許さず」と述べたのを、王開俊は、沈葆楨がすでに指示を出したものと考え、内外の獅頭社に出兵したのかもしれない。しかし軽率に進攻したために、全軍が壊滅した。後に沈葆楨は、二月十七日の上奏文に、「厳しく一、二社を懲罰し、諸社が自然に恐れ従い誠を尽くすようにさせてこれを撫せば、それで一労永逸の計となります。もとより甘い態度で災いを後に残すようなことはせず、また殺戮を好んで功績を貪るようなことも致しておりません」と書いているが、すでに騎虎の勢い〔乗りかかった船〕であったのだ。

こうして、唐定奎が指揮して海を渡り、もともと日本との戦いに準備を整えてきた淮軍十三営は、ここ獅頭山に住む獅頭社の番人と三か月にわたって戦うことになった。

胡伝は獅頭山の山並みを眺めながら、鳳山の昭忠祠にいる千百四十九人の安徽省の先輩たちが、この地の深山の密林の中で生番と戦って死に、あるいは瘴癘で急死していったことを思い出していた。

胡伝は、もともと戦争を仕掛けたのは、実は番人ではなく、番人は無実の罪を着せられたのだと思った。しかし、あの荒山に戦死し、異郷に骨を埋めた千人の淮軍のことを考えれば、感傷が憤りに変わり、この二日間生番に対して芽生えていた同情はまた消えてしまった。

胡伝はまた、南勢湖から枋山までのあいだ約二里のところに要塞がひとつあり、まるで烽火台のように設置されているのが気にかかった。これらの要塞は光緒初年に建てられている。いまはもう要塞内には兵士は守備についていないが、ただ獅頭社の戦役後も、この地の番人に対する警戒の目は依然として厳しかったことがわかる。

胡伝は、李淦が、北部では生番の出草殺人は依然として時折耳にすると語ったのを思い出した。また番人が平地で一人っきりでいると、漢人に殺害されると言うのを聞いたことがあった。いわゆる漢人と番人間の敵視や蔑視は、実際、なくならなかった。番人の出草がなくなれば、本当に素晴らしいことで、一大進歩だった。

彼はまた別のことを思い出した。鳳山にいるとき、鳳山県令の李淦に、三月七日に起こった夾板山での番人と官軍の交戦について話したとき、この十八年の「開山撫番」は順調にいっているのかどうか尋ねた。そのとき李淦はなにも答えなかった。しかし後に、胡伝と昭忠祠を参拝したあとの別れの夕食の席で、彼のほうからこの問題についての見解を示した。

「鉄花兄、台湾は、あなたもご存知の通り、台湾の土番には、実は、熟番と生番の二種類がございます。平地の熟番はまだおとなしく、だんだんと私たちの習俗を受け入れております。しかし、山地の生番は……」

李淦は長くため息をつくと話を中断した。そして、先に烏龍茶をひと口啜ると、それから顔をあげ、改まって正座して言った。

「私は台湾に来て長年になりますが、沈文蕭公には敬服いたしております。公は当時、駐台わずか一年も経たずに、すぐに治台四策を実施しました。いまから見ますと、本当に先をよく見通されておられます。『開山撫番』の一事は、沈文蕭公の奏上文に『それ山を開くに務めて、先に番を撫さざれば、すなわち山を開くに手を下す術なし。番を撫さんとして、先に山を開かざれば、すなわち番を撫すはなお空談に属す』とあります。ことばに気迫がこもって力強く正論ですが、ただ残念ながら妨害があって実行が難しいのです。撫番は必ず番を討伐することになります。原因は沈文蕭公が体験することがなかったことにあります。いわゆる『鐘鼎（官吏）と山林（隠士）には、それぞれ天性あり、強いるべからず』であります」

胡伝は尋ねた。

「どういうことですかな?」

李淦は長くため息をついた。

「番人には天性あり、これを撫す法なしであります。しかし、番人の天性は、勇猛果敢ですが、凶暴残虐ではありません。彼らは、天性が異なり、生活形態も異なり、祖霊を崇拝し、数百年来自らその楽しみ方があり、自ずと体系だった天地人合一の哲理を持っており、われら中土の民の考え方とはまったく異なっております。沈葆楨大人は当時、大変慌ただしく、生番を理解しないうちに、『開山撫番』を急いで決めたのですね。実際、番をことごとく漢に化すなんてことは、木に登って魚を求めるようなものです。ですから、開山撫番の十八年、少なくとも番地を開拓するという点では、徒労にして功なし、と言うことができるでありましょう。私の見るところ、もし番地を徹底的に開拓するなら、番民を殺し尽くさざるを得ないでしょうね。これから、胡伝殿はゆっくり体験されることになるでしょう」

それを聞いて、胡伝は大いに驚いた。李淦がほかの人が言わないようなこんな深い話をするのは、李淦が彼と安徽省の同郷の誼だとわかった。しかも、李淦は深く物を考えるタイプで、別れ際になってようやく彼に話したのだ。ただ彼は、李淦は大変悲観的過ぎると思った。彼の考えでは、朝廷はただ南部〔下瑯嶠十八社〕にだけ兵を出し、北部〔上瑯嶠十八社〕では、いまだ唐定奎が大亀文で「厳しく一、二社を懲罰し、諸社が自然に恐れ従い誠を尽くすようにさせてこれを撫せば、それで一労永逸計となる」のと同じようにできていない、それゆえ北番とは紛糾が絶えないのだ。

その後、枋寮に着くと、胡伝は林克中にも、唐定奎と大亀文人との条約の締結後、大亀文は面倒を起こしていないかどうか尋ねた。

林克中は言った。

「大人は本当に国事、民情にご関心がおありですね。光緒元〔1875〕年の獅頭社大戦のあとは、枋山と楓港は確かにすっかり静かになり、枋山渓の大亀文社群と楓港渓の射不力社群は、共に平地の民衆と平和に暮らしております[77]」

「ただ、率芒渓の北側の社群は大亀文には属していないために、官府との大小の戦役があとを絶たず、とりわけ光緒三〔1877〕年のときが最大規模の戦闘となり、振字前営副将の李光の部隊が、率芒社によって把総一名、勇丁三名殺されました[78]。そのため総兵張其光と潮軍統領方銘山が、率芒渓より一挙に進撃し、さらに霧里乙社まで追撃して、元凶である率芒社のふたりの頭目を殺しました。他に率芒社の人間を二十人捕虜としましたが、その中には頭目の子どもらが五人いました。そのとき、ちょうど丁日昌大人が澎湖におられましたので、全員が澎湖に送られました。丁大人は彼らを赦免されました」

「ただこの後、光緒十〔1884〕年と光緒十四〔1888〕年に、率芒社の番民が村民を襲撃する事件が起こり、再び官軍が討伐しました」

胡伝は、李淦と林克中の話を思い出しながら、朝廷の台湾に対する開山撫番政策は、意図はよいのだが、幾重もの困難があると考えていた。とりわけ、その是非は矛盾だらけだった。彼は、いかにしてこの「撫番」の重責を果たすことができるか考えていた。国を憂い、民を憂いていた。政策は必ず実行し、台湾は必ず山を開かねばならない。但し、妄りに生番を殺してはならない。では、どうすればうまくいくのだろうか。

そのように考えていると、駕籠が止まった。駕籠かきが大きな声で叫んだ。

「旦那様、楓港に着きました」

第五十三章

楓港は、枋寮以南、車城以北の最大の村落であった。

軍府はここに「汛《じん》」を設けた。これは漢人の緑営部隊〔清朝満洲人八旗兵以外の漢人部隊〕の「標」、「協」、「営」の下の編成で、枋寮と車城のあいだに置かれた最高司令部であった。

当初、牡丹社事件のときには、日本人がここに支部部隊を駐留させていた。日本軍が撤退したときに、王開俊の部隊が接収して駐屯した。胡伝は沈葆楨の上奏文に、次のように書いているのを記憶していた。

……夕に風港に宿し、適《まさ》に王開俊、営を移して至る。臣、葆楨はすぐに汛弁郭占鰲を派《つかわ》して社に至らしめ、文書をもって凶犯の懲罰を命ず。もし敢えて違抗（逆らう）すれば、威をもって示さざるを得ず。

風港には倭営すべて在り、四方に牆壁《しょうへき》なく、草屋は数十にして、高さはわずかに肩に及ぶのみ。王開俊、その貧弱で防備に役立たないのを嫌い、駐屯して土塀をここに加えんとせり。

楓港は王開俊が駐屯していたところであり、胡伝は楓港を特に重視した。彼は王開俊や後にここにやって来た淮軍の事跡について少しでも理解できるように、この地の汛官とよく話したいと思った。意外にも、彼を迎えに出たのは、大変若い副汛官ひとりだけだった。出迎えを予定していた宋姓の汛官は、所用で恒春県城に行っており、帰りが間に合わなかった。副汛官はそのため再三謝った。胡伝は微笑んで大丈夫だという表情をし、彼に楓港のいろんな所を見物に連れていってくれるように頼んだ。

楓港は思ったより小さく、営舎も想像したより粗末で古かった。唐定奎が撤退してから、きちんと修復していないようだった。徳隆宮の規模の大きさは、周囲の粗末な民家と比べて突出していた。楓港の住民は、大変信心深くこの廟の五府千歳を祭っていることがわかった。

営舎にもどって、しばらく休んでいると、汛兵が夕食を運んできたので、副汛官は胡伝と一緒に食事を取った。料理は珍しいもので思いのほか美味しかった。鳳山県署を離れてから、こんなに盛りだくさんで美味しい料理ははじめてだった。魚、エビなどの海鮮、さらに食べきれないほどの大盛りの肉炒めは、ブタでも鶏でもなかったが、大変口に合った。山菜は柔らかくて甘く新鮮だった。胡伝は大いに満足し、洋元を一枚副汛官に与え、料理を大いに褒め称えた。

副汛官は言った。

「これは郭伯母とその娘の手柄で、私が受け取ることはできません。そうだ、郭伯母と彼女の娘を呼びますので、お目通り願います」

副汛官は母と娘のふたりを厨房から連れてきた。母親は肌が少し黒く、眉目秀麗だったが、漢人のようではなかった。娘は色白で、目鼻立ちが整い、眼はパッチリと大きく、キラキラして、かすかに番人らしい面持ちだった。ふたりは明るく笑い、胡伝に対しても礼儀正しく、揃って「旦那様のお褒めに預かりありがとうございます」と挨拶し、身をかがめてお辞儀をした。

胡伝は慌てて「礼には及ばない」と言った。ふたりは顔をあげて、副汛官のほうをふり向いてお辞儀をし、胡伝からもらった紅包《ホンパオ》を副汛官に手渡しながら、「軍人様、お納めください」と言って、厨房にもどっていった。

胡伝は、ふたりの立ち居振る舞いが礼儀正しく、ことば遣いもあか抜けしているのを見て、大いに感心した。彼は酒盃をあげ一気に飲み干した。ふだんは酒を口にすることは少なく、そのため卓のそばに並んだ酒はずっと動くことはなかった。酒がのどを通ると、すぐに酒の味が特殊なのを感じた。副汛官はそばで笑いながら言った。

「これはアワ酒です」また炒めた肴を指さして言った。「これは山羌の肉です」

胡伝は疑問だらけになって、とうとう聞かなければ気持ちが収まらなくなった。

「料理の女性は番婦かな?」

副汛官はうなずいた。

胡伝が台湾に来て四十日あまりになるが、初めて顔を合わせて直に話した番人だった。それに女性で、しかも意外な印象を持った。

胡伝はまた尋ねた。

「番婦がどうしてこんなにたくさんの美味しい料理をつくることができるんだろうか？　それに貴殿はどうして彼女を郭伯母と呼ぶのかな？」

副汛官は機敏に、すぐに答えた。

「卑職は若輩者で、枋寮より楓港に来てやっと三年であります。楓港の人達は皆、郭伯母は料理に精通し、漳州や泉州料理、客家料理、それに山地の味をひとつの竈で扱い、楓港一の料理人だと賞賛しております」

「さらに珍しいのは、彼女はもともと獅頭社の出身らしいのですが、十八年前に楓港の村に嫁いできたそうです。夫は郭という姓で、もともとは広東の軍人であり、獅頭社戦役の前に楓港にやって来ました。郭伯母は楓港に嫁いでくると、なんでも器用にできて、慈善や喜捨にも励み、人の縁に大変恵まれ、楓港中の人びとが、彼女を大事にするようになったそうです。老人も若い人も皆、彼女を郭伯母さんと呼んでいます。彼女が番社の出だからといって、軽んじるという人はおりません」

胡伝は、一介の番婦が、村中から尊敬されているなど考えられないと不思議に思った。

胡伝はまた副汛官に尋ねた。

「貴殿の話では、彼女の夫君は広東の軍人だそうだが？　まだご健在だろうか？」

副汛官は言った。

「郭の親父さんは、私が楓港汛に転属して二年目に亡くなられました。しかし、まだご存命の頃、私は何度かお会いしました。郭の親父さんは、官位は把総まで昇られましたが、従軍前から医術に精しく、後に負傷して退官されてからは医館を開いておられました。郭伯母さんは、薬を煎じ、調合するのを手伝い、時間のあるときには、番社の美味しい食べ物を隣近所に配って喜ばれておりました。郭の親父さんは左手が少し不自由だったようで、ですからおふたりはいつも一緒に山に薬草を採りに行っておられました。郭伯母さんは、番社の出身でありましたので、敏捷で、たとえ崖っぷちの薬草でも平気でした」

さらにこうつけ加えた。

「ほかに猟も得意でしたね。いま大人が召し上がられた山羌も郭伯母さんが仕留めたものでございますよ」

胡伝はそれを聞いて大いに興味を覚え、笑って言った。

「続けて」

副汛官も笑った。

「郭伯母さんの話はたくさんございますよ」

「ある年、楓港や枋山が大干ばつとなり、収穫が不足したそうです。郭伯母さんは、番社に帰って、たくさんの果物や山の物を持って帰り、村民に分けました。村民は大変感謝しました。それ以来、皆は彼女をいっそう尊敬するようになったそうです。彼女が楓港に来た当初は、番婆と呼んでおり、その後、彼女のことが好きになってからは、美しかったので、『獅頭花』と呼んでいました。しかしそれ以来、皆は彼女を郭伯母さんと呼ぶようになり、もう『獅頭花』とは呼ばなくなったそうです。彼女の本名は難しく、元の名前で呼ぶ人はいないそうですよ。古い世代以外は知らないそうですが、たとえ知っていても、誰も口にしないですね」

副汛官は、ちょっと間を置いてまた言った。

「宋千総殿は、胡大人がこちらに巡視に来られるのを知って、それで特に郭伯母さんに厨房を任せられたのです」

胡伝はそれを聞くと、拱手の礼をして謝意を表わした。

副汛官はまた言った。

「ここ数年、北部の率芒溪以北の番人が住む地域では、衝突が時々伝わってきます。ただ、加禄、枋山、楓港のこの一帯は、大亀文番と私たちの関係は大変良好でありまして、十数年来、大亀文番の出草は発生しておりません。郭伯母さんが関係しているのか、それとも大亀文番の総目が、あの年の『仇殺禁止』の宣言を守っているためなのかわかりませんが」

その副汛官は、ますます興が乗ったようすで話を続けた。

「そうだ、郭伯母は、大亀文総目家族の姫様だそうですよ。ただ、ときが経って、大亀文部落の多くの家族についての理解にも限界があり、詳しいことはわからなくなっていますが」

胡伝は興味深く話を聞いていると、なんとこの番婦は番社の姫様だという。この地はもともと、民と番の衝突が最も激しい土地であったが、いまはもう番人の出草はなくなっており、感慨を禁じ得なかった。

「民と番が一緒に生活しているところがどこも、このように仲よくできれば素晴らしいのですが」

副汛官の話は佳境に入っているようだった。

「郭伯母は素晴らしい女性でなんでもよくできますので、楓港人と山地の番女との通婚がますます増えていきました」

さらに続けて言った。

「郭伯母さんの本名を知っている人はほとんどいませんが、郭伯母さんと郭叔父さんのあいだの郭家三姉妹は、楓港や枋山で大変有名です。彼女たちは美人で活発、多芸多才でよく知られ、この楓港の富豪たちは争って婚約にこぎつけようとしております。先ほどの人は長女で、名前は郭笑と言います。郭の親父さんがこの名前を付けましたが、なかなか粋ですね」


胡伝は本来、大変厳粛な人柄だったが、このときは酒食に充分満たされ、心も開放されて冗談まじりに言った。

「結婚はまだなようにお見受けするが？　話を聞いていると、貴殿も郭家の姉妹に大変好感を持っておられるようですが、私が仲人を致しましょうか」

副汛官はびっくりして、慌ててひざまずいて言った。

「卑職は確かにまだ結婚しておりませんが、上官殿、ご冗談はおやめください」

胡伝は激しい世の変遷を経てきた苦労人であり、いささか感慨深げに言った。

「確かに、結婚は運命、冗談を言ってはいけませんね。そうだ、お名前はなんと言いますか？　何省の人ですか？」

副汛官は言った。

「私は蔡という姓で、名前は達と申します。いまは軍の階級は把総でございます。父は、生前は枋寮の哨官で、広東の客家であります」

胡伝はそれを聞いて、いっそう興味を覚えた。

「お父上はどの軍門に従って台湾に来られましたか？」

蔡達は答えた。

「卑職の家は、枋寮巡検の郭占鰲家と代々お付き合いがございます。わが家の曽祖父と郭巡検のおじい様は、嘉慶初年に、広東の番禺より台湾に来て、両家は六堆内埔に居を構え、代々おつき合いをしてきました。郭千総は光緒元年に『鰲』営の設営を呼びかけ、私の父も参加しました。数年前に郭巡検は楓港で病没し、最初、獅頭山の麓に葬られましたが、後に内埔に墓所を移したときには、父も尽力しました(79)。私は六堆に生まれ、長男です。父が『鰲営』に入ってからは、六堆の家の耕作は叔父たちが引き継ぎ、父は長く軍隊におりました。私は幼い頃より父の薫陶を受け、武術の鍛錬が好きです。五年前、私は十六歳で従軍致しました。思いがけず、父はその年の年末に急病で亡くなりました(80)。卑職は昨年、把総に昇進しました。今年の年初には、幸い昇格して副汛官の欠を埋めております。今日、大人にお目にかかれましたのは、私の幸運でございます」

胡伝はもう一度アワ酒の杯をかかげて一気に飲み干した。副汛官の蔡達は、片時も忘れられないようで、話題はまた郭家の三姉妹にもどった。

「そうだ、大人。ここ楓港の人たちは、もともとの『獅頭花』の呼び名を郭家の三姉妹に使って、『大獅頭花』、『二獅頭花』、『小獅頭花』と呼んでいます。特別ですね」

＊

胡伝は横になったが、そのままずっとこれまで考えたこともないことに思いをめぐらしていた。番社の姫様が緑営の把総に嫁入りし、そのうえ村中からこのような尊敬を集め、漢と番の恨みを解消したとは……。蔡達が口にした「三輪の獅頭花」の呼び名も、ずっと耳のまわりでグルグルまわっていた。

その夜、胡伝はほとんど眠れなかった。翌日の早朝、日記には、これらの話はなにも書かなかった。日記には、わずかに次の数句を記しただけだった。

「初八日……楓港汛に到り、該汛の営房にとどまる。宋汛官は恒春に赴き、いまだ遇わず。汛、虫、シラミ多し……」

胡伝は楓港を離れると、獅頭社の役のこともだんだんと頭から消えていった。一路、柴城、恒春、浸水営古道〔屏東県枋寮郷から台東県大武郷まで〕、卑南……と歩いていった。彼の全台防務巡察の任務は続いていく……。

第五十四章

夫婦の縁は天の定め、世事は誠にはかり難し。

胡伝は、自身思いもよらなかったことに台湾が人生の終着駅となった。彼のその後の生涯は、台湾の番人と切っても切れない縁を結んだのだった。

胡伝にとってさらに思いも寄らないことに、この蔡という姓の副汛官は、後に本当に郭伯母さんの家の婿になった。そして百二十四年後[13]、胡伝があの日過ごした小さな楓港、当時の獅頭社戦役の起爆地は、なんとひとりの清国軍人と大亀文の頭目の王女の血を受け継いだ台湾の総統を生み出したのだった。

【原注】

（1）オランダ台湾史の著名な研究者翁佳音は、1661年にオランダ人が進攻したのは、力里社であり、大亀文ではないとしている。

（2）白浪は、福佬語の「歹人《ダイレン》」と発音が通じる。原住民の漳州、泉州の移民に対する一貫した呼称である。

（3）当時の清国の官方の文書では、音が同じ「王馬首」とあるが、後に「王媽守」に改められている。

（4）『甲戌公牘鈔存』（台湾文献叢刊第三九種、台湾銀行、一九五九年。台湾歴史文献叢刊、台湾省文献委員会、一九九七年復刻）によれば、このとき、枋寮の巡検は王懋功であるが、この後はほとんど周有基である。この小説では、一貫性を持たせるために、周有基に変えた。

（5）同治六（1867）年のローバー号事件を指す。劉総兵は台湾総兵劉明燈である。独眼の白人は、当時のアメリカ駐廈門総領事李仙得（李譲礼。チャールズ・ルジャンドル）であり、後の1872年に横浜で船を下り、日本のために1874年の「牡丹社事件」を計画した。筆者が2016年に出版した『傀儡花』（INK出版）、下村作次郎訳『フォルモサに咲く花』（東方書店、二〇一九年）を参照。

（6）後の日本人が書いた「処蕃提要」には、特に「原文記録」とあり（それゆえ実際に行われたことであろう）、このときの横田棄と王媽守の会話が、一字一句、今日の録音テープや筆録のように記録されており、日本人のきめ細やかさを見ることができる。

（7）大亀文は母系社会のため、結婚は男方が女方に「嫁ぐ」ことになる。

（8）〔凡例〕の「大亀文の総頭目の名前について」（vii頁）参照。

（9）チュウク（Tjuku）は、内文部落のロバニヤウ家族の長女で、大股頭を継ぐ第一後継者であり、二股頭は酋龍家族が継承する。

（10）当地の平埔族のマカタオを指すが、当時すでに漢人との混血はかなり進んでいた。

（11）楊南郡は『合歓越嶺古道　太魯閣戦争与天険之路』（農委会林務局、二〇一六年六月。四一頁）で次のように述べている。アルクと彼の息子は、一心に日本兵との談判を要求したが、無防備のまま佐久間左馬太が命令した発砲に遭って射殺された。

（12）1871年の琉球宮古島人遭難事件を指す。クスクス社は、いまの牡丹郷高士村である。

（13）太平洋を指す。

（14）ロバニヤウ家族（Robaniyau）があった部落で、大亀文の統治の中心。

（15）『風港営所雑記』（牡丹社事件史料専題翻訳（一）、王学新訳。国史館台湾文献館、二〇〇三年九月初版、二〇〇四年七月再版）には「符嘮哩咽」とあり、『甲戌公牘鈔存』（注4参照）は「布拉里烟耶艾」と記している。

（16）水野遵は、後に樺山資紀が台湾総督の任にあったときの民政

(17) 長官である。「たかし」とも読む。
(18) 樺山資紀は、後に台湾における日本の最初の総督になった。
1874年6月2日、日本軍は三路に分かれて牡丹社群を攻めた。風港から女乃社までを北路とし、別に中路は牡丹大社を攻め、南路は竹社を攻めた。
(19) ヒメモダマ（鴨腱藤）は、台湾の原始広葉樹豆科蔓植物である。パイワン族は、年をとって死ぬと、魂は藤の木を伝って上り、祖霊に会うと考えている。
(20) 『風港営所雑記』（注15）一一四頁参照。
(21) 『風港営所雑記』（注15）一一八頁参照。
(22) 『風港営所雑記』（注15）の7月23日（一五八頁参照）に、次のような興味深い記事が残っている。
「築営《チクエイ》ニ付《ツキ》風港庄人黄文良之《ノ》園地《エンチ》ヲ借《カ》ラントスル處《トコロ》同人《ドウジン》小《ショウ》狭《キョウ》荒園《コウエン》ヲ以《モッ》て大銀《タイギン》ヲ要《ヨウ》スルニヨリ答書《トウショ》」。これは風港人の忘恩不義を痛罵したものだが、現代語に直すと次のようになる。

「我が日本がここで汝ら風港人民を保護し、我らが汝らに友好的である以上、汝らも我らに友好的であるべきである。あにはからんや我が窮状につけこみ、我が利を貪り、我が事を妨げる。汝らは我らを支持しないばかりか、我らを敵と見なしているのだ。ならば汝らは牡丹社や女乃社ら敵人となんら変わるところがない。」
(23) 『風港営所雑記』（同注15）所収「工兵部《コウヘイブ》附属《フゾク》小牧欽次郎風港庄人《ショウニン》王文秀之《ノ》家《カ》中《チュウ》ニ踏入《トウニュウ》スル始末《シマツ》」（二二四頁参照）。以下、概略は次の通りである。
「日本人が軍営を建てるために茅草を求めた。王媽守は三千三百四十把購入してきたが、量の割りに高いので、日本人は支払いを拒んだ。そこで王媽守は値段を下げた。日本人は買ったあとで、三千四十把しかないことに気がついた。王媽守が水増しして報告したのだ。金はすでに支払っていた。そこで日本の下級官吏が刀を手に王媽守とかたをつけようとした。」

文献からは、こうした福佬人の移民のならず者のような行為は、専ら私欲を図り、日本軍でさえ騙そうとするほどで、原住民に対してならなおさら言うまでもないことがわかる。ただこれも困難な環境のもとでの台湾移民の生存の道であった。これは移民の悲哀であり、歴史のやむを得なさである。
(24) 呉光忠は、光緒元（1875）年に呉光亮に従って来台してより、日本人が台湾を統治するようになるまで、ほとんどの時間台湾に滞在した。光緒二十一（1895）年に、胡伝が台東県令および鎮海後営統領を任地で辞したときに、後継者として呉光忠を推薦した。
(25) 『理論、設防、開禁』とは、日本には道理をもって諭し、大清国自身は増兵して防禦に努め、渡航、移民を解禁して後山を開発すること。
(26) 『甲戌公牘鈔存』（注4参照）「営官王開俊稟告」（同治十三〈一八七四〉年七月）

「瑯嶠哨弁張鴻謨の報告による。初二日、倭の汽船一号来たり、兵約三、四百人、洋銃六百余丁を積む。聞けば、楓港への駐屯は、倭自身が考えた計画ではなく、実は、土地のごろつき王馬首〔王媽守〕が私欲を図って誘ったものである。嘉鹿〔屏東県枋山郷加禄村の別称〕を驚かせたのも、またすべて彼の企みである。」（一一五頁）

(27)『甲戌公牘鈔存』（注4参照）「委員鄭秉機探報」（同治十三〈一八七四〉年八月）

「后湾の日本軍営において、初四日晩、広東〔客家〕庄民の頼加礼、林阿九、楊阿二、陳阿三等に、それぞれ銀百元を与え、さらに阿九等数人に銀三百余元を与えた。生番を招き、切り取られた琉球人の首級を取りもどした労に報いるためである。」（一二九頁）

(28) 本章は、全体的に次の文献史料を使って書いた。

1. 沈葆楨致呉大廷書（『沈文肅公牘』、台湾省文献委員会出版、二七八頁）、2. 『風港営所雑記』8月24日、3. 国立故宮博物院档案『忠義王開俊伝』

(29) 陳情書の全文は次の通りである。

ここに書面をもって陳情申し上げます。

大日本国大人殿の御前にお伺い奉ります。我ら莿桐脚庄民はこの地に居住すること久しく、土番の管轄を受けて、毎年納税し、皆、居住地により管轄領域とされてきました。そのうえ、いつも侮り恫喝を受けておりますが、これも庄が小さく人が少ないことに起因します。今年に入り、貴国は兵を挙げて台湾討伐に来られ、土番の牡丹社はこの一戦を経て投降し、そのほかの社は形勢を見て帰順しましたが、少数の番人だけが大胆に抵抗を続けています。ただ、大亀文や蟀虻社などは討伐を受けるのを恐れて、敝庄に講和への仲立ちを頼んできましたが、決して真心より投降しているわけではなく、それに頭目はいまなお顔を出しておりません。今日までずっと、清国の役人は人を派遣して連絡を取り、頂社の土番を招き、布や物を与えております。土番は、泰山〔清朝の象徴〕の勢いは頼りにできると考え、声は勇ましくなり、にわかに反逆心が生まれ、いつも山中や僻地に待ち伏せし、殺人の機会を窺い、敝庄あるいは各庄の村人を問わず、官兵以外、皆殺しにしようと考えています。このような横暴な行為により、将来の山辺の道は、実に通行し難くなります。然るに、土番が突然このように凶暴に暴れ出したのは、清朝の役人が奴らの士気を助長させたからであり、そうして敝庄が、人が少なく、奴らを防ぐのが難しいからであります。

番人は百名集まり、各自銃器を持ち、闇夜に庄を囲んで襲撃しましたが、幸い天の神に庇護され、殺傷を免れました。私見によれば、貴国が兵を挙げ、仇番を征伐してより、南北の庄民は皆、敬服して、悪習を改め、均しく威名を敬慕し、兵の到るところどこも恩恵にあずかっております。いかんせんこの社の土番は、向こう見ずで、清朝の官吏がそのかして好き放題できるようになると、威風を誇示しようと、下山して人々を殺害する機をうかがうようになりました。敝地では奴らの来襲を聞くと防禦しますが、ただ道行く人々はなにも状況を知らず、そのため待ち伏せされて殺害される事態が発生し、人々は悲惨なさまを目撃して心を痛めております。我々が助けようにも、いかんせん力が足らず、思うようになりません。速やかに大人に知って頂きますようお願い申し上げます。何卒憐れみ、君主の不殺生の品徳を持って、寛大なる裁きを賜り、対策を講じて頂き、民が道を行くのに心配がないようにして頂きますようお願い申し上げます。台民は幸甚なり、幸甚なり　仰奉〔敬具〕

　ご多幸をお祈り申し上げます

　甲戌〔一八七四年〕七月十三日　莿桐脚庄衆人　一同叩頭

（筆者感想）この書信では、番人についてあれこれ訴え、日本人には卑屈に阿諛追従し、清の朝廷は見くびり、自分たちについては過度に文章を飾り、わずかに「番人はかつて百名を集め、各自銃器を持ち、闇夜に庄を囲んで襲撃してきたが、幸い天の庇護を受け、殺傷を免れた」とだけ書いている。実際は、こちらに理はなく（沈葆楨「番が直で、民が曲である」第五十二章、二六五頁参照）、先に頭目の子（注28の1による）を含む十三名の番人（注28の3による）を拘禁した。これは自らの非を文章で飾る漢人の陋習である。当然、番人の恨み、不平は長きにわたって蓄積され、これもまた番人が平地人を白浪《ダイレン》（歹人＝悪人）と称する理由である。さらに『風港営所雑記』を見ると、王媽守や黄文良は、まるでその土地のボスやごろつきの風情で、このような平地移民は、「歹人」と罵られたが、それは決して理由がないわけではなかった。

(30)『甲戌公牘鈔存』（注4参照）一二五頁。

(31)『甲戌公牘鈔存』（注4参照）一二五頁。

(32)『甲戌公牘鈔存』（注4参照）一三〇頁。

(33)『甲戌公牘鈔存』（注4参照）（頁数不詳）。楓港人の林発の書簡による報告。

調査したところ、彰化の廖生富の叔父に廖供という者がいて、本庄の庄民の王馬首の所に仮寓し、日本軍の軍営に行き、内通を誓う。日本人は鋭利な刀を与え信頼の証とした。廖供はすぐに六枚の旗を受け取り、並びに細茶一荷、樟脳四千斤を送ることを許され、すでに二十三日の夜に彰化に帰った。

(34) 但し、清朝の記載は異なっている。清朝の情報では、大股頭のブラリヤンは出席し、この大股頭とふたりの弟、ツウルイと朱雷を「三頭目」としている。また、日本側が大亀文人に送った様々な物品について詳しく記載している。『甲戌公牘鈔存』（注4参照）一三〇頁には、次のように記載されている。

「十一日、酉《とり》の刻〔午後五時から七時〕、大亀文総社長ブラリヤン、並びに内外文、忠心崙各社のツウルイ、シラ等、社番五十余名を連れ、楓港の日本軍営に到り和睦する。日本人は、皆にそれぞれ白旗四枚、織物四匹、白布八匹を与える。

その生番を連れ和睦する者は皆、楓港と莿桐脚の無頼の庄民である。……十三日未《ひつじ》の刻〔午後一時から三時〕、また麻里巴、竹坑社、内獅仔頭、外獅仔頭等四社の番丁三十余名、楓港の日本軍営に行き、和睦する。日本人は皆に日本刀四振、紅旗四枚、織物、白布各四枚、ほかに社番を連れ、和睦に応じた庄民に紅白二十五匹ずつ送る。

(35) 昭和8（1933）年12月末の台湾総督府理蕃課の調査「蕃社戸口表」によれば、内文社は四十四戸、二百七十人で、それほど大きな部落とは言えないが、但し、近隣の部落群に対して、絶大な勢力を有していた。社内にはふたつの頭目の系統――ロバニヤウ（Lobaniyau）とチョロン（Cholon）があった。宮本延人が言うCholonは、大亀文の葉神保によるとTjuleng、「酋龍」と書く。ふたつの家族が協力して治めた。清朝時代は、ロバニヤウが管轄した部落が比較的多い。日本時代は酋龍家族が比較的隆盛だった。

(36) チュラソは現在の里徳である。文杰はすなわち潘文杰であり、当時はスカロ族あるいは「下瑯嶠十八社」の総股頭であった。『フォルモサに咲く花』参照。

(37) 清代に汽船が登場する前まで使われていた貿易船および兵船。嘉慶〔一七九六～一八二〇〕から同治〔一八六二～一八七四〕初年のあいだの主力戦船。

(38) 清代の開山撫番の際、台東のプユマ族の女王（女頭目）に婿入りした漢人の男性は、常に通事を兼務し、影響力は大変大きかった。例えば、漢人の陳安生や張新才らがいる。

(39) 多くの言い伝えがあり、樺山資紀が噶瑪蘭に行ったのは、西郷隆盛が若い頃に噶瑪蘭に行ったときに残してきた私生児を探すためであったと考えられている。

(40) 水野遵に『征蕃私記』〔出版年代不詳〕という、密かに台湾を訪れた際の番地の見聞録がある。

(41) 『甲戌公牘鈔存』（注4参照）「台湾道稟省憲」
「夏秋以来、疫病が流行し、日本人の病人で船で帰った者は半分おり、いま汽船に乗ってきた兵は、多くはその（欠）の補充である。淮軍の鳳山に駐在している者もまた、罹患者が大変多い。職道所部の両営では、病人は四割に上る。王開俊、李学祥については、共に大変危険な状態にあり、予断を許さない。」（一三九頁）

(42) 官名、清代の軍人の階級。清朝の緑営（満人八旗外の漢人の軍隊）は、高位から順に、提督、総兵、副将、参将、遊撃、都司、守備、千総、把総に分かれている。

(43) この戦争を通じて、「官兵」の二字は上、中パイワン語の語彙となった。清朝の軍隊を表わす。

(44) 1867年のローバー号事件のときに、劉明燈とルジャンドルが九百人の清国兵を率いて柴城に南下したことを指す。

(45) 五百人一営で、営ごとに前後左右の四哨、あるいは前後左右中の五哨編成、そして哨ごとに哨官が配置される。一哨は、百人から百二十五人。

(46) 文献によれば、使者を担ったのは、郭占鰲であるが、本章ではストーリーの展開上、郭均に改変した。

(47) 熊鷹は台湾で最も大型の猛禽類で、鷹鵰、郝氏角鷹とも呼ばれる。大亀文人は熊鷹の羽毛を最も高貴で、最も勇ましいものの象徴としている。

(48) 経験豊かな原住民は、頭骨から白浪か原住民か見分けることができる。

(49) 番割とは、物を持って番界に行き、番人と物々交換する人を言う。「割」は「割貨」、つまり漳州語、泉州語で、仕入れるという意味である。

(50) 莿桐脚と枋山は枋山溪を隔てて、大亀文溪の河口にあり、はるかに向かい合っている。

(51) 1867年秋、劉明燈は、アメリカ駐廈門領事ルジャンドルの要請に応じて、瑯嶠に出兵した。下瑯嶠十八社を攻撃する予定であったが、戦闘は回避された。にもかかわらず、劉明燈は石碑を立て、いまも車城の福安宮に残っている。詳細は、『フォルモサに咲く花』参照。

(52) 現在の「卡悠峰の滝」で、かつて「内獅の滝」と称され、屏鵝公路の枋山入口から七、八キロのところにある。

(53) 国立故宮博物院檔案『忠義王開俊伝』参照。

(54) 徐如林と楊南郡は、牡丹社の頭目はただ日本人と交渉するだけのつもりだったので、無防備に殺されてしまったが、もし正式に宣戦していたならば（『合歓越嶺道』農委会林務局、四一頁参照）、牡丹社は決して安易に戦わなかっただろうと述べている。劉明燈は南番を「討伐」したが、実際は一矢も打たなかった。彼は福安宮に石碑を建てたが、それは清朝の官吏世界の誇大な風潮で、確かに後世の人々の誤解を招いた。

(55) 『フォルモサに咲く花』参照。

(56) 光緒元〔一八七五〕年、沈葆楨、唐定奎に致す書（『沈文粛公牘』台湾省文献委員会）。同書の沈葆楨、夏献綸に致す書にはまた、「申令〔命令〕、明らかならず、我が良将を喪う」とある。羅大春に復する書には、「弟、号令明らかならず、（王）玉山、この奇惨に遭いしことを致す」と書かれている。こうして見ると、沈葆楨の自責の気持ちは甚だ深いことがわかる。

(57) 光緒元〔一八七五〕年三月、沈葆楨が呉大廷に書いた返書には、沈葆楨本人がさらにこのように書いている。「命令に凶番応じず、必ず莿桐脚を殺害すると言う。王玉山はもとより民を愛するが、性格はせっかちで、婦女子のために憂え、ついに協議に及ばずして討伐に向かう。初めてその社を焼き討ちし、続けて待ち伏せする。こうして状況への対応が一変することになった。」

(58) 『台湾文献叢刊第二四七種　清季申報台湾紀事輯録』台湾銀行、一九六八年八月参照。

(59) 光緒元〔一八七五〕年二月十七日、沈葆楨「商辦獅頭社番摺」参照。

(60) 「威震天南」の原文と題字についてはさらに調査を要するが、唐定奎が題した可能性が高い。

(61) 注（51）参照。

(62) 『福建台湾奏摺』に見る「淮軍攻破内外獅頭社摺《しょう》」（光緒元〔一

八七五〕年四月二十三日）参照。

「……亀紋社の凶番、知らせを聞き、果たして二百余人が攻撃してきたが、待ち伏せして、壊滅する。畢長和、田勤生は依然として哨に留まり、伏兵を置き、別に兵を分け、山の後ろより回り、左右中の三方面より協力し、卯の刻〔午前五時から七時〕から巳の刻〔午前九時から十一時〕に、賊の砦が崩壊しはじめたので、凶暴な番人を全部で六、七十名斬ったが、内一名は名をアラパイと言い、亀紋社番酋の弟である。砲撃による負傷者二百余名、生け捕りした子ども二名、奪った銃刀三百余件。残りの番の二百余人は深い森林に慌ただしく隠れ、亀紋社に向かって逃げる……」

（63）獅頭社の役における淮軍の戦死者、病没者は、全部で千百四十九名の多さである。そして、官の文書の記載によると、この四月十六日の内外獅頭社の役では、清国兵の戦死者はわずか三十人に過ぎない。そのほかの草山社、竹坑社、本武社の役でも、清国兵の戦死者は百人に満たず、そうすると病死者は千人に上る。この比率は開きがありすぎると言わざるを得ない。筆者個人は、番人に見劣りしないように、恐らく戦死者を少なく、病没者の人数をごまかして報告していると考える。この戦役は六刻〔一刻は二時間〕近く戦っており、十二時間の激戦で、たった三十名の戦死者というのは考えられない。しかも、攻める側の死傷者は、守る側より多いのが普通である。

（64）『清季中報台湾紀事輯録』、注（58）参照。

（65）内埔〔屏東県〕で開路に従事していた、福靖営を主とする張其光の部隊を指す。

（66）後の1896年に、日本人が恒春に来たとき、潘文杰は日本人を助けて、清朝の残留兵を攻撃するつもりだった。ところが、日本人は清朝のように寛大ではなかった。1902年には、下瑯嶠のスカロの諸部落の自主管理を廃して、「恒春支庁」に併合した。上瑯嶠の大亀文にも同じように対処し、その後、「大亀文」がなくなり、ただ「内文」だけが残った。従って、清の朝廷が「総目を立てた」のは、日本より相対的に寛大な措置であると言える。

（67）その後、光緒十二（1886）年四月になって、恒春知県の武頌揚は、同鎮海後軍副将の張兆連に会い、大亀文地区に入って、おおよその戸口を調べた。光緒十五（1889）年になってようやく冊子にして次の通り記録に残した。大亀文二十二社は、全部で四百六十六戸、男は一千七百五人、女は一千二百六十二人、合計二千九百六十七人である。

（68）清兵に攻撃された五つの部落は、内獅頭社、外獅頭社、竹坑社、草山社、旁武雁（清朝の文献では「本武社」と称されている）である。

（69）後に海辺の移民が住むようになったのは枋山郷で、台湾で最も細長い郷である。もともと大亀文人が住んでいた獅子郷は、いまでも平地の漢人は少ない。

（70）注（67）参照。

（71）沈葆楨、王凱泰上奏『番社就撫部置情形摺』（光緒元〔一八七五〕

年五月二十三日）

番社の変更について次のように述べられている。ここでは、その箇所のみ訳出した。

「その後すぐに名前を、竹坑社を永平社に、本武社を永福社に、草山社を永安社に、内文獅頭社を内外永化社に変え、脅して各社に従わせ、皆、改めることを約束する。ただ獅頭社は大罪人であり、網を逃れた者は、元にもどることを許さず、すべての内、外永化社、すなわち総社目は、別に駐屯兵に開墾させ、制裁を実行した。」

(72) 1884年の清仏戦争のとき、章高元はまた台湾に派遣されて劉銘伝を補佐し、その功績により昇進して1887年まで台湾総兵の任に着いた。

(73) 1877年、周有基は台湾南部にもどったが、再び県令にはつかなかった。

(74) 胡伝〔一八四一～一八九五〕、字は鉄花、胡適〔一八九一～一九六二。『新青年』に「文学改良芻議」を発表した〕の父である。胡適は、駐アメリカ中国大使、北京大学校長、台湾の中央研究院院長に任じた。

(75) 四か月後、胡伝は光緒十八〔一八九二〕年八月二十六日、「稟台湾梟道憲顧」にこのように書いている。

「台湾は開山について議して以来、十八年になる。剿《ほろ》ぼせば功なく、撫《ぶ》せば効なし。開墾は、増量を報告するいささかの土地もなし。防衛は、いたずらに富裕な紳士と土豪のために茶寮、田寮、樟脳寮を保護するばかりで、凶番の出草〔首狩り〕を禁じることができない。毎年、浪費する防衛費、撫墾費は巨額である。明らかになんの益もなく、前者の轍を踏み、再三再四、繰り返し、悟らず、後悔もしない。なんと驚くべき怪事であろうか！」（『台湾日記与稟啓』）

(76) 後に、胡伝は台東にも昭忠祠を建立して、あらゆる殉死者を祭ったので、「昭忠祠」は淮軍の専用ではなくなった。

(77) これは、光緒十八〔一八九二〕年四月のことだった。胡伝は、二か月後、光緒十八年六月から八月のあいだに、射不力社群の騒動が発生することはまだ知らなかった。台湾鎮総兵の萬国本が自ら兵を率いて楓港に来て、後山の駐留軍の張兆連も出軍してきた。最後に射不力社の頭目が殺された。ただ連日の大雨のために、大清国の兵隊は、溺死や病死者も少なくなかった。後に射不力社を改め「善化社」になった。

(78) 筆者の推測では、本書の「前言」（附録「淮軍と大亀文からの呼びかけと探究」二八九頁）に見る「佳冬忠英祠」の殉職将士である。位牌の中には、「振字営」の埋骨された員弁や勇丁が含まれている。福靖営は、開山時に洪水による被害者を出した。両者は共に光緒三年〔一八七七年〕の事故である。

(79) 郭占鰲に関する部分は、郭占鰲の後継者の郭富発氏（七十七歳）の口述を参考にした。二〇〇八年九月十九日インタビュー。採録者は蔡明坤と王淑慧である。『美和技術学院学報』（第二十九巻第一期、二〇一〇年。一二一～一四七頁）参照。

（80）清朝緑営の兵隊は世襲制であり、父が亡くなれば子どもが継承する。

【訳注】

〔1〕オランダ東インド会社（VOC）は、オランダ統治の浸透をはかるため地方集会 Landdag（評議会）を設け、「全島を北部（台南以北）、南部（以南）、卑南（台東）、淡水（北部）の四区に分け、一六四一年頃から毎年一回各村の首長、長老など」を集めて開催した。中村孝志「一六五五年の台湾東部集会」（『南方文化』第十九輯、一九九二年十一月）参照。

〔2〕台湾道道台の呉大廷が、アメリカ駐厦門総領事ルジャンドルの問い合わせに答えたときの返書に見える。清朝政府の支配下になく、文明の外にあって、教化の及ばない土地。「化外」の読み方には、「かがい」と「けがい」があるが、本書では「けがい」に統一した。

〔3〕一八七一年十二月（旧暦十一月）に、宮古島の島民が、琉球王国に納税して首里から島にもどる際に台風に遭い、乗っていた六十九名が台湾の八瑶湾に流され、そこで六十六名が上陸（三名溺死）し、その後、現地で五十四名が殺される事件が起こった。この事件の解決を口実に、二年半後の一八七四年五月に西郷従道都督（台湾蕃地事務都督）の指揮のもとに行われた台湾出兵で、牡丹社、クスクス社を討伐した事件を牡丹社事件と呼ぶ。この事件で牡丹社の頭目アルク父子が戦死した。

〔4〕一九一四年、タロコ討伐が一段落すると、佐久間左馬太総督は「銃器の押収」政策を進めた。その一環として、十月に阿緱庁（現、屏東）と台東庁が、ブヌン族、パイワン族、ルカイ族に対して銃器押収を進め、現地の原住民族の激しい反抗を引き起こした。それが「南蕃事件」である。最初、浸水栄、姑子崙、力里などの駐在所で日本の警察とその家族ら十一人が殺害された。その後、部落の焼き討ち、銃器の押収などが進み、日本軍の攻撃は翌年の一月まで続いた。新しい研究に、葉神保（パイワン族）「日治時期排灣族『南蕃事件』之研究」（国立政治大学民族学系博士論文、二〇一四年六月）がある。

〔5〕蔡英文総統は、当選後の五月二十七日に「原住民族転型（移行期）正義委員会」の設置を表明し、八月一日に「総統向原住民族道歉文（謝罪文）」で、「過去四百年来、原住民族が受けてきた苦痛と不平等な処遇」、「『台湾通史』に見るような漢民族史観」、「台湾にやって来た政権の四百年来の武力討伐」などに対する十のお詫びを述べ、八月一日を「原住民族の日」と定めた。

〔6〕スカロ人は、台東知本近くから移動したプユマ族のグループ。当地にいたパイワン族との抗争に勝利して、チュラソ、射麻里、猫仔社、龍鑾社の四社を興し、一大勢力となった。スカロとは、担がれるという意味で、パイワン族から畏敬の念を込めてこう呼ばれた。

〔7〕この少女は、五月三十一日、風港より進入した牡丹社攻撃の中で、老女と共に爾乃《ニィナイ》（女乃）社で捕らえられたオタイと呼ばれた少女である。オタイは、六月半ばに、大倉喜八郎によって東京に連れてこられ、十一月半ばまでのほぼ五か月日本で過ごした後、台湾に帰る。なお、オタイは「台湾娘の意」だということである。笠原政治「【解説】華阿財先生と『牡丹社事件』の研究」（『台湾原住民研究』第10号、二〇〇六年三月）参照。

〔8〕当時は、率芒渓から風港渓までの大亀文社を中心とした部落群を上瑯嶠十八社と呼び、風港渓以南の牡丹社やクスクス社などを含む部落群を下瑯嶠十八社と呼んだ。下瑯嶠十八社の総頭目はチュラソのトキトクであった。その後、潘文杰がその地位を継いだ。

〔9〕引用された「枋寮事情探索書」は、『風港営所雑記』（注15参照）の二〇二頁から二一九頁に収録されている。

〔10〕藤崎濟之助『台湾史と樺山大将』（国史刊行会、一九二六年）に次のような記載がある。「西郷都督着営後の第三日、乃ち五月二十五日の夜九時頃、十八番社の酋長周月勞束社故『トーキトク』の舎弟『ツールイ』、小麻里酋長伊厝、蚊蟀酋長『カルソン』、副酋長『アイー』、龍蘭酋長『ヒンナライ』、加釣来酋長『ツールイ』の六名は、射寮の熟蕃酋長彌亜を介して我都督轅門に牛鶏を捧げて、帰順の誠意を示した。」そして、「此日都督より、初対面の引出物として、周月勞束・小麻里の両酋長に、大刀一口づゝに緋呉呂服を下賜し、其他の蕃人へも夫々恩賞があった。」とある。ここに見る周月勞束と小麻里は、本文中のチュラソ、射麻里である。

〔11〕一六八三年、施琅は移民政策として、「台湾への密航を許さず、眷属を連れての渡台を許さず、客家人の来台を許さず（不許偷渡来台、不許攜眷来台、不許粤来台）」を実施した。施琅の死後、第三条は解除されたが、この海禁政策は、一八七五年に沈葆楨が「廃除渡台禁令」を奏上するまで続いた。

〔12〕この詩句は、晩唐の詩人陳陶の「隴西行」の次の詩を典故としている。「誓って匈奴を掃《はら》わんとして身を顧みず、五千の貂錦、胡塵に失う。憐れむべし無定河辺の骨、なおこれ春閨夢裡の人なり」。「貂錦」は、きらびやかな軍装のことで精鋭部隊を指し、精鋭部隊が、無惨にも匈奴の地にて戦死したことを歌っている。

〔13〕胡伝が楓港を巡視した一八九二年から数えると、二〇一六年となる。

附録

まず霊異現象について話そう。後に私が執筆する過程で、霊異現象が次々と起こり、私は深く信じるようになった。

2015年3月5日、それは旧暦の正月十五日で漢人の元宵節であったが、私には別の意味があった。その日は、屏東に住む平埔族のマカタオ族の「姥祖〔マカタオ族の伝統信仰の中心になる神様〕生誕祭」だったのだ。屏東の射寮や後湾では、その日、ふだんなかなか見られない夜祭や跳戯〔厄除けや、村や家族の安寧を守る儀礼〕が行われていた。私は長年待ち望んでいた。この調査が済めば、『傀儡花』〔邦訳『フォルモサに咲く花』〕が完成する。そこで3月6日に、私は屏東県牡丹郷の女乃旧社に調査に行くことにした。1874年6月2日の牡丹社事件のときに、日本軍は三路〔北路は女乃社、中路は牡丹大社、南路は竹社を攻めた〕に分かれて牡丹社群に攻め入った。北路は楓港から出発し、女乃山を越えて女乃社を撃破した。

「台湾花シリーズ三部曲」の当初の構想では、第一部が『傀儡花』で、原住民と西洋人の衝突を描く。第二部の『牡丹花』は、原住民と日本人の衝突を描く。牡丹社事件で女乃社が日本軍に攻め落とされてのち、日本国内に送られて教育された牡丹社の少女「オタイ」を主人公にする予定だった。第三部の『胡鉄花』は、胡適〔一九一七年「文学改良芻義」を発表。一九五七年台湾に移る〕の父胡伝を中心として、清代の「開山撫番《かいざんぶばん》」政策下の原住民と漢人の衝突〔原漢衝突〕を描く。

当日、私は高鉄〔新幹線〕に乗って南下し、早朝に左営に着いた。跳戯と夜祭は夜にはじまる。この間隙を縫って、私は友人に頼んで午前九時半から午後三時半まで、屏鵝《びょうが》公路〔屏東県楓港～台東県達仁郷安朔《あんさく》〕沿線の「淮軍遺跡《わいぐん》」を調査することにした。

高鉄を降り、高雄の友人の邱君（『フォルモサに咲く花』の楔子に書いた、私を「荷蘭公主廟〔オランダ王女廟〕」に案内してくれた友人）と潘君（スカロ総股頭潘文杰の五代目の孫）に会ってから、まっすぐ屏鵝公路に向かった。

車が88号公路〔高雄潮州快速公路〕に入ったばかりのところで、思いがけず、車のスピードが落ち、その後右側のフロントのあたりから突然白い煙が出だした。私たちはやむなく車を降り、高速道路の路肩でトレーラーを待つことにした。邱君は、一週間前に車のメンテナンスを終えたばかりだったので、すっかり落ち込んでいた。私たちは潘君が以前勤めていた修理工場に行き、一時間あまり待ったところで、車はその日のうちに修理できないことがはっきりしたが、修理工場が気持ちよく車を貸してくれたので、計画を続行することにした。

私は屏鵝公路附近に少なくとも三か所の清国の官軍の墓を探しあてていた。北から南に向かって、一、佳冬昭忠祠、二、枋寮昭忠祠、三、嘉和と莿桐脚《しどうきゃく》のあいだの道路の側の王太帥《すい》鎮安宮だ（そのときは、ここに来た清国軍は皆、淮軍だと思っていたが、後にそうでないことがわかった。佳冬は広東軍、枋寮は淮軍、鎮安宮は湘軍が主だった）。

ここで「台湾における淮軍」という問題に、どうして興味を覚えたかについて説明しておきたい。これまで私たちは、淮軍がかつて台湾で大きな勢力を有していたことについて、聞くことはあまりなかった。

言うなれば、これもつい半年前のある思いがけない縁からだった。

我が家では、毎年春節には遊びに出かける。ただ2015年はいろいろと考えあぐねているうちに、どこの旅行社もすでに満杯になっていた。唯一空席があったのは、「黄山〔安徽省〕」だった。

私は古跡や博物館が好きで、風景には魅力を感じない。黄山行はいわば旅行のための旅行だった。ところが思いがけず、この旅行が、私が長く温めていた創作計画を変えてしまったのだ。

黄山への旅は、やはりなんとも味気なかった。まだ山の下の徽州の独特の清々しい景観のほうが、私に元気を与えてくれた。

2月22日最後の日、合肥〔安徽省〕から飛行機で台北にもどるところだった。合肥で、午前中いっぱい時間が空いていた。旅行社が用意した観光先は、最後の李鴻章故家の観光だけが私の趣味に合った。李鴻章故家では史料や写真がたくさん展示されていて、興味深かった。

見学の終りがけに、一枚の「淮軍昭忠祠全国分布図」が強く私の注意を引いた。そして、なんと台湾にも一か所、鳳山にあることを発見した。鳳山には私の母方の祖父母の家があり、私は小学校から高校まで毎年、夏休みになると必ず帰ったが、鳳山に「淮軍昭忠祠」があるなどついぞ聞いたことがなかった。

台湾に帰って、インターネットで鳳山の古地図を調べると、果たして「武洛塘山昭忠祠《ぶらくとうざんしょうちゅうし》」があった。光緒三（1877）年の建立で、文献の記載によれば、淮軍千九百十八人を祭るとある。この数字がまた私を驚かせた。鳳山の古今地図に照らしてみると、昭忠祠のもともとの場所は民家となっていて、とっくになくなっている。それに、私は鳳山の「武洛塘山」というのはこれまで聞いたことがなかった。

私たちが教科書で学んだ淮軍はどれほど勇敢だったことか。その淮軍が台湾で千九百十八名も戦死したということに、私は驚かされた。これは少なくとも牡丹社事件のときの日本軍の死亡者数の二倍だ。史料はまた原住民には破壊された部落が五か所あると述べており、それなら殺された原住民の人数は当然また相当な数にのぼる。このような重大な史実が、唖然とすることに、政党が交代した後の高校の歴史の教科書でもまだ取り上げられていない。

「鳳山昭忠祠」はすでに史跡となっているが、当時の戦場に近い屏鵝公路には、少なくともまだ三か所の殉職した清国兵のための遺跡があることがわかったので、必ず探し出さねばならないと考えていた。そして、第一の目標は佳冬〔枋寮

陣亡病故員弁勇丁神位〔清朝振字営、福靖営《ふくせいえい》の開山時に戦死または病死した員弁、勇丁の位牌〕」と刻まれており、私はなんともていて、「昭忠祠」ではなかった。神卓の上のふたつの位牌のうち、後ろの古い石牌には「皇清　振字　福靖　営　開山り中々見つけられず、ぐるぐる回って荒れた野外にある幅三メートルほどの小さな廟にやって来た。「忠英祠」の額がかかっ

　距離は一気に近くなり、村長は楽しげにバイクで道案内しようと言ってくれた。私たちも嬉しくなった。案の定、やはた。「私は彼の小学校の同級生です。」

同室だった友人です。今日、彼の田舎を尋ねるつもりなので、ラインで連絡を取り合っていました。」村長はちょっと笑っ

　村長は名刺をじっと見てから、突然聞いてきた。「某医師をご存じかね？」私は言った。「大学のクラスメートで、寮のした。

拶をするとき、ふと思い立って、名刺を取り出し、私は台北から来た台大の医者で、小説を書くために調査していると話

　また抗日志士だ。私たちはがっかりしたが、やはり行ってみることにした。村長はひとつの方向を指さした。別れの挨たぶん抗日志士を記念している。」

「仰っておられるのは、たぶん大変辺鄙なところにある小さな廟で、バイクで十分位の所にある。場所ははっきりしないが、べているのを見かけ、尋ねようと側に寄ってみると、玉光村〔佳冬郷の十二村の一つ〕の村長だった。村長は自信なげに言った。い頃から佳冬で育っておるんじゃ、ないと言ったらないよ。」それから街角まで来ると、ひとりの老人が道端で弁当を食があるだけだと言った。私たちはきっとあると頑張ったが、ひとりの年長の村民が嘲《あざけ》るようにこう言った。「わしは小さ時間になっていた。街や市場の老人たちは、佳冬には「淮軍昭忠祠」なんてなく、ただ1895年の抗日志士の小さな廟

　車が故障したために、もともとの計画では十時半に佳冬に着く予定だったが、十二時半となり、公共機関は午後の休みの西隣〕にあり、当然、「昭忠祠」と呼ぶものだと思っていた。

言えない喜びを覚えた。福靖営は、まさに王開俊閣下の軍営の呼称である。ただ、もうひとつのかなり新しい「抗日志士」の位牌が古い位牌をほとんど隠していた。道理で、佳冬の村民は誰もこの廟のいわれを知らず、誤解していたわけだ。

今回の旅のメインは、主に原住民の人たちと山に登って女乃社に行くことだったので、台北を出るとき、ちょっとした手土産に黄山で買った落花生を何袋か持ってきていた。気が利く邱君は私のためにウイスキーを二本用意してくれていた。私は落花生と酒を取り出してお供えした。合掌して参拝したとき、またハッとした。なんという偶然！　私が持ってきた安徽省産の落花生と〔淮軍が戦った〕西洋の酒で、百四十数年前に台湾で殉職した安徽省の淮軍を参拝することになったのだ！[1]

第二の目的地は「枋寮昭忠祠」だった。枋寮では、最初に道を尋ねた若い女性が、一も二もなくすぐに車を出して案内してくれた。それで私たちは枋寮についてから十分で、北勢寮の白軍営に到着した。もともと現地の人々は「白軍営」と呼んでおり、「淮軍昭忠祠」とは言わない。祠堂には「淮軍義祠」と「枋寮昭忠祠」の扁額があった。言うまでもなく、道案内してもらわなければ、探しまわることになっただろう。この白軍営は規模が大きく、廟の裏の墓の亀の甲羅のような盛り上がりから、埋葬された人の数は少なくとも百名を越えると想像できた。私はまた安徽省の落花生とウイスキーをお供えした。今度は正真正銘の「安徽淮軍」だった。

その後、この白軍営には全部で七百六十九名の淮軍を埋葬しており、それは同治十三（1874）年七月末から光緒元（1875）年一月までの、獅頭社戦役がはじまる前に鳳山で病死した淮軍であることがわかった。[2]

三つ目の「王太師鎮安宮」は、私がインターネットで調べたところでは、山沿いにあるようだったが、その日は探し出せず、その後もどれほど探しても見つからなかった。後に2016年1月31日になって、楓港の老人の助けを経てようやく探し出すことができた。なんと屏鵝公路沿いの路地から入った海辺にあり、2001年に移築したものだった。建築の外観はふつうの家のようで、もし香炉と塔がなければ、廟には見えず、いささか奇妙な感じがした。

翌日、そして三日目は、念願かなって女乃社で過ごした。同行してくれた牡丹村の村長は、この女乃社の旧部落はもう廃れて長く、彼らも初めてここに来たと言った。言い換えれば、1874年から2015年まで、長いあいだ人跡がなかったということだ。私たちは四重渓に沿って遡上し、イバラを除いて道を切り開きながら、ようやく1874年6月2日に、北路の日本軍によって焼き払われた牡丹社の人々の旧居にたどりついた。村長は旧部落に入る前に、敬虔に祈りを捧げ、祖霊の邪魔をするつもりはないことを誓った。しかし、その晩も翌朝も女乃社では何事もうまく行かず、準備不足を免れなかった。

3月5日から7日にかけて起こった一連の異常な出来事は、後になって次第に心の中で熟しはじめた。まず思ったことは、私は女乃社の祖霊に罰せられたのだということ、あるいは女乃社の祖霊は、私が祖霊たちのことを小説に書くのを望んでいないのだろうということだった。私が悟ったのは、女乃社じゅうの亡霊、あるいは「オタイ」個人でもいい、祖霊たちにとって1874年は悲痛で、残酷で、振り返るのは耐えがたいということだった。祖霊たちは、むしろ深山に隠れ住み、当時の石板家屋の残った柱と一緒にいて、外界から邪魔されないようにしていたのだ（公開されたり、回顧されたりすることはいっそう望まなかった）。

反対に、別のパワーが働き、私を安徽省や合肥に引き寄せ、それから佳冬や北勢寮に連れて行った。もし私たちの車が原因不明の故障を起こさなかったならば、忠英祠や北勢寮の白軍営を探しあてることは難しかっただろう。しかも、私たちは何かに取り憑かれたように、安徽省の落花生やウイスキーを持って参拝した。これらの淮軍の亡魂は、台湾で百年以上も忘れさられているが、果たして、彼らは天上や地下にあって満足しているだろうか。台湾に骨を埋めたが、彼らを記念する鳳山の淮軍昭忠祠は、たった三十年ほど存在しただけで、日本人によって破壊され更地にされて、遺骨はどこにいったのかわからなくなったのである。(3) いま台湾の二千三百万人には、台湾史の学者を含めて、鳳山にかつて淮軍昭忠祠が存在したことを知っている人はほとんどいない。白軍営や忠英祠に至っては、線香は哀しいかな焚かれることなく、さらに当地の抗日志士の位牌によっておおい隠されてしまっている。

淮軍の立場に立ってみれば、彼らが当時来台したのは、日本人に対抗する台湾住民のためであった。後に獅頭社戦役に参戦したのもまた、台湾住民のためであった。彼らは台湾人のために異郷に骨を埋めたが、後世の台湾人がそのことをまったく理解せず、感謝もしないなら、どうして彼らは成仏できるだろうか。さらにひどいのは、時代の変遷から、二十一世紀に入ってこの島では原漢関係の反省と再出発がはじまり、転型正義〔移行期の正義〕の風潮のもとで、人びとは百年の恥辱を受けた原住民に同情を寄せるようになった。そのために鄭成功を侵入者として非難し、さらに「開山撫番」をはじめた責任者の沈葆楨《しんほてい》を指弾して、前朝の清朝にまったく好感を持たなくなった。しかしながら、淮軍の将兵になんの罪があるというのだろうか。彼らも海を渡ることを望まず、さらに戦争を望まなかった。彼らもまた被害者だったのである。だから、彼らは台湾人に彼らの存在と功績を知ってもらおうとしたのだ。

私は動揺した。私も認めねばなるまい。忠英祠と白軍営を訪ねたあの日まで、ずっと偏見を持ち、獅頭社の役で戦死した清国軍、そして牡丹社事件で戦死した日本軍は、同類の外来の侵略者であって、正義の師〔正義のために戦う軍人〕にあらずだと考えていた。今回の調査は、私に再考を促したのである。来台した淮軍は、同治十三〔一八七四〕年に台湾に侵入してきた日本に直面し、国の防衛の任に当たった。光緒元〔一八七五〕年には、獅頭社に出兵し、民衆を護る任に当たった。彼らは職務に忠誠を尽くしたが、そのために異郷に骨を埋め、そのうえ後世のイデオロギーのために侵略者の汚名をかぶることになった。どうして抗議をせず、声をあげずにいられようか。私はこれまでずっと日本の大河ドラマの「職務に忠実である人こそ善人である」という価値観を唱えてきた。どうしてこの面で、「俗に媚びる」〔「キッチュ〔Kitsch〕」、ミラン・クンデラ『存在の耐えられない軽さ』の中の用語〕ことができよう。

歴史を振り返れば、獅頭社の戦いは避けられたか否か、検討の余地がある。史書を見ると、王開俊は威嚇のつもりが戦争を引き起こす結果になってしまったとも言える。沈葆楨は過剰に反応したため、撫番〔番を撫す〕を剿番《そうばん》〔番を討伐する〕に変えてしまったのではないかということについても、議論の余地がある。しかし、この千九百十八名の淮軍に不名誉を被せたり、永遠に忘却したりすることはできない。

とりわけ皮肉なのは、犠牲になった千九百十八名の淮軍は、蔓草の生える荒野に埋められてしまい、後世の人々の記憶に残らず、歴史書などの記録からも姿を消していることである。戦いがはじまるや、『申報』〔上海発行〕紙上で、無差別に人を殺害して災いを引き起こしたあげく、惨死した遊撃の小官（いまの「営長」の階級に相当）と非難された王開俊が、かえってひとり神となり、この世を謳歌したのだ。その後、２０１６年1月31日になってようやく、屏鵝公路の嘉和海岸の七里溪河口附近に、移築された王太師鎮安宮が見つかった。それは光緒元年四月二十日前後に、淮軍が探しだした九十七人の死骸と王開俊の頭骨を一緒に埋めたところで、塔が建てられ、「王」の字が刻まれていた。さらに面白いことに、以前、屏鵝公路の五路財神廟の側に、小さな神坐「五営元帥」と「保家衛民」を見つけた私は、そこに祭られているのも王開俊だと思い込んでいた。と言うのは、王開俊は一営「五哨」を率いていたことから「五営」に拡大され、そうしてまた「遊撃」から「太帥」（『封神榜』〔『封神演義』を原作とするテレビドラマ〕の大官）に昇格していたからである。

もし張光亮、王徳成、田勤生ら殉職した将校たちが地下でこのことを知ったなら、当然納得しないだろう。彼らは、王開俊の巻き添えを食って死んだと言えるからだ。そうしていま、王開俊のみひとり廟が建ち、祭祀が行われ、彼らは埋められたまま、忘れさられているのだ。やはり情において忍び難いものがある。

そこで私は次第に考え方を変え、牡丹社事件ではなく、獅頭社戦役を書こうと決めた。それがこの『獅頭花』である。なぜなら獅頭社の濛々とした霧と溪谷の中には、埋没したままの多くの英霊がいて、たくさんの忘れられた台湾の歴史があり、多くの血と涙と逆説的な諷刺が残されているからである。

*

しかしながら、さらに調査が難しかったのは、交戦のもう一方の大亀文への調査であった。私は大亀文についてはなにも知らなかった。第一に百四十年が過ぎ、「大亀文」の名前はなくなっている。もともとの大亀文は、いまは屏東の獅子郷と台東の達仁郷に分かれている。しかし、地図を開いてみても、南回り線の小さな「内獅」駅および「内文」を除いて、獅頭社戦役の跡は探し出せない。内獅は、名前からすれば、内陸の山中のはずだ。どうして海辺に出てきたのか。そうして、外獅はどうしてなくなったのか？　内文は当時、大亀文の二大支配家族、ロバニヤウ家族と酋龍家族の根拠地であったが、最終的に、日本人が大亀文という名称を廃止し、「内文社」と改称した。ここでは、日本時代の大正年間にも、抗日の「南蕃事件」〔一九一四年にパイワン族の銃器押収にからんで発生した事件〕が発生している。地図上では、内文はまだ存在しているが、ただ明らかに旧部落の廃墟である。ロバニヤウ家族の後継者は、すでに台東県の安朔および屏東県の東源に移っている。酋龍家族の子孫は、中心崙〔獅子郷〕に移っている。インターネット上には、「大亀文」の名前の入った文章が出てくるが、多くはロバニヤウ家族の張金生〔後出〕と葉神保[1]というのふたりの政治大学民族研究所の博士が描いたものである。

次に、当時の戦場はどこだったのか、また、「抗戦の指導者」である大亀文の大頭目の名前をどうやって探すかという問題があった。私は『フォルモサに咲く花』を書いたが、ローバー号事件〔一八六七年三月二日〕と南岬の盟〔同年十月十日〕では、スカロのトキトク総股頭の名前を早くから頻繁に聞いていた。十九世紀に台湾を訪れた西洋人は、トキトクについてよく書いている。ただ、トキトクは数歳若く死んだだけなのに、彼の養子で継承者の潘文杰ほど、写真やエピソードが残っていない。また日本人に殺害された牡丹社の頭目アルクと違って、歴史に名を留めていない。しかし、上瑯嶠の大亀文については、１８９８年に鳥居龍蔵が助手の森丑之助を連れて、通りすがり程度に訪ねたことがあるくらいで、外界から見た大亀文の文献記録は極めて少ないのである。

私は朝から晩まで、大清帝国に対抗した部落酋邦の大英雄であった大亀文の総頭目の名前について考えた。そこで思いついたのは、いまの「大亀文国王」の張金生氏に教えを請うことだった。２０１５年7月18日のひんやりとした涼しい夜に、安朔村の「萁模《きぼ》文化園区」で、張金生氏と酒を飲みながら英雄的な祖先について話を伺った。「国王」は私に、大頭目の弟はあの戦役で亡くなったと語った。この情報を得て、私は台北にもどると、獅頭社戦役前後の沈葆楨、およびそのほかの台湾の役人の上奏文を集めた。努力をすれば必ず望みが叶えられるもので、大量の文字の中から、とうとうキーパーソンの名前を探しあてた。それは光緒元年四月十五日の夜から四月十六日の朝にかけての最も激しい獅頭社での戦闘で、西暦で言うと、１８７５年5月21日にあたる日の午前中に、内獅部落で勇敢に闘って犠牲となった、「アラパイ」と呼ばれる大亀文の頭目の弟であった。

光緒元年四月二十三日、沈葆楨の『淮軍攻破内外獅頭社摺《しょう》』に次のようにある。

卯《う》の刻〔午前五時から七時〕から巳《み》の刻〔午前九時から十一時〕に、賊の砦が崩壊しはじめたので、凶暴な番人を全部で六、七十名斬ったが、内一名は名をアラパイと言い、亀紋社番酋〔大亀文社大頭目〕の弟であった。

そして、この戦役のおおよそ一か月後に、清の朝廷はようやく大亀文と和議を交わした。当時在台淮軍提督だった唐定奎《とうていけい》が「勝利」の後、七条からなる約束を大亀文に提示する過程で、多くの番社の頭目の名前をあげたが、その中で最も重要な名前が「野艾」であり、彼は後に「大亀文総目」となった。

それが沈葆楨のもう一編の上奏文で、光緒元年五月二十三日付けの『番社就撫《じゅうぶ》布置情形摺』である。

> 十二日、枋山人に程古六なる者あり、内亀紋社番目の野艾、外亀紋社番目の布阿里煙を連れてくる。また射不力社番目の郎阿朗なる者あり、中文社番目の亀吋仔、周武濫社番目の文蛋および番人ら百余人を連れ軍営の門を叩いて投降を乞う。……亀紋社首領の野艾は、これまで諸社の頭人として、総社目に抜擢されて社を統率しており、素直に遵法を約束する。統率する番社にもし殺人が起これば、すぐに総目は犯人を差し出す。例えば三年間、各社に一人も殺人がなければ、総目は優遇して顕彰される。獅頭社の残党は、どこの社に隠れていようと捜しだす。どの社もすぐに突き出し、匿うことは許されない。野艾および各番は、均しく約束を遵守することを願う。

こうして私は、獅頭社戦役で「大亀文総目」に封じられたのは「野艾」であると、確定することができた（小説では、「野艾」を「野崖（以下、「シャガイ」とする）」に改めた。「作者のことば」を参照されたい[2]）。「シャガイ」および「アラパイ」は、大亀文の歴史に入り込むためのふたつのパスワードである。文字による調査だけでなく、現場に出向くのも私の「お気に入り」である。私は使い込んでぼろぼろになった大型の南部屏東地図をいつも持ち歩くカバンに入れていた。私は屏鵝公路の両側にある溪谷をひとつずつ見てまわった。枋山溪（大亀文溪）、およびその支流の阿士文溪、卡悠峰《かゆうほう》の滝（内獅の滝）、七里溪、楓港溪、さらには当時の部落、戦場、そして進軍のコースまでほぼ把握できた。その後また、ロバニヤウ家族と萁模族文化発展協会が主催した「パイワン族歴史文化学術論壇」に参加して、大きな収穫を得た。さらにさまざまな文書を蒐集した。清代の文書『甲戌公牘鈔存《こうじゅつこうとくしょうそん》』、『清季申報台湾紀事輯録』、『沈文肅公牘』……、そして国史館台湾文献館所蔵の日本人が書いた『処蕃提要』、『風港営所雑記』の翻訳書、さらに近代の『枋山郷志』など。こうして私は、もう十分筆をとって台湾史のこの一連の感動的な物語を再現できるだろうという気持ちになった。

早くから準備をしてきたが、原漢衝突の小説を書くには抑制することが極めて難しく、苦労した割にはうまくいかない可能性がある。私のささやかな願いは、この小説によって1875年の大亀文と淮軍の戦争の本来の姿を再現することであった。淮軍は決して戦争を引き起こした当の責任者ではなく、彼らは命令を受けて戦場に向かい、終決後すぐに故郷に帰還する予定だった。戦争を起こしたのは沈葆楨だと言えたが、それも威嚇するといった程度で、本当に戦争をする気があったわけではなかった。私の眼には、双方それぞれに立場があり、共に勇敢で、責任を果たしたと映った。ただ、それは移民社会の発展過程における不幸な避け難い出来事であったと言える。双方に無惨な死傷者を出した戦争だったのである。私たちは大亀文の殉難者のために碑を立て、アラパイのために碑を立て、当時の古戦場に碑を立て、台湾人の子孫に往時を偲び、振り返る機会を提供すべきだと考える。淮軍には「白軍営遺跡」もあるが、彼らはもっと尊重されるべきだと思う。屏鵝公路の一帯に出かけ、「獅頭社戦争」の両陣営の現場を偲ぶことは、台湾人の小中高の歴史教育の中で大変重要な教材になるだろう。さらに私は、漢人と対抗して、家郷を守るために英雄的に戦った、アラパイをはじめとする七十数名の原住民の英雄が殉難した日、5月21日を、政府が「原住民英雄日」あるいは「原住民殉難日」と定め、記念のために全国一斉に休日とすることを願っている。

私は、日本人がこんにち明治維新の観点から歴史的人物を見るその見方が好きだ。日本人は、佐幕派の土方歳三、松平容保、近藤勇などにも十分親しみを持っている。また「造反」した西郷隆盛に対する評価は、当時の政治を正確につかんでいた大久保利通より高い。「人格」や「職務への忠実さ」こそが評価のカギで、「立場」あるいは「成功」ではない。もちろん1875年の戦争によって、「あなたがたの粗末な荷車とぼろを着た開拓の姿は〔漢人移民〕、私たちの生活の圧迫と四方への流浪のはじまり〔原住民族〕」[3]となり、これ以降、原住民の百年の悲情な歴史がはじまったのは事実である。確かに、移民の後裔はいまこそ反省し、謝罪し、原住民にその正義を返さねばならない。しかし、恩讐の先の結末は、清算し、総括し、是非を言い争うためではなく、双方が和解し、多元文化と族群（エスニックグループ）の共栄を求めるためでなければならない。あるいは、天は開山撫番百四十年後の台湾に、ひとりの原漢混血の台湾総統を選んで原漢転型正義〔移行期の正義〕を実施させ、まさに私たちを目覚めさせようとしているのかもしれない。淮軍と大亀文の双方の戦争の当事者は、いま台湾人の祖先となっている。1874年以降、台湾に派遣され、防衛や討伐に従事した一万人以上の軍隊は、多くは退役後、台湾に定住して、台湾人の多様な祖先の一部となった。いま台湾の総統は、開山撫番が目的としたとおり、戦役の後、大亀文と清国軍が和解し、そして通婚するようになった時代の子孫なのである。これは秘かな天の意思ではないのだろうか。

歴史はいつもしばらく沈殿してのち、はじめて人に気づかれるのである。

（2016年9月末）

【原注】

（1）後に、ここの福靖営は台湾鎮総兵張其光の配下李光之の部隊であり、広東兵に属し、光緒三年頃、開路の中、殉難したとわかった。王開俊とは無関係である。

（2）私は2016年10月11日に再度白軍営を訪ね、そこで偶然白軍営の改造者柯三坤氏にお会いしたが、柯氏は興奮したように廟が立てられた過程を話してくれた。そのようすは霊異に満ちていた。柯氏が掘り出した四百あまりの遺骨は、四列にきちんと分けて並べられていた。彼はこのことを廟の傍に建てた碑に記している（原書二一頁写真参照）。

（3）鳳山の「武洛塘山淮軍昭忠祠」に関しては、後にも探訪を続け、些か収穫を得た。その過程にもまた不思議なことがあった。次の「神霊任務の一」参照。

【訳注】

〔1〕葉神保著『日治時期排灣族「南蕃事件」之研究』（政治大学民族学系、二〇一四年）がある。

〔2〕**【本書を読むために】**の中の〔凡例〕に掲げた「作者のことば」を参照されたい。

〔3〕「粗末な荷車とぼろを着た開拓の姿」の原文は、「華路藍縷」で、歌曲「美麗島」（陳秀喜作詞、梁景峰改作、李双沢作曲、一九七七年）に見える歌詞である。この歌は漢人の台湾開拓を歌ったもので、二〇一六年五月二十日、蔡英文の総統就任式で歌われたが、原住民によりその開拓の姿は「我們的顛沛流離（私たちの生活の圧迫と四方への流浪のはじまり）」であると批判されたことを背景に述べている。

（付記）この文章は、原書では「前言」として書かれているが、小説の形式としては日本の読者にはなじみがなく、ほかの文章と同じく「附録」として小説の本文の後ろに収録した。

神霊任務の一

「鳳山武洛塘山淮軍昭忠祠」の探訪と再現

１８７５年、すなわち光緒元年の獅頭社戦役によって、台湾の「開山撫番《かいざんぶばん》〔山を開きて、番を撫す〕」は「剿番《そうばん》〔番人を討伐する〕」に変わった。これは原住民族百年の苦難のはじまりであり、清朝統治下台湾の原住民族と漢民族のあいだの最初の大きな歴史的な傷痕でもあった。

すでに過去のことだが、当時の歴史に立ちもどると、私の観点では、この戦役で殉職した清国軍と殉難した大亀文人は、共に「台湾魂」であり、台湾史の英雄である。

大清国の精鋭淮軍の中の銘軍〔劉銘伝が組織した淮軍の部隊〕は、何人かの高級将校を含めてほぼ三分の一にあたる千九百十八人が、台湾で病没したり、戦死したりして、故郷に帰ることができなかった。その内の千百四十九人は、鳳山の武《ぶ》洛塘山《らくとうざん》に骨を埋め、それ以降、安徽省の故郷合肥や家族と、大海を隔てて永遠に離別することになった。彼らは楚辞〔屈原などの詩賦を集めた詩集〕の国殤《こくしょう》〔戦死者の弔魂歌〕にある「身すでに死しても神もって霊となり、子《し》の魂魄鬼雄となる」であり、また「憐れむべし武洛塘山の骨、なおこれ春閨《しゅんけい》〔女性の寝室〕夢裡の人なり」でもある。

１８７７年、すなわち光緒三年、大清国福建巡撫丁日昌《ていじつしょう》は、彼らのために、忠烈祠に相当する淮軍昭忠祠を建て、碑文を立てて毎年祭祀を行った。しかし、わずか十八年後の１８９５年に、日本人が台湾を占拠した。それ以後、史書には昭忠祠の記録がなくなったのである。

これまでの調査に基づいて、おおよその輪郭を描いてみよう。１８９５年に日本人が来台して以降、昭忠祠は自然重視されなくなった。１９０８年前後、鉄道を敷くために、もともと低かった武洛塘山はほとんど削り取られ、昭忠祠も台湾の土地と地図の上から消失し、また台湾人の記憶からも消え去り、ただ合肥の李鴻章宅の陳列図にひとつの点とひと言だけが残された。１９４０年代には池底がさらわれて、武洛塘（芝頭埤《さいとうひ》）〔「塘」は池、「埤」は窪んだ湿地〕も埋め立てられ、陸地となり、大東国民小学校と大東公園になった。

こうして大清国から日本、そうして中華民国へと国家が変わり、さらに時代が変遷して、鳳山の老人たちでさえ皆、当地に清国軍を祭る昭忠祠があったことを知らず、台湾人も百四十年あまり前の、国と民を守るために台湾に骨を埋めた千九百十八人の淮軍を完全に忘れ、そしてまた清朝が「開山撫番」から「剿番」に変わるきっかけとなった五つの大亀文部落の原住民を忘れた。見る間に、この間の歴史は、後世の人々に完全に忘れ去られ、永遠に故宮の檔案〔保存文書〕の中で埃をかぶることになったのである。

２０１５年2月、なにかに導かれるように淮軍の故郷合肥に行き、そこで偶然見た壁にかかった陳列図が、なんと私の執筆計画を変えてしまった。私は夢中になって台湾淮軍の遺跡を探し、大亀文の古戦場を調査してまわって、とうとうこの『獅頭花』という小説を書き上げたのだった。執筆しているあいだ、私はひたすら台湾に骨を埋めたこれらの英霊たちの手とペンとなっていた。過去二年あまり、英霊たちは私をあちらにこちらにと引っ張りまわし、それから私の手を使ってこの本を書かせたのである。

作品が完成し、危うく「歴史の灰燼として片づけ」られそうになっていた出来事がおおかた陽の目を見、台湾の子孫に私たちの曽祖父母時代の台湾の移民社会の不幸な原漢衝突を理解させることができるようになったが、ただ武洛塘山の淮軍の英霊たちは、私がいまだすべての任務を達成していないと考えていたようだ。なぜなら、まだひとつの大きな任務が完成していないからである。つまり、

「私は武洛塘山昭忠祠の考証を終えたが、昭忠祠はもともとどこにあったのか？　１９０８年に発掘された淮軍の遺骨はいまどこにあるのか？　しかも、彼らは台湾史で、明らかにいまだ公平な扱い、そして敬意を表された祭儀を受けていないのだ！」

するとまた、何かに導かれるように講演が用意されたのだった。表面上は平凡な「台湾文学賞巡回講演」というものだったが、会場が「鳳山大東文化芸術中心」だった。この話を聞いたとたん、ハッとして、何かあると感じた。

と言うのは、この講演会場は、地図では淮軍昭忠祠がもともとあった場所から一キロほどのところにあるのだ！　明らかに「彼ら」は私に会いたくて、私を呼んだのだ。

私はまた唐突に、一人の「最高齢の新人作家」が、昨年「台湾文学賞金典賞」をもらったのは、実はこれらの英霊たちが暗闇の中に用意したのだと感じた。

こうして6月17日に、私は「鳳山大東芸術文化中心」にやって来た。

鳳山は、私の母の故郷だった。私の子どもの頃の思い出は皆、鳳山にあった。私は小学校時代の夏休みは、いつもここで過ごしていた。

会場は「大東国民小学校」の跡地で、子どもの頃、自転車に乗る練習をしたところだった。

いま台湾で、ここは七十数年前まで水深が建物の中二階ほどの「柴頭埤」だったことを知っている人は何人いるだろうか。

実際、私も写真で見たことがあるだけで、幼い頃は母方の祖父の家はとても変わっているなと思っていた。三民路に入ると、ずっと平坦（斜面ではない）であるのに、なぜか四、五十メートルほど進んだ家の裏手に、長い階段があって、それを降り

るとようやく地面に着くのだった。２０１５年になって、「鳳山昭忠祠」を探すために、鳳山の古地図を求め、それではじめて鳳山に「武洛塘山」があることを知った。「武洛塘」に直面していることから名づけられたのだが、柴頭埤はこの武洛塘の俗名なのである。さらに、鳳山が古くは「埤頭《ひとう》」と名づけられていたのも、この埤からついたものであった。

幼い頃の経験がなければ、私はこれらのことを理解できなかっただろう。

6月17日、天気予報では台湾じゅうが豪雨とのことだったが、幸い高雄と鳳山はそれほどでもなかった。ここで甥の林川田、そして大学の同窓の林栄宗医師夫妻にお礼申し上げたい。雨の中を私と一緒にほとんど跡形もなくなった武洛塘山旧地を探し、昭忠祠があったであろう跡地を探索したのである。

私は前年の２０１６年の夏にも、従兄の林奇清とここを訪れていた。そのときは、日本人は１８９６年以降に昭忠祠を取り壊し、「日本の神社」を建てたと考えていた。そうして、日本の神社は、１９４６年以後に取り壊され、後に「県立鳳山医院」となった。鳳山医院の後門が武洛塘と武洛塘山の境にあたると。

今年の一月初めに、私は去年の見方が間違いであることに気がついた。日本の神社（鳳山医院）の「北門」に近いところは、大変南に偏っていて、昭忠祠の元々の場所は「外北門」とほとんど平行で少し南側だった。しかも、日本の神社は大正年間に建てられたものだった。当然、日本時代になると、葬儀や祖先の祭りは行われなくなったが、光緒三（一八七七）年の建立から光緒二十一（一八九五）年の日本領有までわずか十八年、もし地震などの天災がなければ、昭忠祠は倒壊しなかっただろう。あるいは民間で利用されていたかもしれない。そこで私はフェイスブックで尋ねた。運よく、高雄の于憲清教授に１９９４年に金鼎賞を獲得した鄭温乾氏を紹介していただいた。そこで意見を交換した結果、昭忠祠は１９０８年前後に、日本人が縦貫鉄道と製糖会社の鉄道を敷設したために壊されたと確定した。場所は、当時の内北門と外北門のあいだ、そして城壁（現、経部路）と鳳山溪のあいだであった。

6月17日、甥の川田の指摘で、私は台北で鳳山の地図を見ていたときの落とし穴に気がついた。つまり経武路と博愛路が立体交差になっていることを知らなかったのだ。経武路は高架だった。そしてここに「万姓公媽廟」があった。ネットでは、当時、山から掘り出された墓の骨はここに埋葬されていたと書いている。この一帯が当時の武洛塘山の北側の高所だったのだ。昭忠祠は南側の斜面の下にあり、やはり鉄道の通過点である。そうして、鉄道は博愛路に沿って走っていた。私は直感的に思った。もし昭忠祠の淮軍の骨を掘り出したのなら山の下に運ぶはずで、上にある「万姓公媽廟」に埋葬するとはあまり考えられない。それにこの廟の歴史はそれほど長くなく、1908年につながらない。私は鳳仁路から高架下の南側の博愛路の方を望み、この一帯が昭忠祠のもとあったところだと確信した。ここには民家がないようであり、かなり理にかなっていた。台湾の民衆は廟や祠を大切にし、昭忠祠の土地を勝手に使うのは考えにくいからである。ただ、鳳山の農協は、この土地の近くに工場を建てるようだ。

そこで私たち一行は博愛路に下りていくことにした。私のもうひとつの目的地は、鳳山渓の博愛路口、すなわち青年夜市だった。私たちは高架を降りて、博愛路に沿って東に進んだ。左側の鉄道の沿線は工事中で、かつ博愛路とひと筋生い茂った樹木に隔てられていて、向こうが見通せなかった。鳳山渓に行く途中、道の左側に「万福廟」の道案内の看板が現われ、小さな横道から線路のほうに入っていくことができた。鉄道はちょうど工事中で（地下化）、現場はでこぼこになっていた。現場の側にはなんと一、二間の簡単なブリキ板でできた小さな祠があり、年代不明の無主の骸骨が置かれていた。私は内心、この一帯こそが「武洛塘山昭忠祠」の跡地だと考えた。いま平地になっているのは、鉄道を建設したときに、山を平らにならしたからだ。博愛路と経武路の高架の落差は、山が削られた結果だ。光緒年間には、恐らく経武路の高さがあったのだ。

小さな路地から車を回すと、対面に「万福廟」が見えた。講演の開始時間が迫っており、またネットではこの廟は「李府千歳」を祭っていると書いていたので、私たちは車を停めなかった。そのとき、後ろの車に乗っていた林医師の夫人が、私が乗った甥の車の後ろに、いつからか大変美しい一輪の花が載っているのに気がついたらしい。車が動いているとき、風も雨もあったが、その花は落ちることも、動くこともなかった。ずっと私たちと大東文化芸術中心の地下の駐車場まで一緒だった。そのことに講演後はじめて気づいた。花をよく見ると、大きくて美しく、橙色に赤みを帯びていた。私は、これは私がようやく昭忠祠の元の場所にやって来たので、英霊が褒めてくれたのだと思った。私は花を持って台北にもどった。

高鉄の中で私は考えた。「万福廟」は当時の昭忠祠の山の下の路地にあり、廟の入口の対聯にはまた「万応」の二文字があった。移葬された昭忠祠の英霊の遺骸は、この廟に埋葬されたとするのが最も理にかなっている。そこで6月25日に、もう一度南下し、万福廟に行って詳しく調べた。偶然のことだが、私は6月23日に上海にいた。招待されたレストランは、優雅な洋館で古典的な西洋風の装飾が施され、十九世紀の西洋の貴族の邸宅のような風情があり、同時にレストランの看板がないことに何気なく気がついた。もうひとりの台湾の客が、ここは李鴻章の上海の邸宅であり、迎賓館だったのだと教えてくれた。

果たして、6月25日の万福廟の調査では大発見があった。もともと万福廟の裏側は万福廟の前身である「万応公祠」という小さな廟であり、また「万福廟」沿革の最初にあげられる「霊庵」でもあった。興味深いのは、この小さな廟の壁には、1984年に万応公祠を全面的に修復した業者が立てた碑があり、私がいま参拝している「李府千歳」の陽廟「万福廟」は、当初、昭忠祠に淮軍の遺骨を納めた陰廟の「万応公祠」であるとの確証を得たことである。新しい万福廟は南側に座って北に向き、以前は「万応公祠」であった旧小廟は北側に座って南に向いている。まさにもともとの武洛塘山に背を向けており、大変理にかなっている。

私の最終的な推論は、1908年に日本人が糖業鉄道と縦貫鉄道を敷くために、武洛塘山を一部削り、さらに老朽化した武洛淮軍昭忠祠を解体したというものである。その一帯はもともと墓地であった。そこで、鳳山渓近くの山の斜面の墓から掘り出された遺骨は、昭忠祠から掘り出された淮軍の遺骨や、民衆の遺骨と一緒に、恐らく山の下にしばらくのあいだ野ざらしになっていた（博愛路は1980年前後に開通した）。ただ現地の長老たちは、当然、そこが三十年前の淮軍の将兵たちの忠烈祠であるということを記憶していて、そこでざっと遺骨を埋め、もう一度万応公廟の小さな祠を立てたのだろう。ただし、まだ「霊庵」とは呼んでいなかった可能性がある。日本統治下では、あまり人々の口に上らなかったが、ただそこには清国軍の遺骸があることは言い伝えられていた。

1945年に日本人が去った後、ほぼ四十年になる万応公廟は古くなり、その一方で、政治的タブーもなくなった。さらにこの祠も厚く信仰されるようになり、そこで1950年の庚寅《かのえとら》の年に、当地の長老たちが真新しい万応公の小さな廟を建てた。「霊庵」は恐らくただ形容しただけだったのだろうが、この廟の名前として定着していったのだろう。

三十六年後、1986年の丙寅《ひのえとら》の年の春に、高雄市の不動産業者の張溪松氏が「住宅販売」の業績が悪く、行き詰まっていたとき、この廟で祈願したところ、果たして願いがかなった。それで二万五百元使って古い廟を修復し、屋根や天井はそのままに、壁や床に新しいタイルを張った（よく似た話は、北勢寮の淮軍の遺塚にもある）。

この霊験あらたかな出来事は、鳳山北門の地元の名士たちに、子どもの頃、老人たちから「霊庵」には清代の軍人の遺骨が埋葬されていると聞かされていたことを思い出させた。それで高雄のよそ者に先を越されたくないという思いで、競争心から、地元の名士や富裕層は、資金を集めて大きな「万福廟」を建て、さらに軍人の英霊を「千歳（殿下、妃殿下への尊称。皇帝は万歳）」に昇格させ、万福廟で「李府千歳」を祭るようになったのだ。落成日は八月二十三日で、格式も陰廟から陽廟に変わった（この話は、廟守りの婦人から聞いたもので、この廟の三神が李府千歳、天上聖母（媽祖）、濟公活仏（濟公は南宋の僧。高雄市旗山区にある鳳山寺の濟公活仏がよく知られている）である理由はここにある）。もとの廟ができて後、五営（東南西北中央の五つの軍営）の軍旗が並べられ、廟の側には香炉が置かれた。参拝には十七本の線香を立てねばならず、その中の「六本は小廟を拝する」のだ！　さらに廟の入り口の対聯にも「万法の玄宗、千人の兵を率いて、威霊鎮守する（威力をもって守る）」と書かれている。これは、そこの老人たちは、その廟には、当時、改葬された清国兵の塚の遺骨が納められていることを知っていたことを示している。

私はまた沿革に載っている廟の建立者やその子孫に連絡を取ってみたが、新しい情報は得られていない。あの三十一年前にお礼参りとして二万五百元を寄付した張氏の電話はもう使われなくなっており、これ以上証明のしようがない。ただ、私の推測は事実に近いことを信じている。

その日、酒や果物やお菓子を少し用意して、新旧の廟に、1875年に国家のために命を捧げた淮軍の英霊も眠っていることを信じながら、清代の軍民の魂にお供えした。

唯一残念に思っているのは、昭忠祠には、光緒三年、すなわち1877年の大きな記念碑があったはずだが〔「附録　台湾淮軍史」参照〕、それがどこかにいってしまったことである。この碑をいつか目にできることを願っている。

2017年6月30日修正

（後記）ほぼ十日後の7月10日、私は江蘇省の無錫に旅行し、期せずして同治三（一八六四）年に建てられた「無錫昭忠祠」に遭遇したが、「昭忠祠」の三字は李鴻章の手稿だった。

神霊任務の二

枋寮「白軍営」のほかにも淮軍の墓地がある？

光緒三（1877）年六月二十三日の丁日昌の上奏文〔本文二六三頁参照〕によるとこうだ。

鳳山に昭忠祠を建て、獅頭社の役で亡くなった千百四十九名の淮軍を埋葬したほか、「さらに枋寮に土地を買って義塚をつくり、敵の内山などの地にあった兵士七百六十九体の棺を移して埋葬し……」。つまり、来台淮軍のうち、大亀文の戦場で戦死したのではなく、後方の鳳山の枋寮の軍営で病死した七百六十九人は、枋寮に埋葬されたのである。

2015年3月5日に、私は南部の友人邱銘義氏、そして潘暁泊氏と不可解な情況の中で、ここにたどりついた（「淮軍と大亀文からの呼びかけと探究」参照）。この枋寮の淮軍塚は、その後時代の変遷を経て、いまは「白軍営」と呼ばれ、枋寮の街なかではなく、郊外の北勢寮の海辺にある。私は、2016年10月11日と12月3日に再訪し、運よく八十四歳の高齢になる「白軍営」の民間伝承者の何氏に出会った。何氏は廟を建てた際の様々な不思議な話をしてくれた。氏の話によると、白軍営で掘り出された遺骨は、軍人が訓令を聞く陣形に整然と並び、司令台もあったが、総数は四百人あまりだった。言い換えれば、丁日昌の上奏文にある七百六十九人には、三百人あまり足らないのだ。

12月3日の調査のときに、付近にはまた「円静祠」があって、1997年にも百を数える遺骨が掘り出されたことを思い出した。円静祠にもまた、不思議な話が伝わっている。それらの人骨が淮軍と関係があるのかどうか、そのことをどのように証明するか、いまだ果たせぬ任務となっている。

『獅頭花』出版の際には、この一段についても書くことにしよう。「円静祠」の追跡は、私のいまだ果たせぬ「神霊任務の三」となるだろうか？

「台湾の淮軍」の歴史と遺跡を尋ねて

台湾の人々は、教科書で晩清における淮軍の重要性を大体知ることができる。同治三年（1864）に、湘軍〔湖南地方で曽国藩が創始した軍隊〕と淮軍が協力して太平天国〔一八五一年、洪秀全創設〕を滅ぼしたが、とりわけ李鴻章が募集した淮軍は、イギリスの将軍チャールズ・ゴードンの訓練を受けて最も近代化し、李鴻章が北洋大臣を担っていた二十数年は、大清帝国の主力部隊となった。初代の台湾巡撫劉銘伝は淮軍系統の出身であった。

しかし、淮軍が台湾史上重要な位置を占め、軍営の遺跡と戦死した将兵の廟が（台湾に）残され、しかも蔡英文総統が淮軍の後裔であることを知っている人はほとんどいない。

なぜ教科書は取り上げていないのだろうか。それは淮軍が戦ったのは日本人ではなく、今日の屏東県獅子郷の大亀文酋邦〔首長国〕であり、「獅頭社の役」だからである。

牡丹社事件では、日本人は七百人から八百人が亡くなった。それは十分に悲惨な状況である。一方、台湾で死亡した淮軍は、ほぼ二千人にのぼるにもかかわらず、教科書はまったく取り上げていない。それは大亀文酋邦の戦いが「開山撫番《かいざんぶばん》の最初の戦争」だったからである。つまり、これらの淮軍は職務に忠誠を尽くして死に、人々に同情され尊敬されるが、しかし大清帝国の誤った政策の執行者として、「正義の師〔正義のために戦う兵〕」とはみなされないのだ。清の朝廷は原住民に悲惨な経験をさせ、同時に二千人に近い淮軍に台湾という異郷に骨を埋めさせた。これは遺憾な台湾史である。――歴史を理解し、和解すべきであり、間違って理解したり、忘れたりすることは許されない。

淮軍来台の経過

1874年5月7日、日本は琉球民が1871年に牡丹社の原住民に殺害されたことを口実に、兵を派遣して瑯嶠の社寮に上陸した。十四日後、牡丹社の頭目アルク父子は石門の役で日本軍によって殺され、その後また日本軍は三路に分けて牡丹の諸部落を襲撃した。一か月あまり後に、欽差大臣〔皇帝の全権委任大臣〕の沈葆楨がようやく台湾に着き、数日後に「理論」、「設防」、「開禁」の防台三策を奏上し、さらに南洋、北洋大臣に台湾への増援として洋銃隊の派遣を願い出た。

清の朝廷は、徐州に駐屯していた唐定奎の淮軍十三営の兵士六千五百人を派遣した。彼らは、江蘇瓜州より汽船に搭乗して台湾の旗後に着いた後、出発前に購入していた新式の兵器を三分割した。同時に、呉光亮の広東軍「飛虎営」、羅大春の湘軍「綏遠営」を派遣して、兵士一万九百七十人を増援した。飛虎営と綏遠営は後方の開路を担い、淮軍は最前線の鳳山県に配置されて、清朝の最南端の領地枋寮を隔てて、楓港、射寮の日本軍と真正面から対峙して、彼らが機に乗じて北上しないように防備に当たった。

この防衛戦略の意図は、日本を阻止し威嚇することにあり、確かに効果があった。1874年10月、明治政府と清の朝廷は「清日台湾事件専約〔日清両国互換条款〕」〔次の「台湾淮軍史」訳注〔3〕参照〕を結び、以降、台湾の山地は「治理及ばず、化外の地」ではなくなり、清の朝廷は正式に瑯嶠および台湾東部の後山を取得したのである。それまで民番分治〔人民と番人を分けて治める〕であったふたつの台湾は、これより合一し、開山撫番の政策も国際条約のお墨付きを得たのである。

——その一方で台湾原住民は犠牲にされたのである。

牡丹社事件では、六、七百人の日本軍が疫病に罹って死亡したのが、軍隊の撤退の主要因のひとつである。淮軍も疫病の襲来から逃れられず、五か月の内に、枋寮に駐留していた淮軍は七百六十九人が病没し、枋寮の郊外の北勢寮に埋葬された。いまは「白軍営」と称されている。

在台作戦時期

唐定奎が率いた六千五百人の淮軍が台湾に駐屯した期間は、一年に満たないが、但し、その影響は極めて大きい。なぜなら獅頭社の役の時代的意義は、『傀儡花』〔邦訳『フォルモサに咲く花』〕の裏表紙にある次のことば通りだからである。「原漢〔原住民族と漢民族〕の衝突から和解まで、台湾移民の時代観と島の族群間の愛憎が織りなされている。」

この戦いの導火線となったのは、当時、楓港に駐留していた王開俊だった。光緒元年（1875）正月八日〔2月13日〕に、王は軍人二百人を率いて楓港から内獅頭社に進攻して、部落の人々を殺し、家屋に火を放ったが、帰路、逆に内外の獅頭社の大亀文人に挟み撃ちに遭い、戦死した。

後に、現地の福佬人の移民が「嘉和王太帥《すい》鎮安宮」を建て、王開俊とその部下を祭った。2001年には、資金を集め場所を移して改築し、ただ「鎮安宮」とのみ称した。筆者の観点では、王開俊は平和を破壊し、争いを引き起こした人物として、当時の上海の『申報』でさえ王を責め立てた。

王開俊の部隊は死傷者が半数を超えて、清の朝廷を震撼させ、沈葆楨は権威を見せるために、撫番政策を改めた。「厳しく一、二社を懲罰し、諸社が自然に恐れ従い誠を尽くすようにさせてこれを撫せば、それで一労永逸〔一度の労により永遠の安泰をはかる〕の計となる」で、まず日本軍と一戦を交える準備をしていた淮軍を、枋山の移民の村落に派遣し、楓港〔旧名「風港」)、枋山(旧名「崩山」)、および加禄、莿桐脚などの地を含めて、「剿番《そうばん》(番人の討伐)」をはじめた。

唐定奎が五千の淮軍で総数五千人に達しない大亀文酋邦と戦争するのは、無論、強をもって弱を侵犯するものである。しかし、大亀文人はシャガイを指導者として奮戦し、おおよそ二か月にわたる戦いの中で、大亀文の死傷者はシャガイの弟アラパイを含めて数百人であった。淮軍のほうは、内獅頭社、外獅頭社および草山、竹坑、本武などの五つの部落を焼き討ちしたが、戦死者と病死者は千百四十九人に達した。双方は最終的には戦う気力がなくなり、莿桐脚で対面して話し合った。大亀文はこれを「停戦の協議」と考えたが、清の朝廷は大亀文酋邦が投降し、冊封《さくほう》を受け入れたものと受け取ったのである。

一か月後、唐定奎は、淮軍の残存者を率いて三グループに分け、船で上海に返したが、百人あまりの伝染病に罹った将兵は台湾に留まった。その中のひとりは、後にシャガイの一番下の妹アイディンを娶った。蔡英文総統はこの原漢婚姻の子孫で、彼女の幼少期の原住民名は「チュウク(Tjuku)」といい、まさしくシャガイの妻、すなわち本当の大亀文の女性総頭目と同名である。

帰郷の前に、唐定奎は「鳳山淮軍昭忠祠」の建設計画を上層部に伺い、淮軍の死者千九百十八名を祭祀の名簿に記入した。武洛塘山にある昭忠祠は1877年に落成し、碑文もあったが、乙未《いつび》(一八九五年)の台湾割譲後、祭る人がいなくなって荒廃し、武洛塘山は荒れた墓地の丘となった。1908年、日本の総督府は縦貫鉄道を敷くために昭忠祠を解体し、武洛塘山も平らにならされ、山の裾野の柴頭埤《さいとうひ》も干上がってしまった。そのため淮軍の事跡および昭忠祠の存在は、次第に台湾人の記憶から消えてしまったのである。

台湾における淮軍の遺跡

台湾における淮軍の遺跡は、今日の屏東県獅子郷と枋山郷境界の古戦場のほか、戦死した戦士の遺跡と北勢寮の白軍営がある。白軍営は枋寮の海辺の北勢寮にあり、佳冬農高の元教師柯三坤氏の私有地に建てられている。当時、柯氏がこの土地を買って養殖業をはじめようと準備していたところ、四百体の整然と並べられた遺骨が掘り出された上、さまざまな怪異現象を経験した。２００４年に、白軍営は順調に落成したが、現地の人の話では、夜になるといつも馬の嘶きや兵士の訓練の声が聞こえ、敬う気持ちと共に恐怖を感じたという。

そのほかの、例えば鎮安宮や鳳山昭忠祠などが取り壊された後の淮軍の遺骨の分葬地は、成功大学博士課程の毛帝勝、高雄大学修士課程の劉自仁、そして筆者の三人で協力して調べ、ようやく鳳山の三か所の淮軍廟――万福廟、万姓公媽廟、鳳邑万応宮を探しだした。

万福廟は、２０１７年に『獅頭花』を出版する前に、筆者の鳳山の親戚林川田氏の協力で探し出した。場所は鳳山の博愛路に位置し、鉄道が地下化されたところに面している。ここが昭忠祠の元の場所で、１９０８年に武洛塘山が平らにならされたときに掘り出された遺骨が、この一帯に曝されたのである。同廟の廟史には、次のように記載されている。

「鳳山武洛山柴頭埤の霊庵……人骨は風霜を経て、日に焼かれ雨に打たれて粉々になっている。」

日本統治が終わって、台湾が再び激動の時期を経て１９５０年に至り、社会情勢が相対的に落ち着くと、鳳山地方の有力者が発起人となって「山中に万応祠を建ててお参り」してもらうために、この廟を再建し、同時に「万応祠」を「万福廟」に改名した。武洛塘山昭忠祠と淵源が最も近い淮軍廟である。

今日の経武路と民衆街の交差点は、盧徳嘉の『鳳山県采訪冊』によれば次の通りである。

「該位置は過去の武洛塘山義塚の一部分である。一九六八年に北門市場を建設する計画を進めたときに、該地区内の無主の遺骨を本所に集めて祭った。」

万福廟には千体あまりの淮軍の遺骨を納めることができなかったために、1968年に北門を建設するときに、「万姓公媽廟」を建て、この地の無主の遺骨を祭ったのである。

しかし遺骨を安置する空間が依然として足らず、その年さらに付近の中華商場の側に「鳳邑万応宮」を建て、ようやくすべての無主の遺骨の安置を終えたのである。興味深いのは、鳳邑万応宮の扁額は「車城福安宮」から贈られていることだ。福安宮は福佬人の移民を中心とした瑯嶠の土地廟であり、ここに祭られているのは、1875年の戦役で亡くなった淮軍の将兵であることを廟の関係者も知っていたことを明らかに示している。

記念公園の構想

ここは重要な戦役の場であり、史実としても意義深く、筆者は文化部〔日本の文部科学省にあたる〕に「在台淮軍記念公園」と「獅頭社戦役記念公園」の設立を建議した。淮軍と大亀文の初の原漢戦争は、台湾史の不幸な一ページであり、戦地で亡くなった双方の戦士は、誰も皆、台湾のために犠牲となったのであり、記念して慰霊するに値する。

淮軍を記念する最もよい方法は、当時の淮軍昭忠祠碑を改めて元の場所、つまりいまの鳳山の博愛路の万福廟の真向かい、縦貫鉄道の地下化の場所に立て、同時に「在台淮軍記念公園」をつくることである。

実地調査を通じて、昭忠祠が壊された後、石碑は台北の日本総督府に送られたことがわかった。また幸いなことに、楊南郡夫人の徐如林先生の協力を得て、台湾博物館の南門の公園内で石碑を探すことができた。2017年2月25日、筆者はとうとう自分の眼でこの百年来誰も関心を持たなかった石碑を見た。非常に感慨深かった。博物館の館員が言うには、この石碑は台北新公園（いまの二二八公園）で一時期風雨にさらされており、そのため碑文は損壊して見えなくなっているが、幸い拓本が残されているということであった。

筆者は碑文を刻した「昭忠祠碑」を複製して、「在台淮軍記念公園」内に設置するとよいと考える。当時の武洛塘山昭忠祠は、鳳山の柴頭埤（鳳山の古い名前が「埤頭」である理由）に面し、同時に淮軍の将兵がいつも参拝していた鳳山の古廟の双慈亭とはるかに相対していた。いまは武洛塘山と柴頭埤は大東文化芸術中心となり、双慈亭は鳳山の歴史観光スポットとなって、時空を超えた追憶が表現されている。

「獅頭社戦役記念公園」も必要である。当時の古戦場が再現されれば、もちろんベストだ。例えば、本作品で描いているように、獅頭社戦役は、枋山渓上流の卡悠峰《かゆうほう》の滝（内獅の滝）付近で発生した。卡悠峰は「内獅」の意味である。ここは山中に位置し、交通が不便なのが欠点である。

2021年1月に、筆者は獅子郷の郷公所で、当時、清政府が竹坑社に与えた「帰化良民」の旗を見た。こうした原漢の歴史的戦役の遺物は非常に珍しく、政府は適切に蒐集して、博物館に保存するべきであろう。

目下、政府と獅子郷は、「獅頭社戦役記念公園」設置を計画中であるが、細部はなお検討の余地がある。さらに記念公園の中に、獅頭社戦役の文物博物館を設立し、この記念公園を歴史的意義を持つ観光スポットとするよう提案したい。と同時に、このふたつの記念公園が一日も早く落成し、人々に開放されることを望んでいる。

（付記）本稿は原書に収録されたものではなく、二〇二二年四月発行の『薫風』Vol.20に寄せた論考である。但し、内容はかなり変わっている。著者と相談のうえ、「神霊任務の三」に代わるものとしてここに収録した。

台湾淮軍史（一八七四―一八七五）（陳耀昌整理[1]）

同治十三（一八七四）年

陰暦[2]（陽暦）	
三月二十二日（5・7）	日本軍南台湾上陸（瑯嶠、いま屏東県枋寮以南）十四日後、牡丹社の頭目アルク父子、日本軍によって殺される。日本人は引き続き亀山と牡丹社に陣取り、さらに二百人増兵して風港に駐留し、枋寮、鳳山を窺った。
五月四日（6・7）	沈葆楨、安平に到着する。
五月二十五日（7・6）	沈葆楨、防台三策、理諭、設防、開禁を奏上する。（開禁は「開山撫番」の原型）
六月一日（7・14）	沈葆楨、北洋大臣李鴻章に所属する洋銃隊の台湾への派遣を奏請する。
六月五日（7・18）	清の朝廷は、唐定奎に対し、徐州に駐在する淮軍十三営六千五百人の兵士を率いて、江蘇省瓜州より汽船に乗って台湾の旗後に行くこと、そして出発までに新式の兵器を増やすことを命じる。
七月中旬から八月中旬	淮軍が三隊に分かれて台湾に到着。さらに呉光亮の広東軍を主力とする「飛虎営」、羅大春の湘軍を主力とする「綏遠営」が加わり、全部で一万九百七十人の部隊となる。 唐定奎率いる淮軍は、鳳山と枋寮のあいだに駐留し、亀山、風港の日本軍と対峙した。

	九月二十二日（10・31）	「清日台湾事件専約〔日清両国互換条款〕」調印[3]
	十月二十七日（12・5）	日本、軍を撤収し、牡丹社事件終結する。
	十二月初五（1・12）	沈葆楨、「台湾後山請開禁」を奏上し、瑯嶠を「恒春県」に変えることを建議する。「開山撫番」政策が決まる。（同日、同治皇帝逝去）
光緒元年（一八七五）年	正月初八日（2・13）	楓港駐留軍将軍で遊撃の王開俊は、前年七月の莿桐脚住民と獅頭社の衝突から怨恨が増し、軍を率いて楓港から獅頭社へ出撃して、無差別に殺戮し、社に火をつけたが、帰還する際に反撃に遭って全滅した。
	二月初から四月十六日（3月初旬～5・21）	唐定奎率いる淮軍五千人は大亀文酋邦に進攻し、内外獅頭社など五つの部落を焼き討ちする。「獅頭社戦役」。
	五月中旬（6月中旬）	双方停戦する。大亀文は唐定奎の七つの条件を受け入れた。清の朝廷は大亀文が投降勧告を受け、冊封を受けられるように調整した。
	六月中旬、下旬（7月中旬、下旬）	唐定奎、淮軍を率いて上海に帰還する。
光緒三年（一八七七）年		鳳山の「武洛塘山昭忠祠」が落成し、獅頭社戦役で戦死または病没した千百四十九人の淮軍が奉祀された。ほかに、参戦する前に病死した淮軍七百六十九人が枋寮郊外の北勢寮に埋葬された。清の朝廷は、鳳山の昭忠祠に、台湾で殉職した千九百十八人の淮軍の将兵全員を記念して、碑を立てた。

【訳注】

〔1〕本年表には注があるが、割愛した。

〔2〕元の「台湾淮軍史」にはないが、本書の読者の便にここでは陽暦（新暦）を付した。

〔3〕台湾事件の交渉のために、八月一日（陽暦）「大久保利通が清国派遣の全権弁理大臣に任命され」（一六一頁）、九月十日、北京に着いた。九月十四日より「総理衙門（総署）において清側全権恭親王らと」（一六二頁）議を重ね、最終的に駐清イギリス公使ウェードの調停により、十月三十一日調印に至った。日本側は「賞金と明示されなかったにせよ五〇万両と引き換えに台湾占領地を放棄する」（一六八頁）形で決着した（以上、毛利敏彦『台湾出兵　大日本帝国の開幕劇』中公新書、一九九六年、参照）。

【解説】

沈葆楨の「開山撫番」と最初の原漢戦争——獅頭社戦役——

下村作次郎

本書は、日本における陳耀昌の三冊目の翻訳書である。原題は『獅頭花』（ＩＮＫ、二〇一七年十月）である。最初の翻訳書は、二〇一九年九月に筆者訳で出版した『フォルモサに咲く花』（原書『傀儡花』、ＩＮＫ、二〇一六年一月）、二冊目は二〇二二年九月に出版された大洞敦史訳の『フォルモサに吹く風』（原書『福爾摩沙三族記』、遠流出版、二〇一二年一月）で、いずれも東方書店から上梓された。なお、本書は、作者の「開山撫番」三部作（あるいは「花シリーズ三部作」）の第二部にあたり、第一部は前掲の『フォルモサに咲く花』、第三部は『苦楝花』（ＩＮＫ、二〇一九年六月）である。

陳耀昌の「開山撫番」三部作は、歴史小説の体裁で書かれている。扱う対象は台湾史であるが、台湾史は長く中国史に覆われ埋もれてきた。そのため、作品では虚構の人物や、想像の人物が設定され、重要な役割が与えられて行動する。そうすることで、物語を自由に発展させ、新しい命を吹き込み、埋もれてきた台湾史を今日の眼で豊かに再構築している。作者は、このようにして描いた小説を台湾史小説と称している。

台湾が世界史の表舞台に登場したのは、大航海時代の後期、一六二四年にはじまったオランダ時代で、来年（二〇二四年）はその四百周年にあたる。当時、台南は大員《タイオワン》と呼ばれたが、その大員にゼーランジャ城、内陸の赤崁にプロヴィンシャ城がつくられ、一六二六年当時、オランダ人は、城内に住む百人と、台江内海に停泊する船上で生活する船員らを含めて二百二十人いたと言われる。そして周辺の地に漢人が約五千人、日本人が百六十人いた。(1) さらにこれらの外来者以外に、もともと大員近隣に住んでいたフォルモサ人と呼ばれたシラヤ族がいた。

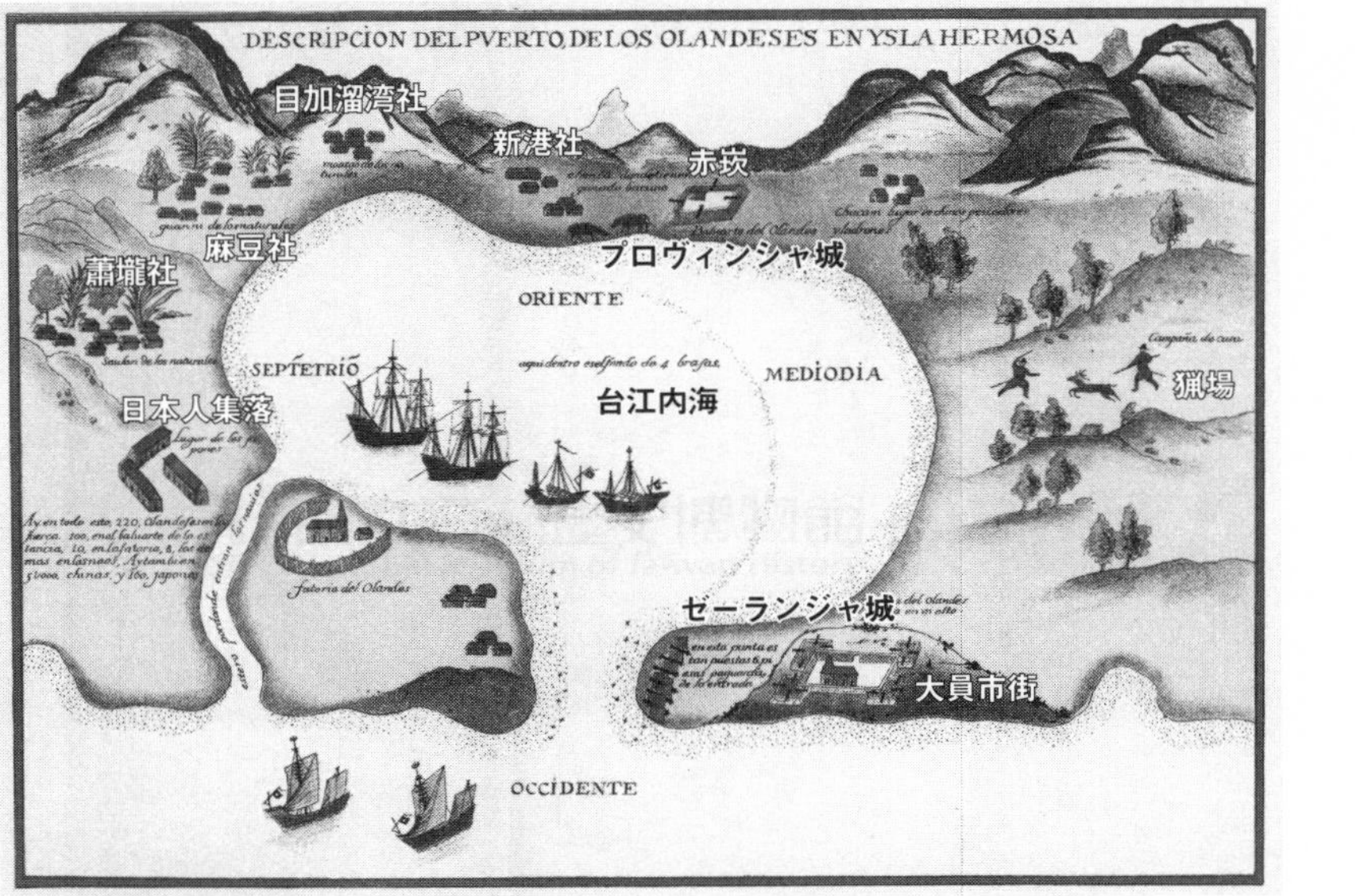

ペドロ・デ・ヴェラ、1626年作画

オランダ時代は三十八年続いたが、このオランダを駆逐したのは、国姓爺を名乗った鄭成功である。鄭成功は一六六二年に台湾を攻略して政権を確立したが（二月一日にオランダ側と和議成立。第十二代長官のフレデリック・コイエットは、二月十日に離台）、その数か月後の六月二十三日に病死した。

その後、鄭氏政権は鄭経、鄭克塽《こくそう》と三代続いたが、一六八三年に施琅《しろう》によって攻略されて、清朝政府の領土となった。翌年、清朝の康熙帝は台湾を版図に入れ、福建省の統括下に台湾府、台湾県、鳳山県、諸羅県の一府三県を置いた。

先述した大洞敦史訳の『フォルモサに吹く風』は、このオランダ時代から鄭氏三代が滅びるまでの、台南を中心として展開したオランダ人、漢人、フォルモサ人の歴史と人間模様が描かれている。このような民族構成をふまえてオランダ時代の台湾史を描いた歴史小説は、該書をもって嚆矢とする。と同時に、これまでまったく注意されることがなかった、オランダ支配崩壊後の残留オランダ人にも光があてられ、彼らのDNAが台湾人のなかに残っていることが暗示されている。

さて、台湾を攻略した施琅が最初におこなったのは台湾渡航禁止令であった。このため台湾への移民はきわめて厳しく制限され、「許可なく台湾に渡ることを許さず、眷属を携えて来台することを許さず、粤《えつ》族の来台を許さず（不許偸渡来台、不許携眷来台、不許粤来台）」と規制された。この渡禁令は、施琅の死後に、第三条の粤族、すなわち客家《はっか》人の来台が解禁されたが、ほかの二条は変遷を経ながらも基本的に踏襲され、大清欽差大臣（皇帝の全権委任大臣）の沈葆楨が一八七五年二月に「台湾渡航禁止令の廃止（廃除渡台禁令）」を奏上するまでつづいた。つまり、清朝政府は、一六八三年に台湾を自国の領土として以降、清末まで、百九十一年にわたって漢民族の移民制限をおこなってきた。と同時に、台湾原住民族が住む山地を「化外《けがい》の地」とみなして統治してこなかったのである。

この「化外の地」に、その後、国際的な関心が集まったのには、西洋列強のアジア進出、そして明治維新後の日本の台湾進出が深くかかわっている。

一八六七年三月十二日、アメリカの商船ローバー号が、汕頭《スワトウ》を出航して牛荘（遼寧省）にむかう予定が、台湾海峡から大きく流されてバシー海峡の七星巌で座礁し、ハント船長夫妻を含む十四名が恒春半島の南湾（いまの墾丁の海岸）に難を逃れて上陸する。ところが、その場でクアール社のパイワン族に十三名が首を狩られて殺害され、広東人の徳光というコック一人が逃亡して助けられる。この時、事件の解決に当たったのが、当時、アメリカ駐廈門領事として赴任してきたばかりのルジャンドルだった。彼は事件の解決に奔走するなかで、原住民族の居住地は、清朝の「政令が及ばない（政令不及）」「化外の地」であることを知り、最終的には下瑯嶠十八社の大股頭トキトクとのあいだで、十月十日に「南岬の盟」を結んだ（なお、本書の大亀文のシャガイは、上瑯嶠十八社の大股頭である）。これは原住民族が他国と交わしたはじめての国際協定となった。冒頭にあげた『フォルモサに咲く花』は、このような埋没していた史実を発掘し、新しい原漢（原住民と漢民族）関係に視点をおいた台湾史を描いている。

その四年後の一八七一年十二月には、宮古島の船が琉球の首里に年貢を納めての帰り、台風に遭遇して流され台湾の

琉球人最初の埋葬地の近く　於双溪口

中央、西郷従道都督

八瑤湾（現、屏東県満州郷九棚）で座礁した。乗船していた六十九名のうち三名が溺死、六十六名が上陸し、助けを求めてさまよった山中で一時パイワン族のクスクス社に保護されたが、その後クスクス社と牡丹社のパイワン族によって五十四名が殺されるという事件が起きた。[2] この事件を口実に、日本は三年半後の一八七四年五月に、西郷従道が都督（四月四日、台湾蕃地事務局設置）に任じられて台湾に出兵し、五月二十二日には四重渓の石門で激しい戦いが展開された。この出兵は牡丹社事件（征台の役）と呼ばれる。

本書は、この台湾出兵を側面的に描きながら、本書の主題である「開山撫番」が、どのような経緯で清朝政府に導入されていったかについて描いている。

日本軍は五月初旬より先発部隊が偵察を展開するなかで（本書では、横田棄が活躍）、西郷都督率いる日本軍は、五月二十二日に上陸すると、六月中には早々と牡丹社を征圧した。同時にチュラソをはじめとする他の下瑯嶠十八社を次々と懐柔し、日本刀や日章旗、印章、織物、布などを贈って日本軍に帰順させていった。その一方で、日本の明治政府はこの事件への賠償を求めて、八月一日、内務卿（首相）の任にあった大久保利通を全権弁理大臣に任命して清国に派遣した。そして、九月十四日から清国の全権恭親王らと会談して、十月三十一日に「清日台湾事件専約（日清両国互換条款）」が結ばれ、台湾出兵を「保民義挙」と認定し、清国から日本に五十万両が支払われることになった。[3]

これを受けて、清国との交渉が終わるまで六か月にわたって亀山（現、屏東県車城郷）に大本営を置き、駐留を続けていた西郷都督の部隊は、十二月二日に離台し、翌日にはすべての日本軍が引き揚げた。この間、十一月二十日に、西郷都督は「瑯嶠住民に告ぐる文」を発表し、琉球漂流民の四十四体の遺骨を琉球の那覇に合葬するとした。パイワン族の首棚に安置されていたこの四十四体の頭骨をめぐる応酬は、第十三章に描かれている。なお、残る十体は行方不明のままである。

日本軍が撤退すると、沈葆楨は前述したように、翌年、大陸からの「台湾渡航禁止令の廃止」と「開山撫番」に踏み切った。ところがこの「開山撫番」政策は、文字通りの平和な「番を撫す（番を慰撫、鎮撫、撫育する）」とはならず、「開山剿番《そうばん》」すなわち「山を開き、番を剿《ほろぼ》す（剿滅《そうめつ》する、討伐する）」ことになったのである。その最初の原住民族と漢民族の戦いが、清朝の将軍、王開俊の戦死をきっかけとして激化した獅頭社戦役である。当時、「番」と蔑視された原住民族にとっては、まさに自分たちの領域である山地への侵略となったこの「開山撫番」は、台湾の南路、北路、中路の三か所で同時に実施された。南路は社寮（現、屏東県射寮）から卑南（現、台東県卑南）までで、責任者は台湾鎮総兵の張其光《ちょうきこう》（客家人）、北路は噶瑪蘭《ガマラン》（現、宜蘭県蘇澳鎮）から花蓮までで、責任者は福建陸路提督羅大春、中路は林圯埔《りんしほ》（南投県竹山鎮）から璞《はく》石閣《せきかく》（花蓮県玉里鎮）まで（いま八通関《パットンカン》古道と呼ばれる）で、責任者は南澳総兵の呉光亮であった。

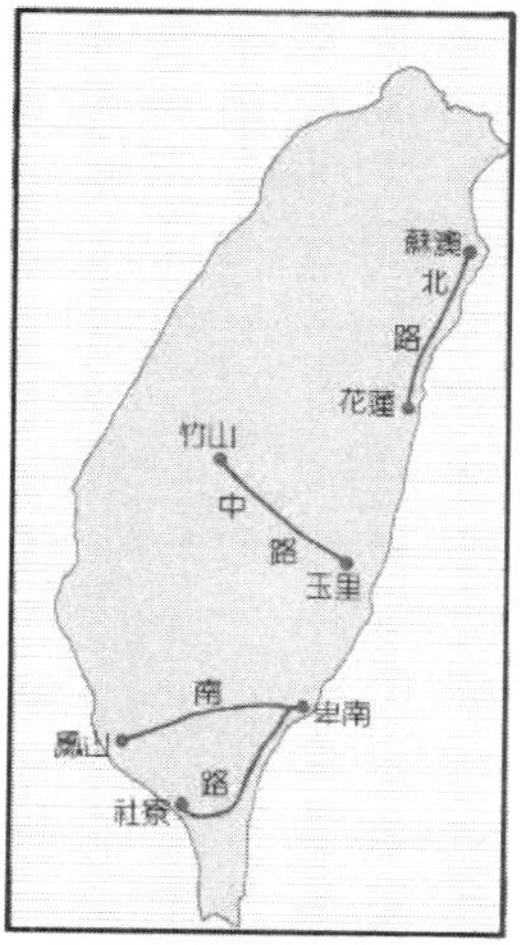

開山撫番三路

本書のテーマのひとつは、牡丹社事件による清朝政府の危機感から生まれた「開山撫番」に誘発されたこの最初の原漢戦争、獅頭社戦役が、近代台湾の歴史を大きく変えたことを描く点にあり、本書によってはじめて取り上げられた。その意義は極めて大きく、こうしてはじまった「開山撫番（剿蕃）」は、その後清末から、さらに日清戦争後新しく統治者となった日本の「理蕃政策」に引き継がれていったのである。[4]

本書は、当時瑯嶠と呼ばれていた恒春半島で起こった二つの戦争、すなわち牡丹社事件と獅頭社戦役を描いている。当事者は、前者は日本軍と牡丹社、クスクス社のパイワン族、後者は清朝軍と大亀文社のパイワン族である。登場するのは、十七世紀以降開拓移民として台湾にやって来た福佬人（閩南人）や客家人、日本軍人、清朝軍人、そしてパイワン族で、多様な民族から構成されている。ここで民族別に主な登場人物をあげると、次の通りである。

漢人の開拓移民には、村の代表である頭人として風港（現、楓港）の王媽守、莿桐脚の阮有来、崩山（現、枋山）の陳亀鰍の三人が登場する。これらの集落はまた、清朝政府が管轄した最南端の枋寮よりさらに南にあり、清朝政府の統治が及んでいない。彼ら住民たちは原住民から土地を租借し、頭目に地代を納めていた。

日本の軍人は、漢人のこれらの頭人と接触して、牡丹社や大亀文社などのパイワン族の動静をさぐった。その役目を担い、大亀文社との交渉にあたったのは横田棄大尉である。さらに、西郷従道都督はじめ、樺山資紀少佐（後の初代台湾総督）、水野遵通訳（後の初代台湾民政長官）などが登場する。

清朝の軍人は、獅頭社戦役で戦死した王開俊将軍、枋寮の役所に勤務する役人の周有基と郭占鰲、そして欽差大臣の沈葆楨と、淮軍の洋銃隊十三営六千五百人を率いる淮軍総師の唐定奎らが登場する。さらに殺害された王の首を捜しだした田勤生が登場する。

パイワン族は、主要人物として次の六人が登場する。内文社のロバニヤウ家族の一員で、大亀文大股頭のブラリヤン、ブラリヤンの長女で大亀文大股頭後継者のチュウク、内獅頭社のパタゴタイ家族の一員で、内獅頭社頭目であったが、チュウクと結婚してロバニヤウ家に入婿し、実質的なブラリヤンの後継者となったシャガイ、シャガイの弟で後に内獅

シャガイ

沈葆楨

頭社頭目を継ぐアラパイ、その妹のアイディン、アラパイと婚約する酋龍家族のウーミである。

作品では、主人公とも言えるシャガイとチュウクの結婚、その弟アラパイとウーミの婚約、そしてアラパイの戦死、さらに妹アイディンと漢人の郭均の恋愛などが描かれている。この郭均は、呉光亮の飛虎軍に軍医として従軍したのだが、最初の大亀文との戦役で軍から離脱し、その後医師として楓港に残り、アイディンと結婚する。

エピローグには、清朝の軍人の胡伝と蔡副汎官（漢人の軍隊緑営隊の隊長）が登場する。胡伝は、獅頭社戦役後に行われた「開山撫番」のその後を見てまわる、語り部の役割を担う人物として登場している。字は鉄花といい、安徽省績溪の人である。獅頭社戦役から十七年後の一八九二年に全台営務処（軍事施設）総巡の肩書で台湾に渡り、全台湾の営務処を巡視してまわったが、台湾の日本統治がはじまったあと廈門に移り、一八九五年八月二十二日に廈門で病死した。中国新文学運動で「文学改良芻議」を発表した胡適の父でもある。

蔡副汎官は楓港の軍営に属し、郭均とその妻の郭伯母、すなわちアイディンとのあいだに生まれた長女郭笑と結婚する。本書の「楔子」に登場する総統候補は、故郷楓港の徳隆宮を総統選挙戦の初陣の場として選んでいる。つまり、楓港出身の総統候補は、この蔡副汎官とアイディンの娘、郭笑とのあいだの子孫として設定されているのだ。その総統候補は、今日の蔡英文総統にほかならない。そうした点については、本書附録の「『台湾の淮軍』の歴史と遺跡を尋ねて」に詳しく書かれている。

先述した通り、作品には牡丹社事件と獅頭社戦役が描かれている。牡丹社事件は、攻撃する日本軍側の視点から描かれている。実際の戦役は、五月初旬から六月初旬の約一か月で終わり、それ以降先述した十二月の離台までの半年、戦闘は皆無であった。この間、上陸した三千六百名を越える日本兵のうち、「征蕃役ニ於ケル戦病死者名簿」（『西郷都督と樺山総督』西郷都督樺山総督記念事業出版委員会、一九三六年）によれば、戦死者は十二名、水死者一名で、それ以外は皆、瘟疫やマラリヤなどの伝染病による病死者であり、その人数五百二十五名と記録されている（本書第三十三章では、「少なくとも六、七百人病死者が出た」とする）。一方、牡丹社、クスクス社のパイワン族は、五月二十二日までに牡丹社頭目のアルク父子を含む十二名の戦死者と二十余名の負傷者を数えた。但し、六月初旬（一日から四日）に展開された風港、石門、竹社の三方面からの攻撃では、パイワン族は事前に避難し、各部落の家屋はことごとく焼き払われたものの死者は出ていない。ただこの時、逃げ遅れた女《ティ》乃《ナイ》社（爾乃社）の老女とオタイという少女が保護され、少女は一時日本に送られて教育されたが、その後、部落に戻された。

一方、日本軍撤退の二か月後に発生した獅頭社戦役では、戦死者の数は病死者を含めかなりの数にのぼる。戦役は一八七五年二月十三日から六月中旬までの四か月にわたるが、実際の戦闘は最初の二か月にほぼ集中する。死者は、パイワン族の大亀文人は大亀文総頭目のシャガイの弟アラパイを含む数百名、清朝軍は、王開俊将軍を含む湘軍（湖南地方で曽国藩が創始した軍隊）九十七名と淮軍（李鴻章が郷里の安徽省合肥で創始した軍隊）千百四十九名が戦病死した。淮軍では他

徳隆宮　於楓港

に、戦争がはじまる前に駐屯地で病死した兵士が七百六十九名を数え、合計すると、淮軍では千九百十八名の犠牲者が出ており、台湾にやってきた淮軍六千五百名のうち、約三十パーセントにのぼる。

このような多数の犠牲者を出した戦役であり、同時に、その後の開山撫番、すなわち原漢戦争の先駆けともなった獅頭社戦役だが、歴史に埋没して、ほぼ忘れられていた。それが百四十数年を経て、ようやくこうして公になったのである。

最後に、作品内容から離れるが、「開山撫番」あるいは「化外の地」をめぐる近年の台湾の社会状況について少し述べておきたい。

台湾人の開拓移民のようすを歌った歌曲に、台湾では誰もが知っている有名な歌がある。それは、「美麗島（麗しの島）」である。この「美麗島」は、一九七〇年代の台湾でブームとなったキャンパス・フォークソングを代表する歌曲であるが、歌詞は詩人の陳秀喜が一九七三年に発表した詩「台湾」[5]（『文壇』同年十二月号）を、一九七七年に梁景峰が改作したものである（圏点筆者）。

美麗島　　麗しの島

我們搖籃的美麗島　　わたしたちの揺りかごの麗しの島
是母親温暖的懐抱　　それは母親の温かい懐
驕傲的祖先們正視著　　誇らしい祖先たちはじっと見ている
正視著我們的脚步　　われわれの歩みを見守っている
他們一再重覆地叮嚀　　彼らは繰り返し教え諭した
不要忘記　不要忘記　　忘れてはいけない、忘れてはいけない

他們一再重覆地叮嚀　彼らは繰り返し教え諭した
蓽路藍縷以啓山林　粗末な荷車を引きぼろを着て山林を切り拓いてきた

この詩に曲をつけたのは李双沢だが、彼はこの歌が世に出る前の一九七七年九月に淡水で溺死した。二年後に楊祖珺がアルバム『楊祖珺』を出したときにはじめて広く知られるようになった。但し、当初は、「台湾独立」を煽る歌との理由で行政院新聞局により禁止された。また、一九七九年十二月には、世界人権デーにちなんで美麗島雑誌社主催でデモが行われ、台湾の民主化運動の象徴となった美麗島事件が発生したが、この雑誌社の名前は、楊祖珺が歌ったこの「美麗島」から取られたものである。

本書の「開山撫番」と関連づけて理解するために、李双沢の歌曲「美麗島」が生まれた背景をもう少し述べると、一九七六年十二月三日に起こった淡江事件（あるいはコカ・コーラ事件と呼ばれる）に触れなければならない。この日、淡江文理学院（現、淡江大学）で、西洋民謡演唱会が開催された。そのときコカ・コーラの瓶を持って舞台にのぼった李双沢が聴衆に向かって、コカ・コーラは台湾からニューヨークまで飲まれている、ボブ・ディランの歌は台湾からニューヨークまで歌われていると語り、台湾には自分の歌がない、あるのは民謡や「国父紀念歌」だけだと叫んで、「国父紀念歌」などを歌った。この事件は、十二月十三日発行の『淡江週刊』に掲載された「唱我們自己的歌（自分たちの歌を歌おう）！」という記事により広く知られるようになった。

このような状況のなかで歌曲「美麗島」が生まれ、また蔣勳作詞、李双沢作曲の「少年中国」などが生まれた。ただ先述したように、これらの歌は時代がまだ戒厳令下にあり、反政府の歌としてすぐに発禁となった。その後、一九八七年の戒厳令解除、一九九〇年代の民主化運動期を経て二〇〇〇年代になると、かつて李双沢と共に「自分の歌」を歌いはじめた胡徳夫(6)と楊祖珺がこの歌を再び歌うようになった。そして、二〇一六年五月二十日の蔡英文総統の第十四代総統就任式で、総統府を会場にして大合唱されたのである。

「美麗島」はこのような歴史を有する歌曲であるが、その一方で歌詞にからんだ問題がこれまで何度か問われてきた。それは、この歌にある「華路藍縷以啓山林」の部分である。この歌詞は、漢人、つまり台湾人移民の開拓の苦労を描写したものだが、「開山撫番」政策によって「以啓山林（山林を切り拓いてきた）」結果、犠牲になってきたのは他ならぬ原住民族であった。このような観点から、「美麗島」の歌詞に内在する開拓移民の侵略性が指摘されるようになった。しかしながら、その一方でまた「美麗島」が、台湾人の開拓史を歌った「自分たちの歌」である側面が肯定され、一部の反対はあるものの、原住民族社会にも許容されて歌い継がれている。

但し、こうした台湾人の「漢人中心史観」は、原住民族自身による民主化運動のなかで不断に問われてきた。一九八四年十二月に台湾原住民権利促進会が設立され、一九九四年八月一日には、正式名称として「原住民」が認められ（さらに一九九七年に「原住民族」と改称）、一九九九年九月には、当時、総統候補だった陳水扁が蘭嶼で「原住民族と台湾政府との新しいパートナーシップ」を結ぶ。二十一世紀に入っても検証は続いているが、特に現総統の蔡英文は、総統に就いた二〇一六年八月一日の「原住民族の日」に、「和解に向け」て政府を代表して、台湾原住民に「十の謝罪」を述べると共に、「原住民族歴史正義と転型正義委員会」の設立を表明した。当時、原住民族委員会が出した『真相二〇一六和解　蔡英文総統が政府を代表して原住民族に謝罪』の日本語版によって、冒頭の部分をここに引いてみよう（原文に基づき少し修正を施した）。

二十二年前の今日（一九九四年八月一日）、我々は憲法増修条文の中の「山胞（山地同胞）」を正式に「原住民」と呼称を改めました。この呼称変更（原文「正名」）は、長期にわたって差別性を帯びてきた呼称を廃除しただけでなく、原住民族が台湾の「もともとの主人」の地位にあることをさらにクローズアップしました。

この基礎の上に立ち、今日、我々はさらに一歩を踏み出さねばなりません。私は政府を代表して、全原住民族の皆さんに深いお詫びを申し上げます。過去四百年来、皆さんが受けた苦痛と不公平な処遇に対して、私は政府を代表して皆さんにお詫び申し上げます。

また、ネット情報によると、翌二〇一七年に教育部課程綱要審議会（日本の文部科学省教科用図書検定調査審議会にあたる）は、連雅堂（本名は連横）著『台湾通史』（初版は、一九二一年四月に台湾通史社より三巻本で出版）の「台湾通史序」を教科書から削除することに決定したという。理由は、「『台湾通史序』には、『開山撫番』の用語があって原住民差別の疑いがあり、原住民を尊重するために、削除案が採択された」という。(7)

関連部分を引いてみると、序言の冒頭は、「台湾固無史也（傍点筆者）。荷人啓之，鄭氏作之，清代営之，開物成務，以立我丕基，至於今三百有余年矣（台湾には、もともと歴史がなかった。オランダ人が開拓して、鄭成功が建設し、続いて清朝が支配して開発し、様々な制度を確立して、台湾の基礎を形作り、今日までに三百年余りが経った）」とはじまり、さらに、「夫台湾固海上之荒島爾，篳路藍縷以啓山林，至於今是頼（台湾はもともと海に浮かぶ荒れた島であり、先人は粗末な荷車でぼろを着て山林を切り拓いてきた。今日までそのお蔭をこうむっている）」とある。また、「開山撫番」の言葉は、「続以建省之議，開山撫番，析疆増吏，正経界……（後に省を設ける案（一八八五年）が出てきたために、開山撫番を実施して、行政区画を整え、役人を増員し……）」と出ている。つまり、「台湾通史序」にいう台湾人の「三百年の台湾開拓史」は、そのまま漢人の原住民抑圧の歴史と表裏を成し、とりわけ近代にはじまった「開山撫番」（とそれに引き続く日本統治時代の理蕃政策）は、原住民族剿滅の歴史に重なるのである。

本書はこうした台湾史の発掘・再考・再構築に向かう台湾文化界の動きを先取りして、清朝政府の国策「開山撫番」が、最初の「原漢戦争」を引き起こしたとする視点から描いたはじめての文学作品である。

以上を本書の解説とする。訳者はこれまで、小説の翻訳に際しては、その描かれた舞台を実際に歩くように心がけてきた。今回はコロナ禍がほぼ明けた今年（二〇二三年）の三月四日から十三日まで訪台し、六日と七日の両日、作者の陳耀昌さんと国立中央大学中国文学系の胡川安さん、そして牡丹郷の古英勇長老の案内で恒春半島をまわった。この旅を共にしたのは、台湾原住民文学研究者の魚住悦子さん、毎日新聞記者の高橋咲子さん、台湾大学台湾文学研究所の楊雅儒さん、そして台湾在住のエッセイスト、栖来ひかりさんだった。訪ねた場所を列記すると次の通りである。

【六日】枋寮（清朝最南端）、保生大帝廟、鎮安宮（王開俊を祭る廟）、北勢寮白軍営、七里溪橋（王開俊戦死の場）、獅子郷公所（役場）、楓港、車城、八宝宮、大光、潮音寺

この日は、パイワン族の古英勇長老の営む民宿に泊まり、古長老から牡丹社事件や日本刀の流布などさまざまな話を伺った。

白軍営

【七日】高士《クスクス》神社、牡丹社事件故事館、双溪口、石門古戦場、西郷都督遺跡紀念碑、大日本琉球藩民五十四名墓、バシー海峡眺望、墾丁海岸（旧、南湾）、八宝宮、万応公祠、大尖石山遠望

この旅の様子は、二〇二三年四月九日付け『毎日新聞』に、「19世紀後半台湾・恒春半島　東アジアの運命を変えた事件」のタイトルで、高橋記者によって報道されている。

最後に翻訳についてお礼申し上げたい。本書は上奏文や清朝時代の文献など古文の引用が多く、難解な箇所にかなりぶつかった。そうした点については、国立成功大学台湾文学学科の陳慕真さんのご教示を得ることができた。また、東方書店コンテンツ事業部の家本奈都さんには、『フォルモサに咲く花』のときと同様、時間をかけて徹底

した訳文の検討と修正をして頂いた。本書カバーのデザインは、やなぎみわさんにご協力頂いた。ここに記して篤くお礼申し上げたい。

なお、原書には若林正丈、胡徳夫、蘇正隆、鍾佳濱、葉神保の五氏の推薦序が収録されているが、本書では割愛したことをお断りしておきたい。

本書の翻訳出版に際しては、中華民国（台湾）政府文化部より助成を受けることができた。記して深くお礼申し上げる。

【注】

（1）郭俊麟主編『台湾原住民族歴史地図集』（原住民族委員会、二〇一六年）三一頁参照。

（2）「明治七年征蕃の役」（『西郷都督と樺山総督』）には、次のようにある。この時朝貢を終えた船は、「宮古・八重山両島の船各二隻」あり、旧暦十月十八日（新暦十一月三十日）に那覇港を出港した。そのうち宮古島の「中立」は宮古島に帰り、「春立」という船が台湾に流され、八重山の二隻は、一隻は台湾南部の西海岸で座礁、もう一隻は行方不明になった。なお、「春立」に乗っていた人々は、十二月十七日（旧暦十一月六日）に八瑶湾に漂着し、翌日クスクス社に行き、十九日の朝、クスクス社から逃れ、双渓口で殺害された。

（3）毛利敏彦『台湾出兵　大日本帝国の開幕劇』参照。

（4）原住民族委員会では、清朝時代から日本統治時代に起こった多くの事件を『原住民族重大歴史事件系列叢書』としてまとめ、第一期として全十巻が二〇二〇年十二月に再版の形で刊行された。全十巻は、次の通りである。『一八七一—一八七四　牡丹社事件』（パイワン族）、『一八七七—一八七八　大港口事件』（アミ族）、『一八七八　加禮宛事件』（クヴァラン族、サキザヤ族）、『一九〇二　南庄事件』（サイシャット族、タイヤル族）、『一九〇〇—一九〇七　大豹社事件』（タイヤル族）、『一九〇〇—一九一〇　大嵙崁《だいかんか》事件』（タイヤル族）、『一九一〇—一九一三　李崠山《りとうざん》事件』（タイヤル族）、『一九〇八—一九一四　七脚川《チカソワン》事件』（アミ族）、『一九一四　太魯閣事件』（タロコ族）、『一九一四—一九三三　大分事件』（ブヌン族）

（5）この「台湾」は、是永駿訳で『台湾現代詩集』（国書刊行会、二〇〇二年）に収録されている。なお、本文中の「美麗島」の筆者の訳は、是永駿の訳語を踏襲している。

（6）一九五〇年、台東県大武山に生まれる。父はプユマ族、母はパイワン族。私立淡江高級中学、台湾大学外文系卒業。一九八四年十二月二十九日、馬偕紀念医院で台湾原住民権利促進会が創立し、初代会長となる。

（7）https://www.merit-times.com/NewsPage.aspx?unid=490818 参照。

【翻訳及び解説執筆にあたって参照した主な参考文献】

落合泰蔵『明治七年生蕃討伐回顧録』（自家出版）、一九二〇年
藤崎済之助『台湾史と樺山大将』国史刊行会、一九二六年
大路会編『大路水野遵先生』大路会事務所、一九三〇年
『西郷都督と樺山総督』西郷都督樺山総督記念事業出版委員会、一九三六年
『甲戌公牘鈔存』台湾文献叢刊第三九種、台湾銀行、一九五九年（台湾歴史文献叢刊、台湾省文献委員会、一九九七年復刻）
清沢冽『外政家としての大久保利通』中公文庫、一九九三年
毛利敏彦『台湾出兵　大日本帝国の開幕劇』中公新書、一九九六年
松崎晋二「最初の従軍カメラマン　台湾出兵「撮影日誌」」、森田峰子『中橋和泉町松崎晋二写真場』朝日新聞、二〇〇二年所収
王学新訳『風港営所雑記』国史館台湾文献館、二〇〇三年
「台湾出兵＝牡丹社事件130年国際学術検討会から」、『植民地文化研究』第四号、二〇〇五年七月
華阿財（宮崎聖子訳）「「牡丹社事件」についての私見」、『台湾原住民研究』第十号、二〇〇六年三月
笠原政治「【解説】華阿財先生と「牡丹社事件」の研究」、同『台湾原住民研究』第十号〔小特集：「牡丹社事件」をめぐって〕、『台湾原住民研究』第十一号、二〇〇七年三月
高加馨（里井洋一訳）「Sinvaudjan から見た牡丹社事件」上・下、『琉球大学教育学部紀要』第七二集、二〇〇八年三月、第七三集、二〇〇八年八月
葉神保『日治時期排灣族「南蕃事件」之研究』政治大学民族学系、二〇一四年
宮岡真央子「重層化する記憶の場——〈牡丹社事件〉コメモレイションの通時的考察」、『文化人類学』第八十一巻第二号、二〇一六年九月
平野久美子『牡丹社事件　マブイの行方　日本と台湾、それぞれの和解』集広舎、二〇一九年

著者略歴

陳耀昌（ちん・ようしょう、チェン・ヤオチャン）

1949年、台湾台南市生まれ。国立台湾大学医学部卒業。ラッシュ大学、東京大学第三内科で研修。1983年、台湾ではじめて骨髄移植を成功させる。現任、国立台湾大学医学部名誉教授。台湾細胞医療協会元理事長。文学関係著作には、『生技魅影　我的細胞人生』（財訊出版社、2006年）、『冷血刺客之台湾秘帖』（前衛出版社、2008年）、『福爾摩沙三族記』（遠流出版、2012年。邦訳『フォルモサに吹く風』東方書店、2022年）、『島嶼DNA』（INK、2015年。巫永福文化評論獎受賞）、『傀儡花』（同、2016年。台湾文学獎図書類長編小説金典獎受賞。邦訳『フォルモサに咲く花』東方書店、2019年）、『獅頭花』（同、2017年。新台湾和平基金会台湾歴史小説獎傑作獎受賞）、『苦楝花 Bangas』（同、2019年）、『島之曦』（遠流出版、2021年。第9回紅楼夢獎：世界華文長編小説獎入賞）、『頭份之雲―陳耀昌短篇小説集』（允晨、2022年）がある。

訳者略歴

下村作次郎（しもむら・さくじろう）

1949年、新宮市生まれ。関西大学大学院博士課程修了。博士（文学）。現任、天理大学名誉教授。著作に『文学で読む台湾』（田畑書店、1994年）、『台湾文学の発掘と探究』（同、2019年）、『台湾原住民文学への扉』（同、2023年）、共著に『台湾近現代文学史』（研文出版、2014年）、翻訳書に呉錦発編『悲情の山地』（監訳、田畑書店、1992年）、共編訳『台湾原住民文学選』全9巻（草風館、2002～2009年）、孫大川著『台湾エスニックマイノリティ文学論』（同、2012年、一等原住民族専業獎章受賞）、シャマン・ラポガン著『空の目』（同、2012年）、『大海に生きる夢』（同、2017年、第5回鉄犬ヘテロトピア文学賞受賞）、陳芳明著『台湾文学史』（上下、共訳、東方書店、2015年）、ワリス・ノカン著『都市残酷』（田畑書店、2022年）などがある。2021年、日本台湾交流協会表彰、台湾文学賞受賞。

『獅頭花』
陳耀昌著
INK 印刻文学生活雑誌出版股份有限公司
2017 年

フォルモサの涙《なみだ》　獅頭社戦役《しとうしゃせんえき》
二〇二三年八月一日　初版第一刷発行

著者●陳耀昌
訳者●下村作次郎
発行者●間宮伸典
発行所●株式会社東方書店
東京都千代田区神田神保町一－三 〒一〇一－〇〇五一
電話〇三－三二九四－一〇〇一
営業電話〇三－三九三七－〇三〇〇
装幀●加藤浩志（木曜舎）
印刷・製本●ダイヤモンド・グラフィック社

定価はカバーに表示してあります

ISBN978-4-497-22314-2　C0097